DU MÊME AUTEUR

Chez le même éditeur

LA FIRME, 1992
L'AFFAIRE PÉLICAN, 1994
NON COUPABLE, 1994
LE COULOIR DE LA MORT, 1995
L'IDÉALISTE, 1997
LE CLIENT, 1997
LE MAÎTRE DU JEU, 1998
L'ASSOCIÉ, 1999
LA LOI DU PLUS FAIBLE, 1999
LE TESTAMENT, 2000
L'ENGRENAGE, 2001
LA DERNIÈRE RÉCOLTE, 2002
PAS DE NOËL CETTE ANNÉE, 2002
L'HÉRITAGE, 2003
LA TRANSACTION, 2004
LE DERNIER JURÉ, 2005

JOHN GRISHAM

LE CLANDESTIN

roman

traduit de l'américain par Patrick Berthon

ROBERT LAFFONT

Titre original : THE BROKER
© Belfry Holdings, Inc., 2005
Traduction française : Éditions Robert Laffont, S.A., Paris, 2006

ISBN 2-221-10492-7
(édition originale : ISBN 0-385-51045-4 Doubleday/Randam House, Inc, New York)

1

Au crépuscule d'une présidence destinée à laisser dans l'Histoire une trace aussi légère que celle de William Henry Harrison (trente et un jours de la cérémonie d'investiture à sa mort), Arthur Morgan, terré dans le Bureau ovale en compagnie du dernier ami qui lui restait, mûrissait ses dernières décisions. Il avait ce jour-là le sentiment d'avoir raté tout ce qu'il avait entrepris pendant les quatre années de son mandat et doutait de pouvoir redresser la barre dans le peu de temps qui lui restait. Son ami n'était pas plus confiant. Comme à son habitude, il parlait peu et ne disait que ce que le président voulait entendre.

Ils en étaient aux recours en grâce. Ils examinaient les requêtes de voleurs, d'escrocs, de tricheurs, certains encore derrière les barreaux, d'autres qui avaient échappé à la prison mais tenaient à se voir réhabilités. Tous voulaient être rétablis dans leurs droits. Tous se prétendaient les amis du président ou des amis de ses amis, tous se voulaient des partisans indéfectibles même si bien peu avaient eu l'occasion de manifester leur soutien avant ce jour, le dernier de son mandat. Il était affligeant de voir quatre années passées à la tête du monde libre s'achever par cette misérable pile de suppliques venues d'une bande d'escrocs. Auxquels de ces voleurs accorderait-il la latitude de reprendre leurs malversations ? Telle était la question capitale qui se posait à Arthur Morgan aux ultimes heures de sa présidence.

L'ami de toujours s'appelait Robert Critz. Ils s'étaient connus à Cornell : Morgan présidait l'association des étudiants,

Critz bourrait les urnes. Ces quatre dernières années, Critz avait été successivement porte-parole, puis secrétaire général de la Maison-Blanche, membre du Conseil national de sécurité et même Secrétaire d'État, une fonction qu'il n'avait exercée que trois mois, son style diplomatique très personnel ayant failli déclencher une Troisième Guerre mondiale. Sa plus récente nomination remontait au mois d'octobre, signée dans la frénésie des semaines précédant la déroute électorale. Les sondages indiquaient que le président Morgan était à la traîne dans quarante États, au bas mot. Prenant la direction de la campagne présidentielle, Critz avait réussi à s'aliéner les électeurs des États restants, à l'exception – peut-être – de l'Alaska.

Cette élection avait été historique : jamais un président sortant n'avait obtenu aussi peu de voix des grands électeurs. Trois, pour être précis, toutes de l'Alaska, le seul État où Morgan ne s'était pas rendu, sur le conseil de Critz. Cinq cent trente-cinq voix pour le challenger, trois pour le président Morgan. Il n'était pas de mot assez fort pour qualifier une telle déculottée.

Le décompte des voix effectué, le challenger, mal conseillé, avait décidé de contester les résultats de l'Alaska. Pourquoi ne pas rafler les cinq cent trente-huit voix, pendant qu'il y était ? Plus jamais l'occasion ne se représenterait pour un candidat d'écraser son adversaire sans lui abandonner une seule voix. Au long des six semaines qui avaient suivi, le président avait souffert le martyre tandis que la bataille judiciaire faisait rage en Alaska. Quand la Cour suprême de l'État avait enfin tranché en sa faveur, il avait partagé dans l'intimité une bouteille de champagne avec Critz.

Le président Morgan était tombé amoureux de l'Alaska, même si les résultats officialisés ne lui accordaient qu'un maigre avantage de dix-sept suffrages.

Il aurait dû laisser de côté plus d'États.

Il avait même perdu le Delaware, sa patrie, dont l'électorat naguère éclairé l'avait porté deux fois de suite au poste de gouverneur. De la même manière qu'il n'avait jamais trouvé le temps de se rendre dans l'Alaska, son adversaire s'était totalement désintéressé du Delaware – aucune organisation digne de ce nom, pas un clip télévisé, pas la moindre réunion de campagne. Et il avait enlevé cinquante-deux pour cent des suffrages !

Assis dans un gros fauteuil de cuir, Critz tenait à la main un carnet sur lequel était consignée la liste d'une multitude de choses à faire sans délai. Il observait le président qui passait lentement d'une fenêtre à l'autre, fouillait l'obscurité du regard, rêvait à des jours meilleurs. Brisé, humilié, à cinquante-huit ans, Morgan était un homme fini. Sa carrière était anéantie, son mariage s'en allait à vau-l'eau. Son épouse était déjà repartie à Wilmington et riait ouvertement de son projet d'aller vivre dans une cabane en Alaska. Critz avait, en son for intérieur, de sérieux doutes sur la capacité de son ami de consacrer le reste de sa vie à la chasse et à la pêche mais il fallait reconnaître que la perspective d'aller vivre à trois mille kilomètres de son épouse avait de quoi le tenter. Ils auraient pu remporter les voix du Nebraska si la première dame des États-Unis n'avait commis une bourde irréparable. Elle avait appelé l'équipe de football de cet État les Sooners, confondant le nom avec celle de l'Oklahoma !

Du jour au lendemain, dans les deux États, Morgan avait dégringolé dans les sondages ; il ne s'en était jamais remis.

En visite dans le Texas, durant la campagne présidentielle, après avoir pris une bouchée d'un piment rouge primé, elle s'était aussitôt mise à vomir. Pendant son transport à l'hôpital, un micro qui traînait avait capté une phrase dont tout le monde se souvenait encore : « Il faut être arriéré pour avaler de pareilles saloperies. »

Le Nebraska avait cinq voix de grands électeurs, le Texas trente-quatre. L'insulte à l'équipe locale de football était une gaffe dont le président aurait pu se remettre, mais nul ne pouvait impunément humilier de la sorte le Texas.

Quelle campagne ! Critz était tenté d'écrire un livre : il fallait que quelqu'un relate le désastre.

Leur association de près de quatre décennies touchait à sa fin. Critz avait trouvé un poste à deux cent mille dollars par an chez un fournisseur du ministère de la Défense. Il donnerait aussi des conférences à cinquante mille dollars la prestation, si on le sollicitait. Après avoir consacré sa vie au service public, il commençait à sentir le poids de l'âge : il devait absolument mettre de l'argent de côté.

Le président avait vendu son hôtel particulier de George-town en faisant un gros bénéfice. Il avait acheté un petit ranch en Alaska, où, à l'évidence, on avait encore de l'admiration pour lui. Il projetait d'y finir ses jours en pêchant et en chassant, peut-être en écrivant ses Mémoires. Ce qu'il ferait là-bas n'aurait plus rien à voir avec la politique ni avec sa vie à Washington. Il ne serait plus l'homme d'État blanchi sous le harnais, le chef de son parti, la voix de la sagesse et de l'expérience. Il n'y aurait pas de tournée d'adieux, de discours à l'occasion de la convention du parti, de chaires de sciences politiques. Pas de bibliothèque présidentielle. Les électeurs s'étaient exprimés d'une voix forte et claire. S'ils ne voulaient plus de lui, il pourrait assurément vivre sans eux.

— Il faut prendre une décision au sujet de Cuccinello, glissa Critz.

Le président se tenait devant une fenêtre, le regard perdu dans l'obscurité ; son esprit était revenu au Delaware.

— Qui ?

— Figgy Cuccinello, le réalisateur mis en examen pour avoir couché avec une starlette.

— Très jeune ?

— Quinze ans, si ma mémoire est bonne.

— C'est jeune, en effet.

— En effet. Il s'est réfugié en Argentine, où il vit depuis dix ans. Et voilà qu'il a le mal du pays : il veut revenir aux États-Unis et refaire d'horribles films. Il prétend entendre l'appel du septième art.

— Ou celui des jeunes filles.

— Sans doute.

— Dix-sept ans, cela ne m'aurait pas gêné. Quinze, c'est trop jeune.

— Il offre cinq millions.

Le président se retourna d'un bloc et regarda Critz.

— Cinq millions pour une grâce ?

— Oui. Et il faut faire vite. L'argent doit être viré de Suisse, où il est 3 heures du matin.

— Où irait-il ?

— Nous avons des comptes offshore. Rien de plus facile.

— Comment réagirait la presse ?

— Elle se déchaînerait.

— Elle se déchaîne toujours.

— Ce serait particulièrement violent.

— La presse, je m'en fous.

Alors, pourquoi avoir posé la question ? faillit demander Critz.

— Pourra-t-on savoir d'où vient l'argent ? reprit le président, plongé dans la contemplation de la fenêtre.

— Non.

De la main droite, Morgan commença à se gratter la nuque, comme il le faisait chaque fois qu'il avait une décision difficile à prendre. Dix minutes avant de renoncer à utiliser des armes nucléaires contre la Corée du Nord, il s'était gratté la nuque jusqu'au sang, tachant le col de sa chemise.

— La réponse est non, déclara-t-il. Quinze ans, c'est trop jeune.

La porte s'ouvrit ; Artie, le fils du président, entra sans frapper, une Heineken dans une main, des papiers dans l'autre. Il portait un jean délavé et avait les pieds nus dans ses chaussures.

— Je viens d'avoir la CIA au téléphone, lâcha-t-il d'un ton désinvolte. Maynard est en route.

Il laissa tomber les papiers sur le bureau et ressortit en claquant la porte.

En voilà un qui aurait accepté les cinq millions sans l'ombre d'une hésitation, quel que soit l'âge de la fille, se dit Critz. Pour Artie, quinze ans, ce n'était certainement pas trop jeune. Ils auraient pu gagner les voix du Kansas si le fils du président ne s'était fait surprendre dans la chambre d'un motel de Topeka en compagnie de trois cheerleaders dont la plus âgée avait tout juste dix-sept ans. Le procureur avait fini – deux jours après l'élection – par abandonner les poursuites, les trois mineures ayant déclaré sous serment ne pas avoir eu de relations sexuelles avec Artie. Il s'en était fallu de peu ; si les ébats en cours n'avaient pas dégénéré en bacchanale, c'était parce que la mère d'une des filles avait frappé à la porte.

Le président prit place dans son rocking-chair en cuir et fit semblant de parcourir des papiers sans importance.

— Où en sommes-nous, avec Backman ? demanda-t-il à Critz.

Depuis dix-huit ans qu'il occupait le poste de directeur de la CIA, Teddy Maynard s'était rendu moins de dix fois à la Maison-Blanche. Jamais pour dîner – il prétextait des raisons de santé –, ni pour aller saluer un hôte de marque étranger – il s'en contrebalançait. À l'époque où il pouvait marcher, il lui arrivait de passer pour conférer avec le président du moment et un ou deux de ses conseillers. Maintenant qu'il était cloué dans un fauteuil roulant, ses conversations avec le pouvoir exécutif avaient toujours lieu par téléphone. Un vice-président s'était même déplacé deux fois à Langley, où la CIA avait son siège, pour s'entretenir avec le directeur.

Être paralysé avait un avantage et un seul : cela fournissait une excellente excuse pour s'en aller, ou pour rester, bref, pour faire ce qu'on avait envie de faire. Personne n'osait contrarier un vieil impotent.

Après un demi-siècle d'espionnage, Teddy Maynard s'offrait à présent le luxe, dans ses déplacements, de regarder droit derrière lui. Il voyageait dans une camionnette blanche banalisée – vitres pare-balles, carrosserie doublée de plomb, deux agents fortement armés installés derrière le chauffeur, armé lui aussi. Le fauteuil était fixé sur le plancher, tourné vers l'arrière pour permettre à Teddy Maynard de voir la circulation sans être vu. Deux autres camionnettes suivaient à distance : toute tentative pour s'approcher de Maynard était vouée à l'échec. Simple précaution. La plupart des gens le croyaient mort ou dans une de ces discrètes maisons de retraite où on envoyait les vieux espions finir leurs jours.

Cela lui convenait parfaitement.

Dans la camionnette qui roulait sur le boulevard périphérique, le compteur bloqué à quatre-vingt-quinze kilomètres à l'heure, Maynard, enveloppé dans un plaid gris, regardait les voitures qu'ils dépassaient. Il buvait du thé vert que son fidèle Hoby, assis près du fauteuil sur un tabouret en cuir, lui versait d'un thermos.

— Où est Backman, en ce moment ? demanda Teddy en buvant une gorgée de thé.

— Dans sa cellule, répondit Hoby.

— Nos hommes sont avec le directeur ?

— Ils attendent dans son bureau.

Une nouvelle gorgée de thé. Il tenait le gobelet en carton précautionneusement entre ses mains. Des mains frêles, aux veines saillant sur la peau laiteuse, qui donnaient l'impression d'être déjà mortes et d'attendre patiemment que suive le reste du corps.

— Combien de temps faudra-t-il pour lui faire quitter le pays ?

— À peu près quatre heures.

— Le plan est en place ?

— Tout est prêt. Nous attendons le feu vert.

— J'espère que ce crétin se rangera à mon avis.

Critz et le crétin en question regardaient fixement les murs du Bureau ovale dans un silence pesant entrecoupé de loin en loin par quelques mots sur Joel Backman. Il leur fallait parler de n'importe quoi ; aucun des deux ne voulait formuler ce qui lui occupait l'esprit.

Comment était-ce possible ?

Était-ce réellement le bout du chemin ?

Quarante ans. De Cornell au Bureau ovale. La fin était arrivée si brutalement qu'ils n'avaient pas eu le temps de s'y préparer. Ils avaient tablé sur quatre années supplémentaires. Quatre années de gloire pour songer à leur héritage, avant de se retirer avec élégance.

Il était déjà tard mais l'obscurité semblait continuer de s'épaissir. Les fenêtres donnant sur la Roseraie étaient noires. Sur la tablette de la cheminée, une pendule dont ils percevaient le tic-tac semblait égrener les secondes du compte à rebours.

— Comment réagira la presse si je gracie Backman ? s'enquit pour la énième fois le président.

— Ce sera un déchaînement.

— Qui pourrait être drôle, non ?

— Vous ne serez plus aux premières loges.

— C'est vrai.

Après la passation des pouvoirs prévue le lendemain, à midi, il s'enfuirait de Washington à bord d'un jet privé pour se rendre à la Barbade, où un de ses vieux amis avait une villa. Morgan avait donné des instructions pour que les téléviseurs soient retirés de la villa, que les journaux et les revues n'y entrent pas et que les téléphones soient débranchés. Il n'aurait de contact avec personne, pas même Critz et surtout pas son épouse, pendant au moins un mois. Si Washington était ravagé par le feu, il n'en saurait rien. En fait, il le souhaitait secrètement.

Après la Barbade, il gagnerait discrètement l'Alaska, où il passerait l'hiver dans son ranch, à attendre la venue du printemps, sans s'occuper du monde.

— Allons-nous le gracier ? lança le président.

— Probablement, répondit Critz.

Morgan en était au « nous », ce qu'il faisait invariablement lorsqu'il était sur le point de prendre une décision qui risquait d'être impopulaire. Pour les décisions faciles, c'était toujours « je ». Quand il avait besoin d'un soutien, ou plutôt de quelqu'un à qui faire porter le chapeau, il incluait Critz dans le processus.

Critz portait le chapeau depuis quarante ans. Certes, il s'y était habitué, mais cela avait trop duré.

— Il est probable que nous ne serions pas ici sans Joel Backman, déclara-t-il.

— Vous avez peut-être raison.

Morgan avait toujours soutenu qu'il avait été élu grâce à sa brillante campagne, sa personnalité charismatique, sa mystérieuse pénétration des problèmes et la vision lucide qu'il avait de l'Amérique. Qu'il reconnaisse à cet instant qu'il devait quelque chose à Joel Backman était presque choquant.

Mais Critz était trop insensible et trop las pour être encore choqué.

Six ans auparavant, le scandale Backman avait éclaboussé la Maison-Blanche, ternissant l'image d'un président jusque-là populaire et dégageant la voie à Arthur Morgan.

À l'heure de tirer sa révérence, il se réjouissait à l'idée de prendre une décision arbitraire, comme un pied de nez à l'establishment de la capitale qui l'avait snobé au long de son mandat. Une grâce présidentielle pour Backman ferait trembler les murs de tous les bureaux de Washington et mettrait la presse en ébullition. Pendant qu'il se dorerait au soleil des Antilles, dans la capitale en effervescence, les parlementaires réclameraient des enquêtes, les procureurs paraderaient devant les caméras et les insupportables présentateurs des chaînes câblées jacasseraient à n'en plus finir.

La tête tournée vers la fenêtre, le président esquissa un sourire.

Sur le Memorial Bridge d'Arlington, tandis que la camionnette blanche franchissait le Potomac, Hoby remplissait le gobelet de Maynard.

— Merci, fit le directeur de la CIA d'une voix douce. Que va faire Morgan après la passation des pouvoirs?

— Il filera à l'étranger.

— Il aurait dû le faire plus tôt.

— Il a prévu de passer un mois aux Antilles pour panser ses blessures. Une longue bouderie, en attendant que quelqu'un s'intéresse à lui.

— Et sa femme?

— Elle est déjà repartie dans le Delaware. Elle joue au bridge.

— Ils vont se séparer?

— Possible. Ce sera mieux pour lui.

Teddy Maynard prit une petite gorgée de thé brûlant.

— Quels sont nos moyens de pression, si Morgan regimbe? poursuivit-il.

— Je ne pense pas qu'il bloque. Les discussions préliminaires se sont bien passées. Critz semble de notre côté; il a aujourd'hui une meilleure vision des choses que Morgan. Critz sait que, sans le scandale Backman, ils n'auraient jamais été élus.

— J'ai demandé quels étaient nos moyens de pression.

— Nous n'en avons pas. C'est un imbécile mais il n'a rien à se reprocher.

La camionnette quitta Constitution Avenue pour s'engager dans la 18e Rue. Elle arriva devant l'entrée est de la Maison-Blanche. Des hommes armés d'un pistolet-mitrailleur surgirent de l'obscurité; des agents du Service secret en trench-coat noir arrêtèrent le véhicule. Mots de passe et échanges radio. On descendit le fauteuil de Maynard de la camionnette pour une fouille rapide ; on n'y trouva qu'un vieil infirme enroulé dans un plaid.

Sans la bouteille de Heineken mais toujours sans frapper, Artie passa la tête dans l'embrasure de la porte.

— Maynard est arrivé ! lança-t-il.

— Alors, il est toujours vivant, fit le président.

— Tout juste.

— Qu'il entre.

Hoby et Priddy, un adjoint de Maynard, suivirent le fauteuil roulant dans le Bureau ovale. Morgan et Critz se levèrent pour les accueillir et les invitèrent à prendre place autour de la cheminée. Maynard évitait la Maison-Blanche mais Priddy y venait tous les matins faire au président son rapport sur tout ce qui touchait au renseignement.

Tandis que les autres s'installaient, Maynard fit du regard le tour de la pièce, comme s'il cherchait des micros ou autres dispositifs d'écoute. Il était presque certain qu'il n'y en avait pas ; le Watergate avait mis un terme à cette pratique. Nixon, à l'époque, avait truffé la Maison-Blanche de micros mais cela lui avait coûté cher. Soigneusement caché au-dessus de l'essieu de son fauteuil roulant, à quelques centimètres du siège, se trouvait un puissant magnétophone qui allait enregistrer tout ce qui se dirait dans la demi-heure qui suivait.

Il s'efforça de sourire au président sans prononcer les paroles qui lui brûlaient les lèvres : vous êtes sans conteste le politicien le plus limité que j'aie jamais connu ; il n'y a qu'aux États-Unis qu'un crétin de votre espèce puisse arriver au sommet du pouvoir.

Le président Morgan sourit à Teddy Maynard sans répondre : j'aurais dû vous virer il y a quatre ans. L'agence que vous dirigez fait la honte de notre pays.

Maynard : J'ai été surpris que vous ayez remporté ne serait-ce qu'un seul État, même de dix-sept suffrages.

Morgan : Vous ne seriez pas fichu de mettre la main sur un terroriste s'il placardait sa propre photo sur les murs.

Maynard : Nul doute que vous serez aussi minable à la pêche à la truite qu'à la pêche aux voix !

Morgan : Pourquoi n'avez-vous pas encore passé l'arme à gauche ? On me l'avait promis !

Maynard : Les présidents vont et viennent. Je demeure.

Morgan : C'est Critz qui voulait vous garder ; vous pouvez le remercier. Moi, je vous aurais viré quinze jours après mon investiture.

— Quelqu'un veut du café ? proposa Critz à voix haute.

— Merci, répondit Maynard.

Disciplinés, Hoby et Priddy refusèrent à leur tour.

— Noir, deux sucres, demanda le président, voyant que la CIA ne prenait pas de café.

Critz fit un signe à une secrétaire qui se tenait dans l'embrasure d'une porte et se retourna vers les autres.

— Nous n'avons pas beaucoup de temps, déclara-t-il.

— Je suis venu parler de Joel Backman, fit Teddy Maynard.

— Oui, glissa le président, vous êtes venu pour cela.

— Vous n'ignorez pas, poursuivit Maynard sans un regard vers Morgan, que Backman est allé en prison sans rien avoir révélé. Il détient encore des secrets qui, à n'en pas douter, pourraient mettre en péril la sécurité nationale.

— Vous ne pouvez pas le tuer, n'est-ce pas ? grogna Critz.

— Nous ne pouvons éliminer des citoyens américains, monsieur Critz : la loi nous l'interdit. Nous préférons que d'autres s'en chargent.

— Je ne vous suis pas, protesta le président.

— Voici ce que je propose. Si vous graciez Backman et s'il accepte la grâce présidentielle, nous lui ferons quitter le pays en quelques heures. Il lui faudra consentir à passer le reste de sa vie ailleurs. Cela ne devrait pas constituer un problème : un certain nombre de gens veulent sa mort et il le sait. Nous l'installerons à l'étranger, probablement en Europe, où il sera plus facile de le surveiller. Il aura une nouvelle identité. Il vivra en homme libre et on finira par l'oublier.

— Ce n'est pas tout..., glissa Critz.

— Non. Nous attendrons à peu près un an avant de faire discrètement savoir où il se trouve à ceux que cela intéresse. Ils trouveront Backman et l'élimineront. Nous aurons alors la réponse aux questions que nous nous posons.

Pendant le long silence qui suivit, Maynard regarda successivement Critz, puis le président. Quand il eut la conviction qu'ils étaient complètement perdus, il reprit :

— C'est un plan d'une grande simplicité, messieurs. Il suffira de savoir qui tue Backman.

— Vous le surveillerez donc ?

— De très près.

— Qui veut sa peau ? demanda le président.

Teddy Maynard croisa ses mains aux veines saillantes, s'enfonça légèrement dans son fauteuil et les toisa comme un maître d'école s'adressant à ses élèves.

— Peut-être les Russes, les Chinois, peut-être les Israéliens. Et d'autres.

D'autres, bien sûr... Nul n'attendait de Maynard qu'il révèle tout ce qu'il savait. Jamais il ne l'avait fait, jamais il ne le ferait, quels que soient le président et le temps qui lui restait à occuper le Bureau ovale. Les présidents ne faisaient que passer ; certains demeuraient quatre ans, d'autres huit. Certains étaient passionnés par l'espionnage, d'autres ne se préoccupaient que des derniers sondages. Morgan avait été particulièrement inepte en matière de politique étrangère. À quelques heures de son départ, Maynard n'allait certainement pas divulguer plus qu'il n'était nécessaire pour obtenir la grâce.

— Pourquoi Backman accepterait-il ce marché ? demanda Critz.

— Il est possible qu'il refuse, répondit Maynard. Mais il a passé six ans en isolement cellulaire. Vingt-trois heures par jour dans un local exigu, une heure de promenade, trois douches par semaine, une nourriture infecte. Il paraît qu'il a perdu vingt-cinq kilos et que sa santé est chancelante.

Deux mois plus tôt, juste après l'élection, quand Teddy Maynard avait eu l'idée de la grâce présidentielle, il avait usé de son influence pour que les conditions de détention de Backman soient notablement durcies. La température avait baissé de 5 °C dans sa cellule – il toussait affreusement depuis près d'un mois. Sa nourriture était hachée et ses repas étaient servis froids. La chasse d'eau des toilettes fuyait la moitié du temps. Les gardiens le réveillaient en pleine nuit. Le nombre des appels téléphoniques autorisés avait été réduit. La bibliothèque juridique qu'il avait fréquentée deux fois par semaine lui était désormais interdite. Backman était avocat. Il connaissait ses droits et menaçait d'attaquer en justice l'administration pénitentiaire mais il n'avait pas encore déposé de plainte. Les nouvelles conditions de détention sapaient ses forces. Il réclamait des somnifères et du Prozac.

— Vous voulez donc que je gracie Joel Backman pour organiser son assassinat, demanda le président.

— Oui, répondit Maynard sans hésiter. Sauf que nous n'organiserons rien.

— Vous ferez seulement en sorte que cela se produise.

— Oui.

— Et sa disparition sera dans l'intérêt de la sécurité nationale ?

— J'en suis convaincu.

2

Le quartier d'isolement du centre pénitentiaire fédéral de Rudley disposait de quarante cellules identiques de douze mètres carrés, sans fenêtre ni barreaux, au sol cimenté peint en vert et aux murs de parpaings. La porte métallique était percée d'une étroite ouverture pour les plateaux de nourriture et d'un judas pour les coups d'œil furtifs. Ces cellules étaient occupées par des informateurs de police, des indicateurs de réseaux de trafic de drogue, des repentis de la mafia et deux ou trois agents secrets – des hommes qu'il fallait mettre à l'abri, loin de ceux qui les attendaient dehors pour leur trancher la gorge. La plupart des quarante détenus placés là avaient demandé eux-mêmes le quartier d'isolement.

Joel Backman essayait de dormir quand la porte s'ouvrit bruyamment. Deux surveillants entrèrent et allumèrent la lumière.

— Le directeur veut vous voir, déclara le premier sans plus de détails.

Ils montèrent sans échanger un mot dans un véhicule de la prison, longèrent plusieurs constructions destinées aux détenus moins protégés et s'arrêtèrent devant le bâtiment de l'administration. Backman était menotté, sans raison apparente. On le fit descendre en vitesse, puis grimper deux volées de marches et suivre un long couloir menant à un vaste bureau éclairé à profusion, où il se passait quelque chose d'important. Il vit sur une pendule murale qu'il était presque 23 heures.

Il n'avait jamais vu le directeur, qui avait de nombreuses raisons de ne pas circuler dans l'établissement ; il ne cherchait pas à être réélu et n'avait pas à motiver le personnel. Il était en compagnie de trois hommes en complet sombre avec lesquels il devait discuter depuis un certain temps. Bien qu'il fût formellement interdit de fumer dans les bureaux de l'administration fédérale, il y avait un cendrier rempli à ras bord sur la table et un nuage de fumée accroché au plafond.

— Asseyez-vous, monsieur Backman, fit le directeur, sans préambule.

— Ravi de vous connaître, répondit Joel en regardant les trois autres hommes. Quelle est la raison de cette convocation ?

— Nous allons en parler.

— Auriez-vous l'obligeance de m'ôter ces menottes. Je promets de ne tuer personne.

Le directeur s'adressa sèchement au surveillant le plus proche qui libéra promptement Backman de ses entraves et sortit aussitôt du bureau en claquant la porte, au grand déplaisir du directeur, visiblement très nerveux.

— Voici l'agent spécial Adair, du FBI, M. Knabe, du ministère de la Justice, et M. Sizemore, également de Washington.

Aucun des trois ne prit la peine de faire un geste en direction de Backman, qui se tenait toujours devant la table, perplexe. Il les salua d'un signe de tête – vaine tentative pour se montrer poli.

— Asseyez-vous, monsieur Backman, reprit le directeur. Comme vous le savez, poursuivit-il quand Joel eut pris un siège, un nouveau président va prêter serment. Arthur Morgan passe sa dernière nuit à la Maison-Blanche. Il se trouve en ce moment dans le Bureau ovale, sur le point de prendre la décision de vous gracier.

Backman fut saisi par une violente quinte de toux provoquée en partie par la température glaciale qui régnait dans sa cellule, en partie par ce qu'il venait d'entendre.

Knabe, le représentant du ministère de la Justice, lui tendit une bouteille d'eau minérale sur laquelle il se jeta avec avidité. De l'eau coula sur son menton ; il cessa de tousser.

— Me gracier ? parvint-il à articuler.

— Une grâce assortie de conditions.

— Mais pourquoi?

— Je ne sais pas pourquoi, monsieur Backman, et on ne me demande pas de comprendre ce qui se passe. Je suis un simple messager.

Sizemore, que le directeur avait simplement présenté comme « de Washington », sans préciser pour quel service il travaillait, apporta des éclaircissements.

— C'est un marché, monsieur Backman. En échange de la grâce présidentielle, vous devez accepter de quitter votre pays sans jamais y revenir et de vivre sous une nouvelle identité dans un endroit où personne ne vous trouvera.

Jusque-là tout va bien, se dit Backman. Je ne veux pas qu'on me trouve.

— Mais pourquoi? répéta-t-il de la même voix rauque pendant que les autres regardaient la bouteille d'eau trembler dans sa main gauche.

Tandis que le regard de Sizemore glissait des cheveux gris coupés court de Backman à ses chaussures de sport éculées d'où sortaient les chaussettes noires de la prison, des images anciennes du détenu lui remontaient à la mémoire. Il pensa à la couverture d'une revue qui présentait Backman dans un costume noir de marque italienne, le regard fixé droit sur l'objectif avec autant de suffisance qu'il était humainement possible d'en montrer. Les cheveux étaient plus longs, plus bruns, le visage joufflu, sans rides, le ventre rond portait la marque de trop nombreux déjeuners d'affaires. Il aimait le vin, les femmes et les voitures de sport. Il possédait un avion, un yacht, un chalet à Vail dont il parlait sans se faire prier. Au-dessus de sa tête s'étalait un titre : L'INTERMÉDIAIRE : LE DEUXIÈME HOMME LE PLUS PUISSANT DE WASHINGTON?

La revue se trouvait dans la serviette de Sizemore, ainsi qu'un épais dossier sur Joel Backman. Il l'avait étudié dans l'avion, entre Washington et Tulsa.

D'après l'article, les revenus annuels de Backman s'élevaient à l'époque à plus de dix millions de dollars, même si l'intéressé s'était montré assez évasif sur le sujet. Le cabinet qu'il avait fondé comptait deux cents avocats, un chiffre modeste pour Washington, mais il était sans conteste le plus puissant dans les milieux politiques. Une machine de lobbying, pas un endroit où s'exerçait véritablement la profession d'avocat. Plutôt une sorte de maison de tolérance pour des sociétés florissantes et des gouvernements étrangers.

Cet homme est tombé de très haut, songea Sizemore en regardant la bouteille trembler.

— Je ne comprends pas, articula Backman d'une voix à peine audible.

— Ce serait trop long à expliquer, reprit Sizemore. Il faut prendre une décision rapide, monsieur Backman. Vous n'avez malheureusement pas le temps de peser le pour et le contre. C'est à prendre ou à laisser. Voulez-vous rester vous-même en ces lieux ou vivre sous un autre nom au bout du monde ?

— Où ?

— Nous ne savons pas, mais nous trouverons.

— Je serai en sécurité ?

— Vous êtes le seul à pouvoir répondre à cette question, monsieur Backman.

Tandis que Joel réfléchissait, sa main se mit à trembler de plus belle.

— Quand dois-je partir ? demanda-t-il lentement, après un long silence.

Sa voix avait repris de la force mais on le sentait à la merci d'une nouvelle quinte de toux.

— Tout de suite, répondit Sizemore, qui avait pris le contrôle de la discussion et reléguait les autres au rang de spectateurs.

— Vous voulez dire... là, maintenant ?

— Vous ne retournerez pas dans votre cellule.

— Merde alors ! lâcha Backman, ce qui arracha un sourire à ceux qui l'entouraient.

— Un surveillant attend devant votre cellule, glissa le directeur. Il apportera ce dont vous avez besoin.

— Il y a toujours un surveillant devant ma cellule, lança Backman. Si c'est ce petit sadique de Sloan, dites-lui qu'il peut garder mes lames de rasoir et s'ouvrir les veines avec !

Un silence stoïque suivit, le temps que se dissipent les paroles de Backman, mais elles flottèrent un moment dans la pièce enfumée. Sizemore s'éclaircit la voix et changea de position sur son siège.

— On attend, dans le Bureau ovale, monsieur Backman. Allez-vous accepter le marché ?

— Le président attend ma réponse ?

— On peut dire cela.

— Il me doit d'occuper ce bureau dont vous parlez.

— Ce n'est vraiment pas le moment d'aborder ce sujet, fit posément Sizemore.

— Il me renvoie l'ascenseur, en quelque sorte ?

— Je ne suis pas dans le secret des pensées du président.

— Vous le supposez capable de penser ?

— Je vais appeler pour dire que votre réponse est non.

— Attendez...

Backman vida la bouteille d'eau et en demanda une autre. Il s'essuya la bouche sur sa manche.

— C'est une sorte de programme de protection des témoins, quelque chose comme ça ?

— Il ne s'agit pas d'un programme officiel, monsieur Backman. De temps en temps, nous jugeons nécessaire de cacher des gens.

— Vous en perdez beaucoup ?

— Pas beaucoup.

— Pas beaucoup ? Vous ne pouvez donc garantir ma sécurité ?

— C'est sans garantie mais vous avez toutes les chances de vous en sortir.

— Combien d'années me reste-t-il à tirer ici, Lester ? demanda Backman en se tournant vers le directeur, qui sursauta.

Personne ne l'appelait Lester ; il détestait ce prénom. La plaque posée sur son bureau indiquait : L. Howard Cass.

— Quatorze ans et vous pouvez m'appeler monsieur le directeur.

— Directeur ? Exécuteur, oui ! Vous savez que j'ai toutes les chances d'être mort dans trois ans. Une combinaison de malnutrition, d'hypothermie et d'abandon médical. Les moyens semblent manquer à Lester, messieurs.

— Pouvons-nous aller de l'avant ? lança Sizemore.

— Bien sûr que j'accepte votre marché, déclara Backman. Il faudrait être cinglé pour refuser.

Knabe, le représentant du ministère de la Justice, ouvrit sa serviette.

— Voici les papiers.

— Et vous ? demanda Backman à Sizemore. Pour qui travaillez-vous ?

— Le président des États-Unis.

— Eh bien, vous lui direz que je n'ai pas voté pour lui – j'étais derrière les barreaux – mais que je l'aurais probablement fait si j'en avais eu la possibilité. Dites-lui aussi que je le remercie.

— Je n'y manquerai pas.

Hoby remplit un gobelet de thé vert, déthéiné cette fois – il était près de minuit –, et le tendit à Teddy Maynard, enroulé dans une couverture, qui regardait les voitures à l'arrière de la camionnette. Ils étaient dans Constitution Avenue, tout près du pont Roosevelt.

— Morgan est trop stupide pour vendre une grâce, déclara l'infirme en prenant une gorgée de thé. Mais Critz m'inquiète.

— Un nouveau compte vient de s'ouvrir sur l'île de Nevis, fit Hoby. Il est apparu il y a quinze jours, au nom d'une obscure société appartenant à Floyd Dunlap.

— Qui est ce Dunlap ?

— Un des bailleurs de fonds de Morgan.

— Pourquoi à Nevis ?

— C'est l'endroit à la mode pour les activités offshore.

— Nous le surveillons ?

— De très près. Si un transfert de fonds est effectué, ce sera dans les quarante-huit heures.

Maynard inclina imperceptiblement la tête et se tourna à demi pour regarder le Centre Kennedy.

— Où est Backman ?

— Il quitte la prison.

Une nouvelle gorgée de thé pour masquer un sourire. Ils traversèrent le pont sans parler.

— Qui le descendra? reprit Maynard sur l'autre rive du Potomac.

— Est-ce vraiment important?

— Non, ce n'est pas important. Mais ce sera un plaisir de les voir se battre pour être le premier.

À minuit cinq, chaussé de rangers noirs, vêtu d'un uniforme kaki usagé mais impeccablement repassé dont on avait retiré les insignes et les galons, et d'une grosse parka marine dont il avait rabattu la capuche sur sa tête, Joel Backman sortit d'un pas assuré du Centre pénitentiaire fédéral de Rudley quatorze ans avant le terme de sa peine, après six années passées en isolement cellulaire. Il n'emportait qu'un petit sac de toile contenant quelques livres et deux ou trois photos. Il ne se retourna pas.

À cinquante-deux ans, il était divorcé, ruiné, brouillé avec deux de ses trois enfants et oublié de tous les amis qu'il n'avait jamais eus. Pas un seul ne s'était donné la peine d'entretenir une correspondance au-delà de sa première année de détention. Une des innombrables secrétaires qu'il avait poursuivies de ses assiduités lui avait écrit pendant dix mois, jusqu'à ce qu'un article publié dans *The Washington Post* affirme que le FBI estimait improbable que Joel Backman eût réussi à mettre à l'abri quelques millions de dollars, comme le bruit en avait couru dans un premier temps. À quoi bon correspondre avec un avocat non seulement emprisonné mais de surcroît fauché?

Sa mère lui écrivait de loin en loin. À quatre-vingt-onze ans, elle vivait dans une modeste maison de retraite, près d'Oakland; chaque fois qu'il ouvrait une lettre d'elle, il avait l'impression que ce serait la dernière. Il lui écrivait toutes les semaines mais il se demandait si elle était encore capable de lire et se doutait que le personnel n'avait ni le temps ni l'envie de lui faire la lecture. Elle le remerciait toujours pour ses lettres, sans jamais revenir sur ce qu'il avait écrit. Il lui envoyait des cartes pour les grandes occasions; elle avait avoué dans une lettre que personne d'autre que lui ne se souvenait du jour de son anniversaire.

Les brodequins de l'armée étaient lourds. Joel songea qu'il avait passé le plus clair de sa détention en chaussettes. Curieux, les choses qui viennent à l'esprit quand on se retrouve libre du jour au lendemain. Quand avait-il porté des chaussures de ce genre pour la dernière fois ? Dans combien de temps pourrait-il s'en débarrasser ?

Il s'arrêta sur le trottoir pour lever les yeux vers le ciel. Il avait eu l'autorisation, une heure par jour, d'arpenter un petit bout de terrain, devant le bâtiment abritant sa cellule. Toujours seul, toujours sous le regard d'un surveillant, comme si Joel Backman, l'ex-avocat qui n'avait jamais tiré un coup de feu de sa vie, pouvait être devenu un dangereux tueur. Ce « jardin », comme on l'appelait, était enclos d'un grillage haut de trois mètres et surmonté de barbelé. Derrière, il y avait un canal de drainage, puis la grande plaine dénudée qui s'étirait à l'infini, sans doute jusqu'au Texas.

Sizemore et l'agent Adair lui faisaient escorte. Ils le conduisirent à un SUV vert foncé, banalisé mais à l'évidence propriété de l'administration. Joel monta à l'arrière, seul, et se mit à prier. Les paupières closes, les dents serrées, il implora le Ciel. Faites que le moteur se mette en marche, que les roues tournent, que la grille s'ouvre, que les papiers soient correctement remplis ! Ne soyez pas cruel, Seigneur ! Faites que ce ne soit pas un rêve !

Ils roulèrent vingt minutes en silence, jusqu'à ce que Sizemore s'adresse à Joel.

— Avez-vous faim, monsieur Backman ?

Joel avait cessé de prier et pleurait. Le véhicule roulait à une allure régulière mais il n'avait pas osé ouvrir les yeux. Étendu sur la banquette arrière, il s'efforçait tant bien que mal de lutter contre ses émotions.

— Bien sûr, articula-t-il en se redressant.

Ils étaient sur l'autoroute. Joel entraperçut un panneau vert indiquant : SORTIE PERRY. Ils s'arrêtèrent sur le parking d'un restaurant-crêperie, à quelques centaines de mètres de l'autoroute. De gros camions passaient avec un bruit sourd de moteur diesel. Quand Joel leva de nouveau la tête, il vit un croissant de lune.

— Il faut se presser ? demanda-t-il à Sizemore en poussant la porte du restaurant.

— Nous sommes dans les délais.

Ils choisirent une table devant la vitre. Joel commanda du pain perdu et des fruits ; il craignait que son organisme ne supporte pas un vrai repas, après la bouillie qu'on lui servait en prison. La conversation était empruntée. Programmés pour parler aussi peu que possible, les fonctionnaires étaient incapables d'échanger des banalités. Cela convenait à Joel.

Il s'efforçait de ne pas sourire. Sizemore devait déclarer dans son rapport que le sujet jetait des coups d'œil en direction de la porte et donnait l'impression de surveiller les autres clients. Il ne semblait pas avoir peur, tout au contraire. À mesure que le temps passait, qu'il se remettait du choc de sa libération, il s'adaptait à sa nouvelle situation et s'animait visiblement. Il avait dévoré deux portions de pain perdu et avalé quatre tasses de café.

Un peu après 4 heures du matin, ils franchirent les grilles de Fort Summit, près de Brinkley, Texas. Backman fut examiné par deux médecins à l'hôpital de la base aérienne. À part son rhume de cerveau, sa toux et sa perte de poids, il n'était pas en mauvaise forme. On le conduisit ensuite dans un hangar où on lui présenta le colonel Gantner. Conformément aux instructions de Gantner et sous son étroite surveillance, il se changea pour enfiler une combinaison verte portant le nom HERZOG peint au pochoir au-dessus de la poche droite.

— C'est mon nouveau nom ? s'enquit Joel.

— Pour les prochaines quarante-huit heures, répondit Gantner.

— Et mon grade ?

— Commandant.

— Pas mal.

Sizemore et l'agent Adair profitèrent du rapide briefing pour s'éclipser. Joel Backman ne devait jamais les revoir. Aux premières lueurs du jour, il pénétra dans la soute de l'avion-cargo C-130 et suivit Gantner jusqu'au niveau supérieur, dans une petite pièce garnie de lits superposés où six autres militaires se préparaient à passer les longues heures du vol.

— Prenez cette couchette, fit Gantner en indiquant un lit près du sol.

— Puis-je demander quelle est notre destination ? fit Backman à mi-voix.

— Vous pouvez le demander mais je ne peux pas vous donner la réponse.

— Simple curiosité.

— Je vous mettrai au courant avant l'atterrissage.

— Dans combien de temps ?

— À peu près quatorze heures.

Sans hublot pour se distraire, Joel s'installa sur la couchette et tira la couverture par-dessus sa tête. Il ronflait avant que l'appareil décolle.

3

Critz quitta son domicile bien avant le début de la cérémonie d'investiture, et après quelques courtes heures de sommeil. Accompagné de son épouse, il embarqua pour Londres à bord d'un des nombreux jets privés de son nouvel employeur. Il devait y passer deux semaines avant de reprendre le collier à Washington, investi de son nouveau rôle de lobbyiste, un métier vieux comme le monde. Cette perspective le rendait malade. Pendant des années, il avait vu les politiciens vaincus vivre des pressions qu'ils exerçaient sur leurs anciens collègues, et vendre leur âme à ceux qui étaient prêts à acheter l'influence dont ils se prévalaient. Un monde pourri. Si écœuré fût-il par la vie politique, Critz n'en connaissait malheureusement pas d'autre.

Il donnerait quelques conférences, écrirait peut-être un livre, s'accrocherait pendant quelques années dans l'espoir qu'on ferait appel à lui. Mais il savait à quelle vitesse les puissants d'hier tombent dans l'oubli.

Le président et le directeur de la CIA étaient convenus de garder le silence sur l'affaire Backman pendant vingt-quatre heures, bien après la cérémonie d'investiture. Morgan s'en contrefichait ; il serait à la Barbade. Critz, lui, ne se sentait tenu par aucun accord, surtout pas avec des gens de l'espèce de Teddy Maynard. Vers 2 heures du matin, après un long dîner bien arrosé dans un restaurant londonien, il téléphona à un correspondant de CBS à la Maison-Blanche pour lui communiquer à mots couverts les grandes lignes de la mesure de clémence prise au profit de Backman. Comme il l'avait prévu, CBS annonça la nouvelle dès le premier bulletin d'informations. Avant 8 heures du matin, elle se répandait comme une traînée de poudre à Washington.

Joel Backman avait été gracié par le président aux ultimes heures de son mandat.

Les détails de sa libération n'étaient pas connus. Aux dernières nouvelles, il était détenu dans un établissement de haute sécurité, dans l'Oklahoma.

Dans la capitale en effervescence, l'annonce de la libération de Backman fit autant de bruit que l'installation du nouveau président à la Maison-Blanche.

Après sa faillite, la société d'avocats Pratt & Bolling avait déménagé dans Massachusetts Avenue, à quelques centaines de mètres au nord de Dupont Circle, un bon emplacement mais loin d'être aussi prestigieux que l'ancien, sur New York Avenue. Quelques années plus tôt, quand il tenait les rênes du cabinet – Backman, Pratt & Bolling, à l'époque –, Joel Backman avait accepté de payer le loyer le plus élevé de toute la capitale pour avoir le plaisir de contempler la Maison-Blanche par les grandes fenêtres de son vaste bureau, au septième étage.

Aujourd'hui, la Maison-Blanche était loin, il n'y avait plus de grands bureaux avec une vue imprenable et le bâtiment n'avait que trois étages. Le cabinet était passé de deux cents avocats grassement payés à une trentaine qui gagnaient péniblement leur vie. La première faillite – couramment appelée Backman 1 dans les bureaux – avait décimé le personnel tout en évitant miraculeusement la prison aux associés. La faillite Backman 2 avait été provoquée par trois années de féroces affrontements internes et de procès intentés entre les survivants. La concurrence aimait à dire que, chez Pratt & Bolling, on passait plus de temps à se traduire mutuellement en justice qu'à défendre ses clients.

Ce matin-là, la concurrence se taisait. Joel Backman, l'Intermédiaire, avait été libéré. Reviendrait-il aux affaires? Le reverrait-on à Washington? D'abord, était-ce vrai? Certainement pas.

Kim Bolling était en cure de désintoxication. Quand ce serait terminé, il irait directement dans une clinique psychiatrique, pour un très long séjour. La tension extrême des six dernières années avait eu raison de lui. À Carl Pratt d'assumer seul le poids de ce nouvel épisode cauchemardesque.

C'est Pratt qui, vingt-deux ans plus tôt, avait accepté sur la proposition de Backman le mariage de leurs deux petits cabinets juridiques. C'est lui qui s'était dépensé sans compter pendant seize ans pour faire le ménage derrière Backman tandis que la société d'avocats prospérait, que les honoraires gonflaient comme un torrent en crue et que les règles de l'éthique étaient une à une transgressées. Lui encore qui avait longuement bataillé contre son associé avant de baisser les bras devant les fruits de leur réussite phénoménale.

Et c'est encore Carl Pratt qui s'était trouvé à deux doigts d'une inculpation, avant que Backman décide de ne pas entraîner les autres dans sa chute. L'accord négocié par Backman pour disculper ses associés était assorti d'une amende de dix millions de dollars, ce qui avait déclenché la première procédure de faillite : Backman 1.

Mieux vaut la faillite que la prison, se répétait Pratt tous les jours ou presque. Il allait et venait dans son bureau d'un pas lourd – non, ce qu'il avait appris n'était pas vrai, pas possible. Planté devant la petite fenêtre donnant sur un bâtiment de brique grise, il se demanda comment cela avait pu arriver. Comment un avocat radié, déshonoré, sans le sou, avait-il pu convaincre un président sur le départ de le gracier ?

À l'époque où on l'avait expédié derrière les barreaux, Joel Backman était probablement le criminel en col blanc le plus célèbre d'Amérique. Tout le monde aurait voulu le voir pendu haut et court.

Pratt était obligé de reconnaître que, si une seule personne au monde pouvait réaliser un tel miracle, c'était Joel Backman.

Pratt passa une série de coups de téléphone à son réseau de relations bien informées. Un vieux copain employé à la Maison-Blanche, qui avait réussi à survivre à quatre présidents – deux de chaque camp –, lui confirma la nouvelle.

— Où est-il ? lança aussitôt Pratt, comme si Backman pouvait réapparaître à Washington d'un moment à l'autre.

— Personne ne le sait.

Pratt donna un tour de clé à la porte du bureau et résista à l'envie de se servir une vodka bien tassée. Quand son associé avait été condamné à vingt ans de détention sans possibilité de libération conditionnelle, il s'était souvent demandé ce qu'il ferait à soixante-neuf ans, quand Backman sortirait de prison.

À cet instant, Pratt eut le sentiment qu'on venait de lui voler quatorze ans de sa vie.

La salle était pleine à craquer, au point que le juge avait dû retarder de deux heures l'ouverture de l'audience en attendant que tout le monde soit installé et que l'on établisse des priorités. Les représentants des médias de premier plan avaient réclamé une place à cor et à cri. De gros bonnets du ministère de la Justice, de la CIA, du FBI et de l'Agence nationale de sécurité, du Pentagone, de la Maison-Blanche et du Congrès affirmaient avec force qu'il était pour eux d'un intérêt capital d'assister au lynchage de Joel Backman. Quand le prévenu avait enfin fait son entrée dans la salle où régnait une tension perceptible, l'assistance s'était tue ; on n'entendait plus que le greffier frappant les touches de sa sténotype.

On avait conduit Backman à la table de la défense où son bataillon d'avocats s'était serré autour de lui comme pour le protéger d'une balle tirée du public. Cela n'aurait étonné personne malgré des mesures de sécurité comparables à celles d'un déplacement présidentiel. Au premier rang, juste derrière la table de la défense, Carl Pratt avait pris place avec une douzaine d'associés – ou futurs ex-associés. Ils avaient été fouillés sans ménagement et avec juste raison. Ils étaient partagés entre une haine féroce et l'envie de soutenir Backman. Si l'accord passé avec le procureur échouait au dernier moment, ils n'échapperaient pas, eux non plus, à la justice.

Ils se consolaient en se disant qu'ils étaient dans le public, pas à la table de la défense, avec le gibier de potence. Et qu'ils étaient vivants. Huit jours auparavant, Jacy Hubbard avait été retrouvé mort dans le cimetière d'Arlington, un prétendu suicide auquel il était difficile de croire. Ancien sénateur du Texas,

Hubbard avait abandonné son siège au bout de vingt-quatre ans dans le dessein inavoué de mettre son influence au service du plus offrant. Joel Backman ne pouvait évidemment laisser échapper un si gros poisson. Le cabinet Backman, Pratt & Bolling avait donc engagé pour un million de dollars par an un homme qui avait accès au Bureau ovale quand bon lui semblait.

La mort d'Hubbard avait grandement contribué à faire prendre conscience à Backman de la position exacte du gouvernement. Les négociations avec le procureur pour revoir à la baisse les chefs d'inculpation s'étaient brusquement débloquées. Non seulement Backman acceptait une peine de vingt ans mais il voulait le faire sans tarder. En isolement cellulaire.

Le jour du procès, le procureur était un cadre de haut rang du ministère de la Justice ; devant une assistance aussi nombreuse et prestigieuse, il n'avait pu s'empêcher de poser pour la galerie. Il était incapable de parler simplement ; il y avait trop de monde qui le regardait. Après une longue et obscure carrière, il se trouvait enfin sous le feu des projecteurs, tous les regards étaient rivés sur lui. Il s'était lancé avec virulence dans la lecture de l'acte d'accusation. Il avait été vite évident, malgré tous ses efforts qu'il n'avait aucun don pour le théâtre, encore moins pour la dramatisation. Après huit minutes d'un monologue assommant, le juge avait levé par-dessus ses lunettes un regard ensommeillé.

— Pourriez-vous accélérer un peu le mouvement, je vous prie ? Et, pendant que vous y êtes, baisser la voix ?

Il y avait dix-huit chefs d'accusation, qui allaient de l'espionnage à la haute trahison. À la fin de l'énumération, Joel Backman était à mettre dans le même sac que Hitler. Son avocat s'était empressé de rappeler à la cour – et à toute l'assistance – que rien n'avait été prouvé, qu'il s'agissait en réalité de la position d'une des parties, présentée avec partialité par le ministère public. Il avait expliqué que son client ne plaiderait coupable que pour quatre chefs d'accusation, en rapport avec la possession illégale de documents militaires. Le juge avait donné ensuite lecture de l'accord conclu entre le procureur et la défense, ce qui avait pris une vingtaine de minutes. Au premier rang les dessinateurs croquaient fébrilement la scène sans chercher une ressemblance avec la réalité.

Neal Backman, le fils aîné de Joel, était assis au dernier rang, entouré d'inconnus. Il était associé dans le cabinet de son père, pour peu de temps encore. Il suivait l'audience en état de choc ; il n'en revenait pas de voir ce père naguère si puissant sur le point d'être jeté en prison.

Enfin, on avait fait avancer le prévenu devant le juge. Digne, un avocat accroché à chaque oreille, il avait plaidé coupable pour les quatre chefs d'accusation. Tandis qu'on le reconduisait à la table de la défense, il avait réussi à ne pas croiser un seul regard dans le public.

Une date avait été fixée, le mois suivant, pour le prononcé de la sentence. Quand Backman avait quitté la salle menottes aux poignets, il était devenu évident qu'on ne l'obligerait pas à divulguer ce qu'il savait et qu'il resterait incarcéré très longtemps pour laisser à l'oubli le temps de faire son œuvre. Le public s'était retiré lentement. Les journalistes n'auraient qu'une partie de l'article qu'ils espéraient. Les huiles des agences gouvernementales avaient quitté les lieux sans faire de déclarations, certaines satisfaites de savoir les secrets protégés, d'autres furieuses de voir les crimes couverts par le silence ; Carl Pratt et ses associés avaient pris la direction du bar le plus proche.

Le premier journaliste appela un peu avant 9 heures. Pratt avait prévenu sa secrétaire qu'il fallait s'attendre à des appels de ce genre et lui avait demandé de répondre systématiquement qu'une affaire d'importance l'appelait au tribunal et qu'il ne serait pas joignable avant très longtemps. Les lignes téléphoniques furent bientôt embouteillées ; la journée, qui s'annonçait productive, était fichue. Les avocats et tous les employés du cabinet ne parlaient plus que de Backman. Certains gardaient même l'œil fixé sur la porte, comme s'ils redoutaient de voir apparaître un fantôme.

Dans son bureau fermé à double tour, Pratt regarda les chaînes câblées en sirotant un bloody mary. Par chance, un car de touristes danois avait été détourné aux Philippines, sinon Joel Backman aurait été seul à faire les gros titres. Mais on parlait beaucoup de lui, à grand renfort de spécialistes maquillés et poussés sur les plateaux de télévision pour y jacasser interminablement.

Un ex-patron du Pentagone qualifia la grâce présidentielle de « coup potentiel porté à la sécurité nationale ». Un juge fédéral à la retraite – quatre-vingt-dix ans bien sonnés – parla, comme c'était prévisible, d'une « erreur judiciaire ». Un sénateur du Vermont fraîchement élu reconnut qu'il ne savait pas grand-chose sur le scandale Backman mais se dit ravi d'être en direct sur le câble et annonça qu'il allait demander que toute la lumière soit faite sur cette affaire. Un représentant de la Maison-Blanche déclara que le nouveau président était « très perturbé » par la mesure de clémence prise par son prédécesseur et qu'il envisageait de « réexaminer cette décision ».

Et patati ! et patata ! Pratt se prépara un deuxième bloody mary.

Attiré par l'odeur du sang, un « correspondant » avait déniché un vieux reportage sur Jacy Hubbard. Pratt prit la télécommande pour monter le son. Une grande photo d'Hubbard apparut sur l'écran. L'ex-sénateur avait été découvert mort, une balle dans la tête, huit jours avant la comparution de Joel Backman. Présenté dans un premier temps comme un suicide, le décès avait soulevé bien des questions mais aucun suspect n'avait été identifié. L'arme était un pistolet, probablement volé. Hubbard aimait la chasse mais il n'avait pas d'arme de poing. Les traces de poudre retrouvées sur sa main droite étaient suspectes. L'autopsie avait révélé la présence d'une forte concentration d'alcool et de barbituriques dans son organisme. Pour l'alcool, rien d'étonnant, mais l'ex-sénateur ne touchait pas à la drogue. On l'avait vu quelques heures avant sa mort dans un bar de Georgetown, en compagnie d'une jolie jeune femme, ce qui lui ressemblait bien.

L'hypothèse la plus courante était que la jeune femme l'avait drogué avant de le remettre entre les mains de tueurs professionnels. On l'avait transporté dans une zone isolée du cimetière d'Arlington où on lui avait logé une balle dans la tête.

Le corps reposait sur la pierre tombale de son frère, un héros décoré du Vietnam. L'attention était touchante mais ceux qui connaissaient bien Hubbard affirmaient qu'il parlait rarement de sa famille; la plupart ne savaient même pas qu'il avait un frère décédé.

On murmurait qu'Hubbard avait été assassiné par des gens qui voulaient aussi liquider Joel Backman. Pendant plusieurs années, Carl Pratt et Kim Bolling avaient payé des gardes du corps pour le cas où leur nom aurait également figuré sur la liste. À l'évidence, il n'en était rien. Le prix du marché fatidique qui avait coûté la vie à Hubbard et la liberté à Backman avait été payé par eux seuls. Pratt avait fini par alléger les mesures de sécurité dont il s'était entouré – sans pour autant se séparer de son Ruger, qu'il gardait toujours sur lui.

Backman, à cet instant, était loin et chaque minute qui passait l'éloignait un peu plus de Washington. Curieusement, il pensait lui aussi à Jacy Hubbard et à ses tueurs. Il avait tout le temps pour cela. Quatorze heures allongé sur un lit pliant, dans un avion-cargo parcouru de bruyantes vibrations : la situation avait de quoi émousser les sens d'une personne normale mais, pour un ex-détenu soudainement libéré après six années d'isolement cellulaire, elle était pour le moins stimulante.

Ceux qui avaient tué Jacy Hubbard allaient vouloir éliminer aussi Joel Backman. Dans l'avion volant à une altitude de vingt-quatre mille pieds, les questions se bousculaient dans sa tête. Qui avait intrigué pour le faire gracier? Où avait-on prévu de le cacher? Qui était derrière tout cela?

Des questions, somme toute, assez agréables. Il y avait à peine vingt-quatre heures, celles qu'il se posait étaient : veulent-ils me faire mourir plutôt de faim ou plutôt de froid? Vais-je devenir fou petit à petit ou tout à coup? Verrai-je un jour mes petits-enfants? Ai-je envie de les voir?

Il préférait les nouvelles questions, si troublantes qu'elles soient. Il lui serait au moins possible de marcher dans la rue, de respirer l'air du dehors, de sentir le soleil sur sa peau, de prendre un verre à la terrasse d'un café.

Il avait eu un client un jour, un riche importateur de cocaïne, qui était tombé entre les mains de la police. La prise était si belle que les stups lui avaient offert une nouvelle vie, une nouvelle identité et un nouveau visage s'il balançait les Colombiens qui le fournissaient. Il avait accepté le marché, s'était fait refaire le visage et était réapparu dans la banlieue nord de Chicago, où il tenait une petite librairie. Des années plus tard, Joel était passé voir son ancien client. Il portait le bouc, fumait la pipe, se comportait comme un intellectuel jovial et avait eu trois enfants de sa nouvelle femme. Les Colombiens n'avaient jamais retrouvé sa trace.

Le monde était vaste ; il n'était pas si difficile de s'y cacher.

Joel ferma les yeux et s'efforça de se calmer en se laissant bercer par le bourdonnement des quatre moteurs. Quelle que fût sa destination, il ne serait pas un homme traqué. Il s'adapterait, il survivrait, il ne végéterait pas dans la peur.

Près de lui, deux soldats échangeaient à voix basse des confidences sur leurs bonnes fortunes. Il pensa à Mo, le mafioso repenti qui, ces quatre dernières années, avait occupé la cellule voisine de la sienne. Le seul être humain avec qui, pendant environ vingt-deux heures par jour, il pouvait discuter. Ils ne se voyaient pas mais se parlaient par un tuyau. Rien ne manquait à Mo, pas plus sa famille, ses amis, son quartier que la nourriture, le vin ou le soleil. Mo ne parlait que de sexe. Il racontait ses exploits par le menu. Des blagues aussi, les plus salaces que Joel eût jamais entendues. Il écrivait même des poèmes où il parlait d'anciennes maîtresses, d'orgies, de fantasmes.

Il ne regretterait pas Mo et son imagination.

Sans s'en rendre compte, il s'assoupit.

Le colonel Gantner le réveilla en le secouant.

— Commandant Herzog, chuchota-t-il. Venez, il faut que nous parlions.

Joel se leva et suivit Gantner dans l'allée sombre et étroite qui séparait les couchettes. Ils entrèrent dans une petite pièce, près du cockpit.

— Asseyez-vous, fit Gantner en s'installant devant une table métallique. Voici le marché, continua-t-il en prenant un dossier. Nous atterrirons dans une heure. Vous serez malade, tellement malade qu'une ambulance de l'hôpital de la base vous attendra sur la piste, quand l'avion se posera. Les autorités italiennes feront comme d'habitude une inspection rapide des papiers des passagers. Peut-être voudra-t-on voir le malade mais j'en doute. Nous serons sur une base aérienne américaine ; il y a toujours des allées et venues de personnel. J'ai un passeport pour vous. Je discuterai avec les Italiens, puis l'ambulance vous transportera à l'hôpital.

— Les Italiens ?

— Oui. Vous avez entendu parler de la base aérienne d'Aviano ?

— Non.

— Ça ne m'étonne pas. Elle est entre nos mains depuis que nous en avons chassé les Allemands en 1945. Dans le nord du pays, près des Alpes.

— La région doit être très jolie.

— Certainement, mais ce n'est qu'une base aérienne.

— Combien de temps vais-je y rester ?

— Cela ne dépend pas de moi. Mon boulot consiste à vous faire descendre de cet avion pour être transporté à l'hôpital de la base. Après, quelqu'un d'autre prendra le relais. Jetez un coup d'œil à la bio du commandant Herzog, à tout hasard.

Joel consacra quelques minutes à lire l'histoire fictive de la vie du commandant Herzog et à mémoriser les indications du faux passeport.

— N'oubliez pas que vous êtes malade et sous sédatif, reprit Gantner. Faites comme si vous étiez dans le coma.

— J'ai passé six ans dans le coma.

— Voulez-vous un café ?

— Quelle heure sera-t-il, là où nous atterrirons ?

Gantner regarda sa montre et fit un rapide calcul mental.

— À peu près 13 heures.

— Je prendrais volontiers un café.

Gantner lui tendit un gobelet en papier et un thermos, puis il disparut.

À la fin de son deuxième café, Joel sentit le régime des moteurs ralentir. Il regagna sa couchette et ferma les yeux.

Dès que le C-130 s'immobilisa sur la piste, une ambulance militaire manœuvra pour se placer à l'arrière de l'appareil.

Les soldats s'éloignèrent de l'avion, encore ensommeillés. Le brancard transportant le commandant Herzog fut délicatement soulevé et installé dans l'ambulance. Assis bien au chaud dans une jeep de l'armée américaine, un policier italien suivait distraitement l'opération. L'ambulance s'éloigna sans hâte. Cinq minutes plus tard, le commandant Herzog franchissait la porte de l'hôpital de la base sur son brancard ; on le fit monter au premier étage, dans une petite pièce dont la porte était gardée par deux agents de la police militaire.

4

Coup de chance pour Backman, qui n'en savait rien et n'avait aucune raison de s'en soucier, le président Morgan avait également gracié aux dernières heures de son mandat un vieux milliardaire qui avait échappé à la prison en s'enfuyant à l'étranger. Le milliardaire en question, un immigré slave qui avait eu à son arrivée aux États-Unis la possibilité de changer de nom, se faisait appeler duc Mongo depuis des décennies. Le duc avait versé des sommes faramineuses pour la campagne présidentielle de Morgan. En même temps qu'on apprenait qu'il avait fraudé continûment le fisc, on découvrait qu'il avait passé plusieurs nuits dans la chambre Lincoln, à la Maison-Blanche, où, lors de conversations amicales autour d'un digestif, le président et lui avaient parlé de sa mise en examen imminente. À en croire le témoin de cette discussion, une petite grue qui jouait le rôle de cinquième épouse du duc, le président s'était engagé à peser de tout son poids pour que les poursuites soient abandonnées. Cela n'avait pas marché : les chefs d'accusation se déroulaient sur trente-huit pages. Avant que le processus se déclenche, faisant un pied de nez à la justice de son pays d'adoption, le duc – sans sa cinquième épouse – s'était réfugié en Uruguay où il vivait dans un palais en compagnie de celle qui allait devenir sa sixième épouse.

Il demandait maintenant à revenir aux États-Unis pour y mourir avec dignité, comme un vrai patriote. Il voulait être enterré dans sa ferme, tout près de Lexington, Kentucky. Critz avait réglé l'affaire. Quelques minutes après avoir signé la grâce de Joel Backman, le président Morgan avait pris la même mesure de clémence au profit du duc Mongo.

La nouvelle ne s'ébruita que le lendemain – la Maison-Blanche, pour les raisons que l'on peut imaginer, restait discrète sur les grâces – mais elle provoqua une levée de boucliers. Cet homme qui avait spolié le gouvernement fédéral de six cents millions de dollars, cet escroc qui méritait de terminer sa vie derrière les barreaux s'apprêtait à revenir aux États-Unis à bord de son énorme jet privé pour y finir ses jours dans un luxe indécent. L'affaire Backman, si grave qu'elle fût, était concurrencée non seulement par l'enlèvement des touristes danois mais aussi par le scandale de la libération du plus grand tricheur de l'histoire du fisc.

Backman n'en faisait pas moins les plus gros titres. La plupart des quotidiens du matin de la côte Est présentaient en première page une photographie de l'Intermédiaire. La plupart publiaient de longs articles sur le scandale, le procès où il avait plaidé coupable et maintenant la mesure de clémence prise en sa faveur par le président.

Carl Pratt les lut sur Internet, de la première à la dernière ligne, dans le vaste bureau en désordre aménagé au-dessus de son garage, au nord-ouest de Washington. Ce bureau lui servait à se cacher, à se tenir à l'écart des affrontements qui faisaient rage au sein du cabinet, à éviter les associés qu'il ne supportait plus. Il pouvait y boire en toute tranquillité. Il pouvait casser des objets, lancer des bordées de jurons aux murs, faire tout ce dont il avait envie. C'était son sanctuaire.

Le dossier Backman se trouvait dans un grand carton qu'il avait mis sous clé. Il le parcourait pour la première fois depuis plusieurs années. Il avait tout gardé : coupures de journaux, photographies, notes de service sensibles, copies des chefs d'accusation, jusqu'aux résultats de l'autopsie de Jacy Hubbard.

Une pitoyable histoire !

En janvier 1996, trois jeunes informaticiens pakistanais avaient fait une découverte stupéfiante. Dans un appartement surchauffé et encombré, au dernier étage d'un immeuble de la banlieue de Karachi, les jeunes gens avaient interconnecté plusieurs ordinateurs HP achetés sur un site Internet grâce une bourse de l'État. Ils avaient ensuite relié leur nouveau « superordinateur » à un téléphone satellite militaire, un appareil sophistiqué également fourni par l'État. L'opération réalisée dans le plus grand secret était discrètement financée par l'armée. L'objectif était simple : localiser, puis accéder à un nouveau satellite-espion indien en orbite à cinq cents kilomètres audessus du territoire pakistanais. Ils espéraient, s'ils parvenaient à se connecter sur le satellite, prendre connaissance de ce qu'il surveillait. Leur deuxième objectif – rêve, plutôt – était d'essayer de manipuler le butin à leur profit.

La première excitation passée, les renseignements ainsi détournés s'étaient révélés d'un intérêt très limité. Les nouveaux « yeux » indiens faisaient peu ou prou ce que les anciens avaient fait pendant dix ans : ils prenaient des milliers de photographies des mêmes installations militaires. Les satellites pakistanais, de leur côté, transmettaient depuis dix ans des photos des bases et des mouvements de troupes de leurs voisins indiens. Les deux pays auraient pu échanger les clichés sans rien en apprendre.

Mais ils découvrirent par hasard un autre satellite, puis un deuxième et un troisième. Ni pakistanais ni indiens. Ils n'étaient pas censés se trouver là où ils étaient, à cinq cents kilomètres de la Terre, se déplaçant sur un axe nord - nord-est à une vitesse constante de cent quatre-vingt-douze kilomètres à l'heure, distants l'un de l'autre de six cent quarante kilomètres. Pendant dix jours d'intense excitation, les trois pirates avaient suivi les déplacements de six satellites apparemment liés au sein du même système. Progressant lentement depuis la péninsule Arabique, ils survolaient l'Afghanistan et le Pakistan avant de se diriger vers l'ouest de la Chine.

Ils ne parlèrent de leur découverte à personne. Prétextant qu'ils avaient besoin de matériel pour mener à bien le contrôle du satellite indien, ils réussirent à se procurer un téléphone satellite plus puissant. Au bout d'un mois de surveillance méthodique et ininterrompue, ils avaient établi l'existence d'un réseau de neuf satellites identiques conçus pour être invisibles aux yeux de tous hormis de ceux qui les avaient lancés.

Ils choisirent « Neptune » comme nom de code pour leur découverte.

Les trois jeunes pirates de génie avaient fait leurs études aux États-Unis. Le chef du groupe était Safi Mirza, un ancien assistant à Stanford, qui avait travaillé quelques mois chez Breedin Corp, un fournisseur de l'armée américaine, spécialisé dans les systèmes de satellites. Fazal Sharif avait un doctorat en informatique de Georgia Tech.

Le dernier et le plus jeune des trois membres du groupe Neptune s'appelait Farouk Khan. Farouk avait écrit le logiciel qui leur avait permis de s'introduire dans le premier satellite Neptune. Une fois entré dans le système informatique, Farouk s'aperçut qu'il téléchargeait des renseignements particulièrement sensibles. Impossible aux trois hommes d'ignorer qu'ils étaient en terrain interdit. Il y avait des photographies en couleurs, très nettes, de camps d'entraînement de terroristes en Afghanistan et de limousines de hauts responsables politiques à Pékin. Neptune écoutait les pilotes chinois plaisanter entre eux à vingt mille pieds et montrait, au Yémen, un bateau de pêche suspect amarré à quai. Neptune suivait un véhicule blindé, sans doute celui de Castro, dans les rues de La Havane. Sur une vidéo qui les laissa pantois, ils virent en direct, à Gaza, Arafat en personne s'engager dans une allée, allumer une cigarette et s'arrêter pour uriner.

Quarante-huit heures d'affilée, sans fermer l'œil, les trois hommes épièrent les satellites tandis qu'ils survolaient le Pakistan. Le logiciel était en anglais ; comme Neptune semblait s'intéresser en priorité au Moyen-Orient, à l'Asie et à la Chine, on ne pouvait que supposer qu'il appartenait aux États-Unis, avec une participation de la Grande-Bretagne et d'Israël. Peut-être un projet secret américano-israélien.

Au bout de ces deux jours, ils quittèrent précipitamment leur appartement pour s'installer chez un ami, dans une ferme, à une quinzaine de kilomètres de Karachi. Leur découverte était déjà grisante mais ils voulaient aller plus loin. Safi, en particulier, était convaincu de réussir à prendre le contrôle du système.

Son premier succès fut de voir Fazal Sharif lire un journal. Pour ne pas dévoiler l'emplacement de leur retraite, Fazal avait pris un bus jusqu'au centre de Karachi. Le visage caché par des

lunettes de soleil et une casquette verte, il avait acheté un journal et s'était assis sur un banc, dans un jardin public, près d'un
grand carrefour. Selon les instructions que Farouk donnait par
téléphone, un des satellites de Neptune trouva Fazal, zooma
pour que les titres du journal soient visibles et relaya l'image
jusqu'à la ferme où elle déclencha une stupéfaction incrédule.

La transmission électro-optique des images vers la Terre
avait la meilleure résolution connue à l'époque, comparable
aux images les plus nettes fournies par les satellites d'observation militaires américains, deux fois plus précises que celles des
meilleurs satellites commerciaux européens et américains.

Pendant des semaines et des mois, les trois jeunes Pakistanais travaillèrent d'arrache-pied à concevoir un logiciel adapté,
et, au fur et à mesure qu'ils affinaient leurs programmes, ils
avançaient dans l'exploration des fascinantes possibilités de
Neptune.

Dix-huit mois après être tombés sur Neptune, les trois
hommes avaient mis au point et enregistré sur quatre disques
Jaz de deux gigaoctets un programme qui, non seulement aug-
mentait la vitesse à laquelle Neptune communiquait avec ses
nombreux contacts au sol, mais qui lui permettait également de
brouiller les liaisons de quantité d'autres satellites de naviga-
tion, de communications et d'observation en orbite. Faute de
mieux, ils donnèrent à ce programme le nom de code JAM.

Le système qu'ils avaient baptisé Neptune ne leur appartenait pas mais ils étaient en mesure de le contrôler à leur guise et
même de le neutraliser. Survint alors un profond désaccord. Sai-
sis par la cupidité, Safi et Fazal voulaient vendre JAM au plus
offrant. Farouk, de son côté, redoutait les ennuis. Il était partisan de remettre JAM à l'armée pakistanaise, une manière de
s'en laver les mains.

Safi et Fazal se rendirent à Washington en septembre 1998.
Ils passèrent un mois à essayer vainement d'entrer en contact
avec les services du renseignement militaire par l'intermédiaire
d'amis pakistanais. Un jour, quelqu'un leur parla de Joel Backman, l'homme à qui toutes les portes étaient ouvertes dans la
capitale.

Ouvrir la sienne ne fut pas une mince affaire. Backman
était un homme important qui avait des clients importants;

quantité de gens haut placés quémandaient des miettes de son temps. Ses honoraires pour une consultation d'une heure s'élevaient à cinq mille dollars, une faveur réservée à ceux qui avaient la chance d'être bien vus. Safi emprunta deux mille dollars à un oncle de Chicago et promit à Backman de lui verser le solde sous quatre-vingt-dix jours. Des documents produits lors du procès révélèrent que leur première rencontre avait eu lieu le 24 octobre 1998 dans les bureaux du cabinet Backman, Pratt & Bolling. Une rencontre qui devait briser la vie des hommes présents ce jour-là.

Dans un premier temps, Backman se montra sceptique sur les incroyables capacités du logiciel JAM. À moins que, les ayant immédiatement comprises, il n'ait choisi de jouer au plus fin avec ses nouveaux clients. Safi et Fazal rêvaient de vendre JAM au Pentagone pour une fortune dont il revenait à Backman de fixer le montant. Si quelqu'un à Washington pouvait obtenir une fortune pour JAM, c'était lui.

Backman avait mis au courant Jacy Hubbard, son porte-parole, qui lui coûtait un million de dollars par an, jouait au golf toutes les semaines avec le président et faisait la tournée des bars du Capitole avec les politiciens les plus en vue. Hubbard était un personnage truculent, haut en couleur, un battant ; trois fois divorcé, il avait un faible pour les whiskies de grande marque, surtout lorsqu'il était invité par des lobbyistes. Il devait sa longévité politique à la réputation qu'il avait de ne reculer devant aucun coup bas. Hubbard ne cachait pas son antisémitisme. Au long de sa carrière, il avait entretenu des liens étroits avec les autorités d'Arabie Saoudite. Des liens très étroits. Des investigations feraient apparaître qu'un prince saoudien, celui avec lequel il faisait du ski en Autriche, avait contribué pour un million de dollars à sa dernière campagne électorale.

Hubbard et Backman étaient en désaccord sur la voie à suivre pour négocier la vente de JAM. Hubbard voulait proposer le programme aux Saoudiens qui, il en avait la conviction, débourseraient un milliard de dollars pour se l'approprier. Backman avait une approche moins risquée ; pour lui, un produit aussi dangereux devait rester entre des mains américaines. Hubbard se faisait fort d'obtenir des Saoudiens l'engagement de ne jamais se servir de JAM contre les États-Unis, leur prétendu allié traditionnel. Backman craignait les Israéliens – leurs puissants amis sur le territoire américain, leur armée et, plus particulièrement, leurs services d'espionnage.

Le cabinet Backman, Pratt & Bolling représentait à l'époque nombre de sociétés et de gouvernements étrangers. Il était en réalité la meilleure « adresse » pour ceux qui cherchaient quelqu'un ayant le bras long à Washington. Il suffisait de régler les honoraires – exorbitants – et les portes s'ouvraient. Sur la longue liste de clients figuraient l'industrie japonaise de l'acier, le gouvernement sud-coréen, la famille royale saoudienne, la plupart des banques douteuses des Caraïbes, le régime panaméen au pouvoir, une coopérative agricole bolivienne dont l'unique production était la coca, et ainsi de suite. Les clients respectables voisinaient avec d'autres, moins recommandables.

La rumeur filtra lentement. Le programme JAM pouvait représenter les plus gros honoraires jamais perçus par le cabinet, et il y en avait déjà eu de colossaux. Au fil des semaines, d'autres associés du cabinet proposèrent divers scénarios pour la vente de JAM. La notion de patriotisme fut progressivement abandonnée : il y avait trop d'argent à gagner. Le cabinet représentait une société hollandaise qui fabriquait des équipements techniques pour l'armée de l'air chinoise ; une affaire juteuse pouvait être conclue avec Pékin. Les Sud-Coréens seraient plus tranquilles s'ils savaient exactement ce qui se passait chez leurs voisins du Nord. Les Syriens auraient donné leur trésor national pour être en mesure de neutraliser le réseau de communications de l'armée israélienne. Un cartel de la drogue aurait versé des sommes folles pour être informé des interventions de la DEA.

Joel Backman et sa bande d'avocats cupides devenaient plus riches de jour en jour. On ne parlait que de cela dans les bureaux cossus.

Le médecin était assez brusque et semblait n'avoir guère de temps à consacrer à son nouveau patient. C'était un hôpital militaire. Sans ouvrir la bouche ou presque, il vérifia le pouls, le cœur, les poumons, la tension artérielle et les réflexes avant de déclarer tout de go :

— Je pense que vous êtes déshydraté.

— Pourquoi ? demanda Backman.

— Cela arrive souvent après un long vol. Nous allons vous faire un goutte-à-goutte. Tout ira bien dans vingt-quatre heures.

— Vous voulez dire une perfusion ?

— C'est ça.

— Pas de perfusion pour moi.

— Pardon ?

— Je me suis exprimé clairement. Pas de piqûres.

— Nous vous avons fait une prise de sang.

— Oui, vous avez pris du sang, mais ne m'avez rien injecté. N'en parlons plus, docteur. Pas de perfusion.

— Mais vous êtes déshydraté !

— Je ne me sens pas déshydraté.

— C'est moi le médecin : je dis que vous êtes déshydraté.

— Alors, donnez-moi un verre d'eau.

Une demi-heure plus tard, une infirmière entra, un grand sourire sur le visage, une poignée de médicaments dans la main. Joel refusa les somnifères.

— Qu'est-ce que c'est ? demanda-t-il quand elle lui présenta une seringue hypodermique.

— Du Ryax.

— Qu'est-ce que c'est, le Ryax ?

— Un décontractant musculaire.

— Il se trouve que mes muscles sont parfaitement relâchés. Je ne me suis pas plaint de contractions musculaires, que je sache. Personne n'a dit que j'avais les muscles contractés ; personne ne m'a interrogé sur le sujet. Vous pouvez remporter votre Ryax et vous le mettre où vous voulez. Nous serons plus décontractés et plus heureux tous les deux.

L'infirmière faillit en lâcher sa seringue.

— Je vais voir avec le médecin, réussit-elle à articuler après un long et douloureux silence.

— C'est ça. À la réflexion, vous n'avez qu'à lui planter la seringue dans les fesses. C'est lui qui a besoin de se décontracter.

Elle n'entendit pas la fin de la phrase ; elle était déjà sortie.

À l'autre bout de la base, le sergent McAuliffe envoya sur son ordinateur un message au Pentagone, d'où il fut immédiatement transmis à Langley et communiqué à Julia Javier, un agent chevronné, choisi par le directeur de la CIA en personne pour s'occuper de l'affaire Backman. Dix minutes après l'épisode du Ryax, Julia ouvrit de grands yeux devant son moniteur, étouffa un juron et sortit de son bureau.

Comme à son habitude, Teddy Maynard était assis au bout d'une longue table. Enroulé dans un plaid, il lisait l'un des innombrables rapports qui d'heure en heure s'entassaient sur son bureau.

— Je viens d'avoir des nouvelles d'Aviano, commença Julia Javier. Notre ami refuse tout : il ne veut ni perfusion ni médicaments.

— On ne peut pas mettre quelque chose dans sa nourriture ? suggéra Teddy Maynard à mi-voix.

— Il ne mange pas.

— Comment explique-t-il cela ?

— Il prétend avoir l'estomac barbouillé.

— Est-ce possible ?

— Il ne va pas aux toilettes. Difficile à dire.

— Il prend des liquides ?

— On lui a proposé un verre d'eau qu'il a refusé de boire. Il a exigé de l'eau en bouteille. Quand on lui en a apporté une, il a inspecté le bouchon pour s'assurer qu'il n'avait pas été ouvert.

Teddy Maynard repoussa le rapport qu'il lisait et se frotta les yeux avec les jointures de ses doigts. Le plan d'origine était de donner des sédatifs à Backman, soit par perfusion, soit par injection, pour l'assommer durant quarante-huit heures, puis de le remettre lentement d'aplomb avec un mélange subtil des narcotiques dernier cri. Après l'avoir laissé quelques jours dans le brouillard, ils auraient commencé le traitement au Penthotal. Utilisé par les mains expertes d'agents chevronnés, le « sérum de vérité » donnait d'excellents résultats.

Le plan d'origine était facile à réaliser et infaillible. Le plan de rechange prendrait des mois et la réussite n'était pas garantie, loin de là.

— Il détient de lourds secrets, soupira Teddy Maynard.

— Assurément.

— Mais nous le savions.

— Oui, nous le savions.

5

Deux des trois enfants de Joel Backman avaient déjà coupé les ponts à l'époque du scandale. Neal, l'aîné, avait persévéré. Il avait écrit à son père au moins deux fois par mois, même si, les premiers temps, cela lui était difficile.

À vingt-cinq ans, avocat débutant, il venait d'entrer dans le cabinet Backman quand son père avait été jeté en prison. Il ne savait pas grand-chose sur JAM et Neptune mais le FBI n'avait cessé de le harceler, à tel point que les procureurs fédéraux avaient fini par le mettre en examen.

Si le sort de Jacy Hubbard avait pesé lourd dans la brusque décision de Joel de plaider coupable, le traitement réservé à son fils par les autorités n'y était pas non plus étranger. Backman avait exigé comme condition de l'accord que toutes les charges retenues contre Neal soient abandonnées. Dès le lendemain de sa condamnation, Carl Pratt avait viré Neal et l'avait fait escorter jusqu'à la porte par deux agents de sécurité armés. Le nom de Backman était maudit, à Washington ; toutes les portes s'étaient fermées devant Neal. Un copain de fac avait un oncle qui était un juge à la retraite ; après quelques coups de téléphone, Neal avait atterri à Culpeper, une petite ville de Virginie, dans un modeste cabinet employant cinq avocats. Il s'estimait heureux d'avoir trouvé quelque chose.

Il recherchait l'anonymat : il avait pensé changer de nom et refusait de parler de son père. Il faisait du travail de bureau, rédigeait les testaments et les contrats, s'adaptait au train-train de la vie provinciale. Il avait rencontré une jeune fille du coin, l'avait épousée et lui avait rapidement fait un enfant, une fille, le deuxième petit-enfant de Joel, le seul dont il eût une photographie.

Neal apprit la libération de son père en lisant *The Washington Post*. Il en parla longuement avec sa femme, brièvement avec ses patrons. La nouvelle faisait grand bruit à Washington mais l'onde de choc ne s'était pas propagée jusqu'à Culpeper. Personne ne semblait s'en soucier. Pour la population locale, Neal n'était pas le fils de Joel Backman mais un avocat parmi d'autres.

À la fin d'une audience, un juge le prit à part dans l'espoir d'apprendre où son père était caché. Neal répondit respectueusement mais sobrement au magistrat que ce n'était pas un sujet sur lequel il aimait s'étendre.

À première vue, rien n'avait changé, à Culpeper. Neal vaquait à ses occupations comme si la grâce présidentielle avait été accordée à un parfait inconnu. Il attendait un coup de téléphone ; à un moment ou à un autre, son père se manifesterait.

Cédant aux instances de son patient, l'infirmière en chef se décida à faire la quête et récolta près de trois dollars en menue monnaie. Elle remit le produit de sa quête à celui qu'elle connaissait sous le nom de commandant Herzog, un grincheux qui refusait toute alimentation et dont l'état ne s'arrangeait pas. Le patient empocha l'argent et se rendit directement au distributeur automatique du premier étage. Il y prit trois sachets de chips de maïs et deux Dr Peppers. Il engloutit le tout en quelques minutes ; une heure plus tard, il se précipitait aux toilettes avec une diarrhée carabinée.

Au moins, il n'avait plus l'estomac dans les talons et il ne s'était pas laissé droguer.

Libre en théorie, gracié par le président, il était encore enfermé dans l'hôpital d'une base de l'armée américaine et passait ses journées dans une pièce presque aussi exiguë que sa cellule. La nourriture de la prison était infecte mais il pouvait au moins manger sans crainte ; depuis son arrivée sur la base, il ne s'était nourri que de chips de maïs et de soda. Les infirmières étaient à peine plus aimables que les surveillants. Les médecins avaient certainement reçu des instructions pour lui injecter des sédatifs ; il devait y avoir à proximité une petite salle de torture où quelqu'un attendait de se jeter sur lui dès que les drogues auraient fait leur effet.

Il rêvait d'air pur et de soleil, de nourriture à profusion, d'êtres humains sans uniforme. Au bout de deux interminables journées, ses rêves se réalisèrent.

Un homme encore jeune, au visage impénétrable, entra dans sa chambre et s'adressa à lui avec amabilité.

— Bonjour, Backman. Je m'appelle Stennett. J'ai du nouveau pour vous.

Il lança un dossier sur le lit, contre les jambes de Joel, à côté d'une poignée de vieilles revues lues et relues. Joel ouvrit le dossier.

— Marco Lazzeri ?

— C'est vous, mon vieux, un Italien de souche. Voici votre acte de naissance et votre carte d'identité. Mémorisez tout cela sans perdre de temps.

— Qu'est-ce que vous voulez que je mémorise ? Je ne comprends pas ce qui est écrit.

— Apprenez. Nous partons dans trois heures. Nous vous emmenons dans une ville où vous ferez la connaissance de celui qui deviendra votre meilleur ami. Il vous donnera un coup de main pendant quelques jours.

— Quelques jours ?

— Un mois, peut-être. Tout dépendra de la manière dont vous réussirez la transition.

Joel reposa le dossier.

— Pour qui travaillez-vous ? demanda-t-il en regardant Stennett dans les yeux.

— Si je vous le disais, je serais obligé de vous tuer.

— Très drôle. La CIA ?

— Les États-Unis d'Amérique, c'est tout ce que je puis dire. Vous n'avez pas à en savoir plus.

Le regard de Joel se posa sur la fenêtre au châssis métallique muni d'une serrure.

— Je n'ai pas vu de passeport dans le dossier.

— En effet. Vous n'en aurez pas besoin, Marco. Vous allez mener une petite vie tranquille. Vos voisins croiront que vous êtes né à Milan et que vous avez toujours vécu au Canada, ce qui expliquera votre mauvais italien. Si l'envie de voyager devient irrésistible, attention à vous : elle pourrait vous être fatale.

— Fatale ?

— Allons, Marco, ne jouez pas à ce jeu-là avec moi. Il y a de par le monde des gens mal intentionnés qui donneraient cher pour mettre la main sur vous. Faites ce que nous vous disons de faire et ils ne vous trouveront pas.

— Je ne parle pas un mot d'italien.

— Bien sûr que si : pizza, spaghetti, bravo, opéra, mamma mia. Plus vite vous apprendrez, plus vous serez en sécurité. Vous prendrez des leçons particulières.

— Je n'ai pas un sou vaillant.

— C'est ce qu'on dit. On n'a rien trouvé, en tout cas.

Stennett prit une liasse de billets dans sa poche et en posa quelques-uns sur le dossier.

— Pendant que vous étiez derrière les barreaux, reprit-il, l'Italie a abandonné la lire pour passer à l'euro. Je vous en donne cent, ce qui représente un peu plus de cent dollars. Je reviens dans une heure avec des vêtements. Vous trouverez dans le dossier un lexique contenant vos deux cents premiers mots d'italien. Je vous suggère de vous mettre au travail.

Stennett revint une heure plus tard avec une chemise, un pantalon, une veste et des chaussures de fabrication italienne.

— *Buon giorno.*

— Bonjour à vous, répondit Backman.

— Comment dit-on voiture en italien ?

— *Macchina.*

— Bien, Marco. Il est temps de prendre la *macchina.*

L'homme au volant de la petite Fiat n'ouvrit pas la bouche quand ils montèrent dans la voiture. Joel se tassa à l'arrière avec le sac de toile qui contenait ses maigres possessions ; Stennett prit place à côté du conducteur. L'air était humide et froid, une fine couche de neige recouvrait le sol. En franchissant les grilles de la base aérienne d'Aviano, Joel Backman sentit un premier frémissement à la perspective de la liberté toute proche, un tremblement léger qui s'accompagnait d'une sourde appréhension.

Pas un mot des deux hommes à l'avant. Joel regarda attentivement les panneaux indicateurs. Ils roulaient sur la nationale 251, une route à deux voies, en direction du sud, lui semblait-il. Aux abords de la ville de Pordenone la circulation se fit plus dense.

— Quelle est la population de Pordenone ? demanda-t-il, rompant le silence pesant.

— Cinquante mille habitants, répondit Stennett.

— Nous sommes au nord de l'Italie, c'est bien cela ?

— Au nord-est.

— À quelle distance des Alpes ?

— Une soixantaine de kilomètres, lâcha Stennett en indiquant la droite d'un vague signe de tête. Quand le ciel est dégagé, on voit les montagnes.

— Pouvons-nous nous arrêter pour prendre un café ?

— Nous, euh... nous ne sommes pas autorisés à nous arrêter.

Le conducteur semblait complètement sourd.

Ils contournèrent Pordenone par le nord et se retrouvèrent bientôt sur l'A 28, une autoroute où tout le monde à l'exception des routiers paraissait être en retard pour se rendre à son travail. De petites voitures les dépassaient à toute vitesse ; ils roulaient tranquillement à cent kilomètres à l'heure. Stennett ouvrit un quotidien, *La Repubblica*, bouchant la moitié du pare-brise.

Joel était satisfait de voyager en silence. Il regardait par la vitre le paysage qui défilait. Ils traversaient une plaine onduleuse qui devait être fertile mais, au mois de janvier, les champs étaient nus. De loin en loin, couronnant un coteau aux terrasses superposées, il apercevait une villa ancienne.

Il en avait loué une, un jour, une douzaine d'années plus tôt. Sa deuxième épouse avait menacé de le quitter s'ils ne partaient pas ensemble pour de longues vacances. Joel travaillait à l'époque quatre-vingts heures par semaine et aurait pu en faire plus. Il aimait mieux être au bureau ; de la manière dont les choses se passaient à la maison, il y était plus tranquille. Mais un divorce lui aurait coûté trop cher. Il annonça donc à tout le monde qu'il allait passer un mois en Toscane avec sa tendre épouse, comme si l'idée venait de lui : « Un mois de découvertes culinaires au cœur de la région du chianti. »

Ils avaient déniché un monastère du xive siècle, près de la cité médiévale de San Gimignano, avec un couple de gardiens, une cuisinière et même un chauffeur. Dès le quatrième jour, Joel avait reçu des nouvelles alarmantes de Washington : la commission des finances du Sénat envisageait de supprimer une commande de matériel militaire, ce qui entraînerait un manque à gagner de l'ordre de deux milliards de dollars pour un de ses clients, fournisseur de l'armée. Il avait affrété un jet pour rentrer aux États-Unis afin de remettre le Sénat sur les rails. Il avait appris par la suite que son épouse, restée en Toscane, n'avait pas tardé à coucher avec le jeune chauffeur. La première semaine, il avait téléphoné tous les jours en promettant de venir aussi vite que possible pour terminer ses vacances avec elle. Dès la deuxième semaine, elle cessa de prendre ses appels.

Le projet de loi était revenu à son contenu initial.

Un mois plus tard, l'épouse délaissée avait intenté une procédure de divorce. Il s'était ensuivi un affrontement sans merci qui avait coûté à Joel la bagatelle de trois millions de dollars.

Dire qu'elle avait été la préférée de ses trois femmes légitimes. Il n'avait plus de nouvelles d'aucune d'elles ; chacune avait suivi son chemin. La première, la mère de deux de ses enfants, s'était remariée deux fois ; son mari du moment avait fait fortune en vendant des fertilisants liquides dans des pays du tiers monde. Elle lui avait envoyé en prison un petit mot pour dire qu'elle se réjouissait que le système judiciaire ait enfin réglé son compte à un escroc de son envergure.

Il ne lui en voulait pas. Elle était partie après l'avoir surpris au lit avec une secrétaire, la bimbo qui était devenue sa deuxième femme.

La troisième l'avait abandonné à son sort peu après sa mise en examen.

Quel lamentable gâchis ! Que lui restait-il, à cinquante-deux ans, après une vie passée à filouter les clients, à pourchasser les secrétaires, à mettre la pression sur des politiciens minables, à travailler sept jours sur sept en négligeant trois enfants étonnamment stables, à parfaire son image, à nourrir un ego sans limites, à vouloir amasser toujours plus d'argent ? Que gagne-t-on à poursuivre avec acharnement le grand rêve américain ?

Six ans de prison. Une fausse identité, parce qu'il serait trop dangereux de vivre sous son vrai nom. Et une centaine de dollars en poche.

Marco ! Comment pourrait-il se regarder tous les matins dans le miroir en disant : *Buon giorno*, Marco ?

Ce serait quand même mieux que : Bonjour, monsieur le criminel.

Stennett donnait l'impression de se battre contre son journal plus que de le lire. Les feuilles tressautaient, s'agitaient, se froissaient bruyamment, ce qui provoquait des mouvements de tête agacés du conducteur. Un panneau annonça : Venise, soixante kilomètres. Joel décida de rompre la monotonie du trajet.

— J'aimerais vivre à Venise, lança-t-il, si la Maison-Blanche n'y voit pas d'inconvénient.

Il vit le conducteur tiquer et le journal de Stennett s'abaisser de vingt centimètres. Une tension devint perceptible dans l'habitacle de la petite voiture.

— Désolé, c'est impossible, grogna Stennett avec un haussement d'épaules.

— Il faut vraiment que j'aille aux toilettes, reprit Backman. Pouvez-vous obtenir l'autorisation de faire un arrêt pipi ?

Ils s'arrêtèrent au nord de Conegliano, à une station-service flambant neuve. Stennett commanda trois espressos. Joel prit le sien et alla se planter devant la vitre ; il regarda les voitures filer sur l'autoroute en écoutant un jeune couple se disputer à une table voisine. Il ne reconnut aucun des deux cents mots d'italien qu'il avait essayé d'apprendre. La tâche semblait au-dessus de ses forces.

— Avez-vous passé beaucoup de temps en Italie ? demanda Stennett en venant se placer près de lui.

— Un mois, il y a plusieurs années. En Toscane.

— C'est vrai ? Un mois entier ? Cela a dû vous plaire.

— Quatre jours pour moi, en réalité. Ma femme est restée le mois entier ; elle s'y est fait des amis. Et vous ? C'est une de vos destinations préférées ?

— Je suis toujours par monts et par vaux, répondit Stennett d'un ton vague, le visage impénétrable. Conegliano est célèbre pour son *prosecco*, poursuivit-il en prenant une gorgée de café.

— L'équivalent italien du champagne, glissa Joel.

— Oui. Vous aimez l'alcool ?

— Je n'en ai pas bu une goutte depuis six ans.

— Vous n'en aviez pas, en prison ?

— Jamais.

— Et maintenant ?

— Je vais m'y remettre petit à petit. J'avais tendance à en abuser.

— Nous devons y aller.

— C'est encore loin ?

— Non.

Stennett commença à se diriger vers la porte mais Backman le retint par le bras.

— Je meurs de faim. J'aimerais emporter un sandwich pour la route.

— Allez-y, fit Stennett en montrant un présentoir de panini préemballés.

— Deux, c'est possible ?

— Pas de problème.

L'autoroute A27 menait à Trévise. Quand il fut évident qu'ils n'allaient pas contourner la ville, Joel se dit que la fin du voyage était proche. Le conducteur ralentit, sortit de l'autoroute et s'engagea peu après dans des rues étroites.

— Quelle est la population de Trévise ? demanda Joel.

— Quatre-vingt-cinq mille habitants, répondit Stennett.

— Que savez-vous sur Trévise ?

— C'est une petite ville prospère qui n'a guère changé depuis cinq siècles. Elle a été une alliée fidèle de Venise à l'époque où toutes ces villes s'entre-déchiraient. Nous l'avons durement bombardée pendant la Seconde Guerre mondiale. Il y fait bon vivre et les touristes ne sont pas trop nombreux.

Un bon endroit pour se cacher, se dit Joel.

— C'est ma destination ?

— Possible.

Un campanile s'élevait au-dessus de la ville comme pour attirer les véhicules et les obliger à faire lentement le tour de la Piazza dei Signori. Des scooters et des mobylettes zigzaguaient avec insouciance entre les voitures. Joel s'absorbait dans la contemplation des boutiques : la *tabaccheria* et ses présentoirs à journaux obstruant la porte, la *farmacia* et son néon vert en forme de croix, la boucherie et son étalage de jambons, et les terrasses de cafés, envahies de clients qui semblaient n'avoir rien d'autre à faire qu'à lire le journal ou discuter interminablement en buvant des espressos. Il était presque 11 heures. Comment ces gens gagnaient-ils leur vie s'ils étaient déjà au café une heure avant la pause de midi ?

À lui de le découvrir.

Le muet au volant trouva une place de stationnement. Stennett composa un numéro de téléphone sur un portable, attendit un moment et se mit à parler italien à toute allure.

— Vous voyez l'auvent rouge et blanc, là-bas, fit-il en montrant un café à travers le pare-brise, quand la conversation fut terminée. Le Caffè Donati ?

Joel tordit le cou pour suivre la direction indiquée.

— Oui, je le vois.

— Vous entrez, vous laissez le bar à votre droite et vous allez dans l'arrière-salle, où il y a huit tables. Vous vous asseyez, vous commandez un café et vous attendez.

— J'attends quoi ?

— Un homme viendra vous voir au bout de dix minutes. Vous ferez ce qu'il dit.

— Et si je ne veux pas ?

— Ne faites pas le malin, monsieur Backman. Nous vous surveillons.

— Qui est cet homme ?

— Celui qui deviendra votre ami. Remettez-vous-en à lui et vous aurez de bonnes chances de vivre. Si vous faites quelque chose de stupide, je ne vous donne pas un mois.

Stennett avait dit cela avec une certaine suffisance, comme s'il se réjouissait à l'idée d'être celui qui liquiderait le pauvre Marco.

— Alors, nous nous disons *adios* ? fit Joel en prenant son sac.

— *Arrivederci*, Marco, pas *adios*. Vous avez vos papiers ?

— Oui.

— *Arrivederci*.

Joel descendit de la voiture et s'éloigna d'un pas tranquille. Il résista à l'envie de se retourner pour s'assurer que Stennett le suivait des yeux, qu'il était encore là pour le protéger contre l'inconnu. Il s'efforça de marcher aussi normalement que possible, son sac à la main. Le seul sac de toile, semblait-il, sur cette place du centre de Trévise.

Stennett l'observait, évidemment. Qui d'autre ? Le nouvel ami dont il allait faire la connaissance devait être tout près, à moitié caché derrière un journal, en train de faire des signes à Stennett et au reste de l'équipe de surveillance. Joel s'arrêta un moment devant la *tabaccheria* pour parcourir les manchettes des quotidiens dont il ne comprenait pas un traître mot. Il s'arrêta parce qu'il en avait envie, parce qu'il était un homme libre qui avait le pouvoir et le droit de s'arrêter quand bon lui semblait et de se remettre à marcher quand il le décidait.

En entrant dans le Caffè Donati, il fut accueilli par un *Buon giorno* articulé d'une voix douce par le jeune homme qui essuyait le bar.

Il répondit *Buon giorno*, ses premiers mots en italien à un vrai Italien. Pour couper court à toute conversation, il continua d'avancer, laissant le bar derrière lui, contournant un escalier circulaire qui menait à l'étage, longeant un grand comptoir garni de pâtisseries appétissantes. L'arrière-salle était petite et sombre, complètement enfumée. Il choisit une des deux tables libres en s'efforçant d'éviter les regards des consommateurs. Il était terrifié à l'idée de devoir parler au garçon, de commander un café, d'être démasqué aussi vite. Il resta sans bouger sur sa chaise, le nez baissé sur ses nouveaux papiers d'identité.

— *Buon giorno*, fit la jeune serveuse en se penchant sur son épaule gauche.

— *Buon giorno*.

Sans lui laisser le temps de proposer des consommations figurant sur la carte, il ajouta aussitôt : *Espresso*. Elle lui sourit, se lança dans une phrase incompréhensible.

— *No*, risqua-t-il.

Elle s'éloigna sans insister. Pour Joel, c'était une grande victoire : personne ne lui lançait un de ces regards en coin qu'on lance à un étranger maladroit. Quand la jeune fille apporta son café, il fit *Grazie* d'une voix douce et elle lui sourit. Il se mit à siroter son café pour le faire durer ; il ne voulait pas le finir trop vite, ce qui l'aurait obligé à commander autre chose.

Autour de lui les conversations allaient bon train, avec une vitesse d'élocution étonnante. La langue anglaise donnait-elle cette même impression de rapidité ? Probablement. Il n'imaginait pas maîtriser assez bien l'italien pour être en mesure de comprendre ce qui se disait autour de lui. Joel regarda sa liste dérisoire de deux cents mots ; pendant quelques minutes, il essaya désespérément de reconnaître l'un d'eux.

En passant devant sa table, la serveuse lui posa une question à laquelle il répondit par le *No* habituel. Cette fois encore, cela marcha.

Tout en sirotant son espresso dans un café de la Piazza dei Signori, au centre d'une cité pittoresque de Vénétie, Joel Backman pensa à ses anciens compagnons de Rudley, qui supporteraient encore longtemps la nourriture abjecte, le jus de chaussette appelé café, les matons sadiques, le règlement stupide et de longues années en isolement cellulaire avant de pouvoir commencer à rêver de leur liberté à venir.

Contrairement à ce qui avait été prévu, Joel ne mourrait pas dans cette prison. Il ne dépérirait pas physiquement et mentalement derrière les barreaux. Il avait volé quatorze années à ses bourreaux et se retrouvait tranquillement assis dans un café, à quelques dizaines de kilomètres de Venise.

Pourquoi pensait-il à la prison ? Parce qu'on ne peut effacer d'un seul coup de son esprit six années d'une vie. On emporte avec soi un peu de ce passé, si désagréable qu'il eût été. Les souvenirs horribles de l'enfermement rendaient plus douce encore la liberté toute neuve. Cela prendrait un peu de temps, mais il se concentrerait sur le présent, se promit-il. Sans penser à l'avenir, surtout.

Écoute les bruits, les conversations rapides entre amis, les rires, les chuchotements de ton voisin sur son portable, les commandes lancées d'une voix claire par la jolie serveuse.

Imprègne-toi des odeurs – la fumée des cigarettes, l'arôme du café, les pâtisseries fraîches – et de la chaleur de cette petite salle où les gens d'ici se retrouvent depuis des générations.

Et il se demanda encore une fois ce qu'il faisait là. Pourquoi l'avait-on arraché à sa cellule, embarqué à bord d'un avion à destination de l'Europe ? La grâce présidentielle, soit, mais pourquoi cette fuite organisée à l'étranger ? Pourquoi ne pas avoir simplement ouvert la porte de Rudley pour le laisser vivre sa vie, comme tous les condamnés graciés par le président sortant ?

Il avait sa petite idée.

Et elle le terrifiait.

C'est le moment que choisit Luigi pour apparaître.

6

Âgé d'une trentaine d'années, Luigi avait des yeux noirs et tristes, des cheveux bruns qui couvraient la moitié de ses oreilles et une barbe d'au moins quatre jours. Il était emmitouflé dans un gros blouson de toile qui, avec sa figure mal rasée, lui donnait l'air rassurant d'un paysan. Il commanda un café avec force sourires ; Joel remarqua qu'il avait les dents bien plantées, les mains et les ongles propres. Le blouson et la barbe naissante faisaient partie de sa couverture. Luigi avait dû faire ses études à Harvard.

Il parlait un anglais parfait, avec un léger accent destiné à ne laisser aucun doute sur le fait qu'il était un vrai Italien. Il expliqua qu'il était originaire de Milan, que son père, un diplomate italien marié à une Américaine, mère de ses deux enfants, avait emmené sa famille dans le monde entier, au service de son pays. Supposant que Luigi en savait long sur lui, Joel essaya d'en apprendre un peu plus sur son nouveau mentor.

Il ne découvrit pas grand-chose. Célibataire. Études supérieures à Bologne, puis aux États-Unis – une université du Middle West. Un poste dans la fonction publique – il ne pouvait dire au service de quel gouvernement. Il avait un sourire éclatant dont il usait largement pour éluder les questions auxquelles il ne voulait pas répondre. Joel avait affaire à un professionnel.

— J'imagine que vous savez deux ou trois choses sur moi, glissa Joel.

Un grand sourire découvrit les dents parfaites de Luigi. Ses yeux se fermaient à demi quand il souriait ; les filles devaient être folles de lui.

— J'ai lu le dossier.

— Lequel ? Mon dossier ne logerait pas dans cette salle.

— J'ai lu le dossier.

— Très bien. Combien de temps Jacy Hubbard a-t-il siégé au Sénat ?

— Trop longtemps, si vous voulez mon avis. Écoutez, Marco, nous n'allons pas agiter les fantômes du passé. Nous avons trop à faire à partir d'aujourd'hui.

— Pourrais-je avoir un autre prénom. Je ne raffole pas de Marco.

— Ce n'est pas moi qui l'ai choisi.

— Alors, qui ?

— Je ne sais pas. Vous posez des questions oiseuses.

— J'ai été avocat pendant vingt-cinq ans. Déformation professionnelle.

Luigi termina son café et posa quelques pièces sur la table.

— Allons faire un tour, déclara-t-il en se levant.

Joel prit son sac et le suivit. Ils firent quelques mètres sur le trottoir et s'engagèrent dans une petite rue, plus calme. Luigi s'arrêta soudain devant l'Albergo Campeol.

— Votre première étape, annonça-t-il.

— Qu'est-ce que c'est ? demanda Joel en levant les yeux.

La construction à la façade en stuc, haute de quatre étages, était coincée entre deux autres. Des drapeaux flottaient au-dessus des arcades.

— Un joli petit hôtel. *Albergo* veut dire hôtel. Vous pouvez employer le mot « hôtel » si vous préférez mais, dans les petites villes, on dit plutôt *albergo*.

— Alors, c'est une langue facile, observa Joel qui regardait des deux côtés de la petite rue, dans ce qui, à l'évidence, allait devenir son quartier.

— Plus facile que l'anglais.

— Nous verrons bien. Combien de langues parlez-vous ?

— Cinq ou six.

Ils entrèrent dans le petit hall de l'hôtel. Luigi salua le réceptionniste d'un air de connivence. Joel lança un *Buon giorno* bien articulé sans s'arrêter, pour ne pas avoir à en dire plus. Ils prirent l'escalier, montèrent trois étages et marchèrent jusqu'au fond d'un couloir étroit. Luigi avait la clé de la chambre 30, une pièce joliment et simplement décorée, avec des fenêtres donnant sur trois côtés et la vue sur un canal.

— C'est leur meilleure chambre, expliqua Luigi. Rien de luxueux mais tout à fait convenable.

— Vous auriez dû voir ma cellule, fit Joel en lançant son sac sur le lit.

Il commença à tirer les rideaux tandis que Luigi ouvrait la porte d'une minuscule penderie.

— Venez voir. Vous avez quatre chemises, quatre pantalons, deux vestes, deux paires de chaussures, le tout à votre taille. Et un pardessus : il peut faire très froid à Trévise.

Joel considéra avec étonnement sa nouvelle garde-robe. Les vêtements étaient soigneusement alignés sur des cintres, repassés, prêts à être utilisés. Ils avaient des tons chauds et pouvaient tous s'assortir.

— Merci, fit-il avec un petit haussement d'épaules.

— Vous trouverez dans ce tiroir une ceinture, des chaussettes, des sous-vêtements, tout ce qu'il faut. Les articles de toilette sont dans la salle de bains.

— Je ne sais que dire.

— Il y a deux paires de lunettes sur le bureau, poursuivit Luigi.

Il en prit une, les leva vers la lumière. Les verres rectangulaires étaient maintenus par une fine monture noire.

— Armani, glissa-t-il avec une pointe de fierté dans la voix.

— Ce sont des lunettes de vue ?

— Oui et non. Je vous suggère de les porter chaque fois que vous quitterez votre chambre. Cela fait partie du déguisement, Marco. De votre nouveau moi.

— Vous auriez dû connaître l'ancien.

— Aucun regret. L'apparence est très importante pour les Italiens, surtout dans le Nord. Vêtements, lunettes, coupe de cheveux, tout doit être en harmonie, sinon vous attirerez l'attention sur vous.

Joel eut un brusque et bref moment de gêne. Avant de porter l'uniforme d'une prison, il payait sans sourciller trois mille dollars pour un costume sur mesure.

Luigi continuait à prodiguer des conseils.

— Pas de bermuda, pas de chaussettes noires avec des chaussures blanches, pas de pantalon en tergal, pas de chemisette de golf et surtout – de grâce ! – ne reprenez pas de poids.

— Comment dit-on : « Allez vous faire foutre » en italien ?

— Nous verrons plus tard. Les habitudes et les coutumes sont importantes. Elles sont faciles à apprendre et agréables. Par exemple, on ne commande jamais un cappuccino après 10 h 30 mais on peut boire un espresso à n'importe quelle heure. Le saviez-vous ?

— Non.

— Seuls les touristes prennent un cappuccino après le déjeuner ou le dîner. Une honte.

Luigi fit une grimace comme si cette faute de goût lui donnait envie de vomir.

— Je ne le ferai jamais, je le jure ! lança Joel en levant la main droite.

— Asseyez-vous donc, fit Luigi en indiquant les deux chaises disposées autour du petit bureau. D'abord, la chambre, reprit-il quand ils furent installés aussi commodément que possible. Elle est à mon nom mais le personnel de l'hôtel pense qu'un homme d'affaires canadien va y passer une quinzaine de jours.

— Une quinzaine de jours ?

— Oui. Ensuite, vous partirez ailleurs.

Luigi avait pris un ton sinistre, comme si une armée d'assassins professionnels arpentait déjà les rues de Trévise à la recherche de Joel Backman.

À partir de maintenant, vous allez laisser une piste. Mettez-vous dans la tête que tout ce que vous ferez, tous ceux que vous rencontrerez feront partie de cette piste. Le secret de la survie est de laisser derrière soi aussi peu de traces que possible. Ayez peu de contacts avec les gens d'ici, y compris le réceptionniste et la femme de chambre. Le personnel d'un hôtel observe les clients et il a une bonne mémoire. Il se peut que, dans six mois, quelqu'un se présente ici et pose des questions sur vous. Cette personne aura une photo de vous et sortira quelques gros billets. La mémoire reviendra peut-être au réceptionniste qui se souviendra que vous ne parliez que quelques mots d'italien.

— J'ai une question.

— J'ai très peu de réponses.

— Pourquoi m'a-t-on amené en Italie, un pays dont je ne parle pas la langue? Pourquoi pas en Angleterre ou en Australie, où il m'aurait été plus facile de me fondre dans la masse.

— Ce n'est pas moi qui ai pris cette décision, Marco.

— C'est bien ce qu'il me semblait.

— Alors, pourquoi avez-vous posé la question?

— Je ne sais pas. Puis-je demander à être transféré dans un autre pays?

— Encore une question oiseuse.

— Une mauvaise blague, pas une mauvaise question.

— Pouvons-nous continuer?

— Oui.

— Les premiers jours, je vous emmènerai déjeuner et dîner. Nous irons chaque fois dans un établissement différent. Trévise est une jolie ville où les endroits pour manger ne manquent pas; nous les essaierons tous. Il faut commencer à penser au jour où je ne serai plus là et vous méfier des gens que vous rencontrerez.

— J'ai une autre question.

— J'écoute.

— À propos d'argent... Je n'ai pas l'habitude d'être sans le sou. Avez-vous prévu de me verser une allocation?

— Qu'entendez-vous par là, Marco?

— De l'argent, quoi... Du liquide.

— Ne vous inquiétez pas pour cela, Marco. Pour le moment, c'est moi qui paie. Vous ne mourrez pas de faim.

— D'accord.

Luigi plongea la main dans la poche de sa veste et en sortit un téléphone portable.

— C'est pour vous.

— Qui voulez-vous que j'appelle?

— Moi, si vous avez besoin de quelque chose. Mon numéro est au dos.

Joel prit l'appareil, le posa sur le bureau.

— J'ai faim, déclara-t-il. Je rêve d'un long repas arrosé d'un bon vin, un plat de pâtes, un dessert et un espresso – pas un cappuccino, à l'heure qu'il est. Le déjeuner sera peut-être suivi d'une sieste. Je suis en Italie depuis quatre jours et je n'ai rien avalé d'autre que des chips de maïs et des sandwiches. Qu'en dites-vous ?

— Je sais où nous irons, répondit Luigi en regardant sa montre. Mais nous n'avons pas encore terminé. Vous ne parlez pas du tout italien ?

Joel leva les yeux au plafond et poussa un long soupir. Il se força à sourire.

— Je n'ai jamais eu l'occasion d'apprendre l'italien, pas plus que le français, l'allemand ou une autre langue. Je suis américain, Luigi. Mon pays est plus étendu que l'ensemble de l'Europe ; l'anglais nous suffit.

— Je vous rappelle que vous êtes canadien.

— Peu importe. Nous sommes isolés : il n'y a que nous et les Américains.

— Mon boulot consiste à assurer votre protection.

— Merci, Luigi.

— Pour cela, il vous faudra commencer à apprendre l'italien sans perdre de temps.

— Je comprends.

— Vous aurez un professeur, un étudiant du nom d'Ermanno, qui vous donnera des leçons particulières le matin et l'après-midi. Il y aura du travail à faire.

— Combien de temps ?

— Aussi longtemps qu'il le faudra : cela dépendra de vous. Si vous travaillez bien, vous devriez être capable de vous débrouiller seul dans trois ou quatre mois.

— Combien de temps vous a-t-il fallu pour apprendre l'anglais ?

— Ma mère est américaine. Nous parlions anglais à la maison, italien ailleurs.

— Ce n'est pas de jeu. Quelles sont les autres langues que vous parlez ?

— Espagnol, français, quelques autres. Ermanno est un excellent professeur ; vos leçons auront lieu tout près d'ici.

— Pas à l'hôtel?

— Certainement pas, Marco! Pensez à votre piste. Que dirait le personnel si un jeune homme s'enfermait quatre heures par jour avec vous dans cette chambre?

— Le pire, j'imagine.

— La femme de chambre écouterait à la porte et découvrirait ce que vous faites. Elle en parlerait aux autres; en quelques jours, tout le personnel saurait que l'homme d'affaires canadien prend des cours intensifs d'italien.

— J'ai pigé. On va déjeuner, maintenant?

En sortant de l'hôtel, Joel sourit au réceptionniste et au portier en se gardant d'ouvrir la bouche. Ils se dirigèrent vers la Piazza dei Signori, la place centrale, bordée d'arcades et de terrasses de cafés. Il était midi; il y avait foule sur les trottoirs. Joel était au chaud dans son nouveau manteau mais le temps se rafraîchissait. Il faisait de son mieux pour ne pas se distinguer des Italiens.

— Dedans ou dehors? demanda Luigi.

— Dedans, répondit Joel.

Ils entrèrent dans le Caffè Beltrame qui donnait sur la place. Près de l'entrée un four en briques chauffait la salle où flottaient des arômes délicieux venus de la cuisine. Luigi et le maître d'hôtel commencèrent à parler en même temps; ils éclatèrent de rire. Ils choisirent une table, devant une fenêtre.

— Nous sommes vernis, observa Luigi en se débarrassant de sa veste. Le plat du jour est *faraona con polenta*.

— Qu'est-ce que c'est?

— Pintade à la polenta.

— Quoi d'autre?

Luigi étudiait une des ardoises suspendues à une vieille poutre. *Panzerotti di funghi al burro* – croustade de champignons frits au beurre. *Conchiglie con cavalfiori* – coquilles de pâtes au chou-fleur. *Spiedino di carne misto alla griglia* – brochettes grillées de viande.

— Je prends tout ça.

— La cuvée du patron est bien, affirma Luigi.

— Je préfère le rouge.

En quelques minutes, la salle se remplit de clients qui semblaient tous se connaître. Un petit homme jovial en tablier blanc taché passa à toute vitesse devant leur table, ralentit juste assez pour chercher le regard de Joel et écouter sans rien noter Luigi qui commandait une longue liste de plats. On leur apporta un pichet de vin avec un bol d'huile d'olive chaude et une assiette de *focaccia*. Joel se jeta sur la nourriture tandis que Luigi expliquait les subtilités des différents plats, les coutumes et les traditions, les erreurs commises par les touristes cherchant à se faire passer pour des autochtones.

Joel avait beaucoup à apprendre avec Luigi.

Il avait pourtant pris soin, pour le savourer, de boire à petites gorgées le premier verre de vin, mais l'alcool lui monta rapidement à la tête. Une merveilleuse chaleur se répandit en lui tandis que son corps s'engourdissait. Il était un homme libre, de longues années avant la date prévue, dans un petit restaurant d'une ville d'Italie dont il ne connaissait pas le nom la veille, un verre de vin à la main, les narines chatouillées par des odeurs exquises. Il sourit à Luigi qui poursuivait ses explications et se laissa aller à la rêverie.

Ermanno prétendait avoir vingt-trois ans mais il n'en faisait guère plus de seize. Grand, affreusement maigre, les cheveux blond-roux et les yeux noisette, il avait plus le type allemand qu'italien. Il était timide, très nerveux ; il ne fit pas bonne impression à Joel.

Ils s'étaient rendus après le déjeuner dans le petit appartement d'Ermanno, au troisième étage d'un immeuble décati, à quelques centaines de mètres de l'hôtel de Joel. Le deux-pièces était chichement meublé, ce qui, pour un étudiant, n'avait rien d'étonnant mais il donnait l'impression qu'Ermanno venait de s'y installer et pouvait le quitter à tout moment.

Ils prirent place autour d'un petit bureau, au centre du séjour. Il n'y avait pas de téléviseur. La pièce était froide, mal éclairée ; le bien-être procuré par le déjeuner se dissipait rapidement.

La nervosité d'Ermanno n'arrangeait rien.

Voyant le jeune homme incapable de mener la conversation, Luigi prit les choses en main. Il proposa que les leçons aient lieu tous les matins de 9 heures à 11 heures et qu'elles reprennent vers 13 h 30, après une pause de deux heures, jusqu'à ce qu'ils soient fatigués. Cet emploi du temps parut convenir aussi bien à Ermanno qu'à Joel qui hésitait à poser la question qui le préoccupait. Si mon professeur est étudiant, comment trouve-t-il le temps d'enseigner toute la journée ? Il préféra garder le silence ; il aborderait le sujet plus tard.

Les questions s'accumulaient.

Ermanno finit par se détendre et présenta le programme des leçons. Quand il parlait lentement, son accent n'était pas gênant mais, dès qu'il accélérait son débit, comme il était enclin à le faire, son anglais devenait aussi incompréhensible que l'italien. Luigi le rappela à l'ordre.

— Il est important de parler très lentement, Ermanno, au moins les premiers jours.

— Merci, fit Joel, sans cacher sa satisfaction.

Ermanno s'empourpra et s'excusa d'une voix faible.

Il posa sur le bureau le matériel du débutant : un manuel, un petit magnétophone et deux cassettes.

— Les cassettes suivent le livre, expliqua-t-il en parlant très lentement. Ce soir, vous pourriez étudier le premier chapitre et écouter plusieurs fois les cassettes. C'est ce que nous ferons demain.

— Ce sera un enseignement intensif, glissa Luigi, comme si Joel n'était pas assez sous pression.

— Où avez-vous appris l'anglais ? demanda-t-il à Ermanno.

— À l'université. À Bologne.

— Vous n'avez pas fait d'études aux États-Unis ?

— Si, répondit Ermanno.

Il lança un coup d'œil nerveux en direction de Luigi, comme s'il préférait ne pas parler de ce qui se passait aux États-Unis. Contrairement à Luigi, il était facile de lire dans la pensée d'Ermanno ; ce n'était visiblement pas un professionnel.

— Où ? poursuivit Joel, espérant tirer quelque chose de lui.

— À Furman. Une petite université de Caroline du Sud.

— À quelle époque ?

Luigi vint à la rescousse d'Ermanno. Il s'éclaircit la voix.

— Vous aurez tout le temps de discuter plus tard. Pour vous, Marco, il est important d'oublier l'anglais. Vous vivrez désormais dans un monde d'italien. Tout ce que vous toucherez a un nom en italien. Chacune de vos pensées devra être traduite. Dans une semaine, vous commanderez tout seul au restaurant. Dans quinze jours, vous rêverez en italien. C'est une immersion complète, absolue dans cette langue et cette culture : vous ne pouvez pas reculer.

— Pouvons-nous commencer le matin, à 8 heures ? demanda Joel.

Ermanno tourna la tête vers lui avec nervosité.

— Je préférerais 8 h 30.

— Très bien. Je serai là à 8 h 30.

Joel et Luigi repartirent tranquillement à pied en direction de la Piazza dei Signori. En milieu d'après-midi, les voitures étaient moins nombreuses, les trottoirs presque déserts. Luigi s'arrêta devant la Trattoria del Monte.

— Je vous attendrai ici, à 20 heures, pour le dîner, fit-il en indiquant de la tête l'entrée de l'établissement.

— Bon, d'accord.

— Vous savez où se trouve votre hôtel ?

— Oui. L'*albergo*.

— Vous avez un plan de la ville ?

— Oui.

— Voilà, Marco, je vous laisse. À vous de jouer.

Sur ces mots, Luigi s'engouffra dans une ruelle et s'éloigna sans se retourner.

Joel le suivit des yeux jusqu'à ce qu'il disparaisse, puis il continua son chemin jusqu'à la place.

Le sentiment de solitude fut soudain très fort. Quatre jours après être sorti de prison, il était enfin libre, sans chaperon, peut-être même sans surveillance mais il en doutait. Il décida de se balader en faisant comme si personne ne le filait. Tandis qu'il regardait distraitement la vitrine d'une petite maroquinerie, il prit une autre décision : il ne passerait pas le reste de sa vie à se retourner pour s'assurer qu'il n'était pas suivi.

On ne le retrouverait pas.

Il flâna jusqu'à la Piazza San Vito, une petite place autour de laquelle s'élevaient deux églises du XIVe siècle, Santa Lucia et San Vito, toutes deux fermées. Une vieille plaque de cuivre indiquait que les deux édifices seraient ouverts au public de 16 à 18 heures. Joel trouva curieux que les églises soient fermées de midi à 16 heures.

Les bars, eux, étaient ouverts mais vides. Il finit par trouver le courage d'entrer dans l'un d'eux. Il se jucha sur un tabouret, prit une longue inspiration et articula le mot *Birra* quand le barman s'approcha de lui.

L'homme lança quelques mots incompréhensibles et attendit une réponse. L'espace d'un instant, Joel eut envie de prendre ses jambes à son cou. Puis il vit le robinet de la bière pression, le montra comme si ce qu'il demandait était parfaitement clair; le barman se tourna pour prendre un verre propre.

Sa première bière depuis six ans. Elle était fraîche, épaisse, succulente; il la savoura de la première à la dernière goutte. Au bout du bar, la télévision diffusait un soap-opéra braillard. Joel écoutait de temps en temps, sans comprendre un traître mot, en essayant de se convaincre qu'un jour, ce serait différent.

Au moment où il décidait de partir pour rejoindre tranquillement son hôtel, il regarda par la vitre.

Stennett passa sur le trottoir.

Joel commanda une autre bière.

7

L'affaire Backman avait été suivie de près par Dan Sandberg, un journaliste chevronné du *Washington Post*. En 1998,
Sandberg avait révélé que des documents hautement confidentiels quittaient le Pentagone sans autorisation. L'enquête du FBI
qui en était résultée avait occupé Sandberg pendant six mois, au
cours desquels il avait signé dix-huit articles, parus à la une pour
la plupart. Sandberg disposait d'informateurs fiables à la CIA et
au FBI. Il connaissait les associés de chez Backman, Pratt & Bolling, qui le recevaient dans leurs bureaux. Il harcelait le ministère de la Justice pour obtenir des informations. Il était au
tribunal le jour où Backman avait précipitamment plaidé coupable avant de disparaître.

L'année suivante, il avait publié le premier de ses deux
livres sur le scandale. L'ouvrage s'était vendu à vingt-quatre
mille exemplaires en édition reliée, un chiffre honorable ; le
second n'en avait fait que la moitié.

Sandberg avait noué des relations fructueuses avec un certain nombre de gens bien placés. Une personne en particulier
était devenue, sans qu'il s'y attende, une source du plus haut
intérêt. Un mois avant la mort de Jacy Hubbard, Carl Pratt, mis
en examen comme la plupart des principaux associés de son
cabinet, avait appelé Sandberg pour convenir d'un rendez-vous.
Ils s'étaient vus une douzaine de fois pendant que l'affaire suivait son cours. Par la suite, restés en contact, ils se rencontraient
au moins deux fois par an pour échanger les derniers potins en
buvant quelques verres.

Trois jours après la grâce de Backman, Sandberg téléphona à Pratt pour lui donner rendez-vous dans leur bistrot favori, un bar d'étudiants, près de l'université de Georgetown.

Pratt avait une mine épouvantable, comme s'il avait picolé plusieurs jours durant. Il commanda une vodka, Sandberg une bière.

— Alors, lança le journaliste en souriant, où se trouve notre cher ami?

— Il n'est plus en prison, c'est une certitude, lâcha Pratt après avoir avalé une lampée de vodka.

— Pas de nouvelles de lui?

— Aucune. Ni moi, ni personne du cabinet.

— Seriez-vous étonné s'il téléphonait ou s'il passait vous voir?

— Oui et non, répondit Pratt en reprenant une gorgée de vodka. Rien ne peut m'étonner de la part de Backman. S'il devait ne jamais remettre les pieds à Washington, je n'en serais pas étonné, pas plus que s'il se pointait demain pour annoncer qu'il monte un nouveau cabinet.

— Vous ne vous attendiez pas à ce qu'il soit gracié, quand même?

— Non, mais l'idée ne vient pas de lui.

— Certainement pas.

Une étudiante passa près de leur table; Sandberg la suivit du regard. Deux fois divorcé, il était toujours à l'affût. Il prit une gorgée de bière.

— Il ne peut plus exercer, si je ne me trompe. Il n'a pas été radié du barreau?

— Il en faudrait plus pour arrêter Backman. Il appellerait cela « relations avec le gouvernement », ou prendrait le titre de « consultant ». Il ferait du lobbying, sa spécialité; on n'a pas besoin de licence pour cela. La moitié des avocats de la capitale seraient bien incapables de dire où se trouve le tribunal le plus proche de leur cabinet. Mais ils savent exactement où est le Capitole.

— Il aurait des clients?

— La question ne se pose pas : Backman ne reviendra pas ici... À moins que vous ne sachiez quelque chose que je ne sais pas...

— Pas du tout. Il a disparu sans laisser de traces. Le personnel de la prison refuse de parler ; je n'ai pas réussi à leur arracher un mot.

— Avez-vous une idée de ce qui s'est passé ? interrogea Pratt en vidant son verre.

— J'ai découvert aujourd'hui que Teddy Maynard s'est rendu à la Maison-Blanche aux dernières heures de la présidence de Morgan. Il fallait quelqu'un comme Maynard pour lui arracher la grâce de Backman. Il est sorti de sa prison, probablement sous bonne escorte, et il s'est évanoui dans la nature.

— Protection des témoins ?

— Quelque chose de ce genre. Ce ne serait pas la première fois que la CIA met des gens à l'abri ; ils sont obligés. Il n'y en a aucune trace mais ils ont les moyens de le faire.

— Pour quelle raison cacheraient-ils Backman ?

— La vengeance. Vous souvenez-vous d'Aldrich Ames, la plus grosse taupe dans l'histoire de la CIA ?

— Bien sûr.

— Il est aujourd'hui bouclé dans un pénitencier fédéral. Ne croyez-vous pas que la CIA aimerait lui régler son compte ? Impossible : la loi s'y oppose. Il ne leur est pas possible d'éliminer un citoyen américain ni sur notre sol ni à l'étranger.

— Backman n'était pas infiltré dans le personnel de la CIA. Il ne pouvait pas encadrer Teddy Maynard qui le lui rendait bien.

— Maynard ne le tuera pas. Il fera ce qu'il faut pour donner ce plaisir à quelqu'un d'autre.

Pratt se leva brusquement.

— Vous en prenez une autre ? proposa-t-il en montrant le verre de bière.

— Plus tard, peut-être, répondit le journaliste en buvant une petite gorgée.

Pratt revint avec une double vodka et reprit sa place.

— Vous pensez donc que les jours de Backman sont comptés ?

— Vous m'aviez demandé si j'avais une idée de ce qui s'est passé. Je vous pose la même question.

— Le résultat est le même, mais le point de vue légèrement différent.

Pratt but un petit coup, puis il plongea le doigt dans son verre pour remuer l'alcool et lécha son doigt.

— Entre nous, bien sûr? ajouta-t-il au bout de quelques secondes.

— Bien sûr.

Ils avaient eu de si nombreuses conversations depuis plusieurs années que cela allait sans dire.

— Huit jours se sont écoulés entre la mort d'Hubbard et l'audience où Backman a plaidé coupable, une période terriblement angoissante. Nous étions, Kim Bolling et moi, sous la protection du FBI vingt-quatre heures sur vingt-quatre, en toutes circonstances. Une situation assez curieuse. D'un côté, le FBI faisait tout pour nous envoyer finir nos jours derrière les barreaux, de l'autre, il se sentait obligé de nous protéger.

Une gorgée de vodka, un coup d'œil circulaire pour s'assurer que personne n'écoutait aux tables voisines.

— Il y a eu des menaces, reprit Pratt, des tentatives infructueuses effectuées par ceux qui avaient tué Jacy Hubbard. Le FBI nous en a informés par la suite, bien après l'incarcération de Backman, quand les choses se sont tassées. Nous nous sommes sentis un peu plus tranquilles mais nous avons payé des gardes du corps pendant encore deux ans. Je me surprends parfois à lancer un coup d'œil dans le rétroviseur et le pauvre Kim a perdu la boule.

— De qui venaient ces menaces?

— De ceux qui donneraient cher pour mettre la main sur Backman.

— Qui?

— Backman et Hubbard s'étaient mis d'accord afin de vendre leur produit aux Saoudiens pour une somme phénoménale. Moins phénoménale, pourtant, que ce qu'aurait coûté la construction d'un nouveau système de satellites. L'affaire a capoté. Hubbard s'est fait tuer, Backman s'est réfugié en prison; les Saoudiens n'étaient pas contents du tout. Les Israéliens non plus, qui voulaient eux aussi conclure ce marché; ils étaient furieux qu'Hubbard et Backman leur aient préféré les Saoudiens.

Pratt s'interrompit pour boire un petit coup de vodka, comme s'il avait besoin de puiser du courage dans l'alcool pour achever son récit.

— Il y a aussi ceux qui ont construit le système.

— Les Russes?

— Probablement pas. Hubbard aimait les filles de type asiatique. La dernière fois qu'on l'a vu, il sortait d'un bar en compagnie d'une jeune et superbe créature aux longs cheveux noirs et aux yeux délicatement bridés. La Chine communiste emploie des milliers de personnes sur notre territoire pour réunir des renseignements. Étudiants, hommes d'affaires, diplomates, ils sont nombreux à fureter dans tous les coins. Sans compter les agents d'une grande efficacité dont disposent leurs services de renseignement. Dans une affaire comme celle-là, ils n'hésiteraient pas à éliminer Hubbard et Backman.

— La Chine communiste, vous en êtes sûr?

— Personne n'est sûr de rien. Backman le sait peut-être mais il n'en a parlé à personne. N'oubliez pas que la CIA n'était même pas au courant de l'existence de ce système. Ils ont été pris au dépourvu et Maynard essaie encore de rattraper le coup.

— Il a de quoi s'amuser.

— Absolument. Il a prétexté pour Morgan une question de sécurité nationale. Le président, comme on pouvait s'y attendre, a gobé son histoire. Backman est sorti de prison; Maynard lui a fait quitter le pays et le surveille pour savoir qui va se pointer pour le descendre. Dans tous les cas de figure, la CIA ne peut pas perdre.

— Un plan magnifique.

— C'est peu dire, Dan. Quand Joel Backman trouvera la mort, personne n'en saura rien. Personne ne sait où il se cache aujourd'hui; personne ne saura qui il est quand on découvrira son corps.

— Si on le retrouve.

— Exactement.

— Backman a conscience de la situation?

Pratt termina sa deuxième vodka et s'essuya la bouche avec sa manche. Il réfléchissait.

— Backman n'est pas bête, loin de là, mais une grande partie de ce que nous savons ne s'est fait jour qu'après son emprisonnement. Il a survécu à six ans de détention; il doit s'imaginer que rien de pire ne peut lui arriver.

Critz poussa la porte d'un pub proche de l'hôtel Connaught; il fuyait le crachin soudain transformé en une grosse pluie. Sa femme était restée dans le petit appartement mis à leur disposition par son nouvel employeur et lui s'offrait le luxe de boire une ou deux pintes de bière dans l'anonymat d'un pub bondé. Il était à Londres depuis une semaine et y resterait encore huit jours avant de retraverser l'Atlantique. De retour à Washington, il commencerait son nouveau boulot pour une société qui fabriquait du matériel de guerre, en particulier des missiles défectueux dont le Pentagone ne voulait pas mais qu'il serait contraint d'acheter sous la pression des lobbyistes à la solde de cette société.

Critz aperçut une table libre à travers l'épaisse couche de fumée de cigarettes; il s'y installa avec sa bière. Quelle chance de pouvoir prendre un verre sans risquer d'être reconnu par un importun.

Il écoutait les voix à l'accent britannique, saisissait au vol des bribes de conversations enjouées; même la fumée ne le dérangeait pas. Il s'abandonna au plaisir de l'incognito.

Incognito de courte durée. Il sursauta lorsqu'un petit homme coiffé d'une casquette de marin s'assit face à lui.

— Vous permettez que je me joigne à vous, monsieur Critz? demanda le marin avec un sourire qui découvrit de grosses dents jaunes mal plantées.

— Je vous en prie, répondit Critz avec méfiance. Monsieur...?

— Ben.

Il n'était pas britannique et n'avait pas l'anglais pour langue maternelle. Âgé d'une trentaine d'années, il avait les cheveux noirs, des yeux marron foncé et un long nez pointu qui lui donnait l'air d'un Grec.

— Je vois, fit Critz en prenant une gorgée de bière. Pas de nom de famille. À propos, comment connaissez-vous le mien?

— Je sais tout sur vous.

— Je ne me savais pas si célèbre.

— Je n'appellerais pas cela de la célébrité, monsieur Critz. Je serai bref. Je travaille pour des gens qui veulent à tout prix mettre la main sur Joel Backman. Ils sont disposés à payer très cher pour cela. Un grosse somme en liquide ou dans une banque suisse, peu importe. Cela peut se faire rapidement, en quelques heures. Vous nous dites où il se cache, vous recevez un million de dollars et personne n'en saura jamais rien.

— Comment m'avez-vous trouvé ?

— Facilement, monsieur Critz. Nous sommes, disons des professionnels.

— Des espions ?

— Ce n'est pas important. Nous sommes ce que nous sommes et nous trouverons M. Backman comme nous vous avons trouvé. La question est de savoir si vous voulez le million de dollars.

— J'ignore où il est.

— Mais vous pouvez le découvrir.

— Peut-être.

— Voulez-vous faire affaire avec nous ?

— Pas pour un million de dollars.

— Combien ?

— Il faut que je réfléchisse.

— Réfléchissez vite.

— Et si je ne peux pas obtenir l'information ?

— Dans ce cas, nous ne nous reverrons plus. Cette rencontre n'aura pas eu lieu. C'est très simple.

Critz but une longue goulée de bière en réfléchissant.

— Admettons que je sois en mesure d'obtenir cette information, reprit-il. Je ne suis pas très optimiste mais je peux avoir de la chance. Que se passera-t-il ?

— Vous prendrez un vol Lufthansa de Washington à Amsterdam, en première classe. Vous descendrez à l'hôtel Amstel, rue Biddenham. Nous vous trouverons, comme nous vous avons trouvé ici.

Critz prit le temps de fixer les détails dans sa mémoire.

— Quand ? demanda-t-il.

— Le plus vite possible, monsieur Critz. Nous ne sommes pas les seuls à vouloir le retrouver.

Ben disparut comme il était arrivé, laissant Critz seul à sa table. Il se demanda s'il n'avait pas rêvé tout cela. Quand il sortit du pub une heure plus tard, le visage caché par un parapluie, il se savait observé.

8

Il voulait faire la sieste mais ne réussissait pas à trouver le sommeil malgré le vin du déjeuner et les deux bières de l'après-midi. Trop de choses se bousculaient dans sa tête.

Et il n'avait pas besoin de repos ; son organisme avait eu sa dose de sommeil. Six années d'isolement cellulaire réduisent le corps à un tel état de passivité que le sommeil devient pour lui une activité à part entière. Après quelques mois à Rudley, Joel faisait des nuits de huit heures et une bonne sieste après le déjeuner. C'était tout à fait compréhensible pour quelqu'un qui avait si peu dormi pendant vingt ans, travaillant d'arrache-pied toute la journée et courant le jupon jusqu'au petit matin. Au bout d'un an, il arrivait à neuf, parfois dix heures de sommeil. À part lire et regarder la télévision, il n'y avait pas grand-chose d'autre à faire. Un jour, par ennui, il avait réalisé une étude – une de ses nombreuses enquêtes clandestines – en faisant circuler une feuille de papier de cellule en cellule pendant que les surveillants faisaient un petit somme. Sur les trente-sept détenus de son quartier qui avaient répondu, la moyenne de sommeil s'établissait à onze heures par nuit. Mo, le mafioso repenti, en revendiquait seize ; on l'entendait souvent ronfler à midi. Miller « la Vache folle » ne déclarait que trois heures, mais le pauvre garçon était complètement azimuté ; Joel n'avait pas tenu compte de sa réponse.

Il y avait des moments d'insomnie, de longues périodes où il restait les yeux ouverts, le regard fixe dans l'obscurité en pensant à ses erreurs, à ses enfants et petits-enfants, à l'humiliation du passé, à la peur de l'avenir. Dans ces périodes, parfois pendant des semaines, il prenait des somnifères, qui restaient sans effet. Des semaines d'affilée, on lui donnait des somnifères. Joel les soupçonnait d'être des placebos.

Dans l'ensemble, ces six dernières années, il avait trop dormi. À présent, son corps était reposé et son cerveau tournait en surrégime.

Après être resté une heure étendu sur le lit, il se leva lentement et se dirigea vers la petite table où se trouvait le téléphone portable que Luigi lui avait donné. Il s'avança vers la fenêtre, composa le numéro noté au dos de l'appareil. À la quatrième sonnerie, il entendit une voix familière.

— *Ciao*, Marco. *Come stai?*

— Je voulais juste m'assurer que ce truc marchait, répondit Joel.

— Vous croyez que je vous aurais donné un téléphone qui ne marche pas?

— Absolument pas.

— Vous avez fait une bonne sieste?

— Oui, oui, merci. À tout à l'heure, pour le dîner.

— *Ciao.*

Où était Luigi? Tapi tout près de là, un téléphone dans la poche, attendant son appel? Surveillant l'hôtel de l'autre côté de la rue? Si Stennett et le conducteur muet étaient encore à Trévise, avec Luigi et Ermanno, cela faisait quatre « amis » chargés de suivre les faits et gestes de Joel Backman.

Sa main se crispa sur l'appareil. Qui d'autre avait eu connaissance de son appel? Qui d'autre était à l'écoute? Il jeta un coup d'œil dans la rue en se demandant qui était en bas. Seulement Luigi?

Chassant ces pensées, il s'assit sur la table. Il avait envie d'un café, un double espresso, pour stimuler ses nerfs. Pas un cappuccino : il était trop tard. Mais il ne se sentait pas prêt à prendre le téléphone pour passer sa commande. Il était capable de se débrouiller pour dire « bonjour » et « café » mais il y aurait un tas d'autres mots qu'il ne connaissait pas encore.

Comment vivre sans café fort? Autrefois, tous les matins, six jours par semaine, sa secrétaire préférée lui apportait à 6 h 30 la première tasse d'un café turc à réveiller un mort. Il avait failli l'épouser. À 10 heures, surexcité au point de balancer ses bibelots contre les murs, il était capable d'agonir ses subordonnés d'injures tout en jonglant avec trois téléphones dont un laissait un sénateur sur message d'attente.

Il n'éprouvait aucun plaisir à cette évocation du passé ; il en éprouvait rarement. Les images arrivaient pourtant en force malgré six années d'une guerre implacable contre son propre passé.

Ses pensées revinrent à ce café qu'il avait peur de commander parce qu'il avait peur d'une langue qui n'était pas la sienne. Joel Backman n'avait jamais eu peur de rien. Quand on a été capable de suivre la lente progression de trois cents propositions de loi dans le labyrinthe du Congrès et de donner une centaine de coups de téléphone par jour sans jamais ou presque consulter un fichier ni un répertoire, on pouvait certainement apprendre ce qu'il fallait d'italien pour commander un café. Il disposa avec soin le matériel d'Ermanno sur la table et regarda le mode d'emploi. Il vérifia l'état des piles du petit magnétophone, puis choisit une cassette. La première page de la leçon 1 présentait une image en couleurs assez rudimentaire, celle d'une famille – maman, papa et les enfants – regardant la télévision dans la salle de séjour. Les objets portaient leur nom en anglais et en italien – porte et *porta*, canapé et *sofà*, fenêtre et *finestra*, tableau et *quadro*. Garçon se disait *ragazzo*, mère *madre*, grand-père – le vieux monsieur appuyé sur une canne dans un coin de la pièce – *il nonno*.

Venaient ensuite la cuisine, la chambre à coucher, puis la salle de bains. Une heure plus tard, toujours sans café, Joel marchait de long en large dans sa chambre en montrant tout ce qu'il voyait et en lui donnant à voix basse son nom en italien : lit, *letto* ; lampe, *lampada* ; pendule, *orologio* ; savon, *sapone*. Il y avait aussi quelques verbes : parler, *parlare* ; manger, *mangiare* ; boire, *bere* ; penser, *pensare*. Devant le petit miroir, *specchio*, de la salle de bains, *bagno*, il essaya de se convaincre qu'il était vraiment Marco. Marco Lazzeri. « *Sono* Marco, *sono* Marco », répétait-il. Je suis Marco. Je suis Marco. C'était idiot, bien sûr, mais il ne fallait pas y penser. S'accrocher à un nom pouvait lui coûter la vie. S'il pouvait sauver sa peau en étant Marco, il serait Marco.

Marco. Marco. Marco.

Il se mit à chercher des mots qui ne figuraient pas sur les images. Il trouva dans le lexique *carta igienica* pour papier hygiénique, *guanciale* pour oreiller, *soffitto* pour plafond. Tout avait un nouveau nom, chacun des objets de cette chambre, de ce petit monde qui était devenu son monde, tout ce qu'il avait devant les yeux était quelque chose de nouveau. Quand son regard se posait sur un objet, il prononçait le mot italien qui le désignait et le répétait.

Et son corps? Il avait un cerveau, *cervello*. Il toucha une main, *mano*, un bras, *braccio*, une jambe, *gamba*. Il pouvait respirer, *respirare*; voir, *vedere*; toucher, *toccare*; entendre, *sentire*; dormir, *dormire*; rêver, *sognare*. Sentant qu'il s'écartait du sujet, il se reprit. Le lendemain matin, Ermanno commencerait par la première leçon, le vocabulaire de base, formules de salut et de politesse, les chiffres de un à cent, les jours de la semaine, les mois, l'alphabet. Les verbes être, *essere*, et avoir, *avere*, seraient conjugués au présent, au passé simple et au futur.

Quand vint l'heure du dîner, Marco avait appris par cœur toute la première leçon et écouté une dizaine de fois la cassette. Il sortit dans le froid et prit d'un pas léger la direction de la Trattoria del Monte, où Luigi devait l'attendre à une bonne table, avec d'excellentes suggestions pour le repas. Dans la rue, la tête lui tournait encore d'avoir fait un tel effort de mémorisation. Il croisa un scooter, une bicyclette, un chien, des sœurs jumelles et constata avec dépit qu'il ne connaissait aucun de ces mots dans sa nouvelle langue.

Tout était resté dans sa chambre d'hôtel.

Il poursuivit son chemin sans se laisser décourager, convaincu que Marco pouvait devenir un Italien respectable. En entrant dans le restaurant, il vit Luigi à une table d'angle et le salua avec jovialité.

— *Buona sera, signore, come sta?* Bonsoir, monsieur. Comment allez-vous?

— *Sto bene, grazie, e tu?* répondit Luigi avec un sourire approbateur. Bien, merci, et vous?

— *Molto bene, grazie.* Très bien, merci.

— Je vois que vous avez travaillé, reprit Luigi.

— En effet. Il n'y a rien d'autre à faire.

Avant que Marco ait eu le temps de déplier sa serviette, un serveur posa sur la table une bouteille paillée de vin rouge. Il en versa prestement dans les deux verres et disparut.

— Ermanno est un excellent professeur, déclara Luigi.

— Vous avez déjà travaillé avec lui ? demanda Marco d'un ton détaché.

— Oui.

— Cela vous arrive souvent de recevoir quelqu'un comme moi pour faire de lui un Italien ?

— De temps en temps, répondit Luigi avec un petit sourire.

— J'ai de la peine à le croire.

— Croyez ce que vous voulez, Marco. Tout ça, c'est de la fiction.

— Vous parlez comme un espion.

Luigi haussa légèrement les épaules.

— Pour qui travaillez-vous, Luigi ?

— À votre avis ?

— J'ai le choix entre plusieurs sigles : CIA, FBI, NSA. Peut-être un obscur service du renseignement militaire.

— Avez-vous plaisir à me retrouver dans ces petits restaurants sympathiques ?

— J'ai le choix ?

— Oui. Si vous continuez à poser ces questions, nous cesserons de nous voir. Et si nous cessons de nous voir, votre vie sera encore plus précaire qu'elle ne vous paraît aujourd'hui.

— Je croyais que votre boulot consistait à me garder en vie.

— Exact. Cessez donc de poser des questions à mon sujet : je vous assure qu'il n'y a pas de réponses.

Comme s'il faisait partie de la conspiration, le serveur apparut à cet instant et posa entre eux deux grands menus, interrompant ainsi la conversation. Marco considéra avec perplexité la liste des plats ; il avait encore de gros progrès à faire. Il reconnut au bas de la carte les mots *caffè*, *vino* et *birra*.

— Qu'est-ce qui vous paraît bon ? demanda-t-il.

— Le chef est originaire de Sienne ; il fait des spécialités de Toscane. Le risotto aux cèpes ferait une délicieuse entrée. J'ai déjà pris ici le steak à la florentine. Fameux.

Marco referma le menu en dilatant les narines pour humer les odeurs venant de la cuisine.

— Je vais prendre les deux.

Luigi fit signe au serveur et commanda. Ils burent leur vin en silence, à petites gorgées.

— Il y a quelques années, reprit Luigi au bout de deux ou trois minutes, je me suis réveillé un matin dans une chambre d'hôtel, à Istanbul. Seul, avec cinq cents dollars en poche et un faux passeport. Je ne parlais pas un mot de turc. Mon officier traitant était à Istanbul mais si je l'appelais, c'en était fait de ma carrière. Il était prévu que je retournerais dix mois plus tard dans cet hôtel où quelqu'un m'attendrait pour me faire quitter le pays.

— Cela ressemble à la formation d'un agent de la CIA.

— Ce n'est pas le bon sigle, fit Luigi en prenant un peu de vin. J'ai appris à survivre, poursuivit-il. Je me suis imprégné de la langue, de la culture, de tout ce qui m'entourait. Je me suis bien débrouillé. Je me suis fondu dans ce nouvel environnement et, dix mois plus tard, le jour du rendez-vous, j'avais plus de mille dollars.

— Italien, anglais, français, espagnol, turc... Quoi d'autre ?

— Russe. On m'a largué un an à Stalingrad.

Marco faillit demander qui était « on », mais préféra ne pas insister. Il ne recevrait pas de réponse ; d'ailleurs il croyait la connaître.

— Et moi, j'ai donc été largué ici ?

Le serveur posa avec brusquerie une corbeille de pain et un petit bol d'huile d'olive. Luigi trempa une bouchée de pain dans l'huile et commença à manger, oubliant la question ou refusant d'y répondre. On leur apporta ensuite une assiette de jambon de pays et de salami accompagnés d'olives. La conversation languit. Luigi faisait de l'espionnage ou du contre-espionnage. Agent secret ou membre d'un service de renseignement quelconque, officier traitant, contact ou correspondant, il était avant tout italien. Toute la formation qu'il avait suivie ne pouvait détourner son attention de ce qu'il avait devant lui une fois que la table était garnie.

La conversation roula sur la nourriture. Luigi entreprit d'expliquer les subtilités rigoureuses du dîner à l'italienne.

D'abord, les hors-d'œuvre, *antipasti*, le plus souvent une assiette de charcuterie, comme celle qu'on leur avait servie. Puis l'entrée, *primo*, en général un plat de pâtes, de riz, de polenta en quantité raisonnable, dont le but est en quelque sorte de préparer l'estomac au plat de résistance, *secondo*, plus copieux, à base de poisson ou de viande. En tournant la tête pour s'assurer que le serveur n'écoutait pas, il recommanda à Marco de faire attention aux desserts. Il précisa avec une pointe de tristesse que, même dans les bons établissements, ils n'étaient plus préparés sur place et qu'ils étaient trop sucrés ou arrosés d'alcool de mauvaise qualité.

Marco parvint à avoir l'air outré par ce scandale national.

— Apprenez le mot *gelato*, reprit Luigi, les yeux brillants de gourmandise.

— Crème glacée, fit Marco.

— Bravo. Nous faisons les meilleures du monde. Il y a une *gelateria* juste à côté. Nous irons y prendre le dessert.

Le service d'étage se terminait à minuit. Cinq minutes avant, Marco décrocha le téléphone en hésitant et composa le 44. La gorge sèche, il retenait son souffle. Il avait répété son texte près d'une demi-heure.

Après plusieurs sonneries qui semblaient s'étirer interminablement et alors qu'il avait failli raccrocher deux fois, une voix ensommeillée répondit.

— *Buona sera.*

Les yeux fermés, Marco se lança.

— *Buona sera. Vorrei un caffè, per favore. Un espresso doppio.*

— *Si, latte e zucchero ?*

— *No, senza latte e zucchero.*

— *Si, cinque minuti.*

— *Grazie.*

Marco raccrocha rapidement pour éviter toute poursuite du dialogue, même si le risque lui paraissait minime, compte tenu de l'enthousiasme apparent de son correspondant. Il se leva d'un bond, brandit un poing victorieux en se félicitant d'avoir mené à bien sa première conversation en italien. Sans le moindre accroc. On s'était parfaitement compris de part et d'autre.

Une heure plus tard, il n'avait pas encore terminé son double espresso, froid depuis longtemps, dont il continuait à savourer chaque gorgée. Il en était au milieu de la troisième leçon. L'idée de dormir ne lui venait même pas à l'esprit; il se demandait s'il n'allait pas dévorer tout le livre avant sa leçon avec Ermanno.

Il frappa à la porte de l'appartement avec dix minutes d'avance. Il avait beau faire, il revenait instinctivement à ses anciennes habitudes : il préférait être celui qui décidait à quelle heure la leçon commencerait. Dix minutes d'avance ou vingt minutes de retard, là n'était pas l'important. En attendant dans le couloir décrépi, le souvenir d'une réunion au plus haut niveau remonta à sa mémoire. Dans la salle bondée étaient rassemblés des cadres de société et des responsables de plusieurs agences fédérales qu'il avait convoqués. La pièce n'était distante que d'une quarantaine de mètres de son bureau mais il avait fait son entrée avec vingt minutes de retard. Il s'en était excusé en prétextant une conversation téléphonique avec le cabinet du Premier ministre d'un petit pays quelconque.

Il avait des méthodes mesquines.

Ermanno ne se laissa pas impressionner. Il laissa son élève poireauter cinq bonnes minutes dans le couloir avant de lui ouvrir.

— *Buon giorno, Signor Lazzeri,* fit-il avec un sourire timide.

— *Buon giorno, Ermanno. Come stai ?*

— *Molto bene, grazie, e tu ?*

— *Molto bene, grazie.*

Ermanno ouvrit la porte toute grande

— *Prego,* fit-il en invitant son élève à entrer.

En pénétrant dans la pièce, Marco fut cette fois encore frappé par l'aménagement sommaire, comme si Ermanno était de passage. Il posa ses livres sur la petite table du salon et décida de garder son manteau. Il faisait 5 ° C dehors, pas beaucoup plus dans l'appartement.

— *Vorrebbe un caffè ?* demanda Ermanno.

— *Si, grazie.*

Il avait dormi deux heures, de 4 à 6 heures, puis il s'était douché et habillé avant de sortir. Au hasard de ses pas, il avait trouvé un bar ouvert de bonne heure, où de vieux messieurs buvaient un café en parlant tous en même temps. Il avait envie du café que lui proposait Ermanno, mais surtout de manger un croissant, une brioche, quelque chose de ce genre, même s'il ne connaissait pas encore les noms en italien. Il se résigna à attendre midi et son rendez-vous avec Luigi pour un nouvel épisode de sa découverte de la cuisine italienne.

— Vous êtes étudiant, non ? demanda-t-il à Ermanno qui revenait de la cuisine avec deux petites tasses.

— *Non inglese, Marco. Non inglese.*

Ce fut la fin de l'anglais. Une fin brutale, un adieu sans appel à sa langue maternelle. Ermanno d'un côté de la table, Marco de l'autre, ils ouvrirent à 8 h 30 précises le livre à la page de la première leçon. Marco lut le premier dialogue en italien, Ermanno corrigea patiemment quelques fautes, impressionné par le travail de préparation de son élève. Le vocabulaire avait été appris par cœur mais l'accent laissait à désirer. Au bout d'une heure, le professeur commença à montrer divers objets autour de lui – tapis, livre, revue, fauteuil, couvre-lit, rideaux, radio, plancher, mur, sac à dos –, que Marco traduisit avec facilité. Avec un accent qui allait en s'améliorant, il débita la liste des formules de politesse usuelles – bonjour, comment allez-vous, bien, merci, s'il vous plaît, à tout à l'heure, au revoir, bonne nuit, bien d'autres encore. Il récita les jours et les mois. La première leçon fut achevée en moins de deux heures ; Ermanno demanda s'il voulait faire une pause. Son élève refusa. Ils passèrent à la deuxième leçon qui comportait une nouvelle page de vocabulaire déjà maîtrisé et des dialogues que Marco lut avec une certaine aisance.

— Je vois que vous avez travaillé, murmura Ermanno en anglais.

Marco le reprit.

— *Non inglese, Ermanno. Non inglese.*

Cela devint un jeu : c'était à qui montrerait le plus de concentration. À midi, le professeur épuisé aspirait à s'arrêter. Ils furent tous deux soulagés en entendant la voix de Luigi dans le couloir. En entrant, il les vit face à face, de part et d'autre de la petite table encombrée, image d'un bras de fer qui durait depuis plusieurs heures.

— *Come va ?* demanda Luigi.

— *Molto intenso,* répondit Ermanno en levant vers lui un regard empreint de lassitude.

— *Vorrei pranzare,* annonça l'élève en se levant.

Il avait faim.

Marco espérait un bon déjeuner et un peu de conversation en anglais, histoire de se détendre. Mais Luigi choisit de poursuivre l'immersion pendant le repas, du moins au début. Il n'y avait pas un mot d'anglais sur le menu ; Luigi expliqua la composition de chaque plat dans un italien incompréhensible. Marco finit par lever les bras de désespoir.

— J'en ai assez ! Je ne veux plus prononcer ni entendre un mot d'italien pendant une heure !

— Et votre repas ?

— Je prendrai la même chose que vous.

Il but une grande rasade de vin rouge en essayant de se détendre.

— D'accord, fit Luigi. Je pense que nous pouvons parler anglais pendant une heure.

— *Grazie,* articula Marco.

9

Le lendemain matin, au milieu de la leçon, Marco prit son professeur au dépourvu.

— Vous n'êtes pas étudiant, lança-t-il en anglais dans le courant d'un dialogue particulièrement barbant.

Ermanno leva les yeux sans répondre tout de suite.

— *Non inglese, Marco,* fit-il après un instant d'hésitation. *Soltanto italiano.*

— J'en ai assez de l'italien pour le moment. Vous n'êtes pas étudiant.

La duplicité n'était pas le fort d'Ermanno. Il garda le silence, un peu trop longtemps.

— Si, je suis étudiant, murmura-t-il d'un ton qui manquait singulièrement de conviction.

— Je ne crois pas. Vous ne suivez pas de cours, sinon vous ne seriez pas disponible pour passer la journée entière avec moi.

— Je peux avoir des cours du soir... Quelle importance ?

— Non, vous ne suivez pas de cours. Il n'y a pas de livres ici, pas de journaux, pas de ce bazar que les étudiants laissent toujours traîner.

— C'est peut-être dans la chambre.

— Allons voir.

— Pourquoi ? Pourquoi est-ce important ?

— Parce que je pense que vous avez le même employeur que Luigi.

— Et alors, même si c'était vrai ?

— Je veux savoir qui c'est.

— Faisons comme si je ne le savais pas. En quoi cela vous concerne-t-il? Tout ce que vous avez à faire, c'est apprendre l'italien.

— Depuis combien de temps vivez-vous dans cet appartement?

— Je n'ai pas à répondre à vos questions.

— Je pense que vous n'êtes pas ici depuis plus d'une semaine, que c'est une planque et que vous n'êtes pas qui vous prétendez être.

— Eh bien, nous serions deux dans ce cas!

Ermanno se leva brusquement pour se rendre au fond de l'appartement. Il revint avec des papiers qu'il fit glisser sur la table. C'était un dossier d'inscription à l'université de Bologne, avec une adresse postale au nom d'Ermanno Rosconi, correspondant à celle de l'appartement.

— Les cours vont bientôt reprendre, déclara Ermanno. Voulez-vous un autre café?

— Avec plaisir, répondit Marco en étudiant les documents.

Il comprenait tout juste de quoi il s'agissait. Ce n'étaient que des formulaires. S'il s'agissait d'une falsification, elle était bien faite. Ermanno partit dans la cuisine où il fit couler de l'eau.

— Je vais faire un tour, annonça Marco en repoussant sa chaise. J'ai besoin de me changer les idées.

Le dîner apporta une surprise à Marco. Il retrouva Luigi devant un bureau de tabac, sur la Piazza dei Signori. Ils suivirent en flânant une longue rue piétonne où les commerçants fermaient leur boutique. La nuit était tombée depuis longtemps, il faisait un froid mordant; des passants emmitouflés jusqu'aux oreilles marchaient d'un pas rapide, la tête protégée par un chapeau.

Luigi gardait ses mains gantées enfoncées dans les poches de son caban en gros drap de laine. L'avait-il hérité d'un grand-père ou acheté quelques semaines plus tôt à Milan, dans une boutique branchée? En tout état de cause, il le portait avec chic; Marco se prit une nouvelle fois à envier son élégance décontractée.

Luigi n'était pas pressé et le froid ne semblait pas le déranger. Il lança quelques phrases en italien mais Marco refusa de jouer le jeu.

— En anglais, Luigi. J'ai besoin de parler anglais.

— D'accord. Comment s'est passée votre deuxième leçon ?

— Bien. Ermanno fait bien son boulot. Il n'a aucun sens de l'humour mais c'est un bon prof.

— Vous faites des progrès ?

— Comment pourrais-je ne pas en faire ?

— D'après Ermanno, vous êtes doué pour les langues.

— Ermanno ne ment pas. Je travaille dur, parce que la suite en dépend. Ermanno me fait bosser six heures par jour et je révise trois heures le soir. Comment ne pas faire de progrès dans ces conditions ?

— Oui, vous travaillez dur, répéta Luigi.

Il s'arrêta brusquement à la hauteur d'un snack-bar.

— C'est là que vous dînez, fit-il.

Marco fit la grimace. Trois petites tables étaient disposées derrière la vitre qui ne faisait pas plus de quatre ou cinq mètres de large et la salle paraissait bondée.

— Vous en êtes sûr ?

— Oui. On y mange très bien : une nourriture plus légère, des sandwiches, des choses comme ça. Vous dînerez seul. Je n'entre pas.

Marco commença à protester mais il se reprit très vite et sourit à Luigi, comme s'il relevait le défi avec plaisir.

— Vous trouverez le menu sur une ardoise, au-dessus de la caisse. Tout en italien. Vous commandez d'abord, vous payez, puis vous prenez le plateau avec votre repas à l'extrémité du comptoir. Vous pouvez d'ailleurs y manger, si vous trouvez un tabouret libre. Le service est compris.

— Quelle est la spécialité de la maison ? demanda Marco.

— La pizza jambon-artichaut est délicieuse, les panini sont excellents. Je vous retrouve ici, devant la fontaine, dans une heure.

Marco prit son courage à deux mains et poussa la porte du snack. En faisant la queue derrière deux jeunes femmes, il parcourut fiévreusement l'ardoise, dans l'espoir d'y trouver un plat dont il pourrait prononcer le nom. Peu importait ce qu'il choisissait ; tout ce qui comptait, c'était de commander et de payer. Par chance, la caissière était une dame d'un certain âge au sourire facile. Marco la salua d'un *Buona sera* enjoué et commanda sans lui laisser le temps d'ouvrir la bouche un *panino prosciutto e formaggio* et un Coca-Cola.

Ce bon vieux Coca-Cola. Il gardait son nom dans toutes les langues.

La caisse enregistreuse fit entendre son cliquetis, la dame d'âge mûr lui posa une question dont il ne comprit pas un mot. Il répondit *Si* sans cesser de sourire et lui tendit un billet de vingt euros, qui devait largement suffire pour payer ce qu'il avait commandé. Tout se passa bien. Elle lui remit un ticket avec sa monnaie.

— *Numero sessantasette,* annonça-t-elle. Numéro soixante-sept.

Le ticket à la main, il suivit lentement le comptoir en direction de la cuisine. Personne ne le regardait, personne ne lui prêtait la moindre attention. Avait-il réussi à se faire passer pour un Italien ou bien était-il si évident qu'il était étranger qu'on ne lui adressait pas un regard ? Il avait rapidement pris l'habitude de jauger d'un coup d'œil la manière dont les autres hommes étaient habillés ; ce petit jeu lui plaisait. Comme Luigi le lui avait expliqué, les Italiens du Nord se préoccupaient d'élégance beaucoup plus que les Américains. Il voyait autour de lui des vestes et des pantalons de bonne coupe, des pull-overs et des cravates. Peu de jeans, très peu de sweat-shirts et autres marques d'indifférence à l'apparence.

Luigi ou ceux qui avaient constitué sa garde-robe – certainement aux frais du contribuable américain – avaient fait du bon travail. Pour un homme qui avait porté pendant six ans l'uniforme d'une prison, Marco s'adaptait vite à la vie à l'italienne.

Les plats surgissaient le long du comptoir, près du gril ; il vit apparaître un gros sandwich. Un serveur le saisit, détacha un ticket et cria à la cantonade : *Sessantasette !* Marco s'avança sans un mot et présenta son ticket. Il trouva un siège à une table d'angle et savoura son dîner en solitaire. Les clients étaient nombreux et bruyants ; beaucoup se connaissaient. Autour de

Marco ce n'étaient qu'étreintes, accolades, effusions interminables. Attendre son tour pour commander ne posait aucun problème, même si les Italiens semblaient avoir de la peine à accepter l'idée de faire la queue. Aux États-Unis, des remarques auraient fusé de toutes parts.

Dans un pays où une maison vieille de trois siècles est considérée comme récente, le temps n'a pas la même signification. On apprécie la nourriture, même dans un modeste snack-bar. Les voisins les plus proches de Joel donnaient l'impression d'être disposés à rester des heures à table, le temps de digérer leurs pizzas et leurs sandwiches. Ils avaient tellement de choses à se dire.

Le rythme languissant de la prison avait émoussé ses facultés intellectuelles. Il y lisait huit livres par semaine, mais pour s'évader plus que pour se cultiver. Deux journées de travail intensif, à apprendre par cœur, à conjuguer, à prononcer, à écouter avec une attention soutenue l'avaient vidé de ses forces.

Il écoutait donc le brouhaha de la foule sans essayer de comprendre ce qui se disait. Il se laissait porter par la cadence et les rires. De loin en loin, il reconnaissait un mot, le plus souvent un bonsoir ou un au revoir et considérait cela comme une manière de progrès. En regardant les familles et les amis réunis aux tables voisines, il sentait le poids de la solitude mais refusait d'en souffrir. La vraie solitude, c'était vingt-trois heures par jour dans une cellule, le courrier qui arrivait au compte-gouttes et un livre de poche écorné pour toute compagnie. Il avait connu cela.

Il faisait durer son sandwich mais toute chose a une fin. Il se promit, la prochaine fois, de commander des frites ; on peut continuer à en picorer même quand elles sont froides, ce qui permet d'étirer le repas bien au-delà de sa durée normale. Il céda sa table à contrecœur. Il s'était écoulé presque une heure depuis son arrivée. Il sortit dans le froid pour se diriger vers la fontaine ; on avait coupé l'eau pour éviter qu'elle ne gèle. Luigi arriva tranquillement quelques minutes plus tard, comme s'il l'avait attendu tapi dans l'ombre. Il eut le culot de proposer une glace à Marco, qui frissonnait. Ils retournèrent à l'hôtel et se séparèrent devant la porte.

Le supérieur de Luigi avait une couverture diplomatique au consulat des États-Unis, à Milan. Il avait pour nom Whitaker et le sort de Backman était le cadet de ses soucis : il ne faisait ni de l'espionnage ni du contre-espionnage. Whitaker avait assez de travail sur les bras sans avoir à se préoccuper d'une célébrité déboulonnée sortie de prison et expédiée clandestinement en Italie. Mais il préparait consciencieusement son rapport quotidien à destination de Langley. Là, celui-ci était épluché par Julia Javier qui, sur cette affaire, travaillait en étroite collaboration avec Teddy Maynard. Connaissant son regard d'aigle, Whitaker soignait ses rapports ; autrement, il n'y eût pas mis autant d'empressement.

Teddy voulait faire le point.

Il convoqua Julia Javier dans son bureau, au septième étage, dans la partie des bâtiments connue pour être « l'aile de Teddy ». En entrant dans la « station », comme lui-même préférait qu'on appelle son bureau, Julia le vit à sa place habituelle, tout au bout de la longue table, droit dans son fauteuil en position haute, enveloppé jusqu'à la poitrine dans une couverture, vêtu de son éternel complet noir, penché sur une pile de rapports. Hoby se tenait à son côté, prêt à lui servir une énième tasse de ce fichu thé vert dont Teddy était persuadé qu'il le gardait en vie.

En vie, si l'on pouvait dire. Mais Julia Javier se répétait cela depuis de longues années.

Comme elle ne prenait pas de café et n'aurait bu pour rien au monde de cette saleté de thé vert, on ne lui proposa rien. Elle prit place comme à l'accoutumée à la droite de Teddy, sur la chaise occupée à tour de rôle par les visiteurs ; il entendait mieux de l'oreille droite que de l'autre.

— Bonjour, Julia, articula-t-il d'une voix lasse.

Hoby s'installa en face d'elle, comme d'habitude, et se prépara à prendre des notes. À l'intérieur du bureau, le moindre bruit était capté par le matériel d'enregistrement le plus sophistiqué qui eût jamais été fabriqué mais Hoby n'en continuait pas moins de noter tout ce qui se disait.

— Faites-moi le point sur Backman, ordonna Teddy.

Un rapport oral de ce genre devait être à la fois précis et concis, sans un mot de trop.

Julia consulta ses notes, s'éclaircit la voix et commença son compte rendu pour les appareils d'enregistrement cachés.

— Il est depuis trois jours à Trévise, une petite ville du nord de l'Italie. La transition paraît s'effectuer d'une manière satisfaisante. Il reste en contact permanent avec notre agent sur place et il prend des leçons avec un Italien qui fait du bon boulot. Backman n'a ni argent ni passeport ; il n'a pas encore essayé de fausser compagnie à notre agent. Il n'a pas téléphoné de sa chambre d'hôtel et n'a utilisé son portable que pour appeler notre agent. Il n'a pas manifesté l'envie d'explorer les lieux ni de partir à l'aventure. Difficile de se débarrasser des habitudes prises en prison, semble-t-il. Il ne s'éloigne jamais de son hôtel. Quand il n'est pas avec son professeur ni au restaurant, il reste dans sa chambre pour apprendre l'italien.

— Il se débrouille ?

— Assez bien. À cinquante-deux ans, cela prendra pas mal de temps.

— J'ai appris l'arabe à soixante ans, glissa Teddy avec fierté, comme si cela remontait déjà à un siècle.

— Je sais, fit Julia.

Tout le monde le savait, à Langley.

— Il travaille d'arrache-pied et fait de gros progrès, reprit-elle. Son professeur est admiratif.

— De quoi parle-t-il ?

— Pas un mot sur le passé. Pas plus sur ses anciens amis que ses anciens ennemis. Rien qui puisse nous intéresser. Il a tout mis sous l'éteignoir, du moins pour l'instant. Il s'en tient à des banalités sur la culture, la langue.

— Son état d'esprit ?

— Il est sorti de prison quatorze ans avant la date prévue. Il se régale d'un long repas et d'une bonne bouteille ; cela suffit à son bonheur. Il ne semble pas avoir le mal du pays – mais a-t-il encore un pays ? Il ne parle pas non plus de sa famille.

— Sa santé ?

— Il est apparemment en pleine forme. Il ne tousse plus, ne se plaint de rien.

— Il boit beaucoup ?

— Il est prudent. Il boit à table, va prendre une ou deux bières dans un bar mais ne fait pas d'excès.

— Essayons de le faire boire un peu plus ; le vin lui déliera peut-être la langue.

— C'est notre plan.

— La surveillance ?

— Il est sur écoute partout. Téléphones, chambre, leçons d'italien, restaurants. Il y a même des micros dans ses chaussures. Les deux paires. Un Peak 30 est cousu dans la doublure de son manteau. Nous pouvons le suivre partout où il va.

— Vous ne pouvez pas le perdre ?

— C'est un avocat, pas un espion. Jusqu'à présent, il semble se contenter de jouir de sa liberté et de faire ce qu'on lui dit.

— Backman est loin d'être bête, Julia, ne l'oubliez jamais. Il sait que des gens mal intentionnés sont à ses trousses.

— C'est vrai mais, pour le moment, on dirait un nourrisson qui s'accroche à sa mère.

— Il se sent donc en sécurité ?

— Dans les circonstances présentes, oui.

— Alors, donnons-lui les chocottes.

— Déjà ?

— Oui.

Teddy se frotta les yeux et but une gorgée de thé.

— Parlez-moi de son fils, reprit-il.

— Surveillance de niveau trois ; il ne se passe pas grand-chose à Culpeper. Si Backman essaie d'entrer en contact avec quelqu'un, ce sera avec Neal. Nous en serons informés d'Italie avant qu'on nous l'apprenne de Virginie.

— Son fils est la seule personne en qui il ait confiance, déclara Teddy, reprenant ce que Julia avait affirmé à maintes reprises.

— Tout à fait.

— Autre chose, Julia ? lança Teddy après un long silence.

— Il écrit une lettre à sa mère, à Oakland.

— Comme un bon garçon, fit Teddy avec un sourire fugace. Nous avons le texte ?

— Oui, répondit Julia. Notre agent l'a photographiée hier ; nous venons de la recevoir. Backman la cache dans une brochure touristique, à l'hôtel.

— Elle est longue ?

— Deux grands paragraphes. Elle n'est visiblement pas terminée.

— Lisez-la-moi, fit Teddy en appuyant la tête contre le dossier de son fauteuil et en fermant les yeux.

Julia fouilla dans ses papiers et mit ses lunettes.

— Non datée et manuscrite, commença-t-elle. L'écriture de Backman est difficile à déchiffrer. « Chère maman. Je ne sais pas quand ni si tu recevras cette lettre un jour. Je ne suis même pas sûr de la poster. Quoi qu'il en soit, je suis sorti de prison et les choses vont mieux. Dans ma dernière lettre, je te disais que tout allait bien dans l'Oklahoma ; je ne savais pas, à l'époque, que je serais gracié par le président. Tout s'est passé si vite que j'ai encore de la peine à le croire. » Deuxième paragraphe. « Je vis aujourd'hui à l'autre bout du monde. Je ne peux te dire où ; cela ne plairait pas à certaines personnes. Je préférerais être aux États-Unis mais ce n'est pas possible. Je n'ai pas eu mon mot à dire. Ce n'est pas la grande vie mais elle est préférable à celle que j'avais il y a une semaine. Malgré ce que je disais dans mes lettres, j'allais mourir en prison. Je ne voulais pas que tu t'inquiètes. Ici, je suis libre : il n'y a rien de plus important. Je peux me promener dans la rue, manger au restaurant, aller et venir à ma guise, faire tout ce que je veux. La liberté, maman, ce dont j'ai rêvé pendant des années et que je ne pensais pas pouvoir retrouver un jour. »

» Il s'est arrêté là, fit Julia en reposant la lettre.

Teddy ouvrit lentement les yeux.

— Vous le croyez assez stupide pour poster une lettre à sa mère ?

— Non, mais il avait l'habitude de lui écrire toutes les semaines. Une manière de thérapie : il a besoin de parler à quelqu'un.

— Nous surveillons toujours le courrier de la mère ?

— Oui, mais elle ne reçoit pas grand-chose.

— Très bien. Foutez les jetons à Backman et tenez-moi au courant.

— Oui, monsieur.

Julia rassembla ses papiers et sortit. Tandis que Teddy chaussait ses lunettes pour parcourir un nouveau rapport, Hoby se dirigea vers la petite cuisine.

Le micro placé dans le combiné de la mère de Backman ne leur avait encore rien appris. Le jour où la grâce présidentielle avait été annoncée, deux vieux amis l'avaient appelée dans sa maison de retraite, à Oakland, pour lui poser des tas de questions et l'assurer prudemment de la part qu'ils prenaient à sa joie, mais la pauvre femme était tourneboulée au point qu'il avait fallu lui donner des calmants et elle avait dormi plusieurs heures. Aucun de ses trois petits-enfants – que Joel avait eus avec ses différentes épouses – ne lui avait passé un coup de fil depuis six mois.

Après deux attaques cérébrales, Lydia Backman était clouée dans un fauteuil. À l'époque où son fils était au sommet de sa gloire, elle vivait dans un appartement spacieux, avec une garde-malade à plein temps. Après la condamnation de Joel, elle avait été contrainte d'entrer dans une maison de retraite, pensionnaire parmi les autres.

Backman n'essaierait certainement pas d'entrer en contact avec elle.

10

Après avoir passé quelques jours à rêver du magot, Critz commença à le dépenser, du moins en esprit. Avec tout cet argent, il ne serait plus obligé de travailler pour le minable fournisseur de l'armée ni de se démener pour faire venir le public à ses conférences – il n'était pas certain, malgré les promesses de son agent, qu'il y eût un public pour l'écouter.

Critz pensait à la retraite. Loin de Washington et de tous les ennemis qu'il s'y était faits, sur une plage ensoleillée, devant un voilier. Ou peut-être irait-il s'établir en Suisse pour être près de sa fortune, qui fructifierait à l'abri dans une banque.

Il donna un coup de téléphone pour demander qu'on laisse l'appartement de Londres à sa disposition quelques jours de plus. Il encouragea sa femme à faire des achats coûteux. Elle aussi en avait par-dessus la tête de Washington et avait bien mérité une vie plus facile.

En partie à cause de sa cupidité aveugle, en partie à cause de son incompétence chronique mais aussi d'un manque total de subtilité dans le domaine du renseignement, les choses furent mal engagées d'entrée de jeu. Pour un vieux renard de la politique, les erreurs qu'il commit étaient impardonnables.

Pour commencer, il utilisa le téléphone de l'appartement londonien, ce qui rendait les appels on ne peut plus faciles à localiser. Il téléphona à Jeb Priddy, l'agent de liaison de la CIA posté à la Maison-Blanche pendant les quatre années du mandat présidentiel et qui s'attendait à être rappelé sous peu à Langley. Le nouveau président s'installait, c'était le bazar, à en croire

Priddy qui paraissait agacé par cet appel d'un homme dont il n'avait jamais été proche. Priddy comprit immédiatement que l'ex-vice-président venait à la pêche aux nouvelles. Critz finit par lâcher qu'il essayait de joindre un vieux copain, un analyste de la CIA avec qui il avait autrefois beaucoup joué au golf. Il s'appelait Daly, Addison Daly ; il avait quitté Washington pour une mission en Asie. Priddy saurait-il où le trouver ?

Addison Daly était planqué à Langley ; Priddy le connaissait bien.

— Je vois de qui vous parlez, fit-il. Je pourrai peut-être le trouver. Où puis-je vous joindre ?

Critz lui donna le numéro de l'appartement. Priddy appela Daly pour lui faire part de ses soupçons. Daly mit son magnétophone en marche et téléphona à Londres sur une ligne sécurisée. Transporté de joie en reconnaissant la voix de ce vieil ami, Critz commença à blablater : comme la vie était merveilleuse après la Maison-Blanche, après toutes ces années d'intrigues politiques, comme il était bon d'être redevenu un simple citoyen !

Daly feignit de le croire. Il avoua qu'il songeait, lui aussi, à la retraite – près de trente ans de service – et qu'il commençait à aspirer à une vie plus tranquille.

Critz prit des nouvelles de Teddy Maynard et demanda ce qu'on disait du nouveau président. Que pensait-on, à Washington, du gouvernement qui se mettait en place ?

Cela ne changera pas grand-chose, dit Daly. Une nouvelle équipe d'imbéciles s'installe aux commandes, ajouta-t-il en lui-même. Ce qui lui rappela le président Morgan : comment allait-il ?

Critz ne savait pas. Il ne l'avait pas vu depuis son départ et ne savait pas quand il le reverrait.

— Et Joel Backman, lança-t-il soudain. J'imagine que personne ne l'a vu ?

Un petit rire faux suivit, auquel Daly répondit sur le même ton, comme si la grâce de Backman était une bonne farce.

— Non. Il est certainement bien caché.

— Il vaudrait mieux.

Critz promit de rappeler dès son retour à Washington. Ils feraient dix-huit trous sur un bon parcours et prendraient un ou deux verres, en souvenir du bon vieux temps.

Quel bon vieux temps? se demanda Daly en raccrochant.

Une heure plus tard, Teddy Maynard écoutait l'enregistrement de la conversation téléphonique.

Ses deux premiers appels ayant été assez encourageants, Critz décida de continuer. Il avait toujours beaucoup utilisé le téléphone; il était un adepte de la théorie selon laquelle des coups de fil tous azimuts finissent toujours par donner des résultats. Un plan s'ébauchait dans son esprit. Un autre de ses vieux copains avait eu un poste de responsabilité dans l'équipe du rapporteur de la commission sénatoriale du renseignement. Devenu un lobbyiste influent, il avait continué d'entretenir des liens étroits avec la CIA.

Ils parlèrent politique et golf avant que son interlocuteur demande à Critz ce qui avait pris au président Morgan de gracier le duc Mongo, le plus gros fraudeur du fisc dans l'histoire des États-Unis. Critz répondit qu'il s'était opposé à cette mesure de clémence et réussit à orienter la conversation sur les autres bénéficiaires de la grâce présidentielle.

— Qu'est-ce qui se dit au sujet de Backman?

— Vous étiez là, il me semble.

— Oui, mais où Maynard l'a-t-il planqué? C'est toute la question.

— Ce serait un coup de la CIA? risqua son correspondant.

— Naturellement, déclara Critz avec autorité.

Qui d'autre aurait pu lui faire quitter le territoire américain en catimini?

— Intéressant, fit le vieux copain.

Après quoi, il ne dit plus grand-chose. Critz promit de l'appeler pour déjeuner, la semaine suivante; la conversation en resta là.

Critz continua de passer des coups de téléphone en s'émerveillant du contenu de son carnet d'adresses. Le pouvoir avait ses avantages.

Quand Marco quitta Ermanno à 17 h 30, au terme d'une séance de travail ininterrompu de trois heures, ils étaient tous deux épuisés.

L'air froid et la marche lui éclaircirent les idées. Il entra, pour le deuxième jour de suite, dans un petit bar, à l'angle de deux rues étroites et commanda une bière. Assis devant la vitre, il regarda sur le trottoir les passants pressés qui rentraient chez eux après leur travail ou faisaient des courses en hâte pour le repas du soir. Il faisait chaud dans le bar à l'atmosphère enfumée ; les pensées de Marco revinrent encore une fois à la prison. Il ne pouvait s'en empêcher : le changement avait été trop brusque, la liberté trop soudaine. Il avait encore, tapie en lui, la peur de se réveiller brusquement dans sa cellule, victime d'un mauvais rêve ou d'une mauvaise plaisanterie.

Après la bière, il but un espresso, puis il sortit dans le froid de la nuit, les mains enfoncées dans les poches. À l'angle de la rue de son hôtel, il vit Luigi qui faisait nerveusement les cent pas sur le trottoir, une cigarette aux lèvres. Quand il traversa la rue, Luigi s'élança vers lui.

— Nous partons tout de suite ! lança-t-il en arrivant à sa hauteur.

— Pourquoi ? s'étonna Marco en jetant un regard circulaire vers d'éventuelles silhouettes suspectes.

— Je vous expliquerai plus tard. Il y a un sac de voyage sur votre lit ; faites vos bagages sans perdre une seconde. Je vous attends en bas.

— Et si je refuse ?

Luigi saisit le poignet de Marco mais arrêta aussitôt son geste ; il lui adressa un sourire contraint.

— Dans ce cas, fit-il d'un ton menaçant, vous en avez pour vingt-quatre heures, guère plus. Croyez-moi, je vous en prie.

Marco monta l'escalier quatre à quatre et enfila le couloir. Il était presque devant sa porte quand il comprit que la douleur à l'estomac qu'il ressentait n'était pas due à la difficulté qu'il avait à respirer mais à la peur.

Que s'était-il passé ? Qu'avait vu ou entendu Luigi, que lui avait-on raconté ? D'ailleurs, qui était Luigi et de qui tenait-il ses instructions ? Marco se posa toutes ces questions et bien d'autres en sortant précipitamment ses vêtements de la penderie pour les lancer sur le lit. Quand tout fut dans le sac, il s'assit un moment afin de reprendre ses esprits.

Serait-il traqué jusqu'à la fin de ses jours ? Obligé de faire ses bagages en hâte pour fuir dans un autre lieu ? C'était certes mieux que la prison mais il y avait un prix à payer.

Était-il possible qu'on l'ait retrouvé en si peu de temps ? Il n'était à Trévise que depuis quatre jours.

Quand il eut recouvré un peu de son calme, il quitta sa chambre, descendit lentement l'escalier, traversa le hall en adressant un signe de tête au réceptionniste ébahi et sortit de l'hôtel. Luigi lui arracha son sac des mains et le lança dans le coffre d'une petite Fiat. Ils roulèrent jusque dans les faubourgs de Trévise sans échanger un mot.

— Alors, Luigi, demanda enfin Marco, pourquoi tout ça ?

— Changement de décor.

— J'ai compris. Mais pourquoi ?

— Pour de très bonnes raisons.

— Bien sûr. Cela explique tout.

Luigi conduisait de la main gauche et passait fébrilement les vitesses de la droite tout en gardant le pied au plancher, sans jamais se servir de la pédale de frein. Marco était de plus en perplexe devant ces gens capables de rester plus de deux heures à table avant de lancer leurs voitures à tombeau ouvert à travers les rues d'une ville encombrée.

Ils roulèrent une heure, en direction du sud, sur des routes de campagne, évitant les grands axes.

— Vous croyez qu'on nous suit ? s'inquiétait Marco quand Luigi prenait un virage serré sur les chapeaux de roue.

Luigi secouait la tête sans répondre. Il gardait les yeux plissés, les sourcils froncés, les mâchoires serrées quand il n'avait pas une cigarette au bec. Il parvenait à conduire comme un malade en tirant tranquillement sur sa cigarette, sans jamais jeter un coup d'œil dans le rétro. Il avait décidé de ne pas ouvrir la bouche, ce qui ne faisait que renforcer la détermination de Marco d'avoir une vraie conversation.

— Vous voulez me faire peur, Luigi, c'est ça ? Nous jouons aux espions : vous êtes le manipulateur, je suis le pauvre type qui détient des secrets. Vous me flanquez la trouille pour me garder à votre botte, en toute dépendance et loyauté.

— Qui a tué Jacy Hubbard? demanda Luigi en desserrant à peine les lèvres.

D'un seul coup, Backman n'eut plus envie de parler. La seule mention du nom d'Hubbard le pétrifiait. Il revoyait aussitôt la photo de la police : Jacy affaissé sur la tombe de son frère, le côté gauche du visage arraché et du sang partout – sur la pierre du monument, sur la chemise blanche. Partout.

— Vous avez lu le dossier. C'était un suicide.

— Certainement. Si vous avez cru au suicide, pourquoi avoir décidé de plaider coupable et demandé l'isolement cellulaire?

— J'avais peur. Le suicide peut être contagieux.

— Absolument.

— Vous essayez de me dire que les responsables du suicide d'Hubbard sont à mes trousses?

Luigi confirma d'un petit haussement d'épaules.

— Et ils ont découvert que je me cachais à Trévise?

— Il vaut mieux ne pas prendre de risques.

Marco n'aurait pas de détails, si jamais il y avait des détails à connaître. Il essaya de se retenir mais ne put s'empêcher de se retourner : il n'y avait derrière eux que la route plongée dans les ténèbres. Luigi lança un coup d'œil dans le rétroviseur et esquissa un sourire de satisfaction, comme pour dire : ils sont derrière, quelque part.

Joel s'enfonça dans son siège et ferma les yeux. Avant Jacy, deux de ses clients étaient morts. Safi Mirza avait été poignardé devant un night-club de Georgetown trois mois après avoir remis à Backman l'unique copie de JAM. Les coups de couteau auraient peut-être suffi à entraîner la mort mais on avait retrouvé dans son corps les traces d'un poison; la lame en avait probablement été enduite. Aucun témoin. Aucun indice. Un crime non élucidé, comme il y en avait beaucoup à Washington. Un mois après, Fazal Sharif avait disparu à Karachi; il était présumé mort.

JAM valait réellement un milliard de dollars mais l'argent ne profiterait à personne.

En 1998, le cabinet Backman, Pratt & Bolling avait engagé Jacy Hubbard pour un million de dollars par an. La vente de JAM avait été le premier grand défi qu'il était chargé de relever. Hubbard avait usé de son influence pour s'introduire dans le Pentagone afin d'avoir la confirmation de l'existence du système de satellites Neptune. Une initiative maladroite, qui lui avait été fatale. Des documents – trafiqués puis classés secrets – avaient été sortis clandestinement du Pentagone par un informateur à la solde d'Hubbard qui rapportait tout à ses supérieurs. Les documents prétendaient prouver l'existence de Gamma Net, un système fictif de surveillance semblable au projet de la Guerre des étoiles, doté de capacités incroyables. Quand Hubbard eut la « confirmation » que les trois jeunes Pakistanais avaient vu juste – Neptune était bien un programme américain –, il fit part, non sans fierté, de ses découvertes à Joel Backman.

Gamma Net étant censé être la création de l'armée américaine, la valeur de JAM s'en trouvait encore accrue. En réalité, ni le Pentagone ni la CIA ne connaissaient l'existence de Neptune.

Le Pentagone avait alors décidé de divulguer une information fabriquée de toutes pièces, selon laquelle un manquement aux règles de sécurité avait été commis par un informateur à la solde de l'ex-sénateur Jacy Hubbard et de son puissant employeur, Joel Backman.

Le scandale éclata. Le FBI fit une descente en pleine nuit dans les bureaux de Backman, Pratt & Bolling et découvrit les documents du Pentagone que tout le monde croyait authentiques. Quarante-huit heures plus tard, une équipe de procureurs fédéraux très remontés mettaient en examen tous les associés du cabinet.

La mise à mort avait bientôt suivi, sans que l'on sache qui était derrière tout cela. Le Pentagone avait neutralisé Backman et Hubbard avec brio, sans pour autant révéler s'il avait oui ou non créé le système de satellites. Gamma Net, Neptune quel que soit son nom, le système était efficacement protégé par la chape de plomb du « secret militaire ».

Backman l'avocat aurait voulu un procès, surtout si l'authenticité des documents du Pentagone était douteuse, mais

Backman le prévenu voulait éviter de partager le sort d'Hubbard.

Si la fuite éperdue orchestrée par Luigi était destinée à lui faire peur, c'était réussi. Pour la première fois depuis qu'il avait été gracié, Joel regretta sa petite cellule.

La ville de Padoue était toute proche ; la circulation se faisait plus dense, les lumières plus nombreuses.

— Quelle est la population de Padoue ? demanda-t-il, ouvrant la bouche pour la première fois depuis une demi-heure.

— Deux cent mille habitants, répondit Luigi. Pourquoi les Américains veulent-ils toujours connaître le nombre d'habitants des localités qu'ils traversent ?

— Je ne vois pas en quoi cela peut vous déranger.

— Avez-vous faim ?

La douleur lancinante qu'il sentait dans son estomac était due à la peur, non à la faim. Il répondit quand même oui. Ils mangèrent une pizza dans un petit restaurant, près de la rocade de Padoue, reprirent rapidement la voiture et poursuivirent leur route vers le sud.

Ils dormirent cette nuit-là dans une auberge de campagne – huit chambres minuscules tenues de père en fils par la même famille depuis l'époque romaine. Aucun panneau n'indiquait cette halte chère à Luigi. Sur la route étroite et mal entretenue qui passait là, ils ne virent pour ainsi dire aucun véhicule construit après 1970. Bologne n'était pas loin.

Ils avaient pris deux chambres séparées par un épais mur de pierre en place depuis des siècles. Marco se glissa sous les couvertures. Quand il eut enfin réussi à se réchauffer, il ne vit pas la plus petite lumière. L'obscurité était totale. Et le silence oppressant : un silence tel qu'il lui fut impossible pendant un long moment de fermer les yeux.

11

Après le cinquième rapport l'informant que Critz avait téléphoné pour poser des questions sur Joel Backman, Teddy Maynard piqua une de ses rares colères. Cet abruti ameutait la terre entière !

— On lui a proposé de l'argent ! lança Teddy d'un ton rageur à Wigline, un directeur-adjoint qui se tenait à ses côtés.

— Critz ne pourra jamais découvrir où est Backman.

— Il ne devrait même pas essayer ! Cela complique la situation ; il faut le neutraliser.

Wigline jeta un coup d'œil en direction d'Hoby qui avait brusquement cessé de prendre des notes.

— Que dites-vous, Teddy ? demanda Wigline.

— Il faut le neutraliser.

— C'est un citoyen américain.

— Comme si je ne le savais pas ! Mais il compromet une opération. Il y a des précédents ; nous nous sommes déjà trouvés dans cette situation.

Teddy ne se donna pas la peine de préciser à quels précédents il pensait. Comme il lui arrivait souvent de créer ses propres précédents, Wigline se dit qu'il ne servirait à rien de discuter.

Hoby hocha lentement la tête, comme pour confirmer que cela avait déjà été fait.

— J'imagine, reprit Wigline, les dents serrées, que vous voulez que ce soit fait sans tarder.

— Aussi vite que possible, déclara Teddy. Présentez-moi un plan dans deux heures.

Quand Critz quitta l'appartement pour sa longue promenade de fin d'après-midi, qui se terminait en général par quelques bières, des regards le suivaient. Après avoir marché une demi-heure d'un pas indolent, il arriva à Leicester Square et entra dans le même pub que la veille, le Dog and Duck.

Il en était à sa deuxième pinte, au bar du rez-de-chaussée, quand le tabouret voisin racla le sol. L'agent Greenlaw s'y installa lourdement et réclama une bière d'une voix de stentor.

— Vous permettez que je fume ? lança-t-il en se tournant vers Critz, qui haussa les épaules.

— Nous ne sommes pas aux États-Unis.

— Américain ? poursuivit Greenlaw.

— Oui.

— Vous vivez ici ?

— Non, je suis de passage.

Critz gardait les yeux obstinément fixés sur les bouteilles alignées derrière le bar, refusant de regarder son voisin dans les yeux, résolu à ne pas engager la conversation. Dès les premiers jours, il avait apprécié le fait d'être seul dans un pub bondé. Il aimait s'asseoir dans un coin, un verre à portée de main, écouter les conversations et les plaisanteries qui fusaient autour de lui. Il s'interrogeait encore sur le curieux petit bonhomme qui s'était présenté sous le nom de Ben. Ceux qui l'observaient – si on l'observait encore – savaient s'y prendre pour rester dans l'ombre.

Greenlaw descendait de grandes rasades de bière pour rattraper Critz ; il était essentiel de commander la pinte suivante en même temps que lui. Il alluma une cigarette dont la fumée s'ajouta au nuage qui flottait au-dessus d'eux.

— Je suis là depuis un an, lâcha-t-il.

Critz inclina la tête sans rien dire.

— La conduite à gauche et le temps de chien, je m'en fous, reprit Greenlaw. Ce que je ne supporte pas ici, ce sont les sports. Vous avez déjà regardé une rencontre de cricket ? Il y en a pour quatre jours !

— Un sport idiot, grogna Critz.

— Il n'y a que le cricket et leur football à eux qui comptent, ici. J'ai eu le plus grand mal à passer l'hiver sans suivre le championnat américain. Quelle épreuve !

Critz était un fidèle abonné des Washington Redskins ; peu de choses le transportaient autant que son équipe favorite. Greenlaw, lui, n'était pas un fan de football mais il avait passé la journée à apprendre par cœur des statistiques dans une planque de la CIA, quelque part au nord de Londres. Si le football ne marchait pas, il passerait à la politique. Si cela ne donnait rien non plus, une jolie jeune femme attendait dehors, même si Critz n'avait pas la réputation d'un don Juan.

Par chance, Critz eut brusquement le mal du pays. Seul dans un pub londonien, loin de chez lui et de la frénésie qui entourait le Super Bowl. La grande finale du championnat aurait lieu quarante-huit heures plus tard et la presse britannique en parlait à peine. Si les Redskins avaient réussi à se qualifier, il n'aurait certainement pas été en train de boire de la bière à Londres. Il aurait en poche son billet pour la finale, une bonne place sur la ligne médiane offerte par une des grosses sociétés sur lesquelles il pouvait compter.

— Qui va gagner ? lança-t-il en se tournant enfin vers Greenlaw. Les Patriots ou les Packers ?

— De toute façon, mon équipe n'est pas allée jusqu'au bout.

— La mienne non plus. Vous soutenez qui ?

Question fatale. Quand il entendit la réponse, Robert Critz eut soudain très envie de parler. Greenlaw et lui passèrent un long moment à comparer leurs expériences personnelles – depuis combien de temps ils étaient des supporters des Redskins, les plus beaux matches qu'ils avaient vus, les plus grands joueurs, les Super Bowls auxquels ils avaient assisté. Greenlaw commanda une tournée : ils semblaient prêts à poursuivre pendant des heures. Critz avait parlé à très peu d'Américains à Londres, mais celui-là avait l'air très fréquentable.

Greenlaw s'excusa et partit à la recherche des toilettes. Elles étaient à l'étage, de la taille d'un placard à balais, comme c'est souvent le cas à Londres. Il tira le loquet de la porte pour être tranquille, sortit son portable et fit le point avec le reste de son équipe qui attendait dans la rue. Trois hommes et la jolie jeune femme. Le plan pouvait être mis à exécution.

À la moitié de sa quatrième pinte, tandis qu'un désaccord survenait sur le ratio essais/interceptions de Sonny Jurgensen, Critz décida à son tour d'aller soulager sa vessie. Il se renseigna et disparut dans l'escalier. Greenlaw laissa prestement tomber dans son verre un petit comprimé blanc de Rohypnol, sédatif puissant, inodore et insipide. Quand Critz revint, il était revigoré et prêt à reprendre le collier. Mais alors qu'ils parlaient avec délectation de John Riggins et de Joe Gibbs, son menton commença à fléchir.

— Bon, fit-il, la langue pâteuse. Je ferais mieux d'y aller. Ma bourgeoise m'attend.

— Moi aussi, approuva Greenlaw en levant son verre. Cul sec !

Ils vidèrent leur verre et se levèrent. Critz en tête, Greenlaw derrière lui, prêt à le rattraper s'il venait à tomber, ils se frayèrent un chemin dans la foule agglutinée près de l'entrée et se retrouvèrent dans la rue. Là, le vent frisquet requinqua fugitivement Critz. Oubliant son nouvel ami, il s'éloigna sur le trottoir. Au bout de vingt pas, les jambes en coton, il chercha à s'agripper à un lampadaire. Greenlaw le retint avant qu'il s'affaisse.

— Mon pauvre Fred, tu es encore bourré ! lança-t-il d'une voix retentissante, dans la direction d'un jeune couple qui passait.

« Fred » n'en était plus là. Une voiture ralentit, s'arrêta le long du trottoir. Une portière s'ouvrit ; Greenlaw chargea le corps inerte de Critz à l'arrière. La voiture démarra et parcourut un kilomètre, jusqu'à un entrepôt. Totalement inconscient, Critz fut transporté dans une camionnette avec une double portière arrière. Un agent se pencha sur lui avec une seringue hypodermique et lui injecta une dose massive d'héroïne pure. La présence d'héroïne permettrait de garder le secret sur les résultats de l'autopsie, à la demande de la famille, naturellement.

Critz respirait à peine quand la camionnette quitta l'entrepôt pour se diriger vers Whitcomb Street, tout près de son appartement. Trois véhicules étaient nécessaires pour l'exécution de la dernière étape. La camionnette était suivie par une grosse Mercedes et une autre voiture, conduite par un Anglais qui resterait sur les lieux et apporterait son témoignage à la police. Le rôle de ce troisième véhicule consistait à ralentir la circulation derrière la Mercedes.

Au troisième passage, tandis que les conducteurs étaient en liaison radio et que deux agents, dont la jolie jeune femme, avaient discrètement pris position au bord du trottoir, les portières arrière de la camionnette s'ouvrirent brusquement et le corps de Critz roula sur la chaussée. Le conducteur de la Mercedes visa la tête et l'écrasa. Le bruit fut écœurant. Tout le monde disparut, sauf l'Anglais au volant du troisième véhicule. Il appuya violemment sur la pédale de frein, bondit de sa voiture et s'élança vers l'ivrogne qui venait de se faire écraser. Il regarda autour de lui, cherchant d'autres témoins.

Il n'y en avait pas mais un taxi approchait. Il lui fit signe de s'arrêter ; d'autres véhicules ralentirent et s'immobilisèrent. En peu de temps, une foule se pressa autour du corps en attendant l'arrivée de la police. Le conducteur de la troisième voiture était arrivé le premier sur le lieu de l'accident mais il n'avait pas vu grand-chose. La victime avait trébuché entre deux véhicules en stationnement, s'était étalée sur la chaussée et avait été écrasée par une grosse voiture noire. Ou vert foncé. Il n'était sûr ni de la marque ni du modèle. Il n'avait pas pensé à relever le numéro minéralogique. Il était incapable de donner le signalement du chauffard, qui avait aussitôt pris la fuite. Il avait été trop bouleversé en voyant la victime déboucher entre les voitures et tomber sur la chaussée avant de se faire écrabouiller.

Au moment où on chargeait le corps de Robert Critz dans une ambulance pour le transporter à la morgue, Greenlaw, la jeune femme et deux autres membres de l'équipe étaient tranquillement installés dans un train en partance pour Paris. Chacun irait de son côté pendant quelques semaines, puis ils regagneraient Londres, où ils étaient basés.

Quand des odeurs de bacon et de saucisse grillée lui chatouillèrent les narines, Marco eut envie d'un bon petit déjeuner. Mais Luigi était impatient de reprendre la route.

— Il y a d'autres clients et tout le monde mange à la même table, expliqua-t-il en chargeant la voiture. Il ne faut pas laisser de piste ; la patronne de l'auberge n'oublie rien.

La petite Fiat s'engagea sur la route de campagne pour rejoindre une voie plus importante.

— Où allons-nous ? demanda Marco au bout d'un moment.

— Nous verrons.

— Cessez de me prendre pour un con ! rugit Marco avec une véhémence qui fit tressaillir Luigi. Je suis un homme libre, qui peut décider à tout moment de descendre de cette voiture !

— Bien sûr, mais...

— Et cessez d'agiter ces menaces ! Chaque fois que je pose une question, vous répondez par de vagues menaces en laissant entendre que je n'ai pas vingt-quatre heures à vivre sans votre protection. Je veux savoir ce qui se passe. Quelle est notre destination ? Combien de temps y resterons-nous et combien de temps me servirez-vous de chaperon ? Je veux des réponses, Luigi, sinon je disparais.

Luigi s'engagea sur une route à quatre voies. Un panneau indiquait : Bologne, 30 kilomètres. Il attendit que la tension retombe avant de donner quelques explications.

— Nous allons passer quelques jours à Bologne. Ermanno nous rejoindra ; vous pourrez reprendre les leçons. Vous serez mis en lieu sûr pendant quelque temps, puis je vous laisserai seul.

— Merci. Qu'y avait-il de si difficile ?

— Le plan a changé.

— Je savais bien qu'Ermanno n'était pas étudiant.

— Il est étudiant. Et il fait partie du plan.

— Vous ne le trouvez pas ridicule, votre plan ? Réfléchissez un peu, Luigi. Pourquoi dépenser tant d'argent et tant d'énergie pour essayer de m'apprendre une autre langue et une autre culture alors qu'il serait si simple de me mettre dans un avion et de m'expédier dans un pays comme la Nouvelle-Zélande ?

— L'idée est excellente, Marco, mais ce n'est pas moi qui décide.

— Marco ! Chaque fois que je me regarde dans le miroir et que je prononce ce nom, j'ai envie de rire.

114

— Cela n'a rien de drôle. Connaissez-vous Robert Critz?

— Je l'ai vu deux ou trois fois, répondit Marco après un instant d'hésitation. Je n'ai jamais fait appel à lui. Un politicard au bout du rouleau... comme moi, j'imagine.

— Un ami très proche du président Morgan, le secrétaire général de la Maison-Blanche, son directeur de campagne.

— Et alors?

— Il a été tué hier soir, à Londres. Cela fait déjà cinq hommes qui sont morts à cause de vous : Jacy Hubbard, les Pakistanais et maintenant Critz. La liste des victimes n'est pas close, Marco. Un peu de patience ; j'essaie seulement de vous protéger.

Marco rejeta violemment la tête et ferma les yeux. Il ne parvenait pas à assembler les pièces du puzzle.

Ils s'arrêtèrent peu après pour prendre de l'essence. Luigi alla payer et revint avec deux gobelets de café.

— Un distributeur? lança Marco en souriant. J'aurais cru que ces appareils funestes étaient interdits en Italie.

— La nourriture industrielle gagne du terrain. C'est déplorable.

Quelques minutes plus tard, ils atteignaient les faubourgs de Bologne ; la circulation devint difficile.

— C'est ici que sont installés nos meilleurs constructeurs automobiles, Ferrari, Lamborghini, Maserati... Les plus belles voitures de sport.

— Je peux en avoir une?

— Désolé, notre budget ne le permet pas.

— Que permet-il exactement?

— Une vie simple et tranquille.

— C'est bien ce qu'il me semblait.

— Ce sera toujours mieux que ce que vous aviez.

Marco prit une gorgée de café en regardant autour de lui.

— Ce n'est pas ici que vous avez fait vos études? reprit-il.

— Si. L'université a près de neuf cents ans ; c'est une des plus belles du monde. Je vous la montrerai plus tard.

Ils quittèrent la voie rapide pour s'engager dans une triste banlieue. Les rues devenaient de plus en plus étroites mais Luigi semblait connaître le quartier comme sa poche. Ils suivaient les panneaux indiquant la direction du centre historique et de l'université. D'un seul coup, Luigi donna un coup de volant, monta sur un trottoir et glissa la petite Fiat dans un espace de stationnement juste assez large pour y garer une moto.

— Allons manger, déclara-t-il en coupant le contact.

Ils réussirent à s'extraire de la voiture et s'éloignèrent d'un pas vif.

La planque de Marco était un hôtel vétuste situé à quelques centaines de mètres de la vieille ville.

— Déjà des restrictions budgétaires ! lâcha-t-il en traversant l'entrée exiguë pour gagner l'escalier.

— Ce n'est que pour quelques jours, expliqua Luigi.

— Et après ?

Marco se démenait avec ses bagages dans l'étroite cage d'escalier ; Luigi avait les mains libres. Heureusement, la chambre était au premier étage. Une petite chambre avec un lit à une place et des rideaux qui n'avaient pas dû être tirés depuis plusieurs jours.

— Je préférais celle de Trévise, déclara Marco en considérant les murs.

Luigi ouvrit les rideaux d'un coup sec ; un rayon de soleil mit une note gaie dans la pièce.

— Pas mal, murmura Luigi sans conviction.

— Ma cellule était plus agréable, soupira Marco.

— Vous vous plaignez beaucoup.

— J'ai des raisons.

— Déballez vos affaires. Je vous retrouve en bas dans dix minutes ; Ermanno attend.

Ermanno avait l'air aussi déconcerté que Marco par le brusque changement de lieu. Il paraissait soucieux, perturbé, comme s'il les avait suivis en voiture toute la nuit. Ils marchèrent quelques minutes avant d'entrer dans un immeuble décrépi. Faute d'ascenseur, ils prirent l'escalier jusqu'au quatrième étage où se trouvait un minuscule deux-pièces encore plus chichement meublé que l'appartement de Trévise. À l'évidence, Ermanno avait fait ses bagages en toute hâte et les avait déballés encore plus vite.

— C'est pire que chez moi, observa Marco en lançant un coup d'œil circulaire.

Il vit sur une petite table les livres dont ils s'étaient servis la veille pour leur leçon.

— Je reviens vous chercher pour le déjeuner, fit Luigi en se dirigeant vers la porte.

— *Andiamo a studiare*, déclara Ermanno. Mettons-nous au travail.

— J'ai tout oublié, protesta Marco.

— Notre leçon d'hier était très bonne.

— On ne pourrait pas plutôt aller prendre un verre dans un bar ? Je ne me sens pas d'humeur à faire ça.

Mais Ermanno avait déjà pris place à la petite table et commençait à tourner les pages du manuel. En soupirant, Marco tira l'autre chaise et s'assit en face de lui.

Les deux repas du jour, pris dans des fast-foods baptisés *trattorias*, ne laissèrent pas un souvenir impérissable à Marco. D'une humeur de dogue, Luigi insista, parfois sèchement, pour qu'ils ne s'expriment qu'en italien. Il parlait lentement, distinctement, répétait quatre fois une phrase, jusqu'à ce que Marco comprenne plus ou moins, puis il passait à la suivante. Impossible d'apprécier un repas dans ces conditions.

À minuit, Marco était au lit, dans une couverture trop légère pour le froid qui régnait dans la chambre. Il buvait un jus d'orange en apprenant par cœur des listes de verbes et d'adjectifs.

Qu'avait bien pu faire Robert Critz pour avoir été éliminé ? La question en soi était bizarre ; aucune réponse ne lui venait à l'esprit. Il supposait que Critz était présent quand la grâce présidentielle avait été signée ; Morgan eût été incapable de prendre seul une telle décision. Il était par ailleurs impossible d'imaginer Critz à l'origine de cette décision. Il avait prouvé au long de sa carrière qu'il n'était rien d'autre qu'un sous-fifre. Rares étaient ceux qui lui faisaient confiance.

Mais si les gens continuaient à mourir, il était urgent pour Marco Lazzeri d'apprendre ses listes de vocabulaire italien. L'italien était la clé de sa survie et de sa liberté. Luigi et Ermanno allaient bientôt l'abandonner à son sort ; il lui faudrait se débrouiller tout seul.

12

Dès l'aube, Marco quitta la chambre exiguë pour faire une longue promenade. Les trottoirs étaient mouillés, l'air glacial. Grâce au plan que lui avait donné Luigi, il réussit à trouver le chemin de la vieille ville. Il traversa les ruines des remparts à la Porta San Donato et prit à l'ouest sur la Via Irnerio en longeant la limite septentrionale de l'université. Les arcades s'étiraient à l'infini au-dessus du pavage séculaire.

À l'évidence, cette partie de la ville ne s'animait que tard dans la matinée. Une voiture passait de temps en temps, une ou deux bicyclettes, mais les piétons étaient rares. Luigi avait expliqué que Bologne avait une tradition de gauche, un penchant au communisme. Une ville d'une grande richesse historique que son mentor l'aiderait à découvrir, avait-il promis.

Marco vit devant lui un néon vert discret, l'enseigne du bar Fontana. En s'approchant, il fut attiré par des effluves sympathiques. L'établissement occupait l'angle d'un bâtiment ancien – qu'est-ce qui n'était pas ancien dans ce quartier ? La porte résista quand il la poussa mais, une fois à l'intérieur, les odeurs de café, de tabac, de pâtisseries lui donnèrent envie de sourire. Puis vint le moment d'appréhension habituel à l'idée de commander quelque chose dans une langue étrangère.

Le bar Fontana n'était pas un endroit pour les jeunes ni pour les femmes. La clientèle avait la cinquantaine, un style vestimentaire original, avec assez de pipes et de barbes pour signaler le repaire d'enseignants. Une ou deux têtes se tournèrent dans sa direction mais, aux abords d'une université qui comptait cent mille étudiants, il était difficile d'attirer l'attention.

Il n'y avait qu'une seule table de libre, un guéridon. Quand Marco eut réussi à se glisser sur une chaise, le dos contre le mur, il se trouva presque épaule contre épaule avec ses voisins, tous deux absorbés dans la lecture d'un quotidien du matin et, semble-t-il, inconscients de sa présence. Luigi avait expliqué que la notion d'espace, en Europe et aux États-Unis, différait sensiblement. En Europe, l'espace est partagé et non protégé. On partage une table, on partage l'atmosphère enfumée d'un bar – car la fumée de cigarettes n'y dérange personne. Voitures, autobus, maisons, appartements, tout ce qui forme le cadre de la vie quotidienne, est plus petit. On s'y sent plus à l'étroit et on les partage d'autant plus facilement. Il n'est pas choquant de s'approcher à la toucher de la personne avec qui on est en conversation : l'espace réservé à chacun n'est pas violé. On parle avec les mains, on donne une accolade, on serre contre son cœur, parfois même on embrasse.

Même chez un peuple qu'il sait expansif, une telle familiarité est difficile à comprendre pour un Américain.

Marco n'était pas encore prêt à céder trop d'espace. Il prit le menu froissé qui traînait sur la table et fixa son choix sur le premier plat qu'il reconnaissait. Quand le garçon passa près de lui en tournant la tête dans sa direction, il demanda avec tout le détachement dont il était capable : *Espresso, e un panino al formaggio.*

Le serveur inclina la tête. Pas un regard ne se tourna vers lui pour voir qui avait ce mauvais accent. Pas un journal ne se baissa pour permettre à son propriétaire de le dévisager. Tout le monde s'en fichait. Ici, on avait l'habitude des accents. En reposant le menu sur la table, Marco Lazzeri se dit que, tout compte fait, il se plaisait à Bologne, même si la ville était un bastion du communisme. Dans le grand brassage des cultures, avec tous ces étudiants et les professeurs venus du monde entier, les étrangers étaient acceptés. Peut-être même était-il bien vu d'avoir un accent et d'être habillé pas comme les autres. Et de balbutier l'italien sans en avoir honte.

On reconnaît un étranger aux regards curieux qu'il lance furtivement autour de lui, comme si, avide de découvrir une culture qui n'est pas la sienne, il craint que son indiscrétion ne soit surprise. Marco ne se ferait pas prendre en flagrant délit. Il posa sur la table un fascicule de vocabulaire et s'efforça de ne pas prêter attention à ce qui se passait autour de lui. Les verbes, les verbes, les verbes. Ermanno avait dit et répété que, pour maîtriser l'italien et toute autre langue romane, il fallait bien connaître les verbes. Le fascicule en contenait mille, un bon point de départ, selon le professeur de Marco.

Apprendre par cœur pouvait être fastidieux, mais il trouvait dans cet exercice un étrange plaisir. Il était satisfaisant d'être capable de mémoriser quatre pages de vocabulaire sans commettre une seule erreur. S'il se trompait, ou s'il prononçait mal un mot, il se punissait en recommençant depuis le début. Il en était déjà à trois cents verbes quand son café et son sandwich arrivèrent. Il goûta le café et se remit aussitôt au travail, comme si le vocabulaire était plus vital que la nourriture. Il venait d'atteindre les quatre cents verbes quand Rudolph fit son apparition.

La chaise placée de l'autre côté du guéridon de Marco était libre. Elle attira l'attention d'un petit homme habillé tout de noir défraîchi, la tête auréolée de touffes de cheveux poivre et sel sur lesquels un béret noir tenait miraculeusement en équilibre.

— *Buon giorno. E libera* ? demanda-t-il poliment.

Marco n'était pas sûr d'avoir compris les mots mais le sens de la question était évident. Le mot *libera* voulait assurément dire « libre ».

— *Si*, répondit-il posément.

Le nouveau venu se débarrassa de sa longue pèlerine noire, la disposa sur le dossier de la chaise et s'installa. Moins d'un mètre séparait les deux hommes. La notion d'espace est différente ici, se répéta Marco. L'homme en noir posa un exemplaire de *L'Unità* sur la petite table ronde qui se mit à tanguer. Marco s'inquiéta pour son café ; pour échapper à l'amorce d'une conversation, il se plongea dans l'étude des verbes.

— Américain ? s'enquit l'homme en noir dans un anglais sans accent.

Marco abaissa son manuel de vocabulaire et vit deux yeux brillants, tout proches.

— Presque... Canadien. Comment avez-vous deviné ?

— Vous apprenez du vocabulaire anglais-italien. Vous n'avez pas l'air d'un Anglais ; j'en ai conclu que vous deviez être américain.

À en juger par son accent, il ne devait pas venir du Middle West. Ni de New York ou du New Jersey ; ni du Texas, du Sud, des Appalaches, de La Nouvelle-Orléans. Après avoir éliminé de vastes portions du territoire, Marco pensa à la Californie. La nervosité le gagnait ; il allait bientôt falloir mentir et il ne s'y était pas préparé.

— D'où venez-vous ? demanda-t-il.

— La dernière ville où j'ai vécu était Austin, Texas. Cela remonte à trente ans. Je m'appelle Rudolph.

— Ravi de vous connaître, Rudolph. Moi, c'est Marco.

Pourquoi ne pas s'en tenir au prénom, comme de jeunes enfants ?

— Vous n'avez pas l'accent du Texas, s'étonna Marco.

— Dieu merci ! lança Rudolph avec un rire bonhomme, les lèvres à peine entrouvertes. Je suis originaire de San Francisco.

Quand le garçon se pencha vers lui, Rudolph commanda un café et autre chose. Son italien était trop rapide pour Marco. Le garçon posa une question, Rudolph répondit. Marco n'avait rien compris.

— Qu'est-ce qui vous amène à Bologne ? reprit Rudolph.

Il semblait avoir envie de bavarder ; cela ne devait pas lui arriver souvent de rencontrer un Nord-Américain dans son bistrot préféré.

— Je me balade en Italie pendant un an, répondit Marco. Je fais du tourisme et j'essaie d'apprendre la langue.

Rudolph avait le visage mangé d'une barbe grise qui partait du haut des pommettes et s'élançait dans toutes les directions. Son nez était visible ainsi qu'une partie de sa bouche. Pour une raison mystérieuse qui n'aurait jamais d'explication – personne n'oserait poser une question aussi ridicule –, Rudolph avait pris l'habitude de raser un petit cercle de peau sous sa lèvre inférieure, englobant le haut du menton. Pour le reste, les poils bouclés poussaient en toute liberté, apparemment sans être lavés. La chevelure argentée débordant du béret avait le même aspect indiscipliné.

Les traits de Rudolph étant en grande partie masqués, ses yeux concentraient toute l'attention. D'un vert profond et lumineux, sous de gros sourcils en broussaille, rien ne leur échappait.

— Depuis combien de temps êtes-vous à Bologne ?

— Je suis arrivé hier ; je ne sais pas jusqu'à quand. Et vous, qu'est-ce qui vous amène ici ?

Marco était désireux d'éloigner la conversation de sa personne.

Les yeux verts, toujours en mouvement, ne cillaient jamais.

— J'habite ici depuis trente ans. Je suis professeur à l'université.

Marco prit une bouchée de son sandwich, un peu parce qu'il avait faim, surtout pour faire parler Rudolph.

— D'où venez-vous ?

— De Toronto, répondit Marco qui avait bien appris sa leçon. Mes grands-parents étaient milanais ; ils ont émigré au Canada. J'ai du sang italien mais je n'ai jamais appris la langue.

— Elle n'est pas difficile, affirma Rudolph au moment où on lui servait son café.

Il prit la petite tasse, la fourra au milieu de sa barbe. Il dut trouver la bouche. Il se pencha un peu en avant en passant la langue sur ses lèvres.

— Vous n'avez pas l'air d'un Canadien, fit-il, l'œil pétillant.

Marco consacrait toute son énergie à essayer de se comporter comme un Italien. Il n'avait pas eu le temps de penser à se donner l'air d'un Canadien. De quoi, exactement, un Canadien a-t-il l'air ? Il mordit de nouveau dans son sandwich.

— Je n'y peux rien, fit-il, la bouche à moitié pleine. Qu'est-ce qui vous a mené d'Austin à Bologne ?

— C'est une longue histoire.

Marco haussa les épaules, comme s'il avait tout son temps.

— J'enseignais dans ma jeunesse à la fac de droit de l'université du Texas. Quand on a découvert que j'étais communiste, on a exercé des pressions pour me faire partir. Je ne me suis pas laissé faire et les choses se sont envenimées. J'ai fait connaître ma position à mes étudiants. Les communistes n'étaient pas bien vus au Texas, au début des années 70 ; je doute que cela ait beaucoup changé. On a refusé de me titulariser et on m'a renvoyé comme un malpropre. J'ai donc atterri à Bologne, bastion du communisme en Italie.

— Qu'enseignez-vous ici ?

— Le droit. Les théories juridiques d'extrême gauche.

On apporta à Rudolph une sorte de brioche saupoudrée de sucre. Il en avala la moitié d'une seule bouchée ; quelques miettes s'échappèrent de la barbe et tombèrent sur la table.

— Vous êtes toujours communiste ? poursuivit Marco.

— Naturellement. Et je le resterai jusqu'à mon dernier soupir. Pourquoi changerais-je ?

— Vous ne croyez pas que le communisme a fait son temps ? Regardez dans quel état se trouve la Russie, à cause de Staline et de son héritage. Et la Corée du Nord, où le peuple crève de faim pendant que le dictateur fabrique des têtes nucléaires. Cuba a cinquante ans de retard sur le reste du monde. Les sandinistes ont perdu le pouvoir au Nicaragua. La Chine s'ouvre au capitalisme, car l'ancien système ne fonctionnait plus. Je crois qu'on peut affirmer que le communisme ne marche pas.

La brioche avait perdu tout attrait ; les yeux verts s'étaient plissés. Marco sentait venir une diatribe ponctuée d'insultes en anglais et en italien. Il comprit en jetant un coup d'œil dans la salle que les communistes y étaient certainement majoritaires.

Et puis, que lui avait apporté le capitalisme ?

Rudolph réussit à se contenir et même à sourire.

— Peut-être, fit-il d'un air nostalgique, mais c'était quelque chose d'être communiste il y a trente ans, surtout au Texas. Le bon temps.

— Vous ne lisez jamais de journaux du pays ? s'enquit Marco en indiquant de la tête le quotidien italien.

— Mon pays est ici. Je me suis fait naturaliser italien et je n'ai pas remis les pieds aux États-Unis depuis vingt ans.

Marco fut soulagé. Il n'avait pas vu un seul quotidien américain depuis sa libération mais il supposait qu'on avait parlé de sa libération dans la presse. Qu'on avait publié de vieilles photos de lui. Rudolph ne pouvait pas connaître son passé, semblait-il.

Marco se demanda si, lui aussi, se ferait naturaliser italien, dans l'avenir. Si avenir il y avait. Dans vingt ans, serait-il encore en train de parcourir l'Italie en regardant autour de lui pour s'assurer que personne ne le suivait ?

Rudolph interrompit ses réflexions.

— Vous avez dit des journaux « du pays ». Parliez-vous du Canada ou des États-Unis ?

— Des journaux de là-bas, fit Marco en souriant.

Une erreur minime mais qu'il n'aurait jamais dû commettre.

— C'est la première fois que je viens à Bologne, reprit-il, changeant de sujet. J'ignorais que c'était le foyer du communisme en Italie.

Rudolph posa sa tasse en faisant claquer sa langue. Des deux mains, il entreprit de lisser sa barbe, à la manière d'un vieux matou qui lisse ses moustaches.

— Bologne est plus que cela, mon ami, commença-t-il d'un ton professoral. Cette ville a toujours été le centre de la libre pensée et de l'activité intellectuelle en Italie, d'où son premier surnom, *la dotta*, la savante. Puis elle est devenue la patrie de la gauche, d'où son deuxième surnom, *la rossa*, la rouge. Les Bolonais ont toujours pris la nourriture très au sérieux ; ils croient, sans doute à juste titre, que leur ville est l'estomac de l'Italie. D'où son troisième surnom, *la grassa*, la grosse. Un petit nom affectueux, car on ne voit pas beaucoup de vrais gros, ici. Moi, quand je suis arrivé, je l'étais, gros.

Il se tapota fièrement le ventre d'une main tandis que l'autre saisissait le reste de la brioche pour l'engloutir.

Une question effrayante traversa soudain l'esprit de Marco. Était-il possible que Rudolph fasse partie de l'équipe de surveillance ? Était-il un collègue de Luigi et d'Ermanno, de Stennett et des autres qui œuvraient dans l'ombre pour protéger la vie de Joel Backman ? Certainement pas. Il devait être ce qu'il disait : un prof de fac. Un vieil excentrique, un communiste sur le retour qui avait trouvé ici la vie qui lui convenait.

Marco garda cette interrogation dans un coin de son cerveau. En terminant son sandwich, il décida qu'ils avaient assez parlé. Il prétexta un rendez-vous et se leva pour prendre congé de Rudolph, qui parut regretter son départ.

— Je viens ici tous les matins. Revenez un jour où vous aurez un peu plus de temps.

— *Grazie*, fit Marco. *Arrivederci.*

Dehors, la rue s'animait peu à peu. Des camionnettes de livraison commençaient leur tournée. Deux conducteurs échangeaient des insultes dont Marco ne comprenait pas un mot. Il s'éloigna rapidement du bar, au cas où Rudolph aurait pensé à lui demander autre chose et chercherait à le rattraper. Il tourna dans la première petite rue – Via Capo di Lucca ; les voies étaient bien indiquées et faciles à trouver sur son plan. Il prit la direction du centre en faisant des zigzags. Il passa devant un autre café d'aspect accueillant, revint sur pas et entra pour boire un cappuccino.

Pas de communistes pour lui tenir la jambe ; nul ne lui accorda la moindre attention. Joel Backman se délecta de sa boisson mais aussi de l'atmosphère du bar, des conversations et des rires. Il se laissa porter par le sentiment grisant qu'à cet instant personne au monde ne savait précisément où il se trouvait.

À la demande de Marco, les leçons du matin commençaient à 8 heures et non à 8 h 30. Ermanno était un gros dormeur mais il n'avait pu s'opposer à la volonté de son élève. Quand Marco arrivait, il connaissait par cœur ses listes de vocabulaire, il avait répété les dialogues du manuel et avait toutes les peines du monde à contenir son envie d'en apprendre toujours plus. Il avait même proposé à Ermanno de commencer à 7 heures.

Le jour où il fit la connaissance de Rudolph, Joel travailla d'arrache-pied deux heures d'affilée, puis il leva la tête vers son professeur.

— *Vorrei vedere l'università*, déclara-t-il brusquement. J'aimerais voir l'université.

— *Quando ?* Quand.

— *Adesso. Andiamo a fare una passeggiata.* Tout de suite. Allons faire un tour.

— *Penso che dobbiamo studiare.* Je pense qu'il vaudrait mieux continuer à travailler.

— *Si. Possiamo studiare a camminando.* Nous pouvons travailler en marchant.

Marco se leva et prit sa veste. Ils sortirent de l'immeuble décrépi et prirent à pied la direction de l'université.

— *Questa via, come si chiama* ? demanda Ermanno. Comment s'appelle la rue où nous sommes ?

— *E Via Donati*, répondit Marco sans même chercher un panneau indiquant le nom de la rue.

Ils s'arrêtèrent devant une petite boutique où entraient et d'où sortaient des tas de gens.

— *Che tipo di negozio è questo* ? reprit Ermanno. Comment s'appelle ce commerce ?

— *Una tabaccheria.* Un bureau de tabac.

— *Che cosa puoi comprare in questo negozio* ? Que pouvez-vous acheter dans cette boutique ?

— *Posso comprare molte cose. Giornali, riviste, francobolli, sigarette.* Je peux acheter beaucoup de choses. Des journaux, des revues, des timbres, des cigarettes.

La leçon d'italien devint un jeu selon lequel Marco devait nommer ce qu'il voyait. *Cosa è quello* ? demandait Ermanno en montrant une bicyclette, un agent de police, une voiture bleue, un autobus, un banc, une poubelle, une étudiante, une cabine téléphonique, un petit chien, un café, une pâtisserie. À l'exception d'un réverbère, Marco put tout nommer en italien. Quant aux verbes – marcher, parler, voir, étudier, acheter, penser, bavarder, respirer, manger, boire, se dépêcher, conduire – Marco en avait appris par cœur la liste interminable.

Le quartier de l'université s'animait quand ils arrivèrent, un peu après 10 heures. Ermanno expliqua qu'il n'y avait pas de campus à l'américaine. L'*Università degli Studi* avait ses locaux dans des dizaines de bâtiments anciens alignés pour la plupart sur la Via Zamboni. Au fil des siècles, l'université s'était développée et occupait à présent tout un quartier de la ville.

Ils oublièrent un moment la leçon d'italien quand ils se mêlèrent à un flot d'étudiants sortant d'un cours. Marco se surprit à chercher du regard un vieux professeur à la tignasse argentée, communiste convaincu, la première personne avec qui il avait établi des relations amicales depuis sa libération. Il avait déjà pris la décision de revoir Rudolph.

Au 22 Via Zamboni, Marco s'arrêta pour lire une plaque fixée au mur entre la porte et une fenêtre. FACOLTA DI GIURIS-PRUDENZA.

— C'est la faculté de droit? demanda-t-il à Ermanno.

— *Si.*

Rudolph se trouvait quelque part dans ce bâtiment, sans doute en train d'instiller des idées subversives dans l'esprit de ses étudiants.

Ils poursuivirent leur route sans se presser, gagnés par la vitalité des jeunes gens qu'ils croisaient, en continuant leur jeu de questions-réponses.

13

La *lezione a piedi*, la leçon à pied, se renouvela le lendemain, après une heure de grammaire et la révolte de Marco.

— *Ma, deve imparare la grammatica*, protesta Ermanno. Vous devez aussi apprendre la grammaire.

— Vous faites erreur, Ermanno, répliqua Marco en enfilant son manteau. C'est de vraies conversations dont j'ai besoin, pas d'étudier la structure de la langue.

— *Sono io l'insegnante.* Je suis le professeur.

— *Andiamo.* Bologne nous attend. Les rues grouillent de jeunes gens débordant de gaieté, l'air vibre des intonations mélodieuses de votre langue. J'ai hâte de m'imprégner de tout cela. Je vous en prie, mon ami, poursuivit Marco en souriant à Ermanno qui hésitait. J'ai été enfermé six longues années dans une cellule encore plus petite que cette pièce. Ne me demandez pas de rester ici. La ville bouge ; partons l'explorer.

L'air était limpide et vif, le ciel sans nuage : une magnifique journée d'hiver qui attirait les Bolonais dans la rue pour y faire la causette et des emplettes. Des étudiants mal réveillés se rassemblaient par petits groupes, des femmes échangeaient les derniers potins devant une échoppe, de vieux messieurs bien mis se saluaient d'une poignée de main et tout le monde parlait en même temps. Des marchands des quatre saisons vantaient leurs produits en hélant les passants.

Pour Ermanno, ce n'était pas une simple balade. Son élève voulait de vraies conversations : il allait être servi. Il montra un agent de police à Marco et donna ses instructions en italien.

— Allez demander à cet agent la direction de la Piazza Maggiore. Quand vous aurez compris, vous viendrez me répéter ce qu'il a dit.

Marco s'éloigna lentement en murmurant quelques mots dans sa barbe et en cherchant ceux qui lui manquaient. Toujours commencer par un sourire et la formule de salut qui convenait.

— *Buon giorno*, fit-il d'une voix à peine audible.

— *Buon giorno*.

— *Mi puo aiutare* ? Pouvez-vous m'aider ?

— *Certamente*.

— *Sono canadese. Non parlo molto bene.*

— *Allora*.

L'agent de police souriait ; il paraissait disposé à l'aider.

— *Dove la Piazza Maggiore* ?

Le policier tourna la tête. Son regard se perdit au loin, dans la direction du centre historique. Il s'éclaircit la voix ; Marco se prépara à un torrent de mots incompréhensibles. À quelques mètres de là, Ermanno écoutait de toutes ses oreilles.

D'une voix lente, parfaitement cadencée, l'agent de police donna ses explications, en s'aidant des mains.

— Ce n'est pas très loin. Prenez cette rue, puis la prochaine à droite, la Via Zamboni. Vous la suivez jusqu'à ce que vous voyiez les deux tours. Prenez ensuite la Via Rizzoli, sur une centaine de mètres.

Après avoir écouté avec la plus grande attention, Marco entreprit de répéter chacune des phrases. Le policier reprit patiemment ses explications. Marco le remercia, se répéta à voix basse tout ce qu'il pouvait et débita son texte à Ermanno.

— *Non c'è male*. Pas mal.

Le jeu ne faisait que commencer. Tandis que Marco se félicitait, Ermanno cherchait des yeux le prochain innocent. Il le trouva en la personne d'un vieux monsieur qui marchait péniblement en s'aidant d'une canne, un gros journal sous le bras.

— Demandez-lui où il a acheté son journal, ordonna Ermanno à son élève.

Marco prit son temps. Il suivit le vieux monsieur sur quelques mètres pour ne l'aborder que fin prêt.

— *Buon giorno. Scusi.*

L'homme s'arrêta, dévisagea Marco et donna l'impression, l'espace d'un instant, qu'il allait lui asséner un grand coup de canne sur la tête. Il ne lui rendit pas son salut.

— *Dove ha comprato questo giornale ?* Où avez-vous acheté ce journal ?

Le vieil homme regarda d'abord son journal comme si c'était une marchandise de contrebande, puis Marco comme s'il venait de l'insulter. D'un mouvement sec, il tourna la tête vers la gauche et dit quelque chose qui devait signifier : « Là-bas. » Fin de la conversation.

— Pas très bavard, hein ? fit Ermanno en s'avançant vers Marco.

— On peut le dire.

Ils entrèrent ensuite dans un bar. Marco commanda un espresso mais c'était trop simple pour Ermanno. Il voulait un café noir léger avec du sucre et une tarte aux cerises. Il chargea Marco de la commande, ce dont il s'acquitta à la perfection. Ermanno disposa sur leur table plusieurs billets de différentes valeurs, une pièce d'un euro et une de cinquante centimes. Ils s'entraînèrent à compter. Ermanno déclara ensuite qu'il voulait un autre café, cette fois sans sucre mais avec un peu de lait. Marco prit deux euros pour aller payer au bar ; à son retour, il compta la monnaie.

Ils ressortirent et flânèrent sur la Via San Vitale, une des grandes artères du quartier de l'université. Sous les arcades, des étudiants pressés les bousculaient. La chaussée grouillait de bicyclettes, un moyen de locomotion très prisé à Bologne. Ermanno prétendait y avoir étudié trois ans mais Marco doutait de ce que Luigi et son professeur disaient.

— La Piazza Verdi, annonça Ermanno en montrant un espace découvert où une manifestation se mettait en branle. Un jeune homme aux cheveux longs, façon années 1970, réglait un micro, sans doute pour dénoncer à grands cris des forfaits américains commis quelque part sur la planète. Ses camarades s'efforçaient de déplier une grande banderole peinte à la main, portant un slogan dont même Ermanno ne comprenait pas la signification. Mais il était trop tôt : les étudiants sortaient à peine du lit ou suivaient déjà leurs cours.

— Que veulent-ils, exactement ? demanda Marco au moment où ils passaient près des manifestants.

— Je ne sais pas très bien. Cela a un rapport avec la Banque mondiale. Il y a souvent des manifestations, ici.

Ils poursuivirent leur route sur les trottoirs encombrés, en direction du centre.

Luigi leur avait donné rendez-vous dans un restaurant, le Testerino, près de l'université. L'addition étant réglée par les contribuables américains, il commanda beaucoup, sans regarder à la dépense. Ermanno, l'étudiant fauché, semblait quelque peu embarrassé par cet excès de libéralité mais, en bon Italien, il finit par prendre du plaisir à ce repas prolongé. Le déjeuner dura deux heures d'horloge, au long desquelles pas un mot d'anglais ne fut prononcé. Ils parlaient lentement, méthodiquement, répétaient quand il le fallait, sans jamais passer à l'anglais. Difficile de savourer son repas le cerveau occupé à écouter, à traduire, à assimiler, à préparer une réponse. À peine Marco venait-il de saisir un ou deux mots qu'une autre phrase avait chassé la précédente. Ses deux amis ne bavardaient pas pour le plaisir. S'ils avaient le plus petit soupçon que Marco ne suivait pas, qu'il hochait la tête pour se donner le temps de prendre une bouchée de nourriture pendant qu'ils continuaient à parler, ils s'interrompaient brusquement : *Che cosa ho detto ?* Qu'est-ce que je viens de dire ?

Marco mastiquait pendant quelques secondes, essayant de gagner du temps afin de réfléchir – en italien, que diable ! – à ce qu'il pourrait dire pour se tirer d'affaire. Il apprenait à écouter, à saisir les mots clés ; Luigi et Ermanno lui avaient dit et redit qu'il commencerait par comprendre avant de pouvoir parler.

La gastronomie lui apporta un répit. Savoir faire la distinction entre les *tortellini* (des pâtes de petite taille farcies d'un hachis de porc) et les *tortelloni* (des pâtes plus grosses farcies de ricotta) était d'une importance capitale. Apprenant que Marco était canadien et curieux des spécialités bolonaises, le cuisinier tint à lui faire goûter les deux. Luigi expliqua que ces spécialités étaient des créations des plus grands chefs de la ville.

Marco savoura les deux plats de pâtes en prenant tout son temps, histoire d'échapper à l'italien.

Au bout de deux heures, il annonça qu'il en avait assez. Il prit congé de ses amis devant le restaurant et partit seul. Ses oreilles bourdonnaient et la tête lui tournait.

Il quitta la Via Rizzoli par une rue perpendiculaire, puis tourna encore pour être sûr qu'il n'était pas suivi. Les arcades étaient pratiques pour se cacher. Quand la foule redevint plus dense sur les trottoirs, il traversa la Piazza Verdi, où la manifestation contre la Banque mondiale s'était réduite à un discours enflammé. Marco se réjouit de ne pas comprendre l'italien. Il s'arrêta devant le 22 Via Zamboni et regarda la porte de bois massif qui donnait accès à la faculté de droit. Il entra en s'efforçant de donner l'impression d'être un habitué du lieu. Il ne vit dans le hall d'entrée qu'un tableau d'affichage où l'on proposait des logements, des livres, de la compagnie, à peu près tout, semblait-il, même un stage d'été à la fac de droit de Wake Forrest.

De l'autre côté du hall le bâtiment donnait sur une cour où des étudiants discutaient, téléphonaient sur leur portable ou fumaient en attendant le cours suivant.

Sur la gauche, un escalier attira son attention. Il monta deux étages et découvrit enfin des indications sur des panneaux. Il reconnut le mot *uffici*, bureaux, suivit un couloir donnant accès à deux salles de cours et trouva les bureaux des professeurs. Il y avait un nom sur la plupart des portes, pas toutes. Le dernier bureau portait celui de Rudolph Viscovitch, le seul qui ne fût pas à consonance italienne. Marco frappa ; pas de réponse. Il tourna le bouton mais la porte était fermée à clé. Il prit dans sa poche une feuille à l'en-tête de l'Albergo Campeol de Trevise et écrivit un petit mot à l'attention du professeur :

Cher Rudolph.

En me promenant dans la fac, j'ai trouvé votre bureau et j'ai eu envie de vous saluer. Peut-être nous reverrons-nous au Fontana. J'ai bien aimé notre discussion d'hier. Cela fait du bien d'entendre quelqu'un parler anglais. Votre ami canadien, Marco Lazzeri.

Il glissa la feuille sous la porte et redescendit en suivant un groupe d'étudiants. De retour sur la Via Zamboni, il se promena sans hâte, au hasard, s'arrêta pour acheter une glace et regagna lentement son hôtel. La chambre était trop froide pour y faire la sieste. Il se promit de se plaindre le lendemain à Luigi qui avait dépensé pour leur déjeuner plus que le prix de trois nuits d'hôtel. Il pourrait certainement, avec l'accord de ses supérieurs, faire un effort pour mieux le loger.

Il reprit avec résignation le chemin de l'appartement d'Ermanno pour la leçon de l'après-midi.

Luigi attendait à la gare de Bologna Centrale l'arrivée du rapide en provenance de Milan. La gare était assez calme, un calme passager avant l'heure d'affluence, à la sortie des bureaux. À 15 h 35, pile à l'heure, le train à grande vitesse s'arrêta et Whitaker sauta sur le quai.

Comme Whitaker ne souriait jamais, les deux hommes se dirent juste bonjour. Une poignée de main rapide suffit ; ils se dirigèrent vers la Fiat de Luigi.

— Comment va notre ami ? demanda Whitaker dès qu'il eut claqué la portière.

— Bien, répondit Luigi en mettant le moteur en marche. Il travaille beaucoup ; il n'a pas grand-chose d'autre à faire.

— Il ne cherche pas à s'éloigner ?

— Non. Il aime se balader dans la vieille ville mais ne s'aventure pas trop loin. Et il n'a pas d'argent.

— Ne lui en donnez pas. Il fait donc des progrès en italien ?

— Il apprend vite, affirma Luigi en s'engageant dans la Via della Indipendenza, une large avenue qui conduisait au cœur de la ville médiévale. Il est très motivé.

— A-t-il peur ?

— Je crois.

— C'est un type intelligent et manipulateur, Luigi, n'oubliez jamais ça. Et, parce qu'il est intelligent, il a très peur : il sait ce qu'il risque.

— Je lui ai parlé de Critz.

— Et alors ?

— Il est tombé des nues.

— Cela lui a flanqué la trouille, j'espère ?

— Je crois. Qui a supprimé Critz ?

— Nous, j'imagine, mais on ne peut jamais savoir. La nouvelle planque est prête ?

— Oui.

— Bien. Allons voir.

La Via Fondazza était une rue paisible bordée d'immeubles résidentiels, au sud-est de la vieille ville, pas très loin de l'université. Là aussi, des arcades couraient des deux côtés de la rue et les portes des appartements donnaient directement sur le trottoir. Sur la plupart des façades, près de l'interphone, une plaque de cuivre donnant la liste des occupants. Pas sur celle du 112. La maison était louée depuis trois ans à un mystérieux homme d'affaires milanais qui ne l'utilisait que rarement. Whitaker n'était pas venu depuis plus d'un an dans le trois-pièces de cinquante-cinq mètres carrés, meublé sobrement, qu'il louait mille deux cents euros par mois. Une planque, tout simplement, l'une des trois dont il avait la responsabilité dans l'Italie du Nord.

L'appartement comprenait deux chambres, une petite cuisine et un living-room meublé d'un canapé, d'un bureau et de deux fauteuils de cuir. Pas de téléviseur. Luigi montra le téléphone et ils se mirent à parler en termes voilés de l'appareil d'écoute indétectable qui y avait été installé. Deux micros avaient été posés dans chaque pièce, deux puissants capteurs auxquels aucun son d'origine humaine n'échappait. Il y avait encore deux minuscules caméras miniaturisées. La première, dissimulée dans la fente d'un carreau ancien du mur du séjour, permettait de voir la porte d'entrée ; l'autre, orientée vers la porte de derrière, était cachée dans un appareil d'éclairage mural de la cuisine.

Au grand soulagement de Luigi, il n'y aurait pas de caméra dans la chambre. Si Marco réussissait à faire monter une femme chez lui, ils suivraient ses allées et venues grâce à la caméra du séjour. Pour Luigi, c'était suffisant ; s'il s'ennuyait trop, il tournerait le bouton pour avoir le son.

La planque était contiguë à un autre appartement dont elle était séparée par un épais mur de pierre. C'est là que logerait Luigi, dans un quatre-pièces. La porte de derrière ouvrait sur un petit jardin invisible de la planque, qui lui permettrait d'entrer et de sortir à sa guise. On avait installé dans la cuisine un appareillage électronique dernier cri, pour suivre à tout moment ce qui se passait à côté.

— Les leçons d'italien auront-elles lieu ici? interrogea Whitaker.

— Oui. Je pense que c'est plus sûr et je pourrai tout observer.

Whitaker fit le tour de l'appartement et revint vers Luigi.

— Tout est en place, à côté?

— Oui. J'y ai dormi les deux dernières nuits. Nous sommes prêts.

— Quand pourra-t-il s'installer ici?

— Cet après-midi.

— Parfait. Allons voir notre ami.

Ils suivirent la Via Fondazza jusqu'à son extrémité avant de prendre une voie plus large, la Strada Maggiore. Le lieu de rendez-vous était un petit café, le Lestre. Luigi trouva un journal et s'assit seul à une table; Whitaker fit de même à une table voisine. Les deux hommes n'échangèrent pas un regard. À 16 h 30 précises, Ermanno arriva avec son élève et rejoignit Luigi.

Les deux hommes se mirent à l'aise et s'installèrent à la table.

— En avez-vous marre de l'italien, Marco? demanda Luigi de but en blanc.

— Par-dessus la tête, répondit Marco en souriant.

— Bien. Parlons anglais.

— Vous êtes mon sauveur.

Assis à la table voisine, à moitié caché par son journal, une cigarette aux lèvres, Whitaker faisait celui qui ne s'intéresse pas à ce qui se passe autour de lui. Il savait évidemment qui était Ermanno mais ne l'avait jamais vu. Quant à Marco, c'était une autre histoire.

Whitaker avait été affecté à Langley une douzaine d'années auparavant, à l'époque où tout le monde à Washington connaissait l'Intermédiaire. Il avait gardé de Joel Backman le souvenir d'une force politique qui consacrait autant de temps à cultiver son image qu'à représenter ses clients. Il était l'incarnation de la fortune et du pouvoir, un parfait raminagrobis capable de manier aussi bien la carotte que le bâton, et de distribuer assez d'argent pour obtenir tout ce qu'il voulait.

Étonnant ce que six années de détention pouvaient faire d'un homme. Minci, le nez chaussé de lunettes Armani à fine monture noire, il avait l'air d'un Européen. Une barbiche poivre et sel apparaissait sur son menton. Whitaker avait la certitude qu'aucun Américain entrant à ce moment dans le café n'aurait reconnu Joel Backman.

Marco surprit pour la deuxième fois le regard de l'homme assis à la table voisine sans y prêter attention. La conversation était en anglais et il ne devait pas y avoir grand monde qui parlait cette langue, du moins dans ce petit café. Aux alentours de l'université, il n'était pas rare d'entendre des gens converser dans différentes langues.

Ermanno partit après avoir bu son espresso. Trois minutes plus tard, Whitaker se leva à son tour et sortit. Il parcourut quelques centaines de mètres dans la rue, entra dans un cybercafé qu'il connaissait. Il brancha son ordinateur portable, se connecta à Internet et envoya un message à Julia Javier, à Langley :

L'appartement de Fondazza est prêt ; il devrait y dormir ce soir. Je l'ai vu, en chair et en os. Buvant un café avec nos amis ; sinon, je ne l'aurais pas reconnu. Semble s'adapter à sa nouvelle vie. Tout est en ordre ici : aucun problème.

À la tombée de la nuit, Luigi gara sa Fiat devant l'immeuble de la Via Fondazza et déchargea rapidement la voiture. Marco avait peu de bagages, deux sacs de vêtements et ses quelques livres d'italien. La première chose qu'il remarqua en entrant dans son nouveau logement, c'est que l'appartement était bien chauffé.

— Je préfère ça, fit-il en souriant à Luigi.

— Je vais garer la voiture. Faites comme chez vous.

Marco fit le tour de l'appartement. Le trois-pièces était agréablement meublé ; rien de luxueux mais infiniment mieux que la chambre d'hôtel. Les choses allaient en s'améliorant : dix jours plus tôt, il était dans sa cellule.

— Qu'en pensez-vous ? demanda Luigi qui n'avait pas mis longtemps à faire l'aller et retour.

— Je le prends. Merci.

— De rien.

— Merci aussi à mes amis inconnus de Washington.

— Avez-vous vu la cuisine, poursuivit Luigi en allumant la lumière.

— C'est parfait. Combien de temps vais-je rester ici, Luigi ?

— Il ne m'appartient pas de prendre ce genre de décision. Vous le savez.

— Je sais.

— Deux choses encore, ajouta Luigi en revenant dans le salon. D'abord, Ermanno viendra ici tous les jours, pour vos leçons. De 8 à 11 heures, puis de 14 à 17 heures, plus tôt, si vous en avez assez.

— Excellente idée. Pourriez-vous lui trouver quelque chose de mieux. Son gourbi est une honte pour le contribuable américain.

— Deuxième chose. C'est une rue très calme, résidentielle. Entrez et sortez sans perdre de temps, ne discutez pas avec les voisins, ne vous faites pas d'amis. Pas de piste, Marco, ne l'oubliez pas, si vous ne voulez pas qu'on vous retrouve.

— J'avais compris avant la dixième fois.

— On ne le répétera jamais assez.

— Relax, Luigi ! Mes voisins ne me verront pas, je vous le promets. J'aime bien cet appartement : beaucoup mieux que ma cellule.

14

Le service funèbre de Robert Critz se tint dans un faubourg chic de Philadelphie, la ville natale du défunt, où il n'avait pas remis les pieds depuis plus de trente ans. Décédé sans testament et sans avoir pris de dispositions, il avait laissé à sa femme la charge de ramener son corps de Londres mais aussi de décider de ce qu'il convenait d'en faire. Un de ses fils penchait pour la crémation et un caveau de marbre à l'abri des intempéries. Dans l'état où elle se trouvait, la veuve aurait accepté n'importe quelle autre suggestion. Les sept heures de vol – en classe éco – en compagnie d'un cercueil spécialement conçu pour le transport aérien l'avaient mise au bord de la folie. L'arrivée à l'aéroport, où personne n'était venu ni l'aider ni même l'accueillir, n'avait rien arrangé. L'horreur !

C'était une cérémonie sur invitation uniquement, une condition posée par l'ex-président Arthur Morgan qui, après deux petites semaines passées à la Barbade, n'avait pas envie de rentrer aux États-Unis et encore moins d'y être vu. S'il était attristé par la mort de l'ami d'une vie, il ne le montrait pas. Il avait chicané sur les détails de la cérémonie au point que la famille avait failli lui demander de ne pas venir. La date avait été modifiée à cause de Morgan. Le déroulement du service ne lui convenait pas. Il avait finalement accepté de faire un éloge funèbre, à condition qu'il soit très bref. La vérité était qu'il n'avait jamais aimé Mme Critz et que ce sentiment était partagé.

Pour le petit cercle des proches de Robert Critz, il était hautement improbable qu'il se soit soûlé dans un pub londonien au point de trébucher dans la rue et de tomber devant une voiture. Quand l'autopsie avait montré la présence d'une forte quantité d'héroïne, la veuve, affolée, avait demandé avec insistance que le rapport soit tenu secret. Elle n'avait même pas voulu en parler à ses enfants. Absolument certaine que son mari n'avait jamais touché à une substance illégale – il buvait trop mais peu de gens le savaient –, elle était résolue à protéger sa réputation.

La police britannique avait accepté de ne pas divulguer les résultats de l'autopsie et de clore l'affaire. Il restait des points à éclaircir mais ils avaient d'autres affaires à suivre et la veuve était impatiente de rentrer chez elle.

La cérémonie commença un jeudi après-midi, à 14 heures – l'horaire avait été choisi par Morgan pour lui permettre de faire un vol sans escale en jet privé jusqu'à l'aéroport de Philadelphie – et dura une heure. Sur les quatre-vingt-deux invités, cinquante et un firent le déplacement. Beaucoup d'entre eux, la majorité, étaient plus curieux de voir l'ex-président que désireux de faire leurs adieux à Robert Critz. Un pasteur protestant présidait l'office. Pendant quarante ans, Critz n'avait fréquenté les églises que pour les mariages et les enterrements. Le pasteur avait la tâche ardue d'évoquer le souvenir d'un homme qu'il n'avait jamais vu ; il s'y appliqua courageusement et échoua. Il lut un passage du livre des Psaumes, fit un prêche qui aurait aussi bien convenu à un diacre qu'à un tueur en série, offrit des paroles de réconfort aux membres de cette famille qu'il ne connaissait ni d'Ève ni d'Adam.

Morgan, avec un hâle ridicule pour un mois de février, tenta d'égayer la petite foule en racontant quelques anecdotes sur son vieux copain ; il ne fit que donner l'impression d'avoir l'esprit ailleurs et d'être impatient de repartir.

Les deux semaines passées au soleil des Antilles avaient convaincu Morgan que l'échec désastreux de sa campagne était entièrement imputable à Robert Critz. Il n'en avait encore parlé à personne. À qui se serait-il confié dans cette grande baraque donnant sur la plage, où il était seul au milieu du personnel composé de locaux ? Mais il avait commencé à éprouver du ressentiment, à mettre en question leur longue amitié.

Quand la cérémonie s'acheva enfin, il ne traîna pas. Après avoir étreint par obligation la veuve et les orphelins, il échangea quelques mots avec de vieux amis en leur promettant de les voir dès son retour et fila avec son escorte du Service secret. Les caméras alignées le long d'une barrière de sécurité ne purent prendre aucune image de l'ex-président, caché à l'arrière d'un des deux SUV noirs qui démarrèrent sur les chapeaux de roue. Cinq heures plus tard, Arthur Morgan admirait le coucher de soleil sur la mer des Antilles.

À l'écart de la foule, des observateurs attentifs avaient suivi la cérémonie. Teddy Maynard fut le premier à entrer en possession de la liste des cinquante et un invités présents. Personne de suspect. Aucun nom digne de lui faire lever un sourcil.

La mort de Critz ne soulèverait pas de questions ; un travail net et sans bavure. Le rapport d'autopsie resterait confidentiel, en partie grâce à la veuve mais aussi en raison des pressions exercées au plus haut niveau. Le monde oublierait rapidement Robert Critz. Paix à ses cendres ! Son obstination stupide à essayer de localiser Backman avait pris fin sans mettre le plan en péril.

Le FBI, de son côté, avait voulu placer une caméra à l'intérieur même du bâtiment. La direction avait refusé mais donné l'autorisation de filmer de l'extérieur, ce qui avait permis d'obtenir des gros plans de tous les membres de l'assistance. Là aussi, on avait édité les images et dressé la liste des cinquante et un invités. Une heure après la fin de la cérémonie, le directeur du FBI recevait un rapport complet.

La veille de la mort de Robert Critz, le FBI avait eu connaissance d'informations aussi surprenantes qu'inattendues. Elles avaient été fournies spontanément par un financier aux abois ; coupable de malversations, il était sous la menace de quarante ans de réclusion dans un pénitencier fédéral. Directeur d'un gros fonds commun de placement, il s'était fait pincer pour fraude fiscale ; un scandale de plus à Wall Street, portant sur quelques milliards de dollars seulement. Le fonds en question appartenait à un groupement bancaire international ; au fil des ans, l'escroc avait gravi les échelons. L'affaire était extrêmement lucrative grâce, en partie, à son talent pour frauder le fisc. Il avait été élu au conseil d'administration et on lui avait offert un luxueux appartement aux Bermudes, le siège de la très discrète société.

Prêt à tout pour éviter de passer le reste de ses jours derrière les barreaux, il proposait de révéler des secrets bien cachés. Des secrets bancaires, de louches transactions offshore. Il se disait en mesure d'apporter la preuve que l'ex-président Morgan avait, au dernier jour de son mandat, échangé une grâce contre trois millions de dollars. L'argent avait été transféré d'une banque de Grand Caïman à une banque de Singapour, deux établissements contrôlés en sous-main par le groupement qu'il venait de quitter. L'argent se trouvait encore à Singapour, sur un compte ouvert par une société-écran appartenant à un vieil ami de Morgan. L'argent, à en croire le délateur, était entièrement destiné à l'ex-président.

Quand le FBI eut confirmation de l'existence des comptes et du transfert de fonds, il proposa un marché à l'escroc : deux ans d'assignation à résidence contre ce qu'il savait. Troquer une grâce présidentielle contre des espèces sonnantes et trébuchantes était un crime hors du commun, au point que l'affaire devint la priorité absolue dans l'immeuble Hoover.

L'informateur n'était pas en mesure d'identifier celui qui avait effectué le virement à Grand Caïman mais il était évident pour le FBI que seuls deux des bénéficiaires de la remise de peine disposaient des ressources nécessaires pour le faire. Le premier, le plus probable, était le duc Mongo, le milliardaire octogénaire, détenteur du record en matière de fraude fiscale, du moins pour un particulier – à l'échelle de l'entreprise, la question n'était pas tranchée. L'informateur doutait pourtant que ce fût Mongo ; il avait eu des démêlés avec les banques en question. Il préférait les établissements suisses : le FBI en obtint confirmation.

Le second suspect était naturellement Joel Backman. Un procédé de ce genre n'aurait rien eu d'étonnant de sa part. Le FBI en était venu à croire qu'il n'avait pas de fortune planquée mais un doute avait toujours subsisté. Au temps de sa gloire, l'Intermédiaire était en relation avec les banques suisses et celles des Antilles. Il avait un réseau d'amitiés louches, des contacts dans des endroits importants. Pot-de-vin, arrosage, contribution à des campagnes électorales, lobbying, c'était son domaine.

Anthony Price, le directeur du FBI, avait été nommé à son poste par le président Morgan qui, au bout de six mois, avait voulu le limoger. Price avait demandé un sursis et l'avait obtenu, mais les deux hommes étaient restés en conflit permanent. Pour une raison dont il ne se souvenait pas précisément, Price avait décidé de croiser le fer avec Teddy Maynard également. Teddy n'avait pas perdu beaucoup de batailles dans la guerre secrète qui opposait la CIA au FBI et il n'avait pas peur d'Anthony Price, dernier d'une longue lignée de hauts fonctionnaires de passage.

Mais Teddy n'était pas au courant de l'achat de la grâce présidentielle, l'affaire qui rongeait son homologue du FBI. Le nouveau président des États-Unis avait juré de se débarrasser d'Anthony Price et de réorganiser l'agence. Il avait aussi promis de mettre Teddy à la retraite, une menace qui n'avait rien de nouveau.

Price avait d'un seul coup une occasion extraordinaire de conserver son poste et peut-être de faire d'une pierre deux coups en éliminant Maynard. Il se rendit à la Maison-Blanche pour informer le conseiller à la sécurité nationale, confirmé la veille dans cette fonction par le Congrès, de l'existence du compte suspect à Singapour. Il donna clairement à entendre que l'ex-président était impliqué. Il insista pour que Joel Backman soit localisé et rapatrié aux États-Unis pour être interrogé et, le cas échéant, mis en examen. Si les renseignements en sa possession étaient avérés, ce serait un scandale retentissant, unique, véritablement historique.

Le conseiller à la sécurité nationale écouta attentivement. Dès la fin de l'entrevue, il se rendit dans le bureau du vice-président, fit sortir le personnel, donna un tour de clé à la porte et déballa ce qu'il venait d'apprendre. Les deux hommes en informèrent ensuite le président.

Comme de juste, le présent locataire du Bureau ovale et son prédécesseur ne pouvaient pas se sentir. La campagne présidentielle avait abondé en mesquineries et en coups bas, selon la règle en vigueur dans la politique américaine. Malgré la déroute historique de son adversaire et sa joie d'occuper la Maison-Blanche, le nouveau président n'avait pas envie de rester au-dessus de la mêlée. La perspective d'humilier une seconde fois Arthur Morgan lui donnait des frissons de plaisir. Il se voyait, à l'issue d'un procès sensationnel couronné par une condamnation, entrer en scène pour signer à son tour une grâce qui sauverait l'image de la présidence.

Un grand moment en perspective !

Le lendemain, à 6 heures du matin, le vice-président, escorté par son cortège de véhicules blindés, se fit conduire à Langley, le siège de la CIA. Teddy Maynard avait été convoqué à la Maison-Blanche ; subodorant un coup fourré, il s'était défilé, prétextant des vertiges et l'obligation faite par ses médecins de rester dans son bureau. Il y dormait et y mangeait souvent, surtout quand il souffrait de vertiges, un de ses maux bien commodes.

L'entrevue fut brève. Teddy attendait au bout de la longue table, dans son fauteuil, enveloppé dans plusieurs couvertures, Hoby à ses côtés. Le vice-président était accompagné d'un seul assistant. Les deux hommes échangèrent quelques banalités sur l'installation de la nouvelle équipe à la Maison-Blanche, puis le vice-président entra dans le vif du sujet.

— Monsieur Maynard, déclara-t-il, je suis envoyé par le président des États-Unis.

— Naturellement, fit Teddy avec un mince sourire.

Il s'attendait à être viré. Au bout de dix-huit ans, après d'innombrables menaces, le moment était venu. Enfin, un président avait le cran de remplacer Teddy Maynard. Pendant qu'ils attendaient le vice-président, Teddy avait préparé Hoby aux plus sombres perspectives.

Comme à son habitude, Hoby griffonnait sur son carnet, prêt à coucher sur le papier les mots tant redoutés : Monsieur Maynard, le président demande votre démission.

Au lieu de cela, le vice-président prononça des paroles totalement inattendues.

— Monsieur Maynard, le président veut être informé de la situation de Joel Backman.

Teddy demeura impassible.

— Que veut-il savoir ? demanda-t-il sans marquer la plus petite hésitation.

— Il veut savoir où est Backman en ce moment et combien de temps il faudra pour le ramener sur notre territoire.

— Pourquoi?

— Je ne peux rien dire.

— Dans ce cas, moi non plus.

— C'est très important pour le président.

— Je n'en doute pas, mais M. Backman est très important pour une opération en cours.

Le vice-président fut le premier à baisser les yeux. Il se tourna vers son assistant qui, absorbé dans ses notes, ne lui fut d'aucun secours. Il était hors de question de mettre la CIA au courant du transfert de fonds lié à la grâce présidentielle. Teddy trouverait un moyen de tourner cette information à son avantage pour s'accrocher un peu plus longtemps à son poste. Soit il acceptait de jouer franc jeu, soit il se faisait lourder.

Le vice-président posa les coudes sur la table et se pencha légèrement en avant.

— Le président ne cédera pas là-dessus, monsieur Maynard. Il obtiendra ce renseignement et sans attendre. Sinon, il demandera votre démission.

— Il ne l'aura pas.

— Dois-je vous rappeler que vous êtes sous les ordres du président.

— Inutile.

— Bien. La situation est parfaitement claire. Soit vous apportez le dossier Backman à la Maison-Blanche et nous en parlons ensemble, soit la CIA aura bientôt un nouveau directeur.

— Avec le respect que je vous dois, ce franc-parler est rare chez les gens de votre espèce.

— Je prends cela comme un compliment.

Fin de l'entretien.

Les fuites étaient nombreuses dans l'immeuble Hoover, le siège du FBI; il suffisait de tendre l'oreille pour profiter de ces indiscrétions. Au nombre de ceux qui étaient à l'affût se trouvait Dan Sandberg, le journaliste du *Washington Post*. Ses sources étaient plus fiables que celles de la plupart de ses collègues; il ne lui fallut pas longtemps pour humer le parfum d'un gros scandale. Il interrogea un vieil informateur qui venait d'entrer à la Maison-Blanche et eut la confirmation partielle de ce qu'il avait entendu dire. L'histoire commençait à prendre forme mais Sandberg savait que les détails précis resteraient hors de portée. Il n'avait aucune chance de voir les documents relatifs au transfert de fonds.

Mais, si cette histoire était vraie – un président sur le départ occupé à vendre des grâces pour se payer une retraite dorée –, elle ferait grand bruit. Un ex-président mis en examen, jugé, peut-être condamné et envoyé en prison ? Impensable !

Il était à son bureau quand on lui passa un appel de Londres. C'était un vieux copain à la plume acérée, qui écrivait dans les colonnes du *Guardian*. Ils parlèrent quelques minutes de la composition du nouveau gouvernement, le sujet de conversation de rigueur à Washington ; la ville était sous la neige et le Congrès s'embourbait dans les travaux de ses commissions. En un mot, il ne se passait pas grand-chose.

— Rien de nouveau sur la mort de Bob Critz ? demanda son correspondant.

— Non, répondit Sandberg. Juste une cérémonie, hier. Pourquoi ?

— Je me pose des questions sur les circonstances. Et pas moyen d'avoir connaissance du rapport d'autopsie.

— Quel genre de questions ? Je croyais l'affaire réglée.

— Peut-être, mais on l'a enterrée un peu vite. Je n'ai rien de concret, mais je cherche s'il n'y a pas quelque chose qui cloche quelque part.

Cela mit la puce à l'oreille de Sandberg.

— Je vais passer quelques coups de fil.

— D'accord. On se rappelle dans un ou deux jours.

Sandberg raccrocha, et garda un moment les yeux fixés sur l'écran de son ordinateur. Critz devait être présent quand Morgan avait signé les grâces. Paranos comme ils l'étaient, il y avait de grandes chances qu'ils aient été seuls dans le Bureau ovale au moment où la décision avait été prise.

Peut-être Critz en savait-il trop.

Trois heures plus tard, Sandberg sautait dans un avion à destination de Londres.

15

Bien avant le lever du jour, Marco s'éveilla dans un nouveau lit, dans une nouvelle chambre. Il lui fallut un long moment pour mettre ses idées en place : se souvenir de ce qu'il avait fait la veille, analyser l'étrange situation qui était la sienne, préparer la journée à venir, essayer d'oublier le passé tout en s'efforçant d'imaginer ce qui allait lui arriver dans les douze prochaines heures. Il avait dormi d'un mauvais sommeil, quatre ou cinq heures, pas plus, il ne savait pas exactement : sa petite chambre était plongée dans une profonde obscurité. Il enleva son casque ; comme d'habitude, il s'était endormi au son d'un dialogue italien plein d'entrain.

Il était content d'avoir une chambre bien chauffée. On avait voulu le faire mourir de froid, à Rudley, et ce n'était guère mieux, à l'hôtel. Dans son nouvel appartement, les murs étaient épais, il y avait des fenêtres et les radiateurs fonctionnaient en continu. Quand il estima que sa journée était organisée d'une manière satisfaisante, il fit pivoter ses jambes et posa lentement les pieds sur le carrelage.

Combien de temps occuperait-il son nouveau logement ? Il l'ignorait, autant qu'il ignorait l'avenir qu'ils lui avaient préparé. Il alluma la lumière, jeta un coup d'œil à sa montre : presque 5 heures. Il entra dans la salle de bains et se regarda dans le miroir. Les poils qui commençaient à recouvrir sa lèvre supérieure, les deux côtés de la bouche et le menton étaient trop gris à son goût. Il devenait évident, au bout d'une semaine, qu'il y aurait quatre-vingt-dix pour cent de poils blancs, le reste étant châtain foncé. Quelle importance? Il avait cinquante-deux ans. Cela faisait partie du déguisement et lui donnait un air distingué. Avec son visage maigre, ses joues creuses, ses cheveux coupés court et ses petites lunettes rectangulaires, il pouvait aisément passer pour Marco Lazzeri, dans les rues de Bologne. Ou de Milan, de Florence, de toutes les villes qu'il avait envie de visiter.

Il sortit une heure plus tard, se glissa sous les arcades séculaires, froides et silencieuses. Le vent froid lui mordait la peau; il se promit de se plaindre à Luigi du manque de vêtements chauds. Il ne lisait pas les journaux, ne regardait pas la télévision et n'avait donc aucune idée des prévisions météo. En tout cas, il faisait plus froid.

Sous les arcades de la Via Fondazza, il prit la direction de l'université, sans voir âme qui vive. Il ne voulait pas se servir du plan qu'il avait au fond de sa poche. S'il se perdait, tant pis. Une défaite, certes, mais il était déterminé à découvrir la ville à pied, l'œil bien ouvert. Une demi-heure plus tard, au moment où le soleil faisait son apparition, il déboucha dans la Via Irnerio qui marquait la limite nord du quartier de l'université. Il parcourut une centaine de mètres avant d'apercevoir l'enseigne vert clair du bar Fontana. Il distingua par la vitre une tignasse grise : Rudolph était déjà là.

Marco attendit un moment, par habitude. Il tourna la tête dans la direction d'où il venait pour s'assurer qu'il n'était pas suivi. Personne. Il entra.

— Marco, mon ami! lança Rudolph en le voyant. Asseyez-vous, je vous en prie.

La moitié des tables étaient occupées par les mêmes clients que la fois précédente, les mêmes profs plongés dans la lecture d'un journal. Marco commanda un cappuccino tandis que Rudolph bourrait sa pipe en écume. L'arôme du tabac se répandit dans leur petit coin de la salle.

— J'ai eu votre mot, l'autre jour, fit Rudolph en soufflant un nuage de fumée au-dessus de la table. Je vous ai manqué de peu. Alors, où êtes-vous allé depuis la dernière fois?

Marco n'était allé nulle part mais il avait concocté un itinéraire bidon pour son personnage de touriste canadien aux racines italiennes.

— J'ai passé quelques jours à Florence.

— Quelle ville magnifique !

Ils parlèrent un moment de Florence. Marco pérora sur les monuments et l'histoire d'une ville dont il ne connaissait rien d'autre que ce qu'il avait lu dans un guide bon marché qu'Ermanno lui avait prêté. En italien, naturellement, ce qui voulait dire qu'il avait passé des heures à préparer avec l'aide du dictionnaire les impressions qu'il échangerait avec Rudolph.

La salle se remplissait ; les retardataires s'agglutinaient devant le bar. Luigi avait expliqué un jour à Marco que, lorsqu'on prenait une table dans un café, on pouvait y passer la journée. Jamais on ne vous priait de la libérer. Un café, un journal, des cigarettes ou une pipe ; on gardait sa table aussi longtemps qu'on le souhaitait, quelle que soit l'affluence.

Ils prirent un deuxième cappuccino. Rudolph nettoya sa pipe et la bourra de nouveau. Marco remarqua des taches de tabac sur sa barbe en bataille, de chaque côté de la bouche. Trois quotidiens du matin étaient pliés sur la table.

— Je peux trouver à Bologne un bon journal de langue anglaise ? demanda Marco.

— Pourquoi demandez-vous cela ?

— Je ne sais pas. Il m'arrive d'avoir envie de savoir ce qui se passe de l'autre côté de l'océan.

— J'achète de temps en temps le *Herald Tribune*. Une lecture qui me rend heureux de vivre ici, loin des problèmes de criminalité et de pollution, des politiciens et des scandales en tout genre. La société américaine est pourrie, le gouvernement le comble de l'hypocrisie. Un modèle de démocratie... Ah, ah ! la bonne blague ! Le Congrès est acheté par les riches !

Faisant mine de cracher, Rudolph se mit à tirer sur sa pipe et à en mordiller nerveusement le tuyau. Marco retenait son souffle dans l'attente d'une suite. Un moment passa ; ils terminèrent leur café.

— Je hais le gouvernement américain, grommela Rudolph avec aigreur.

C'est reparti ! se dit Marco.

— Et celui du Canada ? demanda-t-il aussitôt.

— Il est un peu mieux. Légèrement.

Marco feignit le soulagement et décida de changer de sujet. Il déclara que Venise serait la prochaine étape de son périple en Italie. Rudolph y était évidemment allé plusieurs fois et avait des tas de conseils à donner. Marco prit quelques notes, comme s'il mourait d'envie de sauter dans un train à destination de Venise. Il évoqua ensuite Milan, une ville dont Rudolph ne raffolait pas, à cause des « sales fascistes » qui y pullulaient.

— C'était le centre du pouvoir de Mussolini, confia-t-il à voix basse, en se penchant sur la table comme si la mention du nom honni risquait de déclencher chez les communistes présents des réactions incontrôlables.

Quand il devint évident que Rudolph se disposait à bavarder une grande partie de la matinée, Marco se leva. Ils convinrent de se retrouver le lundi suivant, au même endroit, à la même heure.

Quelques flocons de neige tombaient, en assez grande quantité pour que les camionnettes de livraison laissent des traces de pneus sur la Via Irnerio. En quittant la chaleur du café, Marco s'émerveilla de l'ingéniosité des bâtisseurs de Bologne, qui avaient réussi à couvrir d'arcades plus de trente kilomètres de trottoirs. Il fit quelques centaines de mètres avant de tourner dans la Via della Indipendenza, une large et élégante avenue construite vers 1870 pour permettre aux membres des classes aisées vivant dans le centre historique de se rendre à pied à la station de chemin de fer, plus au nord. En traversant la Via Marsale, il marcha sur un tas de neige fondue dégagée à la pelle et étouffa un juron en sentant un liquide glacé mouiller son pied droit. Il maudit Luigi de ne pas lui avoir fourni des chaussures montantes. Ce qui l'entraîna dans une tirade silencieuse sur l'emploi des sommes qu'il recevait des individus chargés de sa couverture. Ils l'avaient largué à Bologne et ne regardaient pas à la dépense pour les leçons d'italien, l'appartement, le personnel et les repas. C'était à son avis un gaspillage de temps et d'argent. Il aurait mieux valu lui faire gagner clandestinement Londres ou Sydney, des villes anglophones. Il lui aurait été plus facile de ne pas attirer l'attention.

— *Buon giorno.*

C'était Luigi, arrivé sans bruit à sa hauteur.

Marco s'arrêta pour lui serrer la main en souriant.

— *Buon giorno*, Luigi. Vous me suivez encore?

— Non, je me baladais et je vous ai vu passer de l'autre côté de la rue. J'aime la neige, Marco. Et vous?

Ils s'étaient remis à marcher, d'un pas tranquille. Marco aurait voulu croire Luigi mais il doutait que cette rencontre soit le fruit du hasard.

— J'aime bien. Bologne est beaucoup plus joli sous la neige que Washington, du moins aux heures de pointe. À propos, Luigi, que faites-vous de vos journées? Vous permettez que je vous pose cette question?

— Bien sûr. Vous pouvez demander tout ce que vous voulez.

— C'est bien ce qu'il me semblait. J'ai deux sujets de plainte. Trois, plus exactement.

— Cela ne m'étonne pas. Avez-vous pris un café?

— Oui, mais j'en veux bien un autre.

D'un mouvement de la tête, Luigi indiqua un café, juste devant, qui faisait l'angle d'une rue. Toutes les tables étaient occupées; ils s'approchèrent du bar en jouant des coudes et commandèrent deux espressos.

— Votre premier motif de plainte? demanda Luigi à mi-voix.

Marco avança la tête, presque à le toucher.

— Les deux premiers sont étroitement liés. L'argent, pour commencer. Je n'ai pas de gros besoins mais j'aimerais recevoir une sorte d'allocation. Personne n'aime avoir les poches vides, Luigi. Je me sentirais mieux si j'avais un peu de liquide.

— Combien?

— Je ne sais pas. Cela fait bien longtemps que je n'ai pas négocié une pension alimentaire... Que diriez-vous de cent euros par semaine, pour commencer? Cela me permettrait d'acheter des journaux, des revues, des livres, de la nourriture, l'essentiel. Le gouvernement américain paie mon loyer; je lui en suis reconnaissant. Quand on y pense, cela fait six ans qu'il paie mon loyer.

— Vous pourriez encore être en prison, vous savez?

— Merci, Luigi. Cela m'était sorti de l'esprit.

— Excusez-moi, je ne voulais pas...

— Écoutez, Luigi, je sais que j'ai de la chance d'être ici mais, en même temps, je suis aujourd'hui un citoyen qui a bénéficié d'une grâce présidentielle et j'ai le droit d'être traité avec une certaine dignité. Je n'aime pas être à sec et je n'aime pas quémander de l'argent. Je veux que vous me promettiez cent euros par semaine.

— Je vais voir ce que je peux faire.

— Merci.

— Deuxième motif de plainte?

— J'aimerais acheter des vêtements. J'ai les pieds gelés, et je ne suis pas correctement chaussé. J'aimerais aussi avoir un manteau plus épais et un ou deux pull-overs.

— Je vous trouverai cela.

— Non, je veux les choisir moi-même, Luigi. Donnez-moi de l'argent et je ferai mes achats tout seul. Ce n'est pas trop demander.

— Je vais essayer.

Ils s'écartèrent légèrement l'un de l'autre pour goûter leur café.

— Troisième motif de plainte.

— Ermanno. Je ne l'intéresse plus. Six heures par jour. Il s'ennuie, ça se voit.

Luigi leva les yeux au plafond.

— Je ne vais pas vous trouver un autre professeur en claquant des doigts, Marco!

— Pourquoi pas? Je vous aime bien, Luigi, nous passons de bons moments ensemble. Ermanno est ennuyeux, vous le savez, et il ne pense qu'à reprendre ses cours. Vous feriez un excellent professeur.

— Je ne suis pas professeur.

— Alors, trouvez quelqu'un d'autre, s'il vous plaît. Ermanno n'a pas envie de continuer; je crains de ne plus faire beaucoup de progrès.

Luigi tourna la tête et suivit des yeux deux vieux messieurs qui venaient d'entrer.

— De toute façon, je pense qu'il va arrêter. Vous l'avez dit, il veut vraiment reprendre la fac.

— Combien de temps dureront les leçons?

Luigi secoua la tête, comme s'il n'en avait pas la moindre idée.

— Cela ne dépend pas de moi.

— J'ai un quatrième motif de plainte.

— Et cinq et six et sept... Videz votre sac. Comme cela j'aurai peut-être une semaine de répit.

— Je l'ai déjà formulé, Luigi. Il y a dissentiment entre nous sur ce point.

— C'est l'avocat qui parle?

— Vous regardez trop de séries télévisées américaines. Je veux sincèrement être transféré à Londres, une ville de dix millions d'habitants, où tout le monde parle anglais. Je n'aurais pas à passer dix heures par jour à essayer d'apprendre une autre langue. Ne le prenez pas en mauvaise part, Luigi. J'adore l'italien : plus je découvre votre langue, plus je la trouve belle. Mais, si vous devez continuer à me cacher, faites-le dans une ville où j'aurai des chances de survivre.

— J'ai déjà transmis cette requête, Marco. La décision ne m'appartient pas.

— Je sais, je sais. Insistez, s'il vous plaît.

— Allons-y.

Quand ils sortirent du café, la neige tombait plus dru. Ils reprirent leur promenade sous les arcades, croisant des hommes pressés élégamment vêtus qui allaient à pied au bureau et des femmes qui partaient au marché. Des voitures et des scooters zigzaguaient entre les bus en essayant d'éviter les amas de neige.

— Il neige souvent ici? demanda Marco.

— Quelques jours par an, pas beaucoup. Heureusement qu'il y a les arcades.

— Une riche idée, en effet.

— Certaines ont mille ans. Aucune autre ville au monde n'en a autant que Bologne. Le saviez-vous?

— Non. Je n'ai pas grand-chose à lire, Luigi. Si j'avais un peu d'argent, je pourrais acheter des livres et apprendre des choses de ce genre.

— J'apporterai de l'argent quand nous nous retrouverons pour le déjeuner.

— Où déjeunons-nous ?

— Au restaurant Cesarina, Via San Stefano. 13 heures, ça va ?

— Comment pourrais-je refuser ?

Quand Marco entra dans la salle de restaurant, Luigi était en compagnie d'une femme, à une table d'angle. Il eut le sentiment d'interrompre une conversation sérieuse. La femme se leva lentement, le visage fermé et tendit une main molle à Marco tandis que Luigi faisait les présentations. Séduisante, âgée d'une bonne quarantaine d'années, un peu trop peut-être pour Luigi qui paraissait plus attiré par les étudiantes, la *signora* Francesca Ferro ne cachait pas une irritation distinguée. Marco se retint de s'excuser, de dire qu'il était invité à déjeuner. Quand ils prirent place autour de la table, Marco vit deux mégots dans le cendrier et remarqua que le verre d'eau de Luigi était presque vide. Ils devaient déjà être là depuis un moment.

— La *signora* Ferro est professeur de langues et guide, déclara lentement Luigi en italien.

Un silence suivit, qui obligea Marco à articuler un *si* d'une voix faible.

Il se tourna vers Francesca. Le sourire qu'elle lui adressa en réponse au sien était contraint. Elle semblait déjà s'ennuyer.

— Elle est votre nouveau professeur, poursuivit Luigi, toujours en italien. Ermanno donnera les leçons du matin, Francesca celles de l'après-midi.

Marco avait tout compris.

— *Va bene*, fit-il en se tournant à demi vers son nouveau professeur.

— Ermanno veut reprendre ses études à l'université dès la semaine prochaine, ajouta Luigi.

Francesca alluma une nouvelle cigarette ; le filtre disparut entre ses lèvres pulpeuses. Elle souffla un gros nuage de fumée.

— Alors, comment va votre italien ? demanda-t-elle dans un anglais châtié, sans accent.

Elle avait une voix grave, presque rauque, sans doute à cause du tabac.

— Très mal, répondit Marco.

— Il se débrouille bien, rectifia Luigi.

Le serveur apporta une bouteille d'eau minérale et distribua les menus. Francesca disparut aussitôt derrière le sien et y resta plongée un long moment. Quand elle fit enfin surface, elle se tourna vers Marco.

— J'aimerais vous entendre commander en italien.

— Pas de problème.

Marco avait repéré plusieurs plats dont il pouvait prononcer le nom sans qu'on se moque de son accent. Le serveur s'approcha, prêt à prendre les commandes.

— *Si, allora, vorrei un'insalata di pomodori, e une mezza portione di lasagna.* Bon, je voudrais une salade de tomates et une petite portion de lasagnes.

Heureusement que le nom de certains de ces plats – spaghettis, raviolis, lasagnes, pizza – avait franchi l'Atlantique. Cela lui facilitait la tâche.

— *Non c'è male,* approuva Francesca. Pas mal.

Elle n'écrasa sa cigarette que lorsqu'on servit les entrées. Ils trouvèrent dans la nourriture un répit à la gêne qui s'était installée autour de la table. Une bonne bouteille de vin aurait pu détendre l'atmosphère mais Luigi n'en commanda pas.

Le passé de Marco, la situation de Francesca, les mystérieuses activités de Luigi, tout était tabou. Ils parlèrent pendant le repas de la pluie et du beau temps, en anglais, au grand soulagement de Marco.

Dès qu'ils eurent terminé le café, Luigi demanda l'addition. Pendant qu'ils s'habillaient, il glissa discrètement une enveloppe dans la main de Marco.

— Comme promis, souffla-t-il.

— *Grazie.*

Il ne neigeait plus ; le soleil brillait, haut dans le ciel. Luigi les quitta sur la Piazza Maggiore, disparaissant d'un seul coup, comme il savait si bien le faire. Marco et Francesca marchèrent un moment en silence.

— *Che cosa vorrebe vedere ?* demanda-t-elle soudain. Qu'aimeriez-vous voir ?

Marco n'avait pas encore visité la basilique San Petronio. Ils s'avancèrent jusqu'aux marches pour considérer l'édifice.

— À la fois belle et triste, déclara Francesca en anglais, cette fois avec une pointe d'accent britannique. Elle a été conçue par le conseil de la ville comme un édifice communal, afin de marquer son opposition à la papauté. Le plan original en faisait un bâtiment plus vaste que Saint-Pierre de Rome mais il n'a pu aboutir. La papauté a refusé et détourné une partie des fonds vers l'université.

— Quand a-t-elle été construite ? s'enquit Marco.

— Dites-le en italien, ordonna Francesca.

— Je ne sais pas.

— Alors, écoutez : *Quando è stata costruita ?* Voulez-vous répéter.

À la quatrième tentative, elle se montra satisfaite.

— Je ne crois pas aux livres, aux cassettes, à tout ça, reprit-elle en continuant d'admirer la façade de la basilique. Je crois à la conversation et rien qu'à la conversation. Pour apprendre une langue, il faut parler encore et encore, comme un enfant.

— Où avez-vous appris l'anglais ? glissa Marco.

— Je ne peux pas répondre. J'ai reçu pour instructions de ne pas parler de mon passé. Ni du vôtre.

Pendant une fraction de seconde, Marco hésita à tourner les talons et à la planter là. Il en avait par-dessus la tête de ne rencontrer que des gens qui ne pouvaient pas lui parler, qui éludaient ses questions, qui se comportaient comme si le monde était peuplé d'espions. Il en avait par-dessus la tête de ces jeux.

Il se répétait qu'il était un homme libre, qu'il pouvait aller et venir à sa convenance et prendre les décisions qu'il voulait. Après tout, s'il en avait assez de Luigi, d'Ermanno et de Francesca, rien ne l'empêchait de leur dire, en italien, d'aller se faire voir.

— La construction a commencé en 1390, expliqua Francesca. Tout s'est bien passé pendant une centaine d'années.

Le tiers inférieur de la façade était fait d'un joli marbre rose ; le reste, en brique rouge-brun, n'avait pas été revêtu de marbre.

— Puis l'argent est venu à manquer, reprit-elle, et la façade n'a jamais été achevée.

— Ce n'est pas particulièrement joli.

— Non, mais c'est original. Voulez-vous voir l'intérieur?

— Absolument, répondit Marco qui n'avait rien de mieux à faire.

Ils gravirent les marches, s'arrêtèrent devant le portail. Francesca lisait un écriteau.

— *Mi dica...* Dites-moi en italien à quelle heure ferme la basilique.

Marco concentra son attention sur le texte et s'entraîna à prononcer quelques mots.

— *La chiesa chiude alle sei.* L'église ferme à 6 heures.

— *Ripeta.*

Il répéta trois fois avant qu'elle soit satisfaite.

— La basilique est dédiée à San Petronio, patron de Bologne, précisa-t-elle à mi-voix tandis qu'ils pénétraient dans l'édifice.

— C'est gigantesque! souffla Marco.

— Et cela ne représente qu'un quart du plan original.

— C'est quand même impressionnant, observa Marco, se gardant bien de faire remarquer qu'ils bavardaient en anglais.

— Préférez-vous la grande ou la petite visite?

Il faisait presque aussi froid dans la basilique que dehors mais Francesca commençait à se dégeler.

— Je vous fais confiance.

Ils obliquèrent à gauche et attendirent qu'un petit groupe de touristes japonais ait fini d'admirer une grande crypte en marbre. À part eux, il n'y avait personne. Pour un vendredi du mois de février, cela n'avait rien d'étonnant. Francesca devait confier un peu plus tard à Marco que son travail de guide était une activité surtout estivale. Ce fut le seul élément d'information personnel qu'elle divulgua.

Elle prit donc son temps pour montrer à Marco les vingt-deux chapelles latérales, la plupart des tableaux, des sculptures, des vitraux et des fresques. Construites par de riches familles bolonaises, ces chapelles illustraient l'histoire de la ville; Francesca en connaissait chaque détail. Elle lui montra aussi le crâne bien conservé de San Petronio trônant sur un autel et une horloge astronomique fabriquée en 1655, dont les deux concepteurs avaient pris en compte les travaux de Galilée.

Surnageant tant bien que mal dans le flot d'informations et les subtilités des commentaires, Marco suivait consciencieusement la visite. Il était captivé par la voix chaude de Francesca, son élocution lente et la qualité de son anglais.

Les Japonais étaient partis depuis longtemps quand ils s'apprêtèrent à sortir.

— Vous en avez assez? demanda-t-elle.

— Oui.

À peine sortie, elle alluma une cigarette.

— Si nous prenions un café? proposa Marco.

— Je connais un bon endroit.

Ils traversèrent la rue, firent quelques mètres sur la Via Clavature et entrèrent dans le bar Rosa Rose.

— Ils font le meilleur cappuccino de la Piazza Maggiore, affirma Francesca en commandant au bar.

Marco songea un instant à l'interroger sur la prohibition qui frappait le cappuccino après 10 h 30 puis renonça. Francesca ôta ses gants, son écharpe et son manteau; elle semblait avoir l'intention de rester un moment.

Ils trouvèrent une table près de la vitre. Après avoir fait fondre deux sucres dans sa tasse, elle parut satisfaite. Elle n'avait pas souri depuis trois heures; aucune raison que cela change.

— J'ai le double du matériel que vous utilisez avec l'autre professeur, annonça-t-elle en prenant une cigarette.

— Ermanno?

— Je ne sais pas comment il s'appelle. Je vous propose pour l'après-midi une conversation sur ce que vous aurez fait le matin.

Il n'était pas en position de discuter.

— Bien, fit-il avec un petit haussement d'épaules.

Elle alluma une cigarette avant de goûter son cappuccino.

— Que vous a dit Luigi à mon sujet? reprit Marco.

— Pas grand-chose. Vous êtes canadien. Vous faites un long périple en Italie et vous voulez apprendre la langue. C'est la vérité?

— Vous posez des questions personnelles?

— J'ai simplement demandé si c'était la vérité.

— Oui.

— Je n'ai pas à m'inquiéter de ce genre de choses.

— En effet.

Il la voyait dans le rôle du témoin stoïque à la barre, faisant face au jury avec arrogance, totalement convaincue que le contre-interrogatoire de la partie adverse ne la ferait pas plier. Elle tenait la cigarette tout près de son visage, suivant des yeux sans rien voir tout ce qui se passait sur le trottoir.

Le bavardage n'était pas sa tasse de thé.

— Êtes-vous mariée ? lança Marco, comme si le contre-interrogatoire commençait.

Un petit grognement accompagné d'un sourire factice.

— J'ai reçu des instructions, monsieur Lazzeri.

— Vous pouvez m'appeler Marco. Comment dois-je vous appeler ?

— *Signora* Ferro, ce sera très bien.

— Mais vous êtes beaucoup plus jeune que moi.

— Nous sommes attachés aux conventions sociales ici.

— C'est évident.

Elle écrasa son mégot et prit une gorgée de café avant de revenir aux choses sérieuses.

— Aujourd'hui, c'était votre jour de repos, monsieur Lazzeri. Nous avons parlé anglais pour la dernière fois. À partir de demain, tout sera en italien.

— D'accord, mais je vous demande de ne pas oublier une chose. Vous n'êtes pas en train de me rendre un service ; vous faites votre métier. Je suis un touriste canadien qui dispose de beaucoup de temps. Si nous ne nous entendons pas, je trouverai quelqu'un d'autre.

— Je vous ai offensé ?

— Vous pourriez sourire un peu plus souvent.

Elle inclina légèrement la tête ; ses yeux s'embuèrent de larmes. Elle se tourna vers la vitre.

— Je n'ai vraiment pas de raison de sourire.

16

Le samedi matin, les boutiques de la Via Rizzoli ouvraient à 10 heures. Ses cinq cents euros en poche, Marco attendait en examinant les devantures. Il prit son courage à deux mains, se dit qu'il n'avait pas le choix : il devait entrer et faire ses premiers achats en italien. Il avait appris des mots et des phrases par cœur jusqu'à ce que le sommeil le prenne. En poussant la porte de la boutique, il pria pourtant pour avoir affaire à une jeune et charmante vendeuse parlant parfaitement anglais.

L'homme était d'âge mûr et ne connaissait pas un mot d'anglais. Pendant près d'un quart d'heure, Marco montra des vêtements en bégayant quelques mots ; il réussit même à se débrouiller pour demander les tailles et les prix. Il ressortit avec des chaussures de marche d'un prix abordable, du genre de celles qu'il avait vues aux pieds des étudiants quand il faisait mauvais et une parka noire dont la capuche se roulait dans le col. Et il lui restait près de trois cents euros. Mettre de l'argent de côté était devenu sa priorité.

Il regagna l'appartement, juste le temps de se changer, et ressortit aussitôt avec les chaussures et la parka. Le trajet jusqu'à la gare de Bologna Centrale lui prit près du double du temps nécessaire. Il ne se retourna pas une seule fois, mais il entrait dans des cafés d'où il pouvait observer les piétons ou s'arrêtait devant une pâtisserie pour regarder les images réfléchies dans la vitre. Il ne voulait pas que ses anges gardiens, s'il en avait, sachent qu'il se méfiait. Et il était important de s'entraîner.

Luigi lui avait dit et redit qu'il ne serait bientôt plus là, que Marco Lazzeri devrait se débrouiller seul.

La question était de savoir dans quelle mesure il pouvait faire confiance à Luigi. Ni Marco Lazzeri ni Joel Backman ne faisaient confiance à personne.

Il eut un moment d'appréhension en entrant dans la gare. Au milieu de la foule il étudia les tableaux des arrivées et des départs en essayant désespérément de trouver les guichets. Par habitude, il chercha quelque chose en anglais. Mais il apprenait à chasser l'appréhension, à aller de l'avant. Il se plaça dans la file d'attente d'un guichet ; quand son tour arriva, il s'avança en souriant vers la petite femme assise derrière la plaque transparente.

— *Buon giorno. Vado a Milano.* Bonjour. Je vais à Milan.

Elle hocha la tête sans rien dire.

— *Alle tredici e venti.* À 13 h 20.

— *Si. Cinquanta euro.* Cinquante euros.

Il tendit un billet de cent euros pour avoir de la monnaie et repartit, très content de lui, la main serrée sur le billet. Il avait une heure devant lui. Il ressortit de la gare, suivit la Via Boldrini sur une centaine de mètres et entra dans le premier café qu'il trouva. Il prit un panini et une bière en regardant du coin de l'œil les passants, sans appréhension.

Après quelques minutes d'attente sur le quai, il monta à bord du rapide à destination de Milan. C'était son premier voyage en train en Europe ; il ne savait pas vraiment comment procéder. Il avait examiné le billet en mangeant son sandwich, sans trouver l'indication d'une place numérotée. Il prit le premier siège libre, côté fenêtre. Sa voiture n'était qu'à moitié pleine quand le train se mit en mouvement, à 13 h 20 précises.

Dès que le rapide fut sorti de Bologne, Marco se plongea dans la contemplation du paysage qui défilait derrière la vitre. La voie longeait la M4, l'autoroute qui reliait Milan à Parme, Bologne, Ancône et au littoral de l'Adriatique. Au bout d'une demi-heure, la déception l'emporta. Il était difficile d'apprécier les beautés d'un paysage défilant à cent cinquante kilomètres à l'heure. Et il y avait trop d'usines le long de la ligne de chemin de fer.

Il se rendit bientôt compte qu'il était le seul passager de sa voiture à s'intéresser au monde extérieur. Les plus de trente ans étaient indifférents, absorbés dans la lecture d'un journal ou d'une revue. Les plus jeunes dormaient profondément. Au bout d'un moment, bercé par le mouvement du train, Marco s'assoupit lui aussi.

Il fut réveillé par un homme en uniforme qui baragouinait des choses incompréhensibles en italien. Il finit par saisir le mot *biglietto* et tendit son billet au contrôleur, qui le considéra d'un air soupçonneux avant de se décider brusquement à le poinçonner. Il le rendit à Marco avec un grand sourire.

Une heure plus tard, au milieu d'un flot de paroles crachées par un haut-parleur, il reconnut le nom *Milano;* le paysage changea du tout au tout. Pendant l'interminable traversée des faubourgs tentaculaires, le train ralentit, s'arrêta, repartit, longeant des rangées d'immeubles datant de l'après-guerre, alignés le long de la voie ferrée et séparés par de larges avenues. D'après le guide, Milan comptait quatre millions d'habitants. Une grande ville, la capitale économique de l'Italie du Nord, le centre de la finance, de la mode, de l'édition et de l'industrie. Une ville dynamique, avec son magnifique centre historique et sa célèbre cathédrale.

Les rails se multiplièrent pour former un éventail avant que le convoi entre dans la gare de Milano Centrale. Le train s'immobilisa sous le dôme gigantesque ; quand Marco posa le pied sur le quai, l'immensité du lieu le laissa pantois. Arrivé au bout du quai, il découvrit une douzaine d'autres voies occupées pour la plupart par des trains en partance. Dans le grouillement de la foule, il étudia le tableau des départs : Stuttgart, Rome, Florence, Madrid, Paris, Berlin, Genève.

L'Europe était à sa portée, à quelques heures de trajet.

Il suivit les panneaux indiquant la sortie. Sur le parvis de la gare, il attendit quelques minutes dans la file d'attente de la station de taxis et monta dans une petite Renault blanche.

— *Aeroporto Malpensa,* dit-il au chauffeur.

La circulation était dense ; le taxi avança comme un escargot jusqu'au boulevard périphérique. Vingt minutes plus tard, il quittait l'autoroute pour prendre la direction de l'aéroport.

— *Quale compagnia aerea* ? demanda le chauffeur en tournant la tête. Quelle compagnie aérienne ?

— Lufthansa, répondit Marco.

Devant le Terminal 2, le taxi s'arrêta le long du trottoir ; la course coûta encore quarante euros à Marco. Les portes automatiques s'ouvrirent sur le hall bondé : heureusement qu'il n'avait pas un avion à prendre. Ayant trouvé ce qu'il cherchait – un vol direct pour Dulles, l'aéroport de Washington –, il arpenta le terminal à la recherche du comptoir de la Lufthansa. Il y avait une longue file d'attente mais, grâce à la proverbiale efficacité allemande, les passagers avançaient rapidement.

Marco jeta son dévolu sur une jolie rousse d'une vingtaine d'années qui voyageait seule, ce qui lui paraissait préférable. Deux personnes auraient pu discuter ensemble de l'étrange requête faite par un drôle de type, à l'aéroport. Elle était en deuxième position dans la file de la classe affaires. Sans la perdre de vue, il repéra une seconde possibilité, un jeune homme en jean, aux longs cheveux en désordre, avec une barbe de plusieurs jours, un sac à dos usagé et un sweat-shirt de l'université de Tolède. Loin dans la file, il écoutait de la musique avec des écouteurs jaune fluo.

Marco suivit la rousse quand elle s'éloigna du comptoir avec sa carte d'embarquement et ses bagages à main. Comme elle disposait de deux heures avant le décollage, elle se dirigea tranquillement vers la boutique duty free, où elle s'arrêta pour regarder les derniers modèles de montres suisses. Déçue, semble-t-il, elle poursuivit son chemin jusqu'à un kiosque à journaux où elle acheta deux magazines féminins. La voyant s'avancer vers la porte d'embarquement et le premier contrôle de sécurité, Marco prit son courage à deux mains.

— Mademoiselle. Excusez-moi, mademoiselle...

Elle ne pouvait faire autrement que de se retourner mais elle restait trop méfiante pour répondre.

— Iriez-vous par hasard à Washington ? poursuivit Marco avec un grand sourire, en feignant d'être hors d'haleine comme s'il avait couru pour la rattraper.

— Oui, concéda-t-elle.

Pas l'ombre d'un sourire. Une Américaine.

— Je devais y aller, moi aussi, mais on vient de voler mon passeport. Je ne sais pas quand je pourrai rentrer aux États-Unis, expliqua-t-il en sortant une enveloppe de sa poche. C'est une carte d'anniversaire pour mon père. Auriez-vous la gentillesse de la poster en arrivant à l'aéroport. Son anniversaire est mardi prochain et je ne suis pas sûr de pouvoir rentrer à temps. Je vous en prie, mademoiselle.

Elle porta sur le visage de Marco puis sur l'enveloppe le même regard soupçonneux. C'était une carte d'anniversaire, pas une arme à feu ni une bombe. Elle vit l'inconnu fouiller dans sa poche.

— Désolé, elle n'est pas timbrée. Tenez, voici un euro. Je vous en prie...

Le visage de la rousse se détendit enfin, elle ébaucha un sourire.

— D'accord, fit-elle en glissant l'enveloppe et la pièce dans son sac à main.

— Merci infiniment, reprit Marco, les larmes aux yeux. Il va avoir quatre-vingt-dix ans. Merci encore.

— Pas de problème.

Ce fut plus compliqué avec le jeune homme aux écouteurs. Lui aussi était américain, lui aussi goba l'histoire du passeport volé, mais quand Marco lui tendit l'enveloppe, il lança autour de lui un regard plein de méfiance, comme s'il craignait de commettre une infraction.

— Je ne sais pas, marmonna-t-il avec un geste de recul. Je ne pense pas pouvoir faire ça.

Marco préféra ne pas insister.

— Bon voyage ! lança-t-il d'un ton sarcastique en s'éloignant.

Ruby Ausberry, de York, Pennsylvanie, était un des derniers passagers à l'enregistrement des bagages. Après avoir enseigné l'histoire au lycée pendant quarante ans, elle mettait à profit sa retraite pour découvrir avec émerveillement les pays qu'elle ne connaissait que par les livres. Revenant d'un périple de trois semaines à travers la Turquie, elle transitait par Milan sur la route d'Istanbul à Washington. Quand un monsieur fort aimable l'aborda pour expliquer d'un ton implorant qu'on venait de voler son passeport et qu'il allait rater le quatre-vingt-dixième anniversaire de son père, elle prit sans hésiter l'enveloppe qu'il lui tendait et la rangea dans son sac. Après avoir franchi le contrôle de sécurité, elle se rendit dans la salle d'embarquement et s'installa confortablement sur un siège.

Assise juste derrière elle, la rousse s'apprêtait à prendre une décision. Et si c'était une lettre piégée qu'elle avait acceptée des mains de cet inconnu ? Certes, l'enveloppe ne paraissait pas assez épaisse pour contenir des explosifs mais elle ne connaissait rien à ces choses-là. Il y avait près de la vitre une poubelle chromée au design élégant – on était à Milan. Elle se leva, fit quelques pas faussement nonchalants et laissa tomber l'enveloppe dans poubelle.

Et si elle explose là-dedans ? se demanda la rousse en se rasseyant. Trop tard. Elle n'allait pas aller la récupérer dans les ordures. Et que ferait-elle ? Chercher un uniforme et expliquer – en anglais – qu'il était possible qu'elle ait eu en main une lettre piégée ? Absurde ! Elle rassembla ses bagages à main et passa de l'autre côté de la salle d'embarquement, aussi loin que possible de la poubelle, sans réussir à la quitter des yeux.

Elle fut la première à embarquer dans le 747. Elle ne commença à se détendre qu'en portant les lèvres à sa coupe de champagne. Dès son arrivée à Baltimore, elle regarderait CNN pour s'assurer qu'il y avait bien eu un carnage à l'aéroport de Milan.

La course en taxi de l'aéroport à la gare coûta cette fois à Marco quarante-cinq euros. À quoi bon demander des explications au chauffeur ? Le prix du billet de train, lui, n'avait pas changé : cinquante euros. Après ses achats du matin et ses différents déplacements, il ne lui en restait plus qu'une centaine. Ses réserves fondaient à vue d'œil.

Il faisait presque nuit quand le train s'arrêta en gare de Bologne. Marco descendit sur le quai au milieu des voyageurs au visage fatigué, secrètement fier de lui et de sa journée. Il avait acheté des vêtements et des billets de train, affronté la foule d'une gare et d'un aéroport, pris deux taxis et remis sa lettre à deux personnes, sans que quiconque sache ni qui il était ni où il se trouvait.

Et on ne lui avait jamais demandé de présenter la moindre pièce d'identité.

Luigi avait pris un autre train à destination de Milan, l'express de 11 h 45. Il descendit en gare de Parme, où il se fondit dans la foule. Il prit un taxi pour se rendre au lieu de rendez-vous, une *trattoria* où il avait l'habitude de retrouver Whitaker. Luigi poireauta une heure : Whitaker avait raté son train à Milan et attendu le suivant. Comme à son habitude, il était d'une humeur de chien ; être obligé de se déplacer un samedi n'arrangeait rien. Dès que le serveur se fut éloigné avec leur commande, il entra dans le vif du sujet.

— L'idée de travailler avec cette femme ne me plaît pas.

— Francesca ?

— Oui, la guide. Nous ne l'avons jamais encore employée ?

— Non. Elle est très bien, rassurez-vous. Elle ne se doute de rien.

— À quoi ressemble-t-elle ?

— Elle est assez attirante.

— Cela peut vouloir dire n'importe quoi, Luigi. Quel âge a-t-elle ?

— On ne pose pas cette question à une femme. Je dirais quarante-cinq, à peu près.

— Mariée ?

— Oui, sans enfant. Elle a épousé un homme plus âgé qui est en très mauvaise santé. Il va mourir.

Comme d'habitude, Whitaker prenait des notes en réfléchissant à la question suivante.

— De quoi va-t-il mourir ?

— Un cancer, je crois. Je n'ai pas demandé de détails.

— Vous pourriez peut-être le faire.

— Peut-être n'a-t-elle pas envie de parler de certaines choses – son âge et son mari mourant.

— Où l'avez-vous dénichée ?

— Ce n'est pas très facile de trouver un professeur de langues. Un ami me l'a recommandée. Je me suis renseigné : elle a une bonne réputation. Et elle est disponible ; il est presque impossible de trouver un professeur qui accepte de passer trois heures de suite avec le même élève.

— Tous les jours ?

— Cinq fois par semaine. Elle a accepté de travailler tous les après-midi pendant un mois ou plus. La saison touristique est au plus bas ; elle aura peut-être un groupe de temps en temps mais elle fera son possible pour se libérer. Ne craignez rien.

— Combien prend-elle ?

— Deux cents euros par semaine. En attendant que la saison touristique reprenne.

Whitaker roula les yeux comme si l'argent sortait de sa poche.

— Marco nous coûte trop cher, soupira-t-il.

— Il a une excellente idée, reprit Luigi. Il veut aller en Australie, en Nouvelle-Zélande ou dans un autre pays de langue anglaise.

— Il veut un transfert ?

— Oui. Je pense que c'est une très bonne idée : collons-le sur les bras de quelqu'un d'autre.

— Ce n'est pas à nous de décider, Luigi.

— Non.

Le serveur apporta les salades ; ils commencèrent à manger en silence.

— Décidément, reprit Whitaker au bout d'un moment, cette femme ne me plaît pas. Continuez à chercher quelqu'un d'autre.

— Il n'y a personne d'autre. De quoi avez-vous peur ?

— Marco avait la réputation d'un homme à femmes. Ça pourrait compliquer les choses.

— Je l'ai mise au courant. Et elle a besoin de l'argent des leçons.

— Elle est à court d'argent ?

— C'est l'impression que j'ai eue. Il y a peu de touristes et son mari ne travaille pas.

Whitaker faillit sourire, comme si cela le réjouissait.

Il fourra une grosse tranche de tomate dans sa bouche et parcourut la salle d'un long regard circulaire pour s'assurer que personne n'écoutait leurs chuchotements.

— Parlons courrier électronique, reprit-il quand il eut avalé sa bouchée. Marco n'a jamais été un mordu d'informatique mais il passait ses journées au téléphone. Il en avait quatre ou cinq dans son bureau, deux dans sa voiture, un dans sa poche et il menait de front deux ou trois conversations. Il se vantait de demander cinq mille dollars juste pour accepter une conversation téléphonique avec un nouveau client, des conneries de ce genre. Mais il ne se servait pas d'un ordinateur. D'après les gens qui travaillaient avec lui, il lui arrivait de lire un e-mail. Il en envoyait très peu et toujours par secrétaire interposée. Son bureau était bourré de matériel sophistiqué mais il payait des gens pour le libérer des tâches ingrates. Il était trop important pour s'abaisser à ça.

— Et en prison ?

— Aucune trace d'un e-mail. Il disposait d'un ordinateur portable qu'il utilisait pour faire son courrier jamais pour envoyer d'e-mails. Il semble que tout le monde l'ait abandonné quand il a plongé. Il écrivait de temps en temps à sa mère et à son fils, toujours des lettres.

— Donc, il ne connaît pas grand-chose à l'informatique.

— Apparemment. Langley n'en craint pas moins qu'il essaie d'entrer en contact avec quelqu'un. Il ne peut pas le faire par téléphone, du moins pas encore. Comme il ne dispose pas d'une adresse postale, un échange de lettres est très improbable.

— Il serait stupide de poster une lettre ; elle pourrait révéler l'endroit où il se cache.

— Exactement. Même chose pour un coup de téléphone, un fax, pour tout sauf un e-mail.

— Nous savons remonter jusqu'à l'expéditeur d'un e-mail.

— Le plus souvent, mais il existe des moyens imparables.

— Il n'a pas d'ordinateur ni de quoi en acheter un.

— Je sais, mais imaginons qu'il aille dans un cybercafé, qu'il utilise un compte d'utilisateur codé, qu'il envoie son e-mail et efface sa trace. Il n'aura qu'une petite somme à débourser et ni vu ni connu.

— Bien sûr, mais qui va lui montrer comment faire tout ça ?

— Il peut apprendre, acheter un livre. C'est peu probable mais on ne peut l'exclure.

— Je passe tous les jours son appartement au peigne fin, objecta Luigi. S'il achète un livre ou garde un reçu, je le saurai.

— Surveillez les cybercafés de son quartier. Il y en a pas mal, à Bologne.

— Je les connais.

— Où est Marco en ce moment ?

— Je ne sais pas. Il n'a pas de leçons le samedi. Il doit se balader dans les rues de Bologne, histoire de jouir de sa liberté toute neuve.

— Croyez-vous qu'il ait encore peur ?

— Il est terrifié.

Sous l'effet d'un sédatif léger, Ruby Ausberry dormit pendant six des huit heures du vol Milan-Washington. Le café tiède qu'on lui servit peu avant l'atterrissage ne la réveilla guère. Le 747 roulait déjà sur la piste d'atterrissage qu'elle piquait encore du nez. Elle ne pensa à la carte d'anniversaire ni dans la navette de transbordement, ni devant le tapis roulant où arrivaient les bagages, ni dans la queue pour passer la douane. Et lorsqu'elle aperçut le visage radieux de sa petite-fille, à la sortie, elle ne pensa plus à rien d'autre qu'à serrer l'enfant chérie dans ses bras.

Ce n'est qu'une fois rendue chez elle, à York, Pennsylvanie, alors qu'elle fouillait dans son sac à la recherche d'un souvenir, que la carte d'anniversaire lui revint à l'esprit.

— Doux Jésus ! s'écria-t-elle quand l'enveloppe tomba sur la table de la cuisine. J'avais promis de la poster en arrivant !

Elle raconta à sa petite fille l'histoire du malheureux Américain rencontré à l'aéroport de Milan, à qui on venait de voler son passeport et qui craignait de rater l'anniversaire de son père.

— On ne dirait pas une carte d'anniversaire, observa la petite-fille en examinant l'enveloppe qui portait comme adresse : Me R. N. Backman, 412 Main Street, Culpeper, Virginie 22701. Il n'y a pas d'adresse d'expéditeur, ajouta-t-elle.

— Je la posterai demain matin, déclara Ruby Ausberry. J'espère qu'elle arrivera à temps pour l'anniversaire du vieux monsieur.

17

Le lundi matin, à 10 heures, à Singapour, les trois millions de dollars déposés sur le compte Old Stone Group, Ltd disparurent pour effectuer un discret voyage électronique à l'autre bout du monde. Neuf heures plus tard, sur l'île de Saint-Christophe, à l'ouverture des portes de la Galleon Bank and Trust, l'argent était viré sur un compte numéroté. Cette transaction aurait dû rester totalement anonyme, comme les milliers d'autres effectuées ce lundi matin, mais Old Stone était placé sous l'étroite surveillance du FBI, avec la coopération pleine et entière de la banque de Singapour. Ce n'était pas le cas à Saint-Christophe, du moins pas encore.

Quand Anthony Price, le directeur du FBI, arriva ce même lundi matin, avant l'aube, il trouva sur son bureau un rapport explosif. Il annula tous ses rendez-vous de la matinée et attendit avec ses principaux collaborateurs que l'argent arrive à Saint-Christophe.

Puis il appela le vice-président.

Quatre heures de pressions fort peu diplomatiques furent nécessaires pour obtenir l'information. Les banquiers de Saint-Christophe commencèrent par refuser tout net mais comment un État aussi petit pourrait-il résister longtemps à la volonté impérieuse de la dernière superpuissance restante ? Quand le vice-président des États-Unis menaça le Premier ministre local de sanctions économiques et bancaires propres à détruire les équilibres commerciaux de l'île, son interlocuteur céda et demanda aux banquiers de révéler ce qu'ils savaient.

Le compte numéroté avait été ouvert par Artie Morgan, le fils de l'ex-président, âgé de trente et un ans, celui qui, dans les heures précédant la fin du mandat de son père, était passé plusieurs fois dans le Bureau ovale, une Heineken à la main.

Le scandale grossissait d'heure en heure.

De Grand Caïman à Saint-Christophe via Singapour, les virements électroniques trahissaient l'amateur anxieux. Un professionnel aurait divisé l'agent en huit pour le placer dans différentes banques de différents pays et les transferts auraient été étalés sur plusieurs mois. En fait, même un débutant comme Artie aurait dû être en mesure de planquer l'argent. Les banques offshore qu'il avait choisies étaient assez impénétrables pour protéger son identité. Le FBI n'avait percé le secret que grâce à l'escroc du fonds commun de placement, qui voulait à tout prix éviter la prison.

En tout état de cause, il n'existait encore aucune indication sur la provenance de l'argent. Pendant les trois derniers jours de sa présidence, Arthur Morgan avait signé vingt-deux grâces. Deux des bénéficiaires seulement avaient retenu l'attention : Joel Backman et le duc Mongo. Le FBI s'échinait à découvrir des anomalies financières derrière les vingt autres. Qui disposait de trois millions de dollars ? Qui avait assez d'envergure pour se procurer une telle somme ? Amis, famille, relations d'affaires, tout était examiné à la loupe par le FBI.

Une analyse préliminaire ne fit que confirmer ce qui était déjà connu. Mongo avait des milliards et était certainement assez corrompu pour acheter n'importe qui. Joel Backman aussi. Un troisième suspect sortit du lot : un ancien parlementaire de l'État du New Jersey dont la famille avait fait fortune grâce à de gros contrats de travaux publics. Douze ans plus tôt, il avait passé quelques mois dans un « camp fédéral » ; il voulait maintenant être rétabli dans ses droits.

L'actuel président était parti de l'autre côté de l'Atlantique faire la connaissance des chefs d'État européens, la première tournée de son mandat. Il devait ne revenir que trois jours plus tard : le vice-président décida d'attendre. Ils surveilleraient le compte, vérifieraient tout dans le détail et lui présenteraient à son retour un rapport en béton. Le scandale de l'achat d'une grâce aurait un énorme retentissement. L'opposition en sortirait humiliée, la combativité de ses représentants au Congrès en serait émoussée. Anthony Price aurait l'assurance de conserver quelques années sa place à la tête du FBI. Le vieux Teddy Maynard serait enfin expédié à l'hospice. Il n'y avait absolument aucun risque à déclencher une offensive contre un ex-président sans méfiance.

La professeur d'italien de Marco attendait à l'arrière de la basilique San Francesco, assise sur un banc. Elle était emmitouflée dans son gros manteau, ses mains gantées à demi enfoncées dans les poches. Il neigeait de nouveau et, dans le vaste sanctuaire vide, la température n'était guère plus élevée qu'à l'extérieur. Marco s'assit près d'elle et la salua d'un *Buon giorno* prononcé à mi-voix. Elle inclina la tête, l'ombre d'un sourire se forma sur ses lèvres. Marco garda lui aussi les mains dans ses poches ; ils demeurèrent un long moment immobiles. Comme à l'accoutumée, le visage de Francesca était empreint de tristesse et son esprit bien loin de ce Canadien qui s'était mis en tête d'apprendre l'italien. Elle était distante, absente, enfermée dans une attitude qui agaçait prodigieusement Marco. Ermanno se désintéressait de plus en plus de son travail ; Francesca était à peine supportable. Luigi était toujours là, dans l'ombre, mais lui aussi semblait porter moins d'intérêt à son protégé.

Marco commençait à se dire que la rupture était pour bientôt. Ils allaient le laisser se débrouiller tout seul : advienne que pourra. Il était libre depuis près d'un mois. Il connaissait assez d'italien pour se faire comprendre et pouvait se perfectionner seul.

— Et celle-là, elle date de quand ? demanda-t-il quand il fut évident que Francesca attendait qu'il parle le premier.

Elle changea légèrement de position, s'éclaircit la voix et sortit les mains de ses poches, comme s'il venait de la tirer d'un profond sommeil.

— Le début des travaux dirigés par des moines franciscains remonte à 1236. Trente ans plus tard, la nef était achevée.

— Ils n'ont pas perdu de temps.

— C'est vrai, les travaux ont été rondement menés. Au fil des siècles, les chapelles latérales se sont multipliées. On a ensuite construit la sacristie, puis le clocher. En 1798, les Français, sous Bonaparte, ont fait de la basilique des bureaux de douane. Elle a été reconsacrée en 1886 et restaurée en 1928. Sa façade a été sérieusement endommagée par les bombardements des Alliés. Une histoire mouvementée, comme vous pouvez le constater.

— De l'extérieur, elle n'est pas très jolie.

— Par la faute des bombardements.

— Vous n'étiez pas dans le bon camp.

— Bologne, si.

À quoi bon refaire la guerre? Dans le silence qui suivit, leurs voix semblèrent continuer leur chemin vers les hauteurs du dôme, qui en renvoya de faibles échos. Quand il était enfant, Marco accompagnait sa mère à l'église trois ou quatre fois par an mais cette fréquentation épisodique avait pris fin dès les années de collège, quarante ans plus tôt. Même la prison n'avait pu le ramener à la religion, au contraire de certains de ses codétenus. Il était difficile pour un incroyant de comprendre comment on pouvait pratiquer sa foi dans un édifice aussi lugubre et froid.

— Cette basilique est tellement vide, reprit Marco. Vient-on y prier parfois?

— Il y a une messe quotidienne et des offices le dimanche. C'est ici que je me suis mariée.

— Vous ne devriez pas parler de vous. Luigi serait furieux.

— En italien, Marco. Je ne veux plus d'anglais. Qu'avez-vous étudié ce matin, avec Ermanno?

— *La famiglia.*

— *La sua famiglia. Mi dica.* Parlez-moi de votre famille.

— Un beau gâchis, fit Marco en anglais.

— *Sua moglie?* Votre femme?

— Laquelle? J'en ai eu trois.

— En italien.

— *Quale? Ne ho tre.*

— *L'ultima.*

Il devait se rattraper. Il n'était pas Joel Backman, trois fois divorcé, une famille éclatée, mais Marco Lazzeri, de Toronto, qui avait une femme, quatre enfants, cinq petits-enfants.

— C'était une blague, fit-il en anglais. Je n'ai qu'une seule femme.

— *Mi dica, in italiano, di sua moglie.* Parlez-moi de votre femme, en italien.

Très lentement, Marco décrivit son épouse fictive. Elle s'appelait Laura, elle avait cinquante-deux ans. Elle vivait à Toronto. Elle travaillait pour une petite société. Elle n'aimait pas voyager.

Il dut répéter au moins trois fois chaque phrase. Toute faute de prononciation provoquait une grimace et déclenchait immédiatement un *Ripeta.* Marco décrivit longuement cette Laura qui n'existait pas. Quand il en eut fini avec elle, il passa à un fils aîné, prénommé Alex, lui aussi créé de toutes pièces. Trente ans, avocat à Vancouver, divorcé, deux enfants, etc.

Heureusement que Luigi lui avait remis une petite bio de Marco Lazzeri. Le moment était venu, au fond de cette basilique glaciale, d'en répéter les détails. Elle le faisait répéter, cherchant la perfection, insistant pour qu'il corrige sa manie de parler trop vite.

— *Deve parlare lentamente.*

Elle était stricte, austère mais elle savait le motiver. S'il parvenait à parler italien moitié moins bien qu'elle parlait anglais, il serait satisfait. Puisqu'elle croyait à la répétition systématique, il ferait ce qu'elle voulait.

Pendant qu'ils parlaient de la mère de Marco, un vieux monsieur vint s'asseoir sur un banc, juste devant eux. Il s'absorba rapidement dans la prière. Ils décidèrent de sortir. Il tombait encore quelques flocons ; Francesca entraîna Marco dans le café le plus proche pour prendre un espresso et fumer une cigarette.

— *Adesso,* commença Marco, *possiamo parlare della sua famiglia ?* Et maintenant, pouvons-nous parler de votre famille ?

Elle sourit, franchement cette fois, d'un sourire qui découvrit ses dents.

— *Benissimo, Marco.* Très bien. *Ma, non possiamo. Mi dispiace.* Nous ne pouvons pas. Désolée.

— *Perché non ?*

— *Abbiamo delle regole.* Nous avons des règles.

— *Dov'è suo marito ?* Où est votre mari ?

— *Qui, a Bologna.* Ici, à Bologne.

— *Dov'è lavora ?* Où travaille-t-il ?

— *Non lavora.*

Après deux cigarettes, ils ressortirent et entamèrent une leçon sur la neige, à l'abri des arcades. Elle prononça quelques phrases en anglais et lui demanda de les traduire. Il neige. Il ne neige jamais en Floride. Il neigera peut-être demain. Il a neigé deux fois la semaine dernière. J'aime la neige. Je n'aime pas la neige.

Ils firent le tour de la place, toujours sous les arcades. En passant devant la boutique de la Via Rizzoli où il avait acheté ses chaussures et sa parka, Marco se dit qu'elle aimerait peut-être entendre le récit de son exploit ; il avait le vocabulaire en tête. Il recula cependant, la laissant plongée jusqu'au cou dans les conditions atmosphériques. À un carrefour, ils s'arrêtèrent pour contempler les deux tours, deux rescapées qui faisaient la fierté de la ville.

Il y en avait eu autrefois plus de deux cents, commença Francesca. Puis elle le pria de répéter la phrase. Il essaya, massacra le verbe et le chiffre ; elle l'obligea à répéter encore et encore, jusqu'au sans-faute.

À l'époque médiévale, pour des raisons qui échappent aux Italiens d'aujourd'hui, les familles nobles de la ville avaient été prises de l'envie irrésistible de s'installer dans de hautes et élégantes tours. Les guerres entre villes voisines étant endémiques, ces édifices revêtaient principalement un caractère défensif. Postes de guet très utiles pendant les attaques de l'ennemi, elles n'étaient guère pratiques en tant que logement. Pour protéger les réserves de nourriture, les cuisines y étaient souvent reléguées au dernier étage ; on n'y accédait qu'après avoir gravi plusieurs centaines de marches. Quand les combats faisaient rage, les familles ennemies se contentaient de tirer des flèches et de catapulter des lances d'une tour à l'autre. On laissait les batailles de rue à la populace.

Les tours devinrent un signe de réussite : un noble ne pouvait tolérer que la tour d'un rival soit plus haute que la sienne. Dans le courant des XIIe et XIIIe siècles, une étrange compétition se déroula dans le ciel de Bologne, qui fut surnommée *la turrita*, la ville des tours. Un voyageur anglais la compara à un « carré d'asperges ».

Au XIVe siècle, on finit par comprendre qu'il fallait mettre un terme à ces luttes fratricides. Les habitants de Bologne jetèrent bas un grand nombre de tours. Le temps, la pesanteur et l'instabilité des fondations eurent raison de beaucoup d'autres.

Vers la fin du XIXe siècle, une campagne fut lancée pour les abattre jusqu'à la dernière. Il n'en subsista que deux : les tours Asinelli et Garisenda. Dressées l'une près de l'autre sur la Piazza di Porto Ravegnana, elles ne sont pas vraiment verticales. La tour Garisenda s'incline selon un angle comparable à celui d'une autre tour, mondialement célèbre et beaucoup plus jolie, celle de Pise. Ces deux tours penchées ont donné lieu à bien des descriptions pittoresques. Un poète français les a comparées à deux marins ivres appuyés l'un sur l'autre. Le guide d'Ermanno parlait des Laurel et Hardy de l'architecture médiévale.

Bâtie au début du XIIe siècle, culminant à quatre-vingt-dix-sept mètres, la tour Asinelli est deux fois plus haute que sa voisine. Un peu plus récente, la tour Garisenda avait commencé à s'incliner avant même la fin de sa construction et fut alors rabaissée à quarante-huit mètres de crainte qu'elle ne s'écroule. Déshonorée, la famille Garisenda avait quitté la ville.

Marco avait appris ces détails historiques dans le guide d'Ermanno. Francesca l'ignorait ; en bonne professionnelle, elle consacra un quart d'heure à parler des célèbres tours. Elle prononçait une phrase simple, parfaitement articulée, aidait Marco à la répéter et passait à la suivante.

— Pour accéder au sommet de la tour Asinelli, il faut gravir un escalier de quatre cent quatre-vingt-dix-huit marches, expliqua-t-elle.

— *Andiamo*, fit Marco. Allons-y.

Ils entrèrent par une porte étroite, montèrent un escalier en colimaçon jusqu'à une quinzaine de mètres au-dessus du sol, où un guichet était placé dans un renfoncement. Marco acheta deux billets à trois euros et ils reprirent l'ascension. L'intérieur de la tour était vide, l'escalier fixé au mur.

Francesca déclara qu'elle n'était pas montée au sommet depuis au moins dix ans ; elle paraissait excitée par l'aventure. Elle gravissait d'un pas léger les degrés de chêne massif, prenant de l'avance sur Marco. De loin en loin, une petite ouverture laissait entrer la lumière et l'air froid.

— Montez à votre rythme ! cria-t-elle par-dessus son épaule.

En ce jour glacial de février, avec le temps neigeux, ils étaient seuls.

Marco trouva la bonne allure ; il perdit bientôt Francesca de vue. À la moitié de l'ascension, il s'arrêta devant une ouverture plus large pour rafraîchir son visage. Il reprit son souffle et se remit en marche, d'un pas toujours plus pesant. Quelques minutes plus tard, il fut encore obligé de s'arrêter : son cœur battait à tout rompre et il avait de plus en plus de mal à respirer. Il se demanda s'il réussirait à monter jusqu'en haut. Il posa enfin le pied sur la quatre cent quatre-vingt-dix-huitième marche et déboucha au sommet de la tour. Francesca fumait une cigarette en contemplant sa ville. Elle n'avait pas la plus petite trace de sueur sur le visage. La tour offrait une vue panoramique sur les toits de tuiles recouverts d'une couche de cinq centimètres de neige. Seul le dôme vert de San Bartolomeo, à leurs pieds, avait gardé ses couleurs.

— Quand le temps est clair, expliqua Francesca en anglais, on aperçoit la mer Adriatique à l'est et les Alpes au nord. C'est magnifique, même avec la neige.

— Vraiment magnifique, haleta Marco.

Un vent glacial soufflait entre les barreaux fixés aux montants de brique ; il faisait encore plus froid que dans la rue.

— Cette tour est la cinquième construction par ordre de taille de l'Italie médiévale, poursuivit Francesca avec fierté.

Il ne faisait aucun doute pour Marco qu'elle était capable de nommer les quatre autres.

— Pourquoi a-t-elle été préservée ?

— Je dirais qu'il y a deux raisons. Elle était bien conçue et bien construite. La famille Asinelli était puissante. Et puis la tour a servi de prison au XIVe siècle, à l'époque où un grand nombre d'autres étaient démolies. En réalité, personne ne sait vraiment pourquoi celle-ci a été épargnée.

À cent mètres au-dessus du sol, Francesca était transfigurée : elle avait les yeux brillants, la voix vibrante.

— Elle me rappelle pourquoi j'aime ma ville, reprit-elle avec un de ses rares sourires.

Un sourire qui n'était pas pour Marco mais pour le ciel et les toits de Bologne sur lesquels elle gardait les yeux fixés. Ils passèrent de l'autre côté, où s'ouvrait une fenêtre orientée au sud-ouest. Sur une colline dominant la ville, ils distinguaient la silhouette du sanctuaire de San Luca, le saint patron de Bologne.

— Y êtes-vous déjà allé? demanda Francesca.

— Non.

— Nous irons un jour, quand il fera beau. D'accord?

— Bien sûr.

— Il y a encore beaucoup à voir.

Tout compte fait, il ne se séparerait peut-être pas d'elle. Il était tellement en manque de compagnie, surtout féminine, qu'il pourrait supporter la froideur, la tristesse et les sautes d'humeur de Francesca. Il travaillerait encore plus dur pour lui donner satisfaction.

L'ascension de la tour Asinelli avait donné de l'ardeur à Francesca, la descente la fit retomber dans sa morosité habituelle. Ils prirent un espresso au bar d'un petit café et se séparèrent. En la regardant s'éloigner sans un baiser sur la joue ni même une poignée de main fugace, il décida de lui accorder encore une semaine.

Une semaine de mise à l'épreuve. Sept jours pour se montrer plus agréable, sinon, il mettrait fin aux leçons particulières. La vie était trop courte.

Pourtant, elle était jolie.

Sa secrétaire avait ouvert le courrier, comme chaque matin. Ce jour-là, à l'intérieur de la première enveloppe, il y en avait une seconde. Elle portait simplement le nom de Neal Backman. Des deux côtés de l'enveloppe figurait une inscription en lettres majuscules : PERSONNEL ET CONFIDENTIEL. À REMETTRE EN MAIN PROPRE À NEAL BACKMAN.

— Vous devriez regarder celle du dessus, annonça la secrétaire en posant le courrier sur le bureau, comme elle le faisait tous les jours, à 9 heures.

La lettre avait été postée l'avant-veille à York, Pennsylvanie. Neal attendit d'être seul pour examiner l'enveloppe. Elle était brun clair, sans autre signe distinctif que les mots tracés par l'expéditeur. L'écriture, quoique en lettres majuscules, lui paraissait vaguement familière.

Neal décacheta soigneusement l'enveloppe à l'aide d'un coupe-papier. Elle contenait une feuille de papier blanc, pliée en deux. Une lettre de son père. Il n'en fut pas réellement surpris.

Le 21 février
Cher Neal
Tout va bien pour le moment mais je doute que cela dure. J'ai besoin de ton aide. Je n'ai ni adresse, ni téléphone, ni fax et je ne crois pas que je les utiliserais si j'en avais. Il me faut un accès à Internet, quelque chose qui ne laisse pas de trace. Je ne sais absolument pas comment cela marche mais je sais que tu pourras m'expliquer. Je n'ai pas d'ordinateur, pas d'argent non plus. Tu es certainement surveillé : quoi que tu fasses, sois discret. Il ne faut pas qu'on puisse remonter jusqu'à moi. Ne fais confiance à personne. Reste sur tes gardes. Cache cette lettre et détruis-la. Envoie-moi tout l'argent que tu peux. Tu sais que je te rembourserai. N'utilise jamais ton vrai nom quand tu m'enverras quelque chose. Ce sera à l'adresse suivante : Sr. Rudolph Viscovitch. Università degli Studi, Via Zamboni 22, 44041, Bologna, Italia. Utilise deux enveloppes : la première au nom de Viscovitch, la seconde pour moi. Dans le mot qui lui sera destiné, demande-lui de remettre l'enveloppe à Marco Lazzeri.
Fais vite !
Je t'embrasse. Marco.

Neal posa la lettre sur son bureau et alla donner un tour de clé à la porte. Puis il s'installa sur le petit canapé en cuir pour mettre de l'ordre dans ses idées. Il avait compris que son père était à l'étranger, sinon il aurait déjà pris contact avec lui. Mais que faisait-il en Italie ? Et pourquoi la lettre avait-elle été postée en Pennsylvanie ?

La femme de Neal ne connaissait pas son beau-père. Il était déjà en prison quand ils s'étaient rencontrés. Ils lui avaient

178

envoyé des photos du mariage et, plus tard, une photo de leur enfant, la deuxième petite-fille de Joel.

Neal n'aimait pas parler de son père. Ni penser à lui. Un père absent pendant une bonne partie de son enfance et dont la chute vertigineuse avait éclaboussé beaucoup de monde. Pendant son incarcération, il lui avait écrit régulièrement, le plus souvent à contrecœur, mais il pouvait se dire en toute franchise – et le dire à sa femme – que son père ne lui manquait pas. En réalité, il ne le connaissait pas bien.

Voilà qu'il se manifestait, et pour demander de l'argent que Neal n'avait pas. Il ne faisait évidemment aucun doute pour lui que son fils obéirait à ses instructions et il n'hésitait pas une seconde à le mettre en danger.

Neal se rassit à son bureau et relut la lettre une première fois, puis une deuxième. C'étaient les pattes de mouche dont il avait gardé le souvenir. Et le ton dont il usait en toute circonstance, que ce soit avec sa famille ou au bureau. Fais ci, fais ça... Tu prends un risque? Tant pis. Tout ira bien. Dépêche-toi, j'ai besoin de toi!

Et si tout allait bien, en effet? Et si Joel Backman réapparaissait au grand jour? Il n'aurait pas le temps de s'occuper de son fils ni de sa petite-fille. Pour peu qu'on lui en laisse la possibilité, il retrouverait sa place au sommet. Il choisirait ses amis et ses clients, épouserait une femme utile, trouverait les associés qu'il fallait. En moins d'un an, il serait installé dans un grand bureau, demanderait des honoraires scandaleux et entamerait de nouvelles manœuvres d'intimidation auprès des parlementaires.

La vie était bien plus simple quand son père était en prison.

Qu'allait-il dire à sa femme? Lisa, ma chérie, les deux mille dollars que nous avons mis de côté, n'en parlons plus. Il faut en trouver quelques centaines d'autres pour acheter un logiciel de cryptage pour nos e-mails. Et surtout, enferme-toi à double tour avec le bébé : dorénavant, nous sommes en danger.

Neal ordonna à sa secrétaire de mettre les appels en attente. Il s'étendit sur le canapé et se débarrassa de ses chaussures; les yeux fermés, il se massa longuement les tempes.

18

Dans la sale petite guerre qui opposait la CIA au FBI, on avait souvent, d'un côté comme de l'autre, recours à des journalistes pour des raisons tactiques. La manipulation de la presse permettait de lancer des attaques préventives, de parer des contre-attaques, de passer sous silence des reculades ou de contrôler l'étendue des dégâts. Dan Sandberg cultivait des sources dans les deux camps depuis près de vingt ans et acceptait que l'on se serve de lui à condition que les informations soient exactes et qu'il en ait l'exclusivité. Il acceptait également de jouer le rôle d'un messager, pour voir ce que savait l'adversaire. Déterminé à obtenir la confirmation que le FBI enquêtait sur l'achat d'une grâce présidentielle, il prit contact avec sa source la plus fiable à la CIA. Il reçut les habituelles réponses évasives dont il dut se contenter pendant quarante-huit heures.

Son contact à Langley était Rusty Lowell, un fonctionnaire près de la retraite, qui avait fait toute sa carrière à la CIA. Son véritable boulot consistait à tenir la presse à l'œil et à indiquer à Teddy Maynard comment en faire le meilleur usage. Ce n'était ni un mouchard ni quelqu'un qui transmettait des renseignements bidons. Après avoir entretenu cette relation pendant de longues années, Sandberg avait acquis la quasi-certitude que les tuyaux donnés par Lowell venaient de Maynard en personne.

Ils se retrouvèrent au centre commercial de Tyson'Corner, en Virginie, juste derrière le périphérique extérieur, dans une pizzeria bon marché. Ils achetèrent au comptoir une part de pizza *pepperoni* et fromage avec un soda et trouvèrent une table d'angle, au fond de la salle. Les règles habituelles s'appliquaient. Premièrement, tout était officieux et anonyme. Deuxièmement, Sandberg devait attendre le feu vert de Lowell avant de publier l'article. Troisièmement, si une autre source contredisait ce que Lowell divulguait, il aurait la possibilité de reprendre ses déclarations avant la version définitive.

En bon journaliste d'investigation, Sandberg détestait ces règles, mais Lowell ne s'était jamais trompé et il n'avait pas d'autres contacts. Si Sandberg voulait continuer à exploiter ce filon, il devait se plier aux règles.

— Ils ont trouvé de l'argent sur un compte, commença Sandberg. Ils pensent que cela a un lien avec une grâce.

Le regard de Lowell le trahissait toujours ; il ne savait pas masquer ses émotions. Quand le journaliste le vit plisser les yeux, il comprit qu'il n'était pas au courant.

— La CIA le sait ?

— Non, répondit franchement Lowell, qui n'avait pas peur de la vérité. Nous surveillons un certain nombre de comptes offshore mais nous n'avons observé aucun mouvement. Quelle somme ?

— Une grosse somme. Je ne sais pas exactement. Je ne sais pas non plus comment ils sont tombés là-dessus.

— De qui provenait l'argent ?

— Ils n'en ont pas la certitude mais ils tiennent à mettre cela sur le dos de Joel Backman. Ils en ont informé la Maison-Blanche.

— Et pas nous.

— Comme vous le constatez. Tout ça empeste la politique. Ils voudraient coller un scandale sur les bras de Morgan, et Backman ferait le complice idéal.

— Le duc Mongo ne serait pas mal non plus.

— C'est vrai, sauf qu'il n'en a plus pour très longtemps. Il a eu une longue et belle carrière de fraudeur mais l'âge de la retraite a sonné depuis longtemps. Backman, lui, a des secrets. Ils veulent le rapatrier dare-dare, le cuisiner et faire souffler un vent de panique sur Washington. Quelle humiliation pour Morgan !

— L'économie bat de l'aile. Ce serait une magnifique diversion.

— C'est politique, vous dis-je.

Lowell prit une bouchée de pizza et mastiqua en réfléchissant.

— Ça ne peut pas être Backman. Ils sont à côté de la plaque.

— Vous en êtes sûr ?

— Certain. Backman ne soupçonnait pas qu'il allait être gracié. On l'a littéralement sorti de sa cellule en pleine nuit, on lui a fait signer des papiers et on l'a embarqué dans un avion avant le lever du jour.

— Où est-il parti ?

— Je n'en sais rien. Si je le savais, je ne vous le dirais pas. L'important est que Backman n'a pas eu le temps d'acheter sa grâce. Son isolement était tel qu'il n'a jamais pu envisager une mesure de clémence. C'était l'idée de Teddy, pas la sienne. Ils font fausse route.

— Ils vont tout faire pour le retrouver.

— Pourquoi ? Backman est un homme libre dont la peine a été remise, pas un évadé en cavale. Il ne peut être extradé, à moins qu'ils ne trouvent un nouveau chef d'examen.

— Ce n'est pas impossible.

— Je ne vois pas ce qu'ils pourraient trouver, reprit Lowell après un moment de réflexion. Ils n'ont aucune preuve de quoi que ce soit. Il y a simplement eu un transfert de fonds d'origine suspecte, mais ils ne savent pas d'où il vient. Je vous assure que ce n'est pas l'argent de Backman.

— Pourront-ils mettre la main sur lui ?

— Ils vont faire pression sur Teddy, répondit Lowell en écartant son assiette pour se pencher vers Sandberg. Voilà pourquoi j'ai accepté de vous parler. Une réunion aura lieu dans le Bureau ovale. Le président demandera à Teddy de se rendre à ses raisons pour faire revenir Backman ; il refusera. Ce sera l'épreuve de force. La question est de savoir si le président aura le cran de virer Teddy.

— À votre avis ?

— Probablement ; Teddy s'y attend. Il en est à son quatrième président, un record. Les trois premiers voulaient déjà se débarrasser de lui. Aujourd'hui, il est vieux et prêt à partir.

— Il est vieux et prêt à partir depuis des lustres.

— C'est vrai, mais il ne s'est jamais laissé faire. Cette fois, c'est différent.

— Pourquoi ne donne-t-il pas sa démission ?

— Parce que c'est un vieux grincheux, un cabochard, un esprit contrariant.

— Personne ne dira le contraire.

— S'il se fait virer, il ne partira pas sans claquer la porte. Il voudrait une couverture équilibrée.

Pour eux et depuis bien longtemps, cela signifiait un article orienté dans le sens souhaité par la CIA.

Sandberg repoussa lui aussi son assiette et fit craquer ses jointures.

— Voici l'article tel que je le vois, déclara-t-il, comme le voulait le rituel. Après dix-huit années passées à diriger d'une main de fer la CIA, Teddy Maynard se fait lourder par le nouveau président. La raison en est que Maynard a refusé de divulguer des détails sur de délicates opérations en cours. Il a invoqué la sécurité nationale pour ne pas céder malgré l'insistance de son interlocuteur. Les informations classées secrètes exigées par le président étaient destinées au FBI, qui enquête sur les grâces accordées par l'ex-président Morgan à la fin de son mandat.

— Vous ne pouvez citer le nom de Backman.

— Je ne citerai aucun nom tant que je n'aurai pas fait de recoupement.

— Je vous assure que l'argent ne vient pas de Backman. Si vous citez son nom, il est possible qu'il lise votre article et qu'il ait une réaction stupide.

— À savoir ?

— Prendre la fuite.

— Qu'est-ce que cela aurait de stupide ?

— Nous ne voulons pas qu'il disparaisse.

— Vous voulez qu'il se fasse tuer ?

— Évidemment : c'est le plan. Nous voulons savoir qui l'éliminera.

Sandberg s'adossa au plastique de sa chaise et détourna les yeux. Lowell picora quelques morceaux de viande sur sa pizza froide. Ils restèrent un long moment absorbés dans leurs pensées.

— Si j'ai bien compris, reprit Sandberg après avoir vidé sa canette de Coca light, Maynard a réussi à convaincre Morgan de gracier Backman. Et vous l'avez planqué quelque part pour servir d'appât.

Lowell hocha la tête sans le regarder.

— Sa mort apportera la réponse à des questions que l'on se pose à Langley?

— Peut-être. C'est le plan.

— Backman sait-il pourquoi il a été gracié?

— Nous nous sommes bien gardés de le lui dire mais il est assez intelligent pour comprendre.

— Qui veut sa peau?

— Des gens dangereux qui lui en veulent terriblement.

— Savez-vous qui ils sont?

Un petit signe de tête accompagné d'un haussement d'épaules pour toute réponse.

— Nos regards se portent dans plusieurs directions. Nous exerçons une surveillance vigilante qui nous permettra peut-être d'apprendre quelque chose. Ce n'est pas sûr.

— Pourquoi lui en veulent-ils?

Lowell ne put s'empêcher de rire à cette question.

— Bien essayé, Dan. Cela fait six ans que vous posez la question. Bon, il faut que j'y aille. Préparez votre article et montrez-le-moi.

— Quand doit avoir lieu la réunion avec le président?

— Nous ne le savons pas encore. Dès son retour.

— Et si Teddy se fait virer?

— Vous serez la première personne que j'appellerai.

Dans une petite ville, les honoraires d'un avocat étaient loin de ce dont Neal Backman avait rêvé quand il était étudiant. À l'époque, le cabinet de son père jouissait d'un tel prestige à Washington qu'il s'était imaginé gagner un pactole après seulement quelques années d'exercice. Les nouveaux venus dans le cabinet commençaient à cent mille dollars par an et un jeune associé en gagnait le triple à trente ans. Quand il était en deuxième année de fac, son père avait fait la couverture d'une publication locale qui passait en revue tous les jouets coûteux du célèbre Intermédiaire dont les revenus étaient estimés à dix millions de dollars par an. L'article avait fait du bruit à la fac, ce qui n'était pas pour déplaire à Neal. Il se disait que l'avenir s'annonçait merveilleux.

Moins d'un an après être entré dans le cabinet, le jour même où son père avait été condamné, Neal s'était retrouvé à la rue.

Il avait vite cessé de rêver à des montagnes d'argent. Il ne demandait pas mieux que d'exercer son métier dans ce petit cabinet de Culpeper pour cinquante mille dollars par an. Lisa avait cessé de travailler à la naissance de leur fille ; elle gérait les dépenses du ménage.

Après une nuit d'insomnie, un plan avait pris forme. La question la plus délicate avait été : en parlerait-il à sa femme ou non ? Après avoir répondu par la négative, il avait lancé la mise en œuvre de son plan.

Il partit travailler à 8 heures, comme d'habitude, et resta plus d'une heure sur Internet pour être sûr que la banque serait ouverte. Tout en marchant dans la rue principale, il se dit qu'il était impossible qu'on le surveille si étroitement que ça. Il décida quand même de ne pas prendre de risques.

Richard Koley dirigeait l'agence locale de la Piedmont National Bank. Ils allaient à l'église ensemble, chassaient le coq de bruyère, jouaient au softball dans le cadre du Rotary Club. Le cabinet de Neal avait toujours eu ses comptes dans cette banque. L'établissement était vide, à cette heure matinale. Installé à son bureau devant un grand gobelet de café et *The Wall Street Journal*, Richard n'avait visiblement pas grand-chose à faire. Il fut agréablement surpris de voir arriver Neal ; ils discutèrent vingt minutes de basket-ball avant de passer aux choses sérieuses.

— Alors, fit Richard, que puis-je faire pour toi ?

— Simple curiosité, répondit Neal d'un ton faussement détaché, répétant le texte qu'il avait préparé toute la matinée. Je voulais savoir combien je pourrais emprunter sur une simple signature.

— Tu es à court d'argent?

Richard avait déjà saisi sa souris, le regard fixé sur le moniteur omniscient.

— Non, pas du tout, mais les taux d'intérêt sont très bas et j'ai repéré des actions qui semblent prometteuses.

— Ce n'est pas une mauvaise stratégie mais je ne peux pas la recommander ouvertement. Avec le Dow Jones accroché dans la zone des dix mille, on se demande pourquoi il n'y a pas plus de gens qui empruntent pour acheter des actions. Ce serait une bonne chose pour les banques.

Il eut un petit gloussement, satisfait de son humour.

— Revenu annuel? s'enquit-il en tapotant sur son clavier, le visage rembruni.

— Variable, répondit Neal. Soixante à quatre-vingt mille.

Le visage de Richard s'assombrit. Neal n'aurait su dire si c'était parce qu'il était triste d'apprendre que son ami gagnait aussi peu ou bien parce que son ami gagnait beaucoup plus que lui. Les banques des petites villes n'avaient pas la réputation d'être très généreuses avec leur personnel.

— Total des dettes, sans l'emprunt immobilier? poursuivit Richard.

— Hum! voyons...

Neal ferma les yeux pour faire ses calculs. Il restait près de deux cent mille dollars à rembourser pour la maison; Lisa avait tellement peur de s'endetter qu'elle faisait en sorte d'équilibrer les comptes du ménage sans emprunter.

— Vingt mille pour la voiture et à peine un millier de dollars pour les cartes bancaires, déclara Neal. Pas grand-chose.

Richard hocha la tête d'un air approbateur, sans quitter son écran des yeux. Il lâcha enfin le clavier.

— Nous pourrions te prêter trois mille, annonça-t-il en prenant l'attitude du banquier généreux. Six pour cent d'intérêts sur douze mois.

Comme il n'avait jamais pris un crédit sans hypothèque, Neal ne savait pas à quoi s'attendre; la somme de trois mille dollars lui paraissait satisfaisante.

— Peux-tu aller jusqu'à quatre mille?

Un froncement de sourcils, une étude attentive de l'écran: le verdict tomba.

— Oui, pourquoi pas? Je saurai toujours où te trouver!

— Parfait. Je te tiens au courant pour les actions.

— On t'a donné un bon tuyau, c'est ça?

— On en reparle dans un mois. Si elles grimpent, je viendrai frimer un peu.

— D'accord.

— Écoute, fit Neal pendant que Richard ouvrait un tiroir pour prendre un formulaire, je préférerais que cela reste entre nous. Tu me comprends? Lisa ne verra pas les papiers.

— Pas de problème, fit le banquier, la discrétion personnifiée. Ma femme n'est pas au courant de la moitié de ce que je fais... sur le plan financier. Elle ne comprendrait pas.

— Tu as entièrement raison. À ce propos, pourrais-je avoir des espèces?

Un silence, un regard intrigué, mais tout était possible, dans cette banque.

— Bien sûr. Donne-moi une ou deux heures.

— Il faut que je file au cabinet pour déposer une plainte. Je repasse vers midi pour signer les papiers et prendre l'argent.

Neal regagna son bureau tout proche, l'estomac noué. Lisa le tuerait si elle découvrait le pot aux roses; à Culpeper, les secrets étaient difficiles à garder. Depuis quatre ans qu'ils étaient mariés, ils avaient toujours pris ensemble les décisions importantes. Il serait pénible de parler de cet emprunt à Lisa mais elle se rendrait certainement à ses raisons, s'il lui disait la vérité.

Se faire rembourser ne serait pas chose facile. Son père n'était pas avare de promesses; parfois il les tenait, parfois non. D'une manière ou d'une autre, il n'y attachait pas une grande importance. Mais c'était le Joel Backman d'avant. Le nouveau était un homme aux abois, sans amis, sans personne à qui faire confiance.

Après tout, il ne s'agissait que de quatre mille dollars et Richard n'en parlerait à personne. Neal s'en préoccuperait plus tard. Il était avocat, il pouvait travailler quelques heures de plus pour gagner de quoi payer les mensualités.

Sa préoccupation, à présent, était le colis à expédier à Rudolph Viscovitch.

La poche gonflée par une liasse de billets de banque, Neal profita de la pause de midi pour prendre la route d'Alexandria, un trajet d'une heure et demie. Il dénicha le magasin qu'il cherchait, Chatter, dans un petit centre commercial de Russell Road, à un ou deux kilomètres du Potomac. Dans une publicité sur Internet, le magasin se présentait comme l'endroit où l'on trouvait les appareils dernier cri en matière de télécommunications, un des rares aux États-Unis où l'on pouvait se procurer des téléphones cellulaires utilisables en Europe. En parcourant les rayons, Neal fut stupéfié par le matériel en exposition : portables, pagers, ordinateurs, téléphones par satellite – tout ce qu'il fallait pour établir et garder le contact. Il ne pouvait pas s'attarder : il avait une déposition à 16 heures dans son bureau et Lisa, comme à son habitude, passerait le voir à l'occasion d'un tour en ville.

Il demanda à un vendeur de lui montrer l'Ankyo 850 PC Pocket Smartphone, la dernière merveille technologique, arrivée sur le marché depuis un peu plus d'un mois. Le vendeur prit l'appareil dans une vitrine et se lança dans une description enthousiaste et cryptée de l'objet : « Clavier QWERTY complet, fonctionnement tribandes sur les cinq continents, mémoire intégrée de 80 Mo, connectivité de données ultrarapide avec EGPRS, accès sans fil à un réseau local LAN, technologie Bluetooth, infrarouge, interface Pop-Port, Symbian operating system version 7.OS, etc. »

— Bascule automatique entre les bandes ?

— Oui.

— Couverture des réseaux européens ?

— Naturellement.

Le smartphone était un peu plus gros qu'un appareil normal mais il tenait bien dans la main. Il avait une surface métallique lisse et un dos en plastique antidérapant.

— Il est plus gros, c'est vrai, reprit le vendeur, mais il est bourré de fonctions – e-mail, messagerie multimédia, appareil photo, caméscope, traitement de texte, navigateur Internet – et permet d'établir des communications sans fil à peu près partout dans le monde. Où voulez-vous aller ?

— En Italie.

— Il est prêt. Il vous suffit d'ouvrir un compte chez un fournisseur de services.

Pour ouvrir un compte, il fallait remplir des papiers, c'est-à-dire laisser une trace. Neal était décidé à ne rien laisser derrière lui.

— Et une carte SIM prépayée ? demanda-t-il.

— Nous en avons. Pour l'Italie, c'est un TIM – Telecom italia mobile –, le plus gros opérateur, qui couvre quatre-vingt-quinze pour cent du territoire.

— Je prends ça.

Neal fit glisser la partie inférieure du dos de l'appareil, découvrant un clavier complet.

— Il vaut mieux le tenir à deux mains, expliqua le vendeur, et taper avec les pouces. Les dix doigts ne logent pas sur le clavier.

Il prit l'appareil dans la main de Neal pour faire une démonstration.

— Pigé. Je le prends.

L'appareil coûtait neuf cent vingt-cinq dollars, plus les taxes, plus quatre-vingt-neuf dollars pour la carte TIM. Neal paya en espèces et refusa l'extension de garantie, la carte de fidélité et tout ce qui l'aurait obligé à remplir des papiers. Quand le vendeur demanda son nom et son adresse, Neal refusa de répondre.

— Est-il possible de payer cet appareil et de partir avec ? finit-il par lancer avec irritation.

— Euh... oui, bien sûr.

— Alors, faisons-le. Je suis pressé.

En sortant, il roula un kilomètre, jusqu'à un grand magasin de matériel de bureau. Il trouva un Hewlett-Packard Tablet PC avec fonction WiFi intégrée. Encore quatre cent quarante dollars pour la sécurité de son père ; il garderait l'ordinateur portable et le cacherait dans son bureau. À l'aide d'un plan qu'il avait téléchargé, il roula ensuite jusqu'à une agence PackagePost située dans un autre centre commercial du voisinage. Il rédigea en hâte sur un bureau deux pages d'instructions destinées à son père et glissa les feuilles dans l'enveloppe avec une lettre et d'autres instructions préparées dans la matinée. Après s'être assuré que personne ne regardait, il fourra vingt billets de cent dollars à l'intérieur de l'étui noir servant à transporter la petite merveille d'Ankyo. Puis il plaça le tout – la lettre, les instructions, le téléphone et l'étui – dans un colis. Il le ferma soigneusement et écrivit au feutre noir : À REMETTRE À MARCO LAZZERI. Il plaça ensuite le colis dans un autre, un peu plus grand, adressé à Rudolph Viscovitch ; il donna comme adresse d'expéditeur : PackagePost, 8851 Braddock Road, Alexandria, Virginia 22302. Cette fois, il fut obligé de laisser son nom, son adresse et son numéro de téléphone au guichet, pour le cas où le colis ne pourrait être délivré. Après l'avoir pesé, l'employé proposa une assurance. Neal refusa, pour ne pas avoir à remplir d'autres papiers. L'employé donna le tarif d'affranchissement : dix-huit dollars et vingt cents.

Neal paya après avoir obtenu l'assurance que le colis serait posté dans l'après-midi.

19

Dès qu'il ouvrit les yeux dans la pénombre de l'appartement, Marco se leva. Il n'aimait pas traîner le matin. Sauf en prison, où rien ne le poussait à attaquer la journée, il n'avait jamais aimé perdre son temps au lit. Il y avait trop à faire, trop à voir. Il arrivait fréquemment au bureau avant 6 heures du matin sans avoir dormi plus de quatre heures, et déjà prêt à chercher querelle au premier venu.

Ces habitudes étaient en train de lui revenir. Il n'était plus dans l'affrontement ni la vitesse mais il y avait d'autres défis à relever.

Il se doucha en moins de trois minutes, un vieux réflexe favorisé par le manque d'eau chaude dans l'appartement de la Via Fondazza. Après s'être rasé, il tailla soigneusement la barbiche qui prenait forme de jour en jour. La moustache avait déjà le volume souhaité, le menton était uniformément gris. Son visage n'avait plus rien à voir avec celui de Joel Backman. Sa voix non plus : il s'entraînait à parler plus lentement et plus doucement. Et il le faisait dans une autre langue.

Il passa à l'étape suivante. Près de son lit se trouvait une commode où il rangeait ses affaires. Le meuble était muni de quatre tiroirs de la même taille, le plus bas à quinze centimètres au-dessus du plancher. Marco prit le brin de coton très fin arraché à un drap blanc qu'il utilisait tous les matins. Il passa les deux extrémités sur sa langue, laissant autant de salive que possible. Il plaça un côté sur le dessous du tiroir du bas, l'autre sur le montant de la commode, afin que le fil invisible se détache si on ouvrait le tiroir.

Quelqu'un – il supposait que c'était Luigi – entrait tous les jours dans sa chambre pendant sa leçon d'italien et fouillait dans les tiroirs.

Le bureau était dans le séjour, au-dessous de l'unique fenêtre. Il y entassait des papiers voisinant avec des carnets et quelques livres, le guide de Bologne d'Ermanno, deux ou trois exemplaires du *Herald Tribune*, des prospectus que des gitans distribuaient dans la rue, son dictionnaire italien-anglais tout écorné et la pile de matériel pédagogique que lui donnait Ermanno. Ce fouillis l'irritait. Son bureau d'avant, qui n'aurait pas tenu dans le salon de cet appartement, était méticuleusement rangé. Une secrétaire le remettait en ordre tous les jours, en fin d'après-midi.

Le bois du meuble était rayé et abîmé sur toute sa surface. Il y avait aussi une petite tache de nature indéterminée – Marco avait décidé que c'était de l'encre. De la taille d'un bouton, elle s'étalait en plein centre du plateau. Tous les matins, avant de sortir, il plaçait le coin d'une feuille de brouillon pile au centre de la tache d'encre. Le plus minutieux des espions n'y aurait vu que du feu.

Et cela marchait. Celui qui venait tous les jours passer son bureau au peigne fin n'avait jamais été assez précis pour remettre les papiers et les livres à leur place exacte.

Tous les jours, week-end compris, qu'il ait ou non une leçon, Luigi ou un autre venait fouiner partout. Un plan germait dans l'esprit de Marco. Un dimanche matin, il prétendrait avoir un horrible mal de tête et téléphonerait à Luigi, le seul à qui il parlait sur son portable pour demander de lui apporter de l'aspirine ou un équivalent italien. Il ferait semblant de se soigner et resterait au lit, sans allumer la lumière, jusqu'en fin d'après-midi. Il rappellerait Luigi et lui annoncerait qu'il se sentait beaucoup mieux et qu'il avait faim. Ils sortiraient ensemble pour aller manger un morceau, après quoi, au bout d'une petite heure, il aurait brusquement envie de rentrer.

La fouille quotidienne de l'appartement aurait-elle été effectuée par quelqu'un d'autre ?

Le plan prenait forme. Marco voulait savoir combien ils étaient à le surveiller. Y avait-il toute une équipe ? Si leur mission consistait simplement à le garder en vie, pourquoi se glisser quotidiennement dans l'appartement? De quoi avaient-ils peur?

Ils avaient peur qu'il ne disparaisse. Et pourquoi cette éventualité les effrayait-elle à ce point? Il était libre de se déplacer comme il l'entendait. Son déguisement était bon. Son maniement de la langue encore rudimentaire mais en constante amélioration. En quoi sa disparition pourrait-elle les déranger? S'il prenait un train pour faire le tour de l'Italie et ne revenait pas, cela ne leur rendrait-il pas la vie plus facile?

Et pourquoi lui tenir la bride haute, sans passeport, sans argent ou presque?

Ils avaient peur qu'il ne disparaisse.

Il éteignit les lumières, ouvrit la porte de la rue. Il faisait encore sombre sous les arcades de la Via Fondazza. Marco donna un tour de clé à la porte et s'éloigna d'un pas vif à la recherche d'un café ouvert.

Luigi fut réveillé par un bourdonnement étouffé, le bruit qui le tirait du sommeil tous les matins à des heures impossibles.

— Qu'est-ce que c'est? demanda une voix ensommeillée à ses côtés.

— Rien, répondit Luigi en rejetant les couvertures.

Nu comme un ver, il quitta la chambre et traversa rapidement le salon en direction de la cuisine. La porte était fermée à clé; il l'ouvrit, entra, la verrouilla de nouveau et regarda les moniteurs posés sur une table pliante. Marco sortait à 6 h 10 comme d'habitude. Une habitude terriblement agaçante. Maudits Américains!

Il appuya sur un bouton; le moniteur s'éteignit. La procédure voulait qu'il s'habille, qu'il suive Marco sans le lâcher d'une semelle en attendant l'heure de la leçon avec Ermanno. Mais Luigi en avait par-dessus la tête de la procédure. Et puis Simona l'attendait.

Une adorable poupée d'à peine vingt ans, étudiante à Naples, qu'il avait rencontrée en boîte quelques jours plus tôt. C'était leur première nuit; ce ne serait pas la dernière. Quand Luigi revint se coucher, elle s'était déjà rendormie.

Dehors, il faisait froid. Lui était au chaud avec Simona. À Milan, Whitaker devait encore être au lit, probablement avec une femme. Personne ne contrôlerait ce que Luigi ferait de toute la journée. Quant à Marco, il passait son temps à boire des cafés.

Il attira Simona contre lui et se rendormit.

C'était une belle journée ensoleillée du début mars. Marco terminait une leçon de deux heures avec Ermanno. Comme à leur habitude, quand le temps le permettait, ils étaient partis se balader dans le centre historique de la ville. Ils ne parlaient qu'italien. Le verbe du jour était *fare*, dont le sens premier était « faire ». Un verbe utilisé à toutes les sauces, semblait-il. On disait par exemple *fare la spesa* pour « faire son marché » ou « des achats ». *Fare una domanda* pour « poser une question ». *Fare la colazione* pour « prendre le petit déjeuner ».

Ermanno se retira assez tôt, prétextant encore une fois ses études. Comme c'était souvent le cas au terme de ces promenades, Luigi apparut et prit le relais d'Ermanno, qui s'évanouit comme par enchantement. Une coordination aussi efficace devait être destinée à donner à Marco l'impression que leur surveillance ne se relâchait pas.

Marco et Ermanno se trouvaient alors devant chez Feltrinelli, une des librairies dont regorgeait le quartier de l'université. Luigi apparut au coin de la rue et salua Marco avec jovialité.

— *Buon giorno. Pranziamo ?* Nous allons déjeuner ?

— *Certamente.*

Ils déjeunaient moins souvent ensemble, ce qui obligeait Marco à commander seul ses menus.

— *Ho trovato un nuovo ristorante.*

— *Andiamo.*

Marco ne savait pas exactement à quoi Luigi occupait ses journées mais il devait en passer une partie à parcourir la ville à la recherche de cafés, de trattorias et de restaurants. Ils n'avaient jamais mangé deux fois au même endroit.

Ils suivirent quelques ruelles sinueuses et débouchèrent dans la Via dell' Indipendenza. Luigi assurait l'essentiel de la conversation en parlant lentement, avec un vocabulaire précis. Il semblait avoir oublié l'anglais.

— Francesca n'est pas libre cet après-midi.

— Pourquoi ?

— Elle a une visite guidée. Un groupe d'Australiens ; elle l'a su hier. Elle n'a pas beaucoup de travail en ce moment. Vous l'aimez bien ?

— Je suis censé bien l'aimer ?

— Ce serait plus agréable.

— On ne peut pas dire qu'elle soit particulièrement chaleureuse ni démonstrative.

— Et comme professeur ?

— Excellente. Son anglais parfait me pousse à faire des progrès.

— Elle dit que vous travaillez beaucoup et que vous êtes un homme bien.

— Je lui plais ?

— En tant qu'élève. La trouvez-vous jolie ?

— Les Italiennes sont jolies, dans l'ensemble. C'est le cas de Francesca.

Ils tournèrent dans une petite rue, s'arrêtèrent presque aussitôt.

— C'est là, fit Luigi en montrant la porte d'un restaurant, Chez Franco Rossi. Je n'y suis jamais allé mais il paraît que c'est très bon.

Le patron les accueillit les bras ouverts. Il portait un élégant complet noir qui mettait en valeur de beaux cheveux argentés. Il les débarrassa de leur manteau en discutant avec Luigi comme s'ils se connaissaient depuis toujours. Luigi cita quelques noms ; Franco acquiesçait de la tête à chacun d'eux. Il choisit pour ses nouveaux clients une table près de la vitre.

— C'est la meilleure, assura-t-il en souriant jusqu'aux oreilles.

Marco lança un regard circulaire sans voir de mauvaise table.

— Les antipasti sont excellents, annonça modestement Franco, comme s'il détestait se vanter de la qualité de sa cuisine. Ma préférence irait aujourd'hui à la salade de champignons. Lino y ajoute des truffes, du parmesan, des lamelles de pomme...

Franco laissa sa phrase en suspens pour embrasser le bout de ses doigts.

— Un régal, reprit-il, les yeux mi-clos.

Ils suivirent le conseil du patron qui s'éloigna pour aller au-devant d'autres clients.

— Qui est Lino? demanda Marco.

— Son frère, le cuisinier, répondit Luigi en trempant une bouchée de pain dans une coupelle d'huile d'olive.

Un serveur vint s'enquérir de ce qu'ils voulaient boire.

— Un vin rouge de la région, commanda Luigi.

— J'ai un liano d'Imola, reprit le serveur en tapotant de la pointe de son stylo un endroit précis sur la carte des vins. Exceptionnel.

— Très bien, fit Luigi, qui n'avait guère le choix.

— Nous parlions de Francesca, reprit Marco. Elle a souvent l'air ailleurs. Quelque chose ne va pas?

Pour se donner le temps de peser ce qu'il pouvait dire, Luigi trempa une autre bouchée de pain dans l'huile d'olive.

— Son mari ne va pas bien.

— Elle a des enfants?

— Je ne crois pas.

— De quoi souffre son mari?

— Il est gravement malade. Je pense qu'il est plus âgé qu'elle; je ne le connais pas.

Franco Rossi revint à leur table pour les aider dans le choix des plats. Les tortellini, d'après lui, étaient les meilleurs de Bologne; son frère Lino se ferait un plaisir de le confirmer. Il leur conseillait ensuite le filet de veau aux truffes.

Au fil des conseils avisés de Franco, ils firent bombance pendant deux heures. Et, tandis qu'ils remontaient d'un pas lourd la Via dell' Indipendenza, ils envisagèrent d'aller faire la sieste.

Il la rencontra par hasard sur la Piazza Maggiore. Il prenait un espresso à la terrasse d'un café, bravant le froid de l'après-midi ensoleillé après une bonne marche d'une demi-heure, quand il vit un groupe de touristes blonds sortir de l'hôtel de ville, le Palazzo Comunale. Une frêle silhouette familière ouvrait la marche, celle d'une femme très droite et dont les cheveux noirs s'échappaient d'un béret bordeaux. Marco laissa une pièce de deux euros sur la table et se dirigea vers le groupe. Profitant d'un arrêt des touristes devant la fontaine de Neptune, il se glissa derrière eux et écouta Francesca dans son rôle de guide. Elle expliquait que la gigantesque statue du dieu de la mer était l'œuvre d'un sculpteur français, réalisée entre 1563 et 1566. C'était une commande d'un évêque, dans le cadre d'un programme d'embellissement de la ville, destiné à plaire au pape. La petite histoire disait qu'avant de se mettre au travail l'artiste, inquiet de la nudité totale du personnage, avait envoyé le projet au Vatican pour obtenir son feu vert. Le pape avait répondu : « Pour Bologne, ce sera bien. »

Francesca montrait un peu plus d'entrain avec les touristes qu'avec Marco ; sa voix avait plus de vivacité, son sourire était plus prompt. Elle portait des lunettes très chic, qui la rajeunissaient de dix ans. Caché derrière les Australiens, Marco écouta et observa longtemps sans qu'elle remarque sa présence.

Quand elle signala que la Fontana del Nettuno était le monument de la ville peut-être le plus photographié, des appareils surgirent dans toutes les mains. Marco profita de ce que les touristes posaient longuement devant la statue pour se rapprocher de Francesca. En le voyant, elle sourit presque malgré elle et murmura : *Buon giorno.*

— *Buon giorno.* Vous permettez que je vous suive ?

— Bien sûr. Désolée pour la leçon.

— Ce n'est pas grave. Si nous dînions ensemble ?

Elle regarda autour d'elle, comme quelqu'un qui a mauvaise conscience.

— Pour parler italien, bien sûr, ajouta Marco. En tout bien tout honneur.

— Désolée, je ne peux pas.

Elle tourna la tête vers la basilique San Petronio, de l'autre côté de la place.

— Vous voyez le café, là-bas, près de l'église, au coin de la rue. Je vous y retrouverai à 17 heures ; nous aurons une heure pour parler italien.

— *Va bene.*

Elle entraîna le groupe de touristes jusqu'au mur ouest du Palazzo Comunale où elle s'arrêta devant trois grands cadres renfermant des quantités de photographies en noir et blanc. Pendant la Seconde Guerre mondiale, Bologne et ses environs avaient été le siège de la Résistance italienne. Les Bolonais, qui haïssaient Mussolini, œuvraient dans la clandestinité contre les fascistes et l'occupant allemand. Par représailles, les Allemands fusillaient dix Italiens pour chacun de leurs soldats abattus par la Résistance. Cinquante-cinq exécutions collectives avaient ainsi ôté la vie à de jeunes résistants italiens dont le nom et le visage étaient exposés pour la postérité.

Les Australiens s'approchèrent pour voir les héros de plus près. Marco les imita, frappé par la jeunesse de ces combattants qui avaient payé leur bravoure de leur vie.

Tandis que Francesca s'éloignait avec son groupe, Marco continua de scruter les visages alignés sur le mur. Il y en avait des centaines, plusieurs milliers peut-être. Il voyait de loin en loin un visage féminin.

Des pères et des fils, des membres d'une même famille, des campagnards prêts à mourir pour leur patrie et leur cause. Des patriotes loyaux qui n'avaient que leur vie à donner. Pas comme toi, se dit Marco. Quand il avait dû choisir entre la loyauté et l'argent, il avait choisi l'argent. Il avait tourné le dos à sa patrie.

Pour l'argent.

Elle attendait à l'intérieur du café, debout. Elle n'avait pas pris de consommation mais une cigarette était évidemment fichée entre ses lèvres. Marco se dit qu'en acceptant de le retrouver si tard pour une petite leçon d'italien, elle apportait la preuve qu'elle avait besoin de ce travail.

— Avez-vous envie de marcher ? demanda-t-elle avant qu'il ait eu le temps d'ouvrir la bouche.

— Bien sûr.

Il avait parcouru plusieurs kilomètres à pied avec Ermanno dans la matinée et avait encore marché dans l'après-midi. C'était suffisant pour une journée mais qu'y avait-il d'autre à faire ? Il avait pris l'habitude de marcher tous les jours et se sentait en forme.

— Où allons-nous?

— Loin.

Ils s'engagèrent dans un dédale de petites rues en bavardant en italien. Marco raconta la leçon du matin avec Ermanno; elle parla de ses Australiens, des gens aimables, agréables à fréquenter. En arrivant à la limite de la ville historique, Marco reconnut la Porta Saragozza. Il sut où ils étaient et comprit où ils allaient.

— Nous montons jusqu'à San Luca?

— Oui. Le ciel est dégagé, la nuit sera belle. Vous vous en sentez capable.

Il avait affreusement mal aux pieds mais il n'était pas question de se dégonfler.

— *Andiamo.*

Perché au sommet du Colle della Guardia, un des premiers contreforts des Apennins, le sanctuaire dédié à San Luca, patron de Bologne, dominait la ville depuis huit siècles. Pour y monter sans crainte du soleil et des intempéries, on avait construit un passage couvert de trois mille six cents mètres, le plus long ouvrage de ce genre au monde, qui comptait six cent soixante-six arches. Commencés en 1674, les travaux s'étaient poursuivis pendant soixante-cinq ans.

Marco avait appris tout cela dans un guide mais les détails fournis par Francesca étaient infiniment plus passionnants. Dans la longue montée, leurs pas s'accordèrent. À la centième arche, Marco avait les mollets durs comme du bois. Francesca, elle, semblait glisser avec cette légèreté qui permet de gravir des montagnes. Il espérait que toutes les cigarettes fumées dans sa vie l'obligeraient à réduire l'allure.

Pour financer ce projet aussi grandiose qu'extravagant, la ville de Bologne avait puisé dans ses richesses considérables. Exceptionnellement, toutes les factions rivales avaient agi de concert. Chacune des six cent soixante-six arches avait été financée par un groupe de commerçants, d'artisans, d'étudiants sous l'égide d'une église ou d'une famille noble. Les plaques commémorant ces réalisations avaient pour la plupart disparu au fil des siècles.

Francesca fit une halte – enfin – à la hauteur de la cent soixante-dixième arche, où une des dernières plaques subsistantes portait l'inscription : *la Madonna grassa*. Quinze chapelles étaient échelonnées sur le trajet ; ils firent une nouvelle halte entre la huitième et la neuvième, à l'endroit où un pont franchissait une route. Les ombres s'étiraient sous les arches quand ils attaquèrent la partie la plus raide de la montée.

— C'est bien éclairé la nuit, déclara Francesca. Pour la descente.

Marco ne pensait pas à la descente. Il regardait devant lui, les yeux levés vers le sanctuaire qui semblait tantôt se rapprocher tantôt s'éloigner, toujours plus inaccessible. Il avait les cuisses douloureuses, le pas de plus en plus lourd.

Ils franchirent enfin la dernière arche. Ils avaient atteint le sommet. Les lumières de l'édifice s'allumèrent tandis que l'obscurité enveloppait les collines alentour. Le dôme du sanctuaire émettait des reflets dorés.

— C'est fermé, annonça Francesca. Il faudra revenir pour le visiter.

Pendant la montée, Marco avait aperçu un autobus qui descendait sur une route toute proche. S'il décidait de revenir un jour à San Luca, il prendrait le bus.

— Par ici, souffla Francesca en lui faisant signe d'avancer. Je connais un chemin secret.

Il la suivit sur un sentier gravillonné qui contournait le sanctuaire pour aboutir en haut d'un escarpement. Ils s'arrêtèrent pour contempler la ville qui s'étalait en contrebas.

— C'est mon endroit préféré, fit Francesca en inspirant profondément, comme pour mieux s'imprégner de la beauté de la scène.

— Vous y venez souvent ?

— Plusieurs fois par an, en général avec un groupe. Ils préfèrent toujours prendre le bus. Le dimanche, de temps en temps, j'aime bien monter à pied.

— Toute seule ?

— Oui, toute seule.

— Pouvons-nous nous asseoir ?

— Bien sûr. Il y a un banc là-bas, si bien caché que personne ne le voit.

Ils firent quelques pas pour prendre un sentier empierré menant à une autre saillie d'où le panorama était aussi grandiose.

— Vous avez mal aux jambes ? demanda-t-elle.

— Pas du tout, mentit Marco.

Elle alluma une cigarette et tira dessus avec un plaisir sans mélange. Ils restèrent un long moment assis en silence, récupérant de l'effort qu'ils venaient de fournir, admirant les lumières scintillantes de la ville, chacun perdu dans ses pensées. Au bout de plusieurs minutes, Marco rompit le silence.

— Luigi m'a appris que votre mari est très malade.

Elle lui lança un regard étonné avant de détourner la tête.

— Il m'avait dit que tout ce qui relève de la vie privée est tabou.

— Luigi change les règles. Que vous a-t-il raconté sur moi ?

— Je n'ai pas posé de questions. Vous venez du Canada, vous visitez l'Italie et vous essayez d'apprendre la langue.

— Vous le croyez ?

— Pas vraiment.

— Pourquoi ?

— Vous prétendez avoir une femme et des enfants mais vous les abandonnez un long moment pour venir en Italie. Et, si vous n'êtes qu'un homme d'affaires en vacances, quel est le rôle de Luigi ? Et celui d'Ermanno ? Pourquoi avez-vous besoin d'eux ?

— Ce sont de bonnes questions. Je n'ai pas de femme.

— Ce n'est donc qu'un tissu de mensonges ?

— Oui.

— Quelle est la vérité ?

— Je ne peux rien vous dire.

— Tant mieux. Je ne veux rien savoir.

— Je suppose que vous avez assez de problèmes personnels, Francesca.

— Mes problèmes ne regardent que moi, répliqua-t-elle en allumant une nouvelle cigarette.

— Je peux en avoir une ?

— Vous fumez ?

— J'ai fumé, il y a longtemps.

Il prit une cigarette et l'alluma. Les lumières de la ville semblaient briller avec plus d'éclat à mesure que l'obscurité s'épaississait.

— Racontez-vous à Luigi tout ce que nous faisons? reprit Marco.

— Je ne lui dis pas grand-chose.

— Parfait.

20

La dernière visite de Teddy Maynard à la Maison-Blanche était prévue pour 10 heures ; il se proposait d'être en retard. Depuis 7 heures du matin, il avait des entretiens confidentiels avec l'équipe de transition – les quatre directeurs-adjoints et le reste de son état-major. Il informait en tête à tête ceux en qui il avait placé sa confiance pendant de longues années qu'il était sur le départ, que la chose était inévitable, et depuis bien longtemps, que l'agence était en bon état de marche et que la vie continuerait.

Ceux qui le connaissaient bien percevaient une manière de soulagement. Teddy courait sur ses quatre-vingts ans et sa santé, qui faisait tant jaser, n'allait pas en s'améliorant.

À 8 h 45 précises, au milieu d'un entretien avec William Lucat, son adjoint en charge des opérations, il convoqua Julia Javier pour son rapport quotidien sur Backman. L'affaire Backman était importante mais elle n'arrivait pas en tête de liste dans les priorités de l'agence.

Curieux qu'une opération concernant un ex-lobbyiste disgracié provoque la chute de Teddy Maynard.

Julia Javier prit place à côté de Hoby, prêt à prendre des notes que personne ne lirait.

— Rien de neuf, commença-t-elle d'un ton neutre. Il est toujours à Bologne. Si nous devons passer à l'action, nous pourrions le faire maintenant.

— Je croyais, fit Teddy, que le plan était de le faire partir à la campagne, dans un endroit où il serait plus facile de le tenir à l'œil.

— Ce n'est pas prévu avant plusieurs mois.

— Nous ne disposons pas de plusieurs mois, coupa Teddy. Que se passera-t-il si nous agissons maintenant? poursuivit-il en se tournant vers Lucat.

— Nous aurons ce que nous voulons : ils le descendront à Bologne. Une jolie ville où la criminalité est très faible. Comme les meurtres y sont rares, sa mort retiendra l'attention, si on y retrouve son corps. Il ne faudra pas longtemps aux Italiens pour se rendre compte qu'il n'est pas... quel est son nom d'emprunt, Julia?

— Marco Lazzeri, répondit Teddy.

— Ils vont se poser des questions, insista Lucat.

— Ils ne disposeront d'aucun indice sur sa véritable identité, glissa Julia. Ils auront un cadavre et de faux papiers mais ni famille, ni amis, ni adresse, ni travail, rien. On l'enterrera dans la fosse commune. Le dossier restera ouvert un an, puis on le fermera.

— Ce n'est pas notre problème, déclara Teddy. Nous laissons à d'autres le soin de l'éliminer.

— Il aime se balader dans la ville, reprit Lucat. Il sera facile de l'avoir. Peut-être se fera-t-il faucher par une voiture; les Italiens conduisent comme des fous.

— Ce ne sera pas difficile, alors?

— À mon avis, non.

— En serons-nous informés quand cela se produira? demanda Teddy.

Lucat se gratta la barbe et se tourna vers Julia qui se rongeait un ongle en regardant Hoby remuer une cuillère en plastique dans son thé vert.

— Je dirais une chance sur deux, lâcha-t-il enfin. Il est sous surveillance permanente mais ceux qui l'élimineront seront des professionnels aguerris. Peut-être feront-ils en sorte qu'il n'y ait pas de témoins.

— Il y a des chances que nous soyons informés après coup, ajouta Julia. Nous avons de bons agents sur place; ils seront à l'affût. Oui, je pense que nous l'apprendrons mais avec du retard.

— Quand nous n'éliminons pas quelqu'un nous-mêmes, intervint Lucat, nous ne pouvons pas être sûrs de ce qui s'est passé.

— Nous n'avons pas le droit de merder! lança Teddy. Ce sera un plaisir de savoir que Backman est mort – il ne mérite pas autre chose – mais le but de cette opération est de savoir qui le tue.

Ses mains blanches, sillonnées de rides, portèrent lentement à sa bouche le gobelet de thé vert. Il aspira bruyamment le liquide.

L'heure était peut-être venue pour Teddy Maynard d'aller finir ses jours dans une maison de retraite pour vieux espions.

— Je suis relativement confiant, déclara Lucat.

Hoby nota la formule.

— Si nous vendons la mèche maintenant, combien de temps lui reste-t-il à vivre?

Lucat haussa les épaules. Il détourna la tête pour réfléchir tandis que Julia attaquait un autre ongle.

— Cela dépend, fit-elle prudemment. Si les Israéliens sont dans le coup, tout peut être terminé en une semaine. Les Chinois, en général, sont plus lents. Les Saoudiens engageront certainement un tueur indépendant; il peut s'écouler un mois avant qu'il soit à pied d'œuvre.

— Les Russes aussi peuvent le faire en une semaine, ajouta Lucat.

— Je ne serai plus là quand cela arrivera, fit Teddy avec une pointe de tristesse. Personne de ce côté-ci de l'Atlantique ne le saura; promettez-moi de me passer un coup de fil.

— Vous donnez votre feu vert? interrogea Lucat.

— Oui. Faites cela comme il faut : tous les chasseurs doivent disposer des mêmes chances pour traquer la proie.

Lucat et Julia se retirèrent après avoir fait leurs adieux à Teddy. À 9 h 30, Hoby poussa le fauteuil roulant dans le couloir menant à l'ascenseur. Ils descendirent les huit niveaux qui les séparaient du sous-sol où les trois camionnettes blanches blindées attendaient pour le dernier trajet de Teddy Maynard de Langley à la Maison-Blanche.

La réunion dans le Bureau ovale fut de courte durée. Quand elle commença, quelques minutes après 10 heures, Dan Sandberg se trouvait dans la salle de rédaction de son journal.

Vingt minutes plus tard, quand Rusty Lowell appela, il y était encore.

— C'est terminé.

— Qu'est-ce qui s'est passé? demanda Sandberg en commençant à pianoter sur son clavier.

— Ce qui était à prévoir. Le président a voulu savoir où était Backman; Teddy a refusé de le révéler. Le président a affirmé qu'on ne devait rien lui cacher. Teddy a répondu qu'il comprenait mais que l'information serait utilisée à des fins politiques qui risquaient de compromettre une opération délicate. Le ton est monté, chacun restant sur ses positions. Le président a fini par déclarer qu'il démettait le directeur de la CIA de ses fonctions. Je vous l'avais dit.

— En effet.

— La Maison-Blanche va annoncer la nouvelle dans quelques minutes. Vous pouvez regarder la télé.

La conférence de presse commença peu après. Le visage fermé, le porte-parole de la Maison-Blanche annonça que le président avait décidé de « donner une nouvelle orientation aux opérations du renseignement ». Il tressa des lauriers à Teddy Maynard pour sa longévité historique, l'air sincèrement attristé de devoir lui trouver un successeur à la tête de la CIA. La première question fusa aussitôt : Maynard avait-il donné sa démission ou avait-il été remercié?

— Le président et le directeur de la CIA ont pris la décision d'un commun accord.

— Ce qui signifie?

— Rien d'autre que ce que je viens de dire.

Le feu roulant de questions se poursuivit pendant une demi-heure.

L'article de Sandberg paru le lendemain à la une du *Washington Post* contenait deux bombes. Il commençait par la confirmation définitive que Maynard s'était fait virer après avoir refusé de divulguer des informations sensibles pour des fins purement politiques. Il n'y avait eu ni démission ni décision prise « d'un commun accord ». Maynard s'était fait lourder comme un malpropre. La seconde révélation retentissante était l'annonce que l'insistance du président à obtenir certaines informations était directement liée à des investigations du FBI sur l'achat de grâces présidentielles. Le scandale, jusqu'alors simple rumeur, éclatait au grand jour. Le scoop faillit bloquer la circulation sur le Memorial Bridge d'Arlington.

Sandberg traînait dans la salle de rédaction, assailli de félicitations, quand son portable sonna. C'était Rusty Lowell.

— Appelez-moi sur un poste fixe, lança-t-il sans préambule. Tout de suite.

Sandberg entra dans un petit bureau pour être tranquille et composa le numéro de Lowell, à Langley.

— Lucat vient de se faire virer à son tour, annonça Lowell. Il était convoqué ce matin, à 8 heures, dans le Bureau ovale. Le président lui a proposé le poste de directeur par intérim ; il a accepté. Ils ont discuté pendant une heure. Le président a insisté pour savoir où était Backman ; Lucat a refusé de répondre. Il s'est fait balancer, comme Teddy.

— Il était en poste depuis des lustres...

— Trente-huit ans, pour être précis. Un des meilleurs, un administrateur hors pair.

— Qui sera le suivant ?

— Bonne question. Tout le monde craint de l'être.

— Il faut bien que quelqu'un dirige l'agence.

— Vous connaissez Susan Penn ?

— J'ai entendu parler d'elle mais je ne l'ai jamais rencontrée.

— Directrice adjointe, en charge des sciences et des technologies. Une fidèle de Teddy, comme tout le monde, et une collaboratrice de longue date. Elle est en ce moment même dans le Bureau ovale. Si on lui propose l'intérim, elle acceptera. Et elle balancera Backman pour l'obtenir.

— C'est le président, Rusty. Il est en droit de tout savoir.

— Naturellement. C'est une question de principe pour lui : on ne peut pas lui en vouloir. Il vient d'arriver, il veut montrer sa force. Il paraît capable de tous nous virer, l'un après l'autre, jusqu'à ce qu'il ait obtenu ce qu'il veut. J'ai conseillé à Susan Penn d'accepter le poste pour arrêter l'hémorragie.

— Le FBI devrait donc bientôt apprendre où Backman se cache ?

— Dès aujourd'hui, je pense. On ne peut pas savoir ce qu'ils feront, après ça. Il faudra plusieurs semaines pour obtenir une mise en examen. Ils se contenteront peut-être de foutre en l'air notre opération.

— Où est-il ?

— Je ne sais pas.

— Allons, Rusty. La situation n'est plus la même.

— La réponse est non. Point final. Je vous tiens au courant pour la suite.

Une heure plus tard, à l'occasion d'une nouvelle conférence de presse, le porte-parole de la Maison-Blanche annonça la nomination de Susan Penn au poste de directrice par intérim de la CIA. Il insista sur le fait qu'elle était la première femme à exercer cette responsabilité, une nouvelle preuve de la détermination du nouveau président à promouvoir l'égalité des droits.

Tout habillé, tout seul, assis sur le bord de son lit, Luigi attendait le signal. Il se fit entendre à 6 h 14 – Marco était esclave de ses habitudes. Luigi se rendit dans la cuisine, où il enfonça un bouton pour couper le buzzer indiquant que son ami venait de sortir. L'heure exacte était enregistrée : Langley serait informé dans quelques secondes que Marco Lazzeri venait de quitter la planque de la Via Fondazza, à 6 h 14 précises.

Il ne l'avait pas pris en filature depuis plusieurs jours ; Simona restait dormir chez lui. Il attendit quelques secondes, sortit par la porte de derrière et déboucha dans une ruelle donnant dans la Via Fondazza. Il fouilla du regard l'ombre des arcades. Marco était parti sur la gauche, vers le sud ; il marchait du pas vif qui lui était habituel. Marco avait vingt ans de plus que lui mais, avec son goût pour les longues marches, sa condition physique était bien meilleure. Sans compter qu'il ne fumait pas, qu'il buvait peu, qu'il ne semblait attiré ni par les femmes ni par la vie nocturne et qu'il venait de passer six ans enfermé dans une cage. Pas étonnant qu'il puisse arpenter les rues pendant des heures sans rien faire de particulier.

Comme il portait tous les jours ses nouvelles chaussures, Luigi n'avait pas eu l'occasion d'y placer un émetteur. Whitaker s'en était inquiété mais de quoi ne s'inquiétait-il pas ? Luigi était convaincu que Marco pourrait parcourir des centaines de kilomètres dans la ville mais qu'il ne quitterait pas Bologne. Il disparaîtrait un moment pour explorer tel ou tel lieu mais on le retrouverait toujours.

Il tourna dans la Via Santo Stefano, une grande artère qui partait du sud-est de la ville historique pour rejoindre la Piazza Maggiore. Il traversa la rue, suivit Marco sur l'autre trottoir. Obligé de presser le pas, il prit sa radio pour appeler Zellman, un nouveau venu, envoyé par Whitaker pour resserrer la nasse. Zellman attendait sous les arcades de la Strada Maggiore, une autre grande rue très fréquentée, entre la planque et l'université.

L'arrivée de Zellman était l'indication que le plan passait à la phase suivante. Luigi en connaissait les grandes lignes; il ne pouvait s'empêcher de ressentir une certaine tristesse à l'idée que les jours de Marco étaient comptés. Ce qu'il ignorait, c'est qui devait l'éliminer. Et Whitaker, lui semblait-il, n'en savait pas beaucoup.

Luigi priait pour qu'on ne lui demande pas de s'en charger. Il avait déjà tué deux hommes dans sa vie et préférait ne pas avoir à le faire une troisième fois. Et puis, il aimait bien Marco.

Avant que Zellman puisse prendre le relais, Marco disparut. Luigi s'arrêta, aux aguets. Il se glissa dans l'embrasure d'une porte et attendit dans l'ombre, pour le cas où Marco se serait arrêté, lui aussi.

Il l'avait entendu derrière lui, le pas un peu trop lourd, la respiration un peu trop bruyante. Il tourna à gauche dans une ruelle – Via Castellata – courut sur une cinquantaine de mètres et prit de nouveau à gauche – Via de' Chiari – pour opérer un changement de direction de quatre-vingt-dix degrés, du nord à l'ouest. Il marcha un long moment à une allure soutenue, jusqu'à ce qu'il débouche sur une placette, la Piazza Cavour. Il connaissait bien la vieille ville maintenant, ses avenues et ses ruelles, ses carrefours et ses impasses, le labyrinthe des quartiers tortueux, le nom de toutes les places, celui d'un grand nombre d'échoppes et de magasins. Il savait quels bureaux de tabac ouvraient à 6 heures et ceux qui attendaient 7 heures pour lever le rideau de fer. Il avait repéré cinq cafés déjà pleins avant le lever du jour. Il savait aussi où s'asseoir devant la vitre donnant sur le trottoir, caché derrière un journal, pour attendre le passage de Luigi.

Il pouvait le semer quand il voulait mais préférait jouer le jeu et se laisser suivre sans compliquer les choses. Être si étroitement surveillé en disait long.

Ils ne veulent pas que je disparaisse, se répétait-il. Pourquoi? Parce qu'il y a une raison à ma présence à Bologne.

Il obliqua vers l'ouest, décrivit une large boucle pour s'écarter du secteur où on pouvait l'attendre. Après avoir zigzagué près d'une heure dans des dédales de ruelles, il rejoignit la Via Irnerio. Il s'arrêta pour observer les piétons. Le bar Fontana était juste en face; personne ne le surveillait.

Rudolph était au fond de la salle, plongé dans la lecture de son quotidien du matin. Des volutes de fumée bleutée s'élevaient paresseusement derrière le rempart du journal. Ils ne s'étaient pas vus depuis dix jours; les retrouvailles furent chaleureuses.

— Alors, demanda Rudolph dès que Marco se fut assis, êtes-vous allé à Venise?

Marco l'assura qu'il avait fait un merveilleux voyage. Il récita ce qu'il avait appris par cœur dans un guide des monuments les plus célèbres de la Cité des Doges. Il parla avec enthousiasme de la beauté des canaux et de l'infinie variété des ponts, déplorant au passage l'invasion des touristes. Une ville magique; il avait hâte d'y retourner. Rudolph y alla de quelques souvenirs personnels. Marco décrivit par le menu l'intérieur de la basilique Saint-Marc, comme s'il y avait passé une semaine.

Rudolph demanda quelle serait sa prochaine destination. Le sud, probablement, pour la chaleur. La Sicile, peut-être, ou la côte d'Amalfi. Rudolph adorait la Sicile; il évoqua ses différentes visites. Au bout d'une demi-heure de conversation sur les voyages, Marco parvint à changer de sujet.

— Comme je suis tout le temps par monts et par vaux, glissa-t-il, il n'est pas facile de me joindre. Un ami américain doit m'envoyer un colis. Je me suis permis de donner votre nom et l'adresse de la faculté de droit.

— Le colis vous attend, fit Rudolph en rallumant sa pipe. Il est arrivé hier, ajouta-t-il en soufflant un gros nuage de fumée.

Le cœur de Marco fit un bond dans sa poitrine.

— Avez-vous regardé l'adresse de l'expéditeur?

— Une ville de Virginie.

— Très bien.

Marco avait la gorge sèche. Il prit une gorgée d'eau en s'efforçant de masquer sa nervosité.

— J'espère que cela ne vous a pas dérangé.

— Pas le moins du monde.

— Je passerai le prendre un peu plus tard.

— Je serai dans mon bureau entre 11 heures et 12 h 30.

— Bien, merci. Simple curiosité : c'est un gros colis?

— De la taille d'une boîte de cigares, répondit Rudolph en mâchonnant le tuyau de sa pipe.

Une pluie glaciale commença à tomber en milieu de matinée. Marco et Ermanno qui se promenaient dans le quartier de l'université trouvèrent refuge dans un petit café presque vide. La leçon se termina de bonne heure, à la demande de l'élève. Ermanno, lui, était toujours prêt à l'écourter.

Luigi n'ayant rien prévu pour le déjeuner, Marco était libre de se balader à sa guise, probablement sans ange gardien. Mais il ne voulait pas courir le moindre risque. Il décrivit des cercles, revint sur ses pas. Il se sentait un peu bête d'agir ainsi mais ces petites ruses lui étaient devenues habituelles. En arrivant Via Zamboni, il suivit un groupe d'étudiants jusqu'à la fac de droit. Il s'engouffra sous le porche, gravit l'escalier quatre à quatre et se retrouva devant la porte entrouverte du bureau de Rudolph.

Le professeur tapait avec vigueur sur une antique machine à écrire ce qui devait être une lettre personnelle.

— Là-bas, fit-il en indiquant un amas de paperasses recouvrant une table qui n'avait pas été débarrassée depuis des décennies. Le paquet brun, en haut de la pile.

Marco prit le colis en feignant de ne pas y attacher d'importance.

— Merci encore, Rudolph.

Rudolph avait recommencé à martyriser les touches de sa machine à écrire ; il n'avait visiblement pas envie de faire la causette.

— De rien, répondit-il sans lever le nez, en soufflant un nuage de fumée.

— Y a-t-il des toilettes, près d'ici ? demanda Marco.

— Dans le couloir, sur votre gauche.

— Merci. À bientôt.

Les toilettes offraient un urinoir antédiluvien et trois cabines. Marco entra dans la dernière, poussa le verrou et abaissa le siège. Quand il fut assis, il ouvrit soigneusement le colis et déplia les feuilles de papier. La première était blanche, sans en-tête. En voyant les mots « Cher Marco », les larmes lui montèrent aux yeux.

Cher Marco

Inutile de dire que j'ai été fou de joie en recevant de tes nouvelles. J'ai remercié le Seigneur pour ta libération et je prie maintenant pour que ta sécurité soit assurée. Je ferai tout ce que je peux pour t'aider, n'en doute pas.

Je t'envoie un smartphone, un petit bijou qui vient de sortir. Les Européens sont en avance sur nous dans le domaine du téléphone cellulaire et de la technologie Internet sans fil. Cela devrait donc bien fonctionner. J'ai écrit des instructions sur une autre feuille. Je sais que pour toi, au début, ce sera de l'hébreu, mais après, tu verras que ce n'est pas très compliqué.

N'essaie pas d'appeler ; on remonterait trop facilement jusqu'à toi. Et il faudrait que tu donnes un nom et que tu ouvres un compte. Nous communiquerons par e-mail. En utilisant KwyteMail avec le cryptage, nos messages seront inintelligibles. Je propose de ne communiquer par e-mail qu'avec moi. Je me chargerai de faire suivre, si nécessaire.

Je viens d'acheter un ordinateur portable dont je ne me sépare jamais.

Cela marchera, Marco. Fais-moi confiance. Dès que tu seras sur le Net, envoie-moi un mail ; nous pourrons chatter.

Bonne chance. Grinch.

Le 5 mars

Grinch ? Ce devait être un code. Neal n'avait pas utilisé leurs vrais noms.

Marco considéra l'appareil avec une profonde perplexité. Il était déterminé à le faire marcher. Il passa la main dans l'étui, trouva les billets et les compta comme s'il s'agissait de lingots d'or. La porte des toilettes s'ouvrit ; quelqu'un venait utiliser l'urinoir. Marco retint son souffle. Détends-toi, se répéta-t-il en s'efforçant de respirer normalement.

Il entendit encore le bruit de la porte : il était de nouveau seul. Les instructions avaient été rédigées à la main ; Neal n'avait pas dû avoir beaucoup de temps.

Ankyo 850 PC Pocket Smartphone – batterie chargée – autonomie en conversation 6 h – chargeur inclus.

1) Trouver un cybercafé avec accès sans fil – liste jointe.

2) Entrer dans le café ou rester dans un rayon de soixante mètres.

3) Mettre l'appareil en marche – touche dans l'angle supérieur droit.

4) Attendre affichage « Zone d'accès » sur l'écran, puis la question « Accès maintenant ? ». Appuyer sur « Oui » sous l'écran. Attendre.

5) Appuyer sur la touche Clavier, en bas à droite, pour faire coulisser le clavier.

6) Commander Accès WiFi sur l'écran.

7) Appuyer sur « Démarrer » pour navigateur Internet.

8) À l'apparition du curseur, taper : www.kwytemail.com

9) Taper nom d'utilisateur « Grinch456 ».

10) Taper mot de passe « post hoc ergo propter hoc ».

11) Appuyer sur « Composer » pour afficher Nouvelle Forme de Message.

12) Sélectionner mon adresse e-mail : 123Grinch@kwytemail.com

13) Saisir ton message.

14) Cliquer sur « Crypter message ».

15) Cliquer sur « Envoyer ».

16) Et voilà !... Message reçu !

D'autres instructions figuraient au dos de la feuille, mais Marco avait besoin de faire une pause. L'appareil semblait de plus en plus lourd dans sa main ; il suscitait plus de questions que de réponses. Marco n'avait jamais mis les pieds dans un cybercafé et ne comprenait pas comment on pouvait utiliser cet appareil depuis la rue, sans même entrer dans la boutique.

Il avait toujours laissé ses secrétaires s'occuper des messages électroniques ; son temps était trop précieux pour le gaspiller devant un écran.

Il ouvrit le manuel d'instructions au hasard. Il lut quelques lignes sans comprendre un traître mot. Il décida de faire confiance à Neal.

Tu n'as pas le choix, Marco. Tu es obligé de maîtriser ce bidule.

À partir d'un site Web portant le nom de www.AxEss.com, Neal avait imprimé une liste de lieux où l'accès à Internet sans fil était gratuit : trois cybercafés, deux hôtels, une bibliothèque et une librairie.

Marco fourra ses billets dans sa poche et rassembla le contenu du colis. Il se leva, tira machinalement la chasse d'eau et sortit, le matériel dans les poches de sa parka.

Quand il franchit le porche de la faculté de droit, il vit que la pluie s'était transformée en neige. À l'abri des arcades, il se mêla à la foule des étudiants. Tout en s'éloignant du quartier de l'université, il réfléchit au moyen de dissimuler la petite merveille que Neal lui avait expédiée. Il ne se séparerait jamais du téléphone. Ni de l'argent. Mais les papiers – la lettre, les instructions, le manuel –, où pouvait-il les cacher ? Rien n'était protégé dans son appartement. Une sorte de sac à bandoulière exposé dans une vitrine attira son regard. Il entra dans la boutique pour se renseigner. C'était une sacoche pour ordinateur portable, de marque Silvio, bleu marine, faite dans un textile synthétique imperméabilisé au nom intraduisible. Elle coûtait soixante euros ; Marco posa l'argent sur le comptoir en soupirant. Tandis que la vendeuse enregistrait la vente, Marco plaça soigneusement le smartphone et la documentation dans la sacoche. En sortant, il fit passer la bande de tissu sur son épaule et coinça la sacoche sous son bras droit.

C'était le symbole de la liberté ; il ferait tout pour la protéger.

Il trouva la librairie de la Via Ugo Bassi. Au premier étage, devant le rayon des revues, il passa cinq minutes à faire semblant de feuilleter un hebdomadaire de football tout en surveillant la porte du coin de l'œil. Il ne vit entrer personne de suspect. Stupide, certainement, mais c'était devenu une habitude dont il ne pouvait plus se défaire. Le cybercafé se trouvait au deuxième étage. Il acheta une pâtisserie et un Coca avant de s'installer dans un petit box, d'où il pouvait surveiller les allées et venues.

Personne ne le trouverait, ici.

Il saisit son Ankyo 850 avec toute l'assurance dont il était capable et parcourut le manuel d'utilisation. Il relut les instructions de Neal, les suivit à la lettre, avec nervosité, tapant sur le clavier minuscule avec les deux pouces, selon l'illustration du manuel. Après chaque étape, il levait la tête pour regarder ce qui se passait dans le café.

Tout allait pour le mieux. Il se connecta rapidement, à son profond étonnement. Après avoir tapé les codes, il ouvrit de grands yeux en considérant l'écran qui l'invitait à saisir son message. Lentement, avec ses deux pouces, il tapa son premier e-mail par Internet sans fil.

Grinch : bien reçu le colis. Tu ne peux pas imaginer ce que cela m'a fait. Merci pour ton aide. Es-tu absolument certain que nos messages ne pourront être décryptés ? Si c'est vrai, je te parlerai plus longuement de ma situation. Je crains de ne pas être en sécurité. Il est à peu près 8 h 30 chez toi. J'envoie ce message tout de suite et je te recontacterai dans quelques heures. Je t'embrasse. Marco.

Il envoya le message, éteignit l'appareil et passa une heure à étudier le manuel. Avant de se rendre à sa leçon avec Francesca, il remit le smartphone en marche et suivit la procédure pour se connecter. Il cliqua sur « Recherche Google », tapa « Washington Post ». L'article de Sandberg retint son attention ; il le lut en entier en faisant défiler le texte sur l'écran.

Il n'avait jamais rencontré Teddy Maynard mais ils s'étaient parlé plusieurs fois au téléphone. Des conversations toujours difficiles avec un homme donné déjà pour moribond dix ans plus tôt. Dans sa vie précédente, Marco avait eu à plusieurs reprises maille à partir avec la CIA, le plus souvent à propos de magouilles commises par ses clients fournisseurs de la Défense.

En sortant de la librairie, Marco fouilla la rue du regard sans rien voir d'intéressant et se glissa sous les arcades.

Des achats de grâce présidentielle ? Une histoire sensationnelle, certes, mais comment croire qu'un président sur le départ s'était laissé corrompre si facilement ? À l'occasion de sa chute spectaculaire, Marco avait lu des tonnes d'articles écrits sur lui, dont une moitié seulement était véridique. Il avait appris à ne pas ajouter foi à tout ce qui était publié.

21

Dans Pinsker Street, une rue du centre de Tel Aviv, un agent du nom d'Efraim franchit furtivement la porte d'un immeuble sans nom, sans numéro, sans signe particulier. Il passa devant l'ascenseur pour s'engager dans un couloir qui aboutissait à une porte dépourvue de serrure. Il sortit de sa poche un appareil qui ressemblait à une télécommande. Il y eut des bruits métalliques de serrure suivis d'un déclic ; la porte s'ouvrit sur une des nombreuses planques du Mossad, le service secret israélien. Sur les quatre pièces de l'appartement, deux abritaient les lits de camp où dormaient Efraim et ses trois collègues. Les deux autres étaient la petite cuisine où ils préparaient leurs repas et la salle de travail où ils passaient quotidiennement de longues heures à peaufiner une opération restée six ans en sommeil et devenue brusquement une priorité du Mossad.

Les quatre hommes étaient membres d'un *kidon*, une unité soudée composée d'agents hautement qualifiés dont la principale fonction était l'assassinat. Ils agissaient avec rapidité, efficacité et discrétion. Leurs cibles étaient les ennemis d'Israël qui ne pouvaient être traduits devant les tribunaux du pays. Ces cibles se trouvaient pour la plupart dans les pays arabes ou islamiques mais il arrivait qu'un kidon opère dans l'ex-bloc soviétique, en Europe, en Asie, et même en Corée du Nord et aux États-Unis. Les hommes et les femmes d'un kidon n'avaient ni frontières ni limites, rien qui les empêche de supprimer ceux qui voulaient détruire Israël. Ils avaient l'autorisation de tuer pour leur patrie. Quand la décision d'éliminer quelqu'un avait été signée par le Premier ministre en place, un plan d'action était mis au point, une unité était constituée et la vie de l'ennemi d'Israël ne valait plus cher. Cette approbation au plus haut niveau de l'État était rarement difficile à obtenir.

Efraim lança un sachet de pâtisseries sur la table pliante où se tenaient Rafi et Shaul, le nez dans les papiers. Au fond de la pièce, Amos étudiait un plan de Bologne sur l'écran de son ordinateur.

La majeure partie de leur documentation était périmée. Parmi la tonne de renseignements rassemblés des années auparavant sur Joel Backman, il y en avait des pages et des pages devenues inutiles. Ils savaient tout du chaos de sa vie personnelle : les trois divorces, les trois enfants, les anciens associés, les maîtresses, les clients, les vieux amis qui l'avaient lâché. Quand son assassinat avait été approuvé six ans plus tôt, un premier kidon avait réuni dans l'urgence les éléments du dossier Backman. Le plan d'origine, qui prévoyait de l'éliminer au cours d'un accident de la circulation à Washington, était tombé à l'eau lorsqu'il avait brusquement décidé de plaider coupable. Même un kidon ne pouvait l'atteindre dans le quartier d'isolement de Rudley.

La seule pièce intéressante du dossier était ce qui avait trait à son fils. Depuis la grâce et sa disparition, qui remontaient à sept semaines, le Mossad avait placé deux agents près de Neal Backman. Ils tournaient tous les trois ou quatre jours afin de ne pas éveiller les soupçons. Dans une petite ville comme Culpeper, les voisins étaient curieux, et la police, qui n'avait pas grand-chose à faire, représentait une véritable menace. Un des agents, une jolie jeune femme à l'accent allemand, avait même abordé Neal dans la grand-rue. Se faisant passer pour une touriste, elle lui avait demandé comment se rendre à Montpelier, ville natale toute proche du président James Madison. Elle avait essayé de le séduire mais il n'avait pas mordu à l'hameçon. Ils avaient posé des micros chez lui et dans son bureau et ils écoutaient ses conversations sur son portable. Un laboratoire, à Tel Aviv, lisait tous ses e-mails professionnels et personnels. Ils surveillaient son compte en banque et les retraits effectués sur sa carte bancaire. Ils savaient qu'il avait fait un aller et retour à Alexandria six jours auparavant mais ils ignoraient pour quelle raison.

Ils surveillaient aussi la mère de Backman, dont l'état de santé ne cessait de se détériorer. Ils avaient envisagé un moment de lui faire absorber un des pires poisons de leur abondante pharmacopée de façon que les funérailles leur donnent l'occasion de liquider son fils. Mais le manuel du kidon prohibait l'assassinat des proches, sauf s'ils représentaient eux-mêmes une menace pour la sécurité d'Israël.

L'idée n'avait pourtant pas été abandonnée ; Amos en était le plus chaud partisan.

Ils voulaient tuer Backman mais pas avant d'avoir discuté avec lui. Ils avaient des questions à poser. Si les réponses ne venaient pas tout de suite, ils sauraient comment les extraire – quand le Mossad avait décidé d'obtenir des réponses, ceux qui les avaient finissaient toujours par les lâcher.

— Nous avons six agents qui parlent italien, déclara Efraim. Deux d'entre eux seront ici cet après-midi, à 15 heures.

Si aucun des quatre agents présents ne connaissait l'italien, ils avaient une maîtrise parfaite de l'anglais et de l'arabe. À eux quatre, ils parlaient huit autres langues.

Chacun d'eux avait l'expérience du combat et avait reçu une formation poussée dans le domaine de l'informatique. Ils excellaient à passer une frontière – avec ou sans papiers –, à conduire un interrogatoire, à se rendre méconnaissables, à falsifier des documents. Ils avaient la capacité de tuer de sang-froid, sans remords. L'âge moyen des quatre hommes, qui avaient chacun au moins cinq missions réussies à leur actif, était de trente-quatre ans.

Quand il serait pleinement opérationnel, leur kidon compterait douze membres. Quatre seraient chargés de l'assassinat proprement dit, les huit autres assureraient la couverture, la surveillance, le soutien tactique. Ils s'occupaient aussi du nettoyage une fois l'opération menée à bien.

— Avons-nous une adresse ? demanda Amos sans se retourner.

— Toujours rien, répondit Efraim. Et je ne suis pas sûr que nous en aurons une. Les renseignements nous parviennent par le biais du contre-espionnage.

— Il y a un demi-million d'habitants à Bologne, soupira Amos d'une voix presque inaudible.

— Quatre cent mille, rectifia Shaul. Dont cent mille étudiants.

— Nous devrions recevoir une photo, annonça Efraim.

Les trois autres s'immobilisèrent et tournèrent la tête vers lui.

— Il existe une photo de Backman récente, prise après sa sortie de prison. Il y aurait une possibilité d'en avoir une copie.

— Cela nous serait bien utile, glissa Rafi.

Ils disposaient d'une centaine de photographies anciennes de Joel Backman. Ils avaient étudié minutieusement chaque centimètre carré de son visage, chaque ride, chaque vaisseau de ses yeux, chaque cheveu. Ils avaient compté ses dents et disposaient d'une copie de son schéma dentaire. Les spécialistes du QG de l'Institut central du renseignement et des activités spéciales, plus connu sous le nom de Mossad, avaient mis au point d'excellentes images numérisées de Backman tel qu'il devait être six ans après avoir été vu pour la dernière fois en public. Diverses projections avaient été faites : les unes montraient un Backman de cent cinq kilos – son poids à l'époque de son incarcération –, les autres un Backman de quatre-vingts kilos, ce qu'il était censé peser à sa libération. Ils avaient aussi travaillé sur les cheveux. Une projection montrait un Backman de cinquante-deux ans avec sa couleur d'origine. D'autres avec des cheveux bruns, roux et châtains, plus courts et plus longs... Ils avaient placé sur son visage une douzaine de paires de lunettes de forme différente, et ajouté une barbe, tantôt noire tantôt grise.

Les yeux étaient la clé. Il fallait étudier les yeux.

Efraim était le chef de l'unité mais Amos avait plus d'ancienneté. Il avait été chargé du dossier Backman, en 1998, quand le Mossad avait eu vent d'un logiciel baptisé JAM proposé au plus offrant par un puissant lobbyiste de Washington. Par l'intermédiaire de leur ambassadeur, les Israéliens avaient cherché à acquérir JAM. Ils avaient cru emporter le morceau mais Backman et Jacy Hubbard avaient trouvé preneur ailleurs. Le prix de vente n'avait pas été révélé ; l'affaire avait capoté. De l'argent avait circulé mais Backman, pour une raison indéterminée, n'avait jamais livré le produit.

Qu'était-il devenu ? Avait-il jamais existé ?

Seul Backman connaissait les réponses.

L'interruption de six ans dans la traque de Joel Backman avait largement laissé le temps à Amos de combler certaines lacunes. Il croyait, comme ses supérieurs, que le système de satellites baptisé Neptune était une création extrêmement coûteuse de la Chine communiste ; que les Chinois avaient dérobé aux Américains une technologie précieuse ; qu'ils avaient habilement réussi à masquer le lancement des satellites ; que les Américains, les Russes et les Israéliens n'y avaient vu que du feu. Mais les Chinois avaient été incapables de reprogrammer le système après que JAM eut téléchargé les données. Neptune ne servait à rien sans JAM ; ils auraient démoli leur Grande Muraille pour mettre la main sur le logiciel et sur Backman.

Amos avait l'intime conviction que Farouk Khan, le dernier survivant du trio pakistanais et le principal auteur du logiciel, avait été retrouvé et assassiné par les Chinois huit mois plus tôt. Le Mossad était sur sa piste quand il avait disparu.

Il pensait également que les Américains ne savaient pas avec certitude à qui appartenait Neptune ; cet échec des services de renseignement était une source d'embarras permanente. Les satellites américains avaient dominé le ciel pendant quarante ans avec la plus grande efficacité. Ils étaient capables de voir à travers les nuages, de distinguer une mitrailleuse sous une tente, d'intercepter un transfert de fonds électronique effectué par un trafiquant de drogue, d'écouter une conversation qui avait lieu à l'intérieur d'un bâtiment, de trouver du pétrole sous le sable grâce à l'imagerie infrarouge. Ils étaient très supérieurs à tout ce que les Russes avaient construit. Il était impensable qu'un autre système disposant d'une technologie équivalente, voire plus pointue ait été conçu, construit et lancé à l'insu de la CIA et du Pentagone.

Les satellites israéliens étaient d'excellente qualité mais pas aussi bons que ceux des Américains. Il était apparu dans les milieux du renseignement que Neptune était plus sophistiqué que toutes les réalisations américaines.

Ce n'étaient que des suppositions dont quelques-unes seulement avaient été confirmées. L'unique copie de JAM était introuvable. Ses créateurs n'étaient plus de ce monde.

Pour Amos, qui était en charge de ce dossier depuis sept ans, il était très excitant de voir se constituer un nouveau kidon, d'avoir à élaborer un plan de toute urgence. Le temps pressait. Les Chinois n'hésiteraient pas à provoquer un massacre s'ils avaient la certitude que Backman serait au nombre des victimes. Les Américains aussi pourraient essayer de le supprimer. Sur le sol des États-Unis, il était protégé par la Constitution et ses garde-fous. La loi exigeait qu'il soit traité correctement, incarcéré et protégé vingt-quatre heures sur vingt-quatre. Mais à l'autre bout du monde, il était une proie facile.

Il arrivait qu'on fasse appel à un kidon pour neutraliser un Israélien sorti du droit chemin, mais jamais sur le territoire national. Les Américains avaient les mêmes contraintes.

Le nouvel ordinateur portable extra-plat de Neal Backman ne quittait pas la vieille serviette cabossée qu'il rapportait tous les soirs à la maison. Lisa n'avait rien remarqué, car il ne le sortait pas, mais il ne s'en éloignait jamais.

Il avait modifié son emploi du temps du début de journée. Il avait pris une carte chez Jerry's Java, une nouvelle chaîne de restauration rapide qui attirait la clientèle avec un décor original et la mise à disposition de magazines et d'Internet sans fil. Elle avait racheté récemment un drive-in abandonné à la périphérie de la ville et l'avait relooké dans un style branché – une affaire en or.

Il y avait trois voitures devant lui, au guichet du drive-in. L'ordinateur était sur ses genoux, juste au-dessous du volant. Quand son tour fut venu, Neal commanda un double moka, sans crème. En attendant que les voitures avancent, il commença à pianoter des deux mains sur le clavier. Dès qu'il fut connecté, il tapa KwyteMail. Il saisit son nom d'utilisateur – Grinch456 –, puis son mot de passe – *post hoc ergo propter hoc*. Quelques secondes plus tard, il vit s'afficher le premier message de son père.

Neal en prit connaissance en retenant son souffle, puis il exhala longuement. Ça marchait ! Son père avait réussi à faire fonctionner le smartphone !

Neal saisit rapidement sa réponse :

Marco. Nos messages ne peuvent être lus. Tu peux dire tout ce que tu veux mais il est toujours préférable d'en dire le moins possible. Je suis heureux de savoir que tu es là-bas. Je me connecterai tous les jours à cette heure – 7 h 50, heure de la côte Est. Il faut que je file. Grinch.

Il posa l'ordinateur sur le siège avant, baissa sa vitre et paya son café – près de quatre dollars. Il démarra lentement sans quitter des yeux l'écran de l'ordinateur, pour voir combien de temps durerait le signal d'accès. Il tourna pour reprendre la rue et parcourut une soixantaine de mètres avant que le signal disparaisse.

Au mois de novembre, après la retentissante défaite d'Arthur Morgan, quand Maynard avait commencé à mettre au point sa stratégie, il s'était préparé avec sa méticulosité habituelle pour le jour où il faudrait laisser filtrer une information sur l'endroit où Backman était caché. Entre autres, il s'était mis en quête d'un indicateur susceptible de renseigner les Chinois sans éveiller leurs soupçons.

Il l'avait trouvé en la personne d'Helen Wang. C'était une Américaine de la cinquième génération, d'origine chinoise. Elle travaillait depuis huit ans à Langley, où elle occupait un poste d'analyste pour les questions asiatiques. Aussi intelligente que jolie, elle parlait passablement le mandarin. Teddy l'avait fait affecter au Département d'État, où elle avait commencé à nouer des contacts avec des diplomates chinois dont certains étaient eux-mêmes des espions et dont la plupart cherchaient constamment à recruter de nouveaux agents.

Les Chinois avaient une réputation d'agressivité en matière de recrutement. Vingt-cinq mille étudiants chinois s'inscrivaient chaque année dans les universités américaines ; la police secrète les tenait tous à l'œil. Les hommes d'affaires voyageant aux États-Unis étaient tenus de coopérer avec les services de renseignement à leur retour en Chine. La multitude de sociétés américaines travaillant sur le sol chinois était placée sous une surveillance permanente. Les cadres étaient l'objet d'une attention particulière ; certains étaient directement contactés.

Quand Helen Wang avait laissé échapper – par inadvertance – qu'elle avait travaillé plusieurs années à la CIA et qu'elle espérait y retourner bientôt, l'attention des responsables des services secrets à Pékin s'était fixée sur elle. Elle avait accepté une invitation à déjeuner dans un restaurant chic, puis une autre, cette fois pour un dîner. Elle avait joué son rôle à la perfection, attentive à toujours se montrer réticente avant d'accepter. Après chaque rencontre, son rapport détaillé était remis en main propre à Teddy Maynard.

Puis Backman fut brusquement libéré et escamoté, et les Chinois mirent une pression terrible sur Helen Wang. Ils lui offrirent cent mille dollars contre des renseignements sur l'endroit où se terrait l'Intermédiaire. Elle donna l'impression de prendre peur ; pendant quelques jours, le contact fut interrompu. Teddy sauta sur l'occasion pour la rappeler à Langley. Pendant quinze jours, elle laissa sans nouvelles ses nouveaux amis de l'ambassade de Chine.

Quand elle les rappela, leur offre grimpa rapidement à cinq cent mille dollars. Helen durcit le ton et exigea un million ; après tout, sa carrière et sa liberté étaient en jeu. Les Chinois acceptèrent.

Le lendemain du jour où Teddy avait été remercié, Helen appela son contact et demanda à le rencontrer en secret. Elle lui remit une feuille de papier portant des instructions pour effectuer un virement électronique au Panama sur un compte bancaire (appartenant en sous-main à la CIA). Elle promit qu'ils se reverraient à la réception du virement et qu'elle lui indiquerait où se cachait Joel Backman. Elle lui remettrait également une photographie récente. La livraison serait effectuée directement et discrètement. Après sa journée de travail, Helen se rendit dans un grand magasin, un Kroger, à Bethesda. Elle alla jusqu'au bout de l'allée 12, où se trouvait le rayon des livres et des revues. Son contact était là, en train de consulter le dernier numéro de *Lacrosse Magazine*. Helen prit un autre exemplaire de la même revue, glissa une enveloppe entre les pages puis la feuilleta un moment avant de la replacer sur le présentoir. Son contact restait plongé dans l'examen des divers hebdomadaires sportifs. Helen s'éloigna d'un pas nonchalant après s'être assurée qu'il avait pris le bon *Lacrosse Magazine*.

Pas besoin, pour une fois, de mettre en place une équipe de surveillance. La livraison avait été organisée par les amis d'Helen à la CIA ; ils connaissaient son contact depuis de longues années.

L'enveloppe ne contenait qu'une photo couleur de format 20 × 24. On y voyait Joel Backman dans une rue indéterminée. Beaucoup plus mince qu'auparavant, il portait un début de barbe grise et des lunettes à fine monture. Il pouvait aisément passer pour un Italien. Au bas de la feuille, quelques mots manuscrits indiquaient : *Joel Backman. Via Fondazza, Bologne, Italie.* Au volant de sa voiture, le contact en demeura pantois. Il démarra en trombe et prit la direction de l'ambassade de Chine populaire, sur Wisconsin Avenue.

Les Russes, dans un premier temps, donnèrent l'impression de ne pas être intéressés, du moins d'après les messages que Langley interceptait. Personne n'en tira de conclusions ; il était trop tôt. Les Russes avaient maintenu pendant des années que le système connu sous le nom de Neptune était leur propriété, ce qui avait grandement contribué à semer la confusion dans la CIA.

Au profond étonnement du monde du renseignement, la Russie réussissait à maintenir en orbite bon an mal an environ cent soixante satellites d'observation, soit à peu près le même nombre que l'ex-Union soviétique. Contrairement aux prévisions du Pentagone et de la CIA, la forte présence russe dans l'espace n'avait pas diminué.

En 1999, un transfuge du GROU, le service de renseignement militaire, avait informé la CIA que Neptune n'était pas la propriété de la Russie. Les Russes, selon lui, avaient été pris au dépourvu autant que les Américains. Les soupçons se portaient sur la Chine populaire, qui était à la traîne dans le domaine des satellites.

En était-on vraiment sûr ?

Les Russes voulaient savoir à qui appartenait Neptune mais n'étaient pas disposés à payer pour obtenir des informations sur Backman. Les ouvertures de Langley ne suscitant guère de réactions, la photo couleur vendue aux Chinois fut envoyée par e-mail anonyme à quatre responsables des services de renseignement russes opérant en Europe sous couverture diplomatique.

L'intermédiaire choisi pour informer discrètement les Saoudiens était cadre dans une société pétrolière établie à Riyad. Il s'appelait Taggert et vivait là-bas depuis plus de vingt ans. Parlant couramment l'arabe, il était bien accepté dans la bonne société saoudienne. Taggert était très lié avec un fonctionnaire du ministère des Affaires étrangères, à qui il confia un jour en prenant le thé que sa société était autrefois représentée par Joel Backman. Et ajouta qu'il savait où se cachait Backman. Cinq heures plus tard, alors qu'il était couché, Taggert fut tiré de son lit par la sonnerie de sa porte d'entrée. Trois hommes encore jeunes, en complet-veston, s'invitèrent et sollicitèrent quelques minutes de son temps. Ils expliquèrent avec maintes excuses qu'ils travaillaient pour la police saoudienne et qu'ils étaient très intéressés par ce qu'il avait à raconter. Devant leur insistance, Taggert lâcha le morceau, comme on lui avait demandé de le faire.

Joel Backman vivait à Bologne, en Italie, sous une fausse identité. Il ne savait rien d'autre.

Ils demandèrent à Taggert s'il pouvait avoir des détails.

Peut-être.

Ils le prièrent de prendre dès le lendemain le premier avion à destination de New York, où se trouvait le siège de sa société, pour essayer d'obtenir des renseignements complémentaires au sujet de Backman. C'était très important pour le gouvernement saoudien et la famille royale.

Taggert accepta de bonne grâce. Pour le roi.

22

Tous les ans, au mois de mai, juste avant l'Ascension, les habitants de Bologne se rassemblent Porta Saragozza et montent en procession vers le Colle della Guardia le long des six cent soixante-six arches, de chapelle en chapelle, jusqu'à la Madone de San Luca. Ils emportent ensuite solennellement la Vierge en ville pour l'exposer durant huit jours à la cathédrale San Pietro. La cérémonie a eu lieu tous les ans sans interruption depuis 1476.

Francesca décrivit le détail du rituel en insistant sur l'importance qu'il revêtait pour les Bolonais. Marco écoutait tout en observant l'intérieur du sanctuaire, qu'il trouvait joli mais nu.

Cette fois, ils avaient pris le bus. Marco avait les mollets encore douloureux de leur ascension à pied, qui remontait à trois jours.

Manifestement tourmentée par des préoccupations personnelles, Francesca était passée à l'anglais sans même s'en rendre compte. Marco ne s'en plaignait pas. Ses explications terminées, Francesca entreprit de montrer les éléments d'architecture les plus intéressants du sanctuaire. Dômes, fresques aux tons passés, cryptes de marbre et statues de saints, tout se mélangeait dans l'esprit de Marco, qui se prit à rêver de ciel bleu et de soleil. Ils pourraient alors s'installer en plein air, à bavarder, se promener dans les magnifiques parcs de la ville – et il l'empêcherait de jamais prononcer le mot « église ».

Francesca ne rêvait pas de soleil ; ses pensées étaient ailleurs.

— Vous avez déjà parlé de celle-là, lança Marco quand elle montra une peinture au-dessus du baptistère.

— Pardon. Je vous ennuie ?

Marco était sur le point de dire la vérité mais il se ravisa.

— Non, seulement j'en ai assez vu.

Ils sortirent et firent le tour du sanctuaire pour rejoindre le chemin secret de Francesca, d'où la vue sur la ville était exceptionnelle. La neige finissait de fondre sur les toits. On était le 18 mars.

Elle alluma une cigarette, visiblement heureuse de pouvoir prendre le temps d'admirer Bologne. C'est elle qui rompit le silence.

— Aimez-vous ma ville ?

— Beaucoup.

— Qu'aimez-vous en elle ?

Après six années passées dans une cellule, toutes les villes lui semblaient dignes d'être aimées.

— C'est une vraie ville, répondit Marco, où les gens vivent et travaillent. Elle est propre et sûre, intemporelle. Rien n'y a beaucoup changé au fil des siècles. Les Bolonais aiment leur histoire et sont fiers de leurs réalisations.

Francesca inclina légèrement la tête, en signe d'approbation.

— Les Américains me laissent perplexe, reprit-elle. Ceux que je guide dans la ville sont toujours pressés, impatients de voir tel monument uniquement pour pouvoir le rayer de leur liste et passer au suivant. Ils posent toujours des questions sur ce qu'ils feront le lendemain et le surlendemain. Pour quelle raison êtes-vous comme ça ?

— Ce n'est pas à moi qu'il faut le demander.

— Pourquoi ?

— Je suis canadien, vous n'avez pas oublié ?

— Vous n'êtes pas canadien.

— C'est vrai. Je suis de Washington.

— J'y suis allée. Jamais je n'ai vu autant de gens courir en tous sens sans aller nulle part. Je ne comprends pas que l'on ait le désir d'une vie aussi trépidante, où tout doit aller vite : le travail, les repas, le sexe.

— Je n'ai pas eu de relations sexuelles depuis six ans.

— Je ne tiens pas à évoquer ce sujet, fit Francesca avec un regard lourd d'interrogations.

— C'est vous qui l'avez abordé.

Elle tira longuement sur sa cigarette.

— Pourquoi n'avez-vous pas eu de relations sexuelles depuis six ans ?

— J'étais en prison. Isolement cellulaire.

Il la vit tressaillir, se raidir légèrement.

— Vous avez tué quelqu'un ?

— Non, absolument pas. Je ne suis pas un méchant.

Un moment de silence. Une longue bouffée de cigarette.

— Pourquoi êtes-vous ici ?

— Je l'ignore.

— Combien de temps allez-vous rester ?

— Peut-être Luigi a-t-il la réponse.

— Luigi ! lâcha Francesca avec une petite grimace.

Elle détourna la tête et se mit à marcher sur le chemin empierré ; Marco lui emboîta le pas.

— Pourquoi vous cachez-vous ? reprit Francesca.

— C'est une longue, très longue histoire. Il vaut mieux que vous ne sachiez rien.

— Êtes-vous en danger ?

— Je crois. Je ne sais pas exactement, mais j'ai peur d'utiliser mon vrai nom et de retourner dans mon pays.

— Alors, vous êtes en danger. Quel est le rôle de Luigi, là-dedans ?

— Il me protège... Je crois.

— Pour combien de temps ?

— Je n'en sais rien.

— Pourquoi ne pas disparaître, tout simplement ?

— C'est ce que je suis en train de faire. Je suis en train de disparaître. Et après, où aller ? Je n'ai ni argent ni passeport, rien. Je n'ai plus d'existence officielle.

— Tout cela est fort troublant.

— En effet. Nous pourrions parler d'autre chose.

Marco regardait ailleurs ; il ne la vit pas tomber.

Sur le chemin étroit, son pied gauche chaussé d'une botte de cuir noir à talon plat s'était tordu sur une pierre. Elle étouffa un cri, perdit l'équilibre et se retint à la dernière seconde en posant les deux mains par terre. Son sac à main fut projeté au loin ; elle cria quelque chose en italien. Marco se laissa tomber à genoux près d'elle.

— C'est la cheville, fit Francesca en grimaçant.

Elle avait les larmes aux yeux ; les traits fins de son visage étaient déformés par la douleur.

Il la souleva délicatement et la porta jusqu'au banc le plus proche. Il alla ramasser le sac à main.

— J'ai dû faire un faux pas. Je suis confuse.

Elle s'évertuait à retenir ses larmes.

— Ne vous inquiétez pas, fit Marco en s'agenouillant devant le banc. Je peux toucher votre cheville ?

Elle essaya de soulever la jambe, mais la douleur était trop forte.

— Il vaut mieux garder la botte, déclara Marco.

— Elle doit être cassée, soupira Francesca.

Elle prit un mouchoir en papier dans son sac pour s'essuyer les yeux. Elle respirait bruyamment en serrant les dents.

— Je suis confuse, répéta-t-elle.

— Il n'y a pas de quoi.

Marco regarda autour de lui ; il n'y avait personne. Le bus qui les avait amenés au sanctuaire était presque vide ; ils n'avaient pas vu âme qui vive depuis dix minutes.

— Je vais retourner là-bas pour chercher de l'aide.

— Je vous remercie.

— Ne bougez pas. Je reviens tout de suite.

Il tapota son genou. Elle réussit à sourire.

Marco s'éloigna sur le chemin, si vite qu'il faillit tomber, lui aussi. Il courut jusqu'à l'arrière du sanctuaire sans voir personne. Où trouver un bureau dans un édifice de ce genre ? Y avait-il un conservateur, un administrateur, un curé ? Il fit deux fois le tour du sanctuaire avant d'apercevoir, au fond d'un jardin, un gardien qui ouvrait une porte à moitié dissimulée sous la végétation.

— *Mi puo aiutare ?* cria-t-il de loin. Pouvez-vous m'aider ?

Le gardien le regarda sans répondre. Marco était sûr d'avoir fait une phrase correcte. Il s'avança vers l'homme immobile.

— *La mia amica si é fatta male.* Mon amie s'est fait mal.
— *Dov'è ?* grogna l'homme. Où ?
— *Li, dietro alla chiesa,* répondit Marco en tendant le bras.
Là-bas, derrière l'église.
— *Aspetti.* Attendez.
L'homme fit demi-tour et repartit vers le presbytère.
— *Si sbrighi, per favore.* Faites vite, s'il vous plaît.

Une ou deux minutes s'écoulèrent, pendant lesquelles
Marco attendit nerveusement, hésitant à repartir au côté de
Francesca. Si elle s'était cassé la cheville, il fallait agir rapidement. Une autre porte du baptistère s'ouvrit : un homme en
costume en sortit, le gardien sur ses talons.

— *La mia amica è caduta,* expliqua Marco. Mon amie est
tombée.

— Où est-elle ? demanda le nouveau venu en excellent
anglais.

Ils traversèrent un petit patio en brique, où subsistaient des
traces de neige.

— Derrière, sur le chemin empierré. C'est la cheville ; je
crois qu'elle est cassée. Il faudrait une ambulance.

Sans se retourner, l'homme en complet donna un ordre au
gardien qui s'éloigna au pas de course.

Assise sur le bord du banc, Francesca s'efforçait de rester
digne. Elle tenait encore le mouchoir en papier mais ses larmes
avaient séché. L'homme en complet ne connaissait pas son
nom, mais il l'avait déjà vue à San Luca. Une conversation en
italien s'engagea, dont la majeure partie échappa à Marco.

Il fut décidé qu'elle garderait sa botte pour limiter l'enflure
de la cheville. L'homme en complet, qui avait pour nom
Coletta, semblait capable de donner les premiers soins. En examinant les genoux et les mains de Francesca, il ne vit que des
écorchures, pas de plaie.

— C'est certainement une entorse, déclara Francesca. Je
ne pense pas qu'elle soit cassée.

— Il faudra attendre longtemps une ambulance, fit
Coletta. Je vais vous conduire à l'hôpital.

Un coup de klaxon leur fit tourner la tête : une voiture
conduite par le gardien venait de s'arrêter à quelques mètres de
là.

— Je vais essayer de marcher, déclara bravement Francesca en se levant.

— Non, protesta Marco. Nous allons vous aider.

Les deux hommes lui prirent chacun un coude pour la mettre debout. Elle grimaça en posant le pied par terre.

— Elle n'est pas cassée, répéta-t-elle. Ce n'est qu'une entorse.

Elle insista pour marcher mais les deux hommes continuèrent à la soutenir jusqu'à la voiture.

M. Coletta prit les choses en main. Il fit asseoir Francesca à l'arrière, de telle sorte que ses pieds reposent sur les genoux de Marco, en hauteur, et que son dos soit appuyé contre la portière. Quand tout le monde fut convenablement installé, il s'installa au volant. La voiture fit marche arrière le long d'une allée bordée de haies, puis emprunta une étroite route pavée. Ils entamèrent bientôt la descente vers Bologne.

Francesca mit ses lunettes de soleil pour dissimuler ses yeux. Marco remarqua un filet de sang qui courait sur son genou gauche. Il attrapa le mouchoir en papier et tamponna délicatement la blessure.

— Merci, murmura-t-elle. Je suis navrée d'avoir gâché votre journée.

— N'en parlons plus, fit Marco en souriant.

C'était en réalité sa meilleure journée avec Francesca. L'accident semblait l'avoir rendue plus humble, plus humaine. Il avait déclenché, à son corps défendant, des émotions authentiques. Il avait permis un contact physique – ce type de contact qui unit une personne en difficulté à une autre qui s'efforce de l'aider. Il le faisait entrer dans la vie de Francesca. Quoi qu'il advienne, que ce soit à l'hôpital ou à son domicile, Marco resterait encore quelque temps avec elle. Les circonstances faisaient qu'elle avait besoin de lui.

Les mains sur les pieds de Francesca, la tête tournée vers la vitre, Marco comprit à quel point il souffrait du manque de relations humaines, de quelque nature qu'elles soient.

Une amitié lui conviendrait parfaitement.

— J'aimerais aller chez moi, déclara Francesca quand la voiture arriva au pied de la colline.

— Je pense qu'il vaudrait mieux voir un médecin, objecta M. Coletta en lançant un coup d'œil dans le rétroviseur.

— Plus tard, peut-être. Je vais me reposer un peu et voir comment cela évolue.

La décision était prise ; inutile de discuter.

Marco avait son idée, mais il la garda pour lui : il voulait voir où elle habitait.

— Comme vous voulez, fit M. Coletta.

— C'est Via Minzoni, près de la gare.

Marco sourit intérieurement, fier de connaître cette rue. Il la voyait sur le plan, au nord de la ville historique, un quartier agréable mais pas le plus cossu. Il y était passé une fois, alors qu'il cherchait un café qui ouvrait tôt, là où elle donnait sur la Piazza dei Martiri. Tandis que la voiture suivait le flot de la circulation, Marco regardait les panneaux et les carrefours ; il savait toujours précisément où il était.

Plus personne ne parlait. Marco gardait les mains posées sur les bottes élégantes mais usagées dont les talons devaient salir son pantalon ; il s'en fichait éperdument. Quand la voiture tourna dans la Via Minzoni, Francesca leva la tête.

— Encore une centaine de mètres, sur la droite, dit-elle. C'est là, ajouta-t-elle quelques instants plus tard. Il y a une place, derrière la BMW verte.

Ils la sortirent doucement de la voiture. Quand elle fut sur le trottoir, elle se dégagea pour essayer de marcher seule. La cheville céda ; ils retinrent Francesca avant qu'elle ne tombe.

— C'est au premier étage.

Il y avait huit appartements. Marco regarda attentivement quand elle enfonça le bouton placé en face du nom de Giovanni Ferro. Une voix de femme répondit.

— C'est Francesca.

La porte s'ouvrit avec un déclic. L'entrée de l'immeuble était sombre et mal entretenue. Sur la droite, il y avait un ascenseur dont la porte était ouverte ; ils tenaient tout juste à trois dans la cabine.

— Cela va aller, maintenant, affirma Francesca dans l'espoir de se débarrasser de ses anges gardiens.

— Il faut mettre de la glace sur votre genou, déclara Marco tandis qu'ils s'élevaient lentement.

L'ascenseur s'immobilisa bruyamment, la porte de la cabine s'ouvrit ; ils sortirent, les deux hommes soutenant toujours Francesca par les coudes.

L'appartement n'était qu'à quelques mètres. Ils s'arrêtèrent devant la porte ; pas question pour M. Coletta d'aller plus loin.

— Je suis vraiment navré. S'il y a des soins à régler, faites-le-moi savoir.

— C'est très aimable à vous, mais ce ne sera pas nécessaire. Merci encore.

— Merci, fit Marco sans s'écarter de Francesca.

Il appuya sur la sonnette et attendit tandis que M. Coletta repartait vers l'ascenseur.

— Tout ira bien, Marco, assura-t-elle en se dégageant. Je peux me débrouiller seule. Ma mère est à la maison.

Il avait espéré qu'elle l'inviterait à entrer mais il n'était pas en position d'insister. Ainsi s'achevait pour lui cet incident grâce auquel il avait appris plus qu'il ne l'espérait. Il sourit, lâcha son bras et s'apprêtait à partir quand un verrou fut tiré à l'intérieur de l'appartement. En se tournant vers la porte, Francesca prit appui sur sa cheville qui lâcha derechef. Elle tendit les bras vers Marco pour se retenir.

La porte s'ouvrit au moment où Francesca perdait connaissance.

La signora Altonelli avait soixante-dix ans bien tassés et ne parlait pas un mot d'anglais. Pendant les moments d'affolement qui suivirent, elle crut que Marco avait fait du mal à sa fille. Sa volubilité ne fut d'aucune utilité pendant qu'il transportait Francesca jusqu'au canapé. Il plaça ses pieds sur un coussin en répétant : *Ghiaccio, ghiaccio.* De la glace.

La mère s'écarta à regret et disparut dans la cuisine. Au moment où elle s'approchait avec un linge mouillé et une petite poche contenant des glaçons, Francesca revint à elle.

— Vous avez perdu connaissance, murmura Marco en se penchant sur elle.

Elle agrippa sa main, lança autour d'elle des regards égarés.

— *Chi è ?* demanda la mère d'un ton soupçonneux.

— *Un amico.*

Marco tamponna son visage avec le linge mouillé ; elle reprit rapidement ses esprits. Dans un italien si rapide que Marco saisit à peine quelques mots au vol, elle raconta à sa mère ce qui s'était passé. Quand la dame commença à poser des questions à la même vitesse, il abandonna. D'un seul coup, le visage de la signora Altonelli s'éclaira d'un sourire et elle tapota l'épaule de Marco d'un air approbateur. Brave garçon.

Puis elle repartit dans la cuisine.

— Elle est allée faire un café, expliqua Francesca.

— Bonne idée.

Marco avança un tabouret près du canapé et s'assit tout près d'elle.

— Il faut mettre de la glace, fit-il.

— Vous avez raison. Voulez-vous enlever mes bottes ?

— Bien sûr.

Il commença par le pied droit, comme s'il était blessé lui aussi, ouvrit la fermeture Éclair et retira la botte. Puis il passa à l'autre, plus délicatement encore. Le moindre mouvement la faisait souffrir.

— Voulez-vous le faire vous-même ? finit-il par demander.

— Non. Continuez, s'il vous plaît.

La fermeture Éclair s'arrêtait à la hauteur de la cheville. Il était difficile, à cause de l'enflure, de retirer la botte. Après plusieurs minutes d'effort, tandis que Francesca serrait les dents, Marco réussit.

Elle portait des collants noirs.

— Il faut les enlever, déclara Marco.

— Oui, il faut les enlever.

La mère revint. Elle lança avec vivacité une phrase en italien.

— Vous pourriez attendre dans la cuisine, suggéra Francesca en tournant les yeux vers Marco.

La cuisine était petite mais fonctionnelle et compacte, tout en verre et chrome. Une cafetière high-tech gargouillait sur un plan de travail. Une peinture murale abstraite entourait le coin-repas. Marco attendit en écoutant le flot de paroles échangées à toute vitesse par les deux femmes.

Elles enlevèrent les collants sans encombre. Quand Marco revint dans le séjour, la signora Altonelli était en train de disposer des glaçons autour de la cheville tuméfiée.

— Elle dit qu'il n'y a pas de fracture, annonça Francesca. Elle a travaillé longtemps à l'hôpital.

— Elle habite à Bologne?

— À Imola, à quelques kilomètres d'ici.

Marco savait où se trouvait Imola; il l'avait vu sur la carte.

— Il vaudrait mieux que je vous laisse, maintenant.

Il n'avait aucune envie de partir mais craignait d'être considéré comme un intrus.

— Vous devriez prendre un café, fit Francesca.

— Je ne veux pas m'imposer...

— Je vous en prie. Après tout ce que vous avez fait aujourd'hui, c'est la moindre des choses.

La signora Altonelli revint avec deux pilules et un verre d'eau que Francesca avala d'un trait. Elle coinça deux coussins du canapé sous sa tête. Après avoir échangé deux ou trois phrases avec sa mère, elle se tourna vers Marco.

— Elle a fait un gâteau au chocolat. En voulez-vous une part?

— Volontiers.

Et la mère repartit dans la cuisine en fredonnant, heureuse d'avoir quelqu'un à soigner et quelqu'un à nourrir.

— Vous souffrez? demanda Marco en reprenant place sur le tabouret.

— Oui, répondit Francesca en souriant. Je ne peux pas prétendre le contraire. J'ai mal.

— Tout s'est passé si vite, glissa Marco qui ne trouvait rien d'autre à dire.

Ils occupèrent quelques minutes à évoquer l'accident, puis le silence se fit. Francesca ferma les yeux, comme si elle s'était assoupie. Les bras croisés, Marco contempla une vaste peinture, très curieuse, qui couvrait la majeure partie d'une paroi. L'immeuble était ancien mais Francesca et son mari avaient choisi une décoration résolument moderne. Le mobilier minimaliste était composé de sièges bas en cuir noir, aux lignes épurées. Les murs étaient couverts d'œuvres contemporaines déroutantes.

— Il ne faudra pas en parler à Luigi, fit soudain Francesca à mi-voix.

— Pourquoi?

— Il me donne deux cents euros par semaine pour vos leçons, Marco, reprit-elle après un instant d'hésitation. Il trouve que c'est cher. Nous nous sommes un peu disputés et il a menacé de trouver quelqu'un d'autre. Je ne vous cache pas que j'ai besoin de cet argent. Je n'ai qu'une ou deux visites par semaine. Dans un mois, quand les touristes commenceront à revenir, cela ira mieux mais, en ce moment, je ne gagne pas grand-chose.

La façade s'était lézardée. Marco avait de la peine à croire qu'elle se montre si vulnérable. Francesca avait peur; il ferait tout pour l'aider.

— Je suis sûre qu'il se passera de mes services si nous sautons quelques leçons, dit-elle enfin.

— Je crains que nous ne soyons obligés de sauter quelques leçons, observa Marco en regardant la poche de glace sur la cheville tuméfiée.

— Pouvons-nous garder cela pour nous? Je devrais bientôt pouvoir me déplacer. Qu'en pensez-vous?

— Nous pouvons toujours le garder pour nous mais il est difficile de cacher quoi que ce soit à Luigi. Il ne me lâche pas d'une semelle. Je me ferai porter malade demain, ce qui nous laissera une journée pour trouver une solution. Je pourrais peut-être venir chez vous.

— Non, mon mari est là.

Marco ne put s'empêcher de tourner la tête.

— Dans cet appartement?

— Dans la chambre. Il est très malade.

— De quoi?

— Cancer. Il est en phase terminale. Ma mère reste auprès de lui quand je travaille. Une infirmière passe tous les jours, pour les soins.

— C'est bien triste.

— Oui.

— Ne vous faites pas de mouron pour Luigi. Je lui dirai que j'apprécie énormément votre manière d'enseigner et que je refuse de travailler avec un autre professeur.

— Ce sera un mensonge, non?

— En quelque sorte.

La signora Altonelli fit son entrée avec un plateau chargé d'un gâteau au chocolat et de deux tasses de café. Elle le posa sur une table basse d'un rouge vif qui occupait le centre de la pièce et commença à découper le gâteau. Francesca ne prit rien d'autre que sa tasse de café; elle n'avait pas faim. Marco s'efforça de manger aussi lentement que possible et but son café à petites gorgées, comme si chacune d'elles devait être la dernière. Quand la mère de Francesca proposa de le resservir, il accepta après s'être fait prier.

Il resta encore une heure avant de se résoudre à quitter les deux femmes. Une fois dans le vieil ascenseur, il prit soudain conscience que Giovanni Ferro n'avait pas émis un son.

23

Pour ses assassinats extraterritoriaux, le principal service de renseignement de la Chine populaire, qui dépendait du ministère de la Sécurité de l'État (MSS), utilisait de petites unités parfaitement entraînées.

En cela, rien ne le distinguait de ses homologues russes, israéliens, britanniques et américains. Sauf un point précis : les Chinois avait une préférence pour une de leurs unités en particulier. Au lieu de répartir le sale boulot entre plusieurs groupes d'opération, ils s'adressaient à un unique individu, un jeune homme dont la CIA et le Mossad suivaient les exploits avec admiration. Sammy Tin était issu de deux employés de la diplomatie chinoise qui, à en croire la rumeur, avaient été sélectionnés par le MSS pour se marier et se reproduire. Né à New York, élevé dans les faubourgs de Washington, il avait été nourri de langues étrangères dès un âge fort tendre. Entré à l'université du Maryland à seize ans, il en était sorti à vingt et un avec deux licences en poche avant d'aller suivre des études d'ingénieur à Hambourg. C'est à cette époque qu'il s'était pris de passion pour la fabrication d'engins explosifs. Sa spécialité était les bombes déguisées en menus objets quotidiens : paquets de cigarettes, stylos-billes, enveloppes, gobelets en carton... Bien que tireur hors pair, il trouvait les armes à feu trop simples ; il préférait de loin ses gadgets surprise.

Après avoir étudié la chimie à Tokyo sous un nom d'emprunt, il était passé maître dans l'art de manier les poisons. À vingt-quatre ans, il possédait une douzaine d'identités et presque autant de langues. Aux frontières – qu'il franchissait allègrement grâce à une vaste collection de passeports et de déguisements –, il pouvait aussi bien convaincre les douaniers qu'il était japonais que coréen ou encore taïwanais.

Pour parfaire son éducation, il avait passé une année à suivre l'entraînement d'une unité d'élite de l'armée chinoise. Il avait ainsi appris à vivre seul sous la tente, à faire un feu, à traverser des rivières en crue, à survivre en naufragé solitaire, au sein d'une nature hostile. Quand il eut vingt-six ans, le MSS décida que sa formation était terminée. Le moment était venu pour lui de commencer à tuer.

D'après ce que l'on savait à Langley, les premières victimes à mettre à son compte étaient trois scientifiques chinois qui fricotaient avec les Russes. Il les avait supprimés dans un restaurant de Moscou, tandis que leurs gardes du corps attendaient dans la rue. Le premier s'était fait trancher la gorge dans les toilettes, devant un urinoir. On avait retrouvé son corps une heure plus tard dans une poubelle. Le deuxième avait commis l'erreur de s'inquiéter de l'absence prolongée de son collègue. Il s'était rendu à son tour aux toilettes, où Sammy Tin l'attendait, en tenue de gardien. On l'avait découvert, la tête dans la cuvette des W-C, qui avaient débordé. Le troisième était mort quelques secondes plus tard, seul à sa table. Un homme en veste de serveur était passé près de lui et, sans même ralentir son pas, lui avait planté une fléchette empoisonnée dans le cou.

Ce n'était pas du travail très propre. Trop de sang, trop de témoins. Et la fuite était délicate. Mais Sammy avait réussi à traverser les cuisines sans se faire remarquer ; au moment où l'alerte avait été donnée, il courait déjà à toutes jambes dans la ruelle qui longeait l'arrière du restaurant. Vingt minutes plus tard, un taxi le déposait devant l'ambassade de Chine. Dès le lendemain, il avait regagné Pékin pour fêter dans l'intimité la réussite de sa première mission.

L'audace du coup avait secoué les milieux du renseignement. Les services rivaux avaient remué ciel et terre pour en découvrir l'auteur. Elle n'était pas du tout en accord avec les méthodes habituelles des Chinois. Ceux-ci étaient connus pour leur patience et leur discipline, qui les poussaient à attendre le moment propice. Ils traquaient interminablement leur proie jusqu'à ce qu'elle cesse de fuir. Ils étaient capables de changer de plan d'action en cours de route pour attendre qu'une occasion se présente.

Ce qui se passa à Berlin quelques mois plus tard fit entrer résolument Sammy Tin dans la légende. Un Français, cadre dans une grosse société, avait remis à un contact des documents bidons, prétendument secrets, concernant la technologie d'un radar mobile. Il avait été poussé du balcon de sa chambre d'hôtel, au quatorzième étage, et s'était écrasé près de la piscine sous le regard horrifié de quelques baigneurs. Encore une fois, le manque de discrétion était manifeste.

À Londres, Sammy avait fait sauter la tête d'un homme avec un téléphone portable. À New York, dans les rues de Chinatown, un autre avait eu le visage arraché par l'explosion d'une cigarette. Sammy Tin ne tarda pas à être crédité de la plupart des assassinats les plus spectaculaires du monde du renseignement et sa célébrité ne fit que croître et embellir. Il travaillait le plus souvent seul, entouré de quatre ou cinq hommes de confiance – dont un qu'il avait perdu à Singapour : la cible qu'ils traquaient les avait pris par surprise, avec quelques acolytes bien armés. Un de ses rares échecs, dont il sut tirer les leçons : il fallait rester discret, frapper vite et, surtout, ne pas employer trop de monde. À mesure qu'il avançait en âge, ses méthodes devenaient moins spectaculaires, moins violentes, plus faciles à dissimuler. À trente-trois ans, il était assurément le plus redouté de tous les agents secrets. La CIA dépensait une fortune à essayer de suivre ses déplacements.

Quand la fuite « Joel Backman-Marco Lazzeri » fut organisée, Langley savait que Sammy Tin était à Pékin, où il occupait un appartement luxueux. Il quitta soudain la ville pour se rendre à Hong Kong. Interpol fut alerté quand il prit un vol direct pour Londres où il changea de passeport et embarqua au dernier moment sur un vol Alitalia à destination de Milan.

Interpol ne pouvait qu'observer sans agir ; Sammy Tin voyageait souvent avec un passeport diplomatique. Ce n'était pas un criminel mais un agent secret, un diplomate, un homme d'affaires, un professeur, selon la couverture qui lui convenait.

Une voiture l'attendait à l'aéroport Malpensa ; ceux qui le suivaient le perdirent dans Milan. D'après ce qu'on savait à la CIA, le dernier voyage de Sammy Tin en Italie remontait à quatre ans et demi.

M. Elya pouvait assurément passer pour un riche homme d'affaires saoudien. Son complet pure laine était trop sombre pour Bologne, et les rayures trop larges pour un couturier italien. Il portait une chemise rose avec, certes, un col blanc du plus bel effet, mais désespérément rose. Une barrette en or – trop large – aux pointes de diamant reliait les boutonnières du col pour remonter le nœud de la cravate. M. Elya avait un faible pour les diamants. Il en avait un gros sur chaque main, des dizaines de petits sur sa Rolex et deux autres encore sur ses boutons de manchettes en or. Les chaussures semblaient de fabrication italienne. Toutes neuves, marron, bien trop claires pour le complet.

Décidément, cela ne passait pas. Stefano avait eu tout le temps d'observer son client depuis l'aéroport, où M. Elya était arrivé en jet privé avec son assistant. Ils étaient à l'arrière d'une Mercedes noire, une des conditions posées par M. Elya. L'assistant, qui, à l'évidence, ne parlait qu'arabe, avait pris place à l'avant, à côté du chauffeur. L'homme d'affaires parlait un anglais passable, en phrases courtes et rapides le plus souvent suivies de quelques mots en arabe à l'adresse de l'assistant, qui se sentait obligé de noter tout ce que disait son patron.

Le premier appartement qu'il leur montra se trouvait près de l'université de Bologne, où le fils de M. Elya allait bientôt arriver pour faire ses études de médecine. Un trois-pièces au premier étage d'un bon immeuble ancien, sans ascenseur, joliment meublé, un logement luxueux, pour un étudiant. Mille huit cents euros par mois, charges non comprises, loyer révisable tous les ans. M. Elya fit une grimace qui signifiait, semble-t-il, que son fils adoré méritait beaucoup mieux que cela. L'assistant aussi fit la grimace. Ils redescendirent sans prononcer un mot et remontèrent dans la voiture ; le chauffeur démarra pour les conduire à l'adresse suivante.

Le deuxième appartement se trouvait Via Remorsella, tout près de la Via Fondazza. Un peu plus spacieux que le précédent mais à vingt minutes à pied de l'université, il avait une cuisine de la taille d'un placard à balais et aucune vue. Il coûtait deux mille six cents euros par mois, il était mal meublé et il y flottait même une drôle d'odeur. Les visages des clients s'éclairèrent : l'appartement leur plaisait.

— Ce sera bien, déclara M. Elya.

Stefano étouffa un soupir de soulagement. Avec un peu de chance, il n'aurait pas à les inviter à déjeuner et empocherait une jolie commission.

Ils partirent dare-dare à l'agence, où les papiers furent préparés en toute hâte. M. Elya était un homme très occupé. Il avait un rendez-vous urgent à Rome ; s'il ne pouvait signer là, tout de suite, l'affaire tomberait à l'eau.

La Mercedes noire les reconduisit à l'aéroport. Fébrile, épuisé, Stefano les remercia et prit congé d'eux sur le tarmac. Il eut, avant de partir, le temps de les voir se diriger vers le jet privé et monter dans l'appareil.

L'avion resta sur la piste. Dans la cabine, M. Elya et son assistant enfilèrent en vitesse les mêmes vêtements de sport que les trois autres membres de leur unité cachés dans l'appareil. Après avoir attendu une heure, ils redescendirent, transportèrent leurs volumineux bagages jusqu'au terminal réservé à l'aviation privée et les chargèrent dans deux camionnettes qui attendaient là.

La sacoche Silvio bleu marine avait éveillé les soupçons de Luigi. Marco ne la laissait jamais dans l'appartement et la gardait à portée de vue. Il l'emportait partout, la courroie sur l'épaule, coincée sous le bras droit, comme si elle contenait de l'or.

Que pouvait-il avoir acheté qui vaille d'être protégé de la sorte ? Il transportait rarement son matériel pédagogique. Quand la leçon avec Ermanno avait lieu en intérieur, c'était dans l'appartement de Marco. Quand elle avait lieu à l'extérieur, ce n'était que de la conversation ; il n'avait pas besoin de ses livres.

Whitaker aussi était sur ses gardes, surtout depuis que Marco avait été repéré dans un cybercafé, près de l'université. Il avait envoyé à Bologne un agent du nom de Krater pour aider Zellman et Luigi à surveiller de plus près Marco et son inquiétante sacoche. Le collet se resserrait, l'issue fatale était proche ; Whitaker demandait à Langley de mettre du monde sur le terrain.

Mais c'était la pagaille, à Langley. Même s'il n'avait surpris personne, le départ de Teddy avait mis l'agence sens dessus dessous. L'onde de choc du limogeage de Lucat se faisait encore sentir. Le président brandissait la menace d'un coup de balai : les directeurs-adjoints et les principaux chefs de service passaient plus de temps à se protéger qu'à suivre les opérations en cours.

Krater reçut le message radio de Luigi indiquant que Marco se dirigeait vers la Piazza Maggiore, probablement pour aller y prendre son café de l'après-midi. Krater le vit traverser la place, sa sacoche sous le bras ; il se mêlait à la foule sans attirer l'attention. Après avoir si longuement étudié Backman sur dossier, Krater était content de le voir enfin en chair et en os. Le pauvre, s'il avait su ce qui l'attendait...

Mais Marco n'avait pas envie de prendre un café. Il longea les terrasses et les boutiques puis, brusquement, après un coup d'œil furtif dans son dos, il entra dans l'Albergo Nettuno, un hôtel de cinquante chambres situé en bordure de la place. Krater avertit par radio Zellman et Luigi, qui en furent très intrigués : Marco n'avait aucune raison d'aller dans un hôtel. Krater attendit cinq minutes avant d'entrer dans le hall de l'établissement dont il fit rapidement le tour du regard. Sur la droite, dans un coin salon, il y avait quelques fauteuils et des brochures touristiques disséminées sur une grande table basse. Il vit sur la gauche deux cabines téléphoniques, l'une vide, la porte ouverte. L'autre était occupée : Marco y était assis, seul, penché sur la petite table placée sous le téléphone mural, la sacoche bleue ouverte devant lui, trop occupé pour voir passer Krater.

— Bonjour, monsieur, lança le réceptionniste. Que puis-je faire pour votre service ?

— J'aimerais savoir si vous avez une chambre, répondit Krater en italien.

— Pour quand ?

— Ce soir.

— Désolé, monsieur. L'hôtel est complet.

Krater prit une brochure sur le comptoir.

— C'est toujours complet, observa-t-il en souriant. Votre établissement a du succès.

— Oui, monsieur. Une autre fois, peut-être.

— Avez-vous un accès à Internet?

— Naturellement.

— Sans fil?

— Oui, monsieur. Nous sommes le premier hôtel à offrir ce service à Bologne.

— Merci, fit Krater en s'écartant du comptoir. Je reviendrai.

— Avec plaisir.

En se dirigeant vers la sortie, Krater repassa devant la cabine. Marco n'avait pas levé la tête.

Il tapait son message avec les deux pouces en espérant que le réceptionniste n'allait pas le prier de sortir. L'accès à Internet sans fil était un atout publicitaire pour l'Albergo Nettuno, mais ce service était réservé à ses clients. Les cybercafés, les bibliothèques et une librairie le proposaient gratuitement, pas les hôtels.

Marco finit de taper son e-mail :

Grinch : J'ai été autrefois en relation avec un banquier de Zurich nommé Mikel Van Thiessen, à la banque Rhineland, dans la Bahnhofstrasse. Renseigne-toi pour savoir s'il est toujours là. Sinon, qui l'a remplacé? Pas de trace, surtout!

Marco

Il appuya sur la touche Envoyer en priant pour que cela marche. Il coupa le smartphone et le fourra dans la sacoche. En partant, il salua d'un signe de tête le réceptionniste, qui était au téléphone.

Marco sortit de l'hôtel deux minutes après Krater. Ses anges gardiens l'attendaient dans la rue. Ils le suivirent quand il se mêla à la foule, plus nombreuse à l'heure de la sortie des bureaux. Au bout d'un moment, Zellman revint sur ses pas, entra dans l'hôtel et traversa le hall en direction des cabines téléphoniques. Il prit place sur la chaise que Marco avait quittée quelques minutes plus tôt. Le réceptionniste, qui commençait à se poser des questions, fit semblant de s'affairer derrière le comptoir.

Une heure plus tard, les trois agents se retrouvèrent dans un bar pour faire le point. La conclusion sautait aux yeux, mais elle était dure à avaler : Marco ne s'étant pas servi du téléphone, il avait dû se connecter à Internet grâce à l'accès sans fil offert par l'établissement. Il n'y avait aucune autre raison pour qu'il entre dans un hôtel, passe deux minutes dans une cabine et reparte aussitôt. Mais comment avait-il fait ? Il n'avait pas d'ordinateur portable, pas d'autre téléphone que celui prêté par Luigi, un appareil obsolète qui ne fonctionnait que pour les communications locales et ne pouvait en aucune manière accéder à la Toile. S'était-il procuré un gadget high-tech ? Il n'avait pas d'argent.

Peut-être l'avait-il volé.

Ils envisagèrent plusieurs scénarios. Zellman partit informer Whitaker par e-mail de l'inquiétante nouvelle. Krater fut chargé de faire du lèche-vitrines dans l'espoir de trouver une sacoche Silvio identique.

Luigi se retrouva seul à l'approche du dîner.

Il fut interrompu dans ses réflexions par un coup de téléphone : c'était Marco. Il était chez lui, il ne se sentait pas très bien, il avait eu l'estomac barbouillé tout l'après-midi. Il avait annulé sa leçon avec Francesca et il se décommandait pour le dîner.

24

Quand le téléphone de Dan Sandberg sonnait avant 6 heures du matin, ce n'était jamais pour annoncer une bonne nouvelle. Le journaliste était un noctambule qui, s'il le pouvait, dormait jusqu'à ce que son petit déjeuner mérite le nom de déjeuner. Ceux qui le connaissaient évitaient de l'appeler tôt.

C'était un collègue du *Washington Post*.

— Tu t'es fait coiffer sur le poteau, mon vieux, annonça-t-il avec gravité.

— Quoi ?

— Le *Times* t'a pris de vitesse.

— À quel sujet ?

— Backman.

— Non !

— Va voir.

Sandberg se fraya un chemin à travers la pagaille du séjour et mit en marche l'ordinateur de son bureau. Il trouva l'article, signé par Heath Frick, rival abhorré, et publié à la une du *New York Times* sous le titre : L'ENQUÊTE DU FBI SUR LA GRÂCE PRÉSIDENTIELLE S'ORIENTE VERS JOEL BACKMAN. Citant une foule de sources anonymes, Frick expliquait que les investigations du FBI sur l'achat d'une grâce présidentielle avaient franchi une nouvelle étape et se resserraient désormais sur quelques-uns des bénéficiaires des mesures de clémence prises par l'ex-président Arthur Morgan. L'« intérêt » des enquêteurs s'était d'abord porté sur le duc Mongo – un euphémisme souvent employé par les autorités lorsqu'elles cherchaient à salir un individu contre qui elles n'étaient pas en mesure d'engager des poursuites. Mais Mongo était hospitalisé ; il se murmurait qu'il était à l'article de la mort.

Leur attention était maintenant focalisée sur Joel Backman dont la grâce, selon l'assertion gratuite de Frick, en avait scandalisé plus d'un. La mystérieuse disparition de Backman contribuait à alimenter la théorie selon laquelle il avait acheté sa grâce et pris la fuite pour ne pas avoir à répondre à des questions gênantes. Toujours selon Frick, diverses sources anonymes mais dignes de foi venaient appuyer d'anciennes rumeurs en rappelant que l'hypothèse d'un magot caché n'avait jamais été officiellement abandonnée.

— Un tissu de conneries ! ricana Sandberg tandis que défilait le texte.

Il connaissait les faits mieux que quiconque. Frick ne pourrait jamais prouver ce qu'il écrivait : Backman n'avait pas acheté sa grâce.

Dans l'entourage de l'ex-président, personne n'ouvrirait la bouche. L'enquête n'était qu'une enquête. Aucune information officielle n'avait été ouverte mais l'artillerie lourde des autorités fédérale n'allait pas tarder à se faire entendre. Il existait quelque part un procureur impatient d'engager des poursuites ; il ne lui manquait que le feu vert du ministère de la Justice.

Frick concluait son papier par deux paragraphes sur Backman, resucée d'un article déjà publié dans les colonnes du quotidien.

— Du remplissage ! lâcha Sandberg avec mépris.

Le président lui aussi prit connaissance de l'article mais sa réaction fut différente. Il griffonna quelques notes et les mit de côté jusqu'à 7 h 30, l'heure à laquelle Susan Penn, la nouvelle directrice par intérim de la CIA, venait faire son rapport quotidien. Première activité du jour, ce rapport était traditionnellement présenté par le directeur de l'agence en personne dans le Bureau ovale. Teddy Maynard et sa santé précaire avaient bouleversé les habitudes ; pendant dix ans, la tâche avait été déléguée. Le président se réjouissait du retour à la tradition.

Un résumé de huit à dix pages des questions relatives au renseignement était déposé sur le bureau du président à

7 heures tapantes. Depuis près de deux mois qu'il était en fonction, le nouveau président avait pris l'habitude de le lire de la première à la dernière ligne. Il le trouvait fascinant. Son prédécesseur s'était un jour vanté de ne jamais lire ou presque – ni livres, ni journaux, ni revues. Et certainement pas les projets de loi, les traités ni les rapports des services de renseignement. Il avait même des difficultés à lire ses propres discours. Les choses avaient bien changé. Tous les matins, une voiture blindée venait prendre Susan Penn à son domicile de Georgetown pour la conduire à la Maison-Blanche, où elle arrivait à 7 h 15. Elle profitait du trajet pour lire le texte préparé au sein de la CIA.

Ce matin-là, elle repéra à la page 4 un passage concernant Joel Backman. Les rédacteurs signalaient que le fugitif attirait l'attention d'individus très dangereux, peut-être même de Sammy Tin en personne.

Le président accueillit chaleureusement son interlocutrice. Un café était servi. Ils étaient seuls, comme d'habitude ; ils se mirent tout de suite au travail.

— Avez-vous lu le *New York Times* ? commença le président.

— Oui.

— Pensez-vous que Backman ait pu acheter sa grâce ?

— Je ne crois pas. Je vous l'ai déjà dit : il n'avait aucune idée de ce qui se préparait et il n'a pas eu le temps de faire ce qu'il fallait. De plus, nous avons la quasi-certitude qu'il n'avait pas de quoi payer.

— Alors, pourquoi a-t-il été gracié ?

La loyauté de Susan Penn envers Teddy Maynard s'érodait. Teddy était parti ; il ne serait bientôt plus de ce monde. À quarante-quatre ans, elle avait sa carrière devant elle. Peut-être une longue carrière. Elle s'entendait bien avec le président, qui ne semblait pas pressé de nommer un nouveau directeur.

— Pour ne rien vous cacher, répondit-elle, Teddy voulait sa mort.

— Pourquoi ? Quelles raisons auraient poussé M. Maynard à vouloir sa mort ?

— Ce serait long à raconter...

— Je ne pense pas.

— Nous ne savons pas tout.

— Vous en savez assez... Dites-moi ce que vous savez.

Susan lança sa copie du rapport sur le canapé et prit une longue inspiration.

— Backman et Jacy Hubbard ont été trop gourmands. Ils étaient en possession de ce logiciel baptisé JAM que des clients à eux avaient bêtement apporté aux États-Unis pour le leur montrer avec l'espoir d'en tirer une fortune.

— Vous parlez des jeunes Pakistanais, n'est-ce pas?

— Oui. Ils sont tous morts.

— Savez-vous qui les a tués?

— Non.

— Savez-vous qui a tué Jacy Hubbard?

— Non.

Le président se leva, sa tasse de café à la main. Il alla s'asseoir sur le coin de son bureau et darda un regard noir sur Susan Penn.

— Difficile de croire à tant d'ignorance, lança-t-il.

— Certes. Pourtant, ce n'est pas faute d'avoir cherché. Voilà une des raisons pour lesquelles Teddy Maynard tenait à obtenir la grâce de Backman. Bien sûr, il voulait sa mort – ils ne pouvaient pas se sentir et Teddy a toujours considéré Backman comme un traître à sa patrie. Mais, surtout, il avait la conviction que l'assassinat de Backman nous apprendrait quelque chose.

— Quoi?

— Tout dépend de la nationalité de ceux qui l'élimineront. Si ce sont les Russes, nous pourrons en conclure que le système de satellites leur appartenait. Même chose pour les Chinois. Si ce sont les Israéliens qui le tuent, nous considérerons comme probable que Backman et Hubbard ont essayé de vendre leur produit aux Saoudiens. Si ce sont les Saoudiens qui lui règlent son compte, nous supposerons que Backman les a doublés. Nous avons une autre quasi-certitude : les Saoudiens croyaient avoir emporté le morceau.

— Et Backman les a baisés?

— Peut-être pas. Nous pensons que la mort d'Hubbard a tout changé. Backman a choisi d'aller se mettre à l'abri en prison. Les contacts ont été rompus.

Le président revint vers le canapé pour se resservir de café. Puis il s'assit face à Susan.

— Vous me demandez de croire que trois jeunes pirates informatiques pakistanais ont réellement accédé à un système de satellites tellement sophistiqué que nous ignorons son existence ?

— Oui. Ils étaient très doués et ils ont eu un coup de chance. Non seulement ils ont réussi à s'introduire dans le système mais ils ont écrit un programme permettant de le contrôler.

— Vous parlez de JAM ?

— C'est le nom qu'ils lui ont donné.

— Quelqu'un a vu ce logiciel ?

— Les Saoudiens. Voilà pourquoi nous savons qu'il existe et qu'il est aussi efficace qu'on le dit.

— Qu'est devenu ce logiciel ?

— Personne ne le sait, sinon, peut-être, Backman.

Le silence se fit tandis que le président buvait sa tasse de café tiède.

— Qu'est-ce qui est préférable pour nous, Susan ? demanda-t-il enfin, en posant les coudes sur les genoux. Qu'est-ce qui est dans l'intérêt national ?

— Il faut suivre le plan de Teddy, répondit-elle sans hésiter. Backman sera éliminé. Personne n'a vu le logiciel depuis six ans, ce qui donne à penser qu'il a disparu. Les satellites sont là-haut, mais d'aucune utilité à leurs propriétaires.

Une dernière gorgée de café, un nouveau silence.

— Soit, dit le président avec résignation.

Neal Backman ne lisait pas le *New York Times* mais il recherchait tous les matins le nom de son père sur le Web. Quand il tomba sur l'article de Frick, il le joignit à un message électronique qu'il envoya de Jerry's Java.

En le relisant, à son bureau, il pensa aux vieilles rumeurs selon lesquelles l'Intermédiaire avait planqué une fortune avant que le cabinet d'avocats coule. Sachant qu'il n'obtiendrait jamais une réponse franche, il n'avait jamais interrogé son père. À la longue, il s'était fait à l'idée que Joel Backman, comme la plupart de ceux qui purgeaient une peine pour leurs crimes, n'avait pas réussi à mettre d'argent de côté.

D'où venait alors ce doute persistant sur l'achat de la grâce présidentielle? Si un seul détenu bouclé dans une prison fédérale était capable d'accomplir un tel miracle, c'était son père. Mais comment avait-il atterri à Bologne? Et pourquoi? Qui était à sa recherche?

Les questions s'accumulaient et restaient sans réponse.

En sirotant son double moka dans la solitude de son bureau, Neal revint au problème qu'il avait à résoudre : comment localiser un banquier suisse quand on ne pouvait faire des recherches ni par téléphone, ni par courrier, ni par fax, ni par message électronique?

Il trouverait une solution; ce n'était qu'une question de temps.

Efraim prit connaissance de l'article du *New York Times* dans le train qui le conduisait de Florence à Bologne. Informé par Tel Aviv, il avait aussitôt mis en marche son ordinateur portable. Quatre sièges derrière lui, Amos faisait de même.

Rafi et Shaul devaient arriver le lendemain matin de bonne heure. Rafi prendrait un avion à Milan, Shaul un train à Rome. Les quatre membres du kidon qui parlaient italien étaient déjà sur place, à Bologne, où ils préparaient les deux planques destinées à leur mission.

Le plan consistait à surprendre Backman sous des arcades, Via Fondazza ou ailleurs, de préférence la nuit ou au petit matin, à lui injecter un sédatif avant de le jeter dans une camionnette pour le conduire dans une des planques. Quand il serait revenu à lui, ils l'interrogeraient, puis l'emprisonneraient et transporteraient le corps jusqu'au lac de Garde, où il nourrirait les poissons.

Un plan grossier dont la réalisation était semée d'embûches, mais ils avaient reçu le feu vert. Pas question de faire machine arrière. L'attention des journaux se fixait sur Backman; il fallait frapper vite.

L'urgence était d'autant plus grande que le Mossad avait de bonnes raisons de croire que Sammy Tin se trouvait déjà à Bologne ou dans les environs.

Le restaurant le plus proche du domicile de Francesca était une ancienne et charmante trattoria, Chez Nino. Elle y avait souvent mangé et connaissait depuis des années les deux fils de Nino, à qui elle avait expliqué la situation au téléphone. À son arrivée, ils l'attendaient tous les deux. Après l'avoir débarrassée de sa canne, de son sac et de son manteau, ils l'avaient soutenue jusqu'à leur meilleure table qu'ils avaient pour l'occasion rapprochée de la cheminée. Ils lui avaient apporté un café et un verre d'eau en lui proposant tout ce qu'elle aurait pu désirer. C'était le milieu de l'après-midi, tous les clients étaient partis. Francesca et son élève avaient la salle du restaurant à leur disposition.

Quand Marco arriva, cinq minutes plus tard, les deux frères l'accueillirent comme s'il était de la famille.

— *La professoressa la sta aspettando*, annonça l'un d'eux. La professeur vous attend.

Depuis sa chute à San Luca, Francesca était transformée. Elle s'était départie de son indifférence glaciale et cachait mieux sa tristesse, du moins en présence de Marco. Elle sourit en le voyant, se leva à demi et lui saisit la main pour l'attirer vers elle afin de l'embrasser sur les deux joues, une coutume dont Marco avait été maintes fois témoin depuis deux mois mais qu'il n'avait jamais encore pratiquée – ce qui n'avait rien d'étonnant puisqu'elle était la première Italienne avec laquelle il se liait. Elle l'invita à s'asseoir en face d'elle. Curieux de voir à quoi ressemblait une leçon d'italien, les deux frères s'empressaient autour de Marco, prirent son manteau et lui proposèrent un café.

— Comment va votre cheville? demanda-t-il en anglais, imprudemment.

Francesca posa l'index sur ses lèvres en secouant la tête.

— *Non inglese, Marco. Solamente italiano.*

— C'est bien ce que je craignais, soupira-t-il.

La cheville de Francesca avait désenflé mais restait très douloureuse. Elle l'entourait de glace pendant qu'elle lisait ou regardait la télévision. Elle était venue à pied au restaurant en marchant lentement; sur les instances de sa mère, elle utilisait une canne, ce qu'elle trouvait à fois pratique et embarrassant.

Les deux frères apportèrent un autre café et de l'eau. Quand il fut évident que Francesca et son élève canadien avaient tout ce qu'il leur fallait, ils se retirèrent à regret.

Marco prit des nouvelles de la signora Altonelli. Elle allait bien mais elle était fatiguée. Elle veillait sur Giovanni depuis un mois ; cela devenait éprouvant.

Comprenant que Giovanni n'était plus un sujet tabou, Marco s'enquit de sa santé.

Une tumeur au cerveau inopérable, expliqua Francesca. Elle s'y reprit à deux ou trois fois pour trouver une formule compréhensible par Marco. Il souffrait depuis près d'un an ; la fin était proche. Il était inconscient.

Marco voulut savoir qu'elle était sa profession.

Il enseignait l'histoire médiévale à l'université. C'est là qu'ils s'étaient rencontrés, alors que Francesca y était étudiante. À l'époque, le professeur était marié à une femme qu'il détestait profondément, de qui il avait deux fils. L'étudiante et le professeur étaient tombés amoureux ; leur liaison avait duré près de dix ans avant qu'il divorce pour épouser Francesca.

— Pas d'enfants ? demanda Marco.

— Non, répondit-elle avec tristesse.

Giovanni en avait deux et n'en voulait pas d'autres. Elle avait des regrets, beaucoup de regrets.

Il sautait aux yeux qu'elle n'avait pas été très heureuse. Elle va me parler de mes expériences conjugales, se dit Marco. Il n'eut pas à attendre longtemps.

— Parlez-moi de vous, fit Francesca. Lentement, s'il vous plaît. Je tiens à ce que vous ayez un bon accent.

— Je suis un homme d'affaires canadien.

— Je veux la vérité. Quel est votre vrai nom ?

— Je ne peux pas le dire.

— S'il vous plaît !

— Restons-en à Marco pour le moment. J'ai un lourd passé, Francesca, je ne peux pas en parler.

— Soit. Avez-vous des enfants ?

Il parla longuement de ses trois enfants – prénom, âge, profession, lieu de résidence, conjoint, enfants. Il broda un peu pour donner de l'allant à son récit et réussit miraculeusement à brosser le tableau d'une famille plus ou moins normale. Francesca écouta attentivement, prête à bondir sur une faute de prononciation ou de conjugaison. Un des fils de Nino apporta des chocolats et s'attarda un peu.

— *Parla molto bene, signore*, déclara-t-il avec un grand sourire, avant de les laisser seuls.

Quand, au bout d'une heure, elle commença à s'agiter, Marco comprit qu'elle était mal à l'aise et l'incita à rentrer chez elle. Il eut le plaisir de la raccompagner, la main droite serrée sur son coude gauche, tandis que son autre main était appuyée sur la canne. Ils marchaient aussi lentement que possible : elle redoutait de retrouver l'atmosphère de veillée funèbre de son appartement. Marco aurait fait des kilomètres à pied pour rester près d'elle, pour continuer à éprouver ce sentiment : quelqu'un avait besoin de lui.

Devant l'immeuble de Francesca, ils se séparèrent en échangeant deux gros baisers et convinrent de se retrouver le lendemain au même endroit, à la même heure.

Jacy Hubbard avait vécu vingt-cinq ans à Washington, un quart de siècle passé à faire la fête entre les bras de femmes faciles. La dernière avait été Mae Szun, une beauté asiatique aux jambes interminables, aux traits délicats et aux grands yeux noirs. Son regard lourd et sa voix rauque n'avaient eu aucun mal à convaincre Jacy de sortir du bar pour gagner l'intimité d'une voiture. Après une heure de sexe sauvage, elle avait remis Jacy entre les mains de Sammy Tin, qui l'avait achevé et abandonné sur la tombe de son frère.

Quand il fallait passer par une femme, Sammy préférait que ce soit Mae Szun. Outre qu'elle était un excellent agent du MSS, son physique était un atout qui s'était révélé décisif en trois occasions au moins. Cette fois, Sammy l'avait fait venir non pour séduire mais pour prendre le rôle de la jeune épouse dans l'image d'un couple de touristes en voyage de noces. La séduction, cependant, n'était pas exclue, compte tenu que Backman n'avait pas touché une femme depuis six ans.

Mae repéra Marco dans la Strada Maggiore. Il marchait tranquillement au milieu de la foule en direction de la Via

Fondazza. Elle prit aussitôt son portable, accéléra le pas et réussit à se rapprocher de lui tout en jetant des coups d'œil blasés aux devantures des magasins.

Soudain, il disparut après avoir tourné à gauche dans une ruelle qui s'écartait de la Via Fondazza. Quand elle arriva au croisement, il s'était volatilisé.

25

Les signes avant-coureurs du printemps apparaissaient enfin, à Bologne. La neige n'était plus qu'un souvenir ; la veille, la température avait atteint 10 °C. Quand Marco sortit de chez lui, avant le lever du jour, il pensa troquer sa parka pour une veste. Il changea d'avis après quelques pas sous les arcades ombreuses. Il reviendrait deux ou trois heures plus tard, si nécessaire. Les mains bien enfoncées dans les poches, il partit pour sa promenade matinale.

L'article du *New York Times* lui revenait sans cesse à l'esprit. Voir son nom étalé à la une avait réveillé de mauvais souvenirs, bien sûr, mais être accusé d'avoir acheté le président était franchement diffamatoire. En une autre vie, il aurait déposé illico une série de plaintes contre les responsables de ces allégations. Il aurait coulé le quotidien.

À présent, ce n'était pas l'accusation qui l'empêchait de dormir, mais les questions : quelles seraient les conséquences de cette attention soudain portée à sa personne ? Luigi allait-il organiser un départ précipité ? Et la plus importante de toutes : était-il beaucoup plus en danger aujourd'hui que la veille ?

Il s'en était bien sorti, jusqu'à présent. Il vivait dans une jolie ville où personne ne connaissait son vrai nom ni ne reconnaissait son visage. Les Bolonais vivaient leur vie sans se mêler de celle des autres.

En fait, il ne se reconnaissait pas lui-même. Tous les matins, après s'être rasé, après avoir chaussé ses lunettes et coiffé sa casquette de velours côtelé brun, il se regardait dans le miroir et disait bonjour à Marco. Le visage joufflu, les valises sous les yeux, les cheveux mi-longs n'étaient plus qu'un souvenir. Son air suffisant et son arrogance étaient envolés. Il était devenu un homme que rien ne distinguait du commun des mortels. Il prenait chaque jour comme il venait. Les lecteurs du *New York Times* ne savaient ni où il était ni ce qu'il faisait.

Toujours marchant, Marco croisa un homme en complet noir. Aussitôt, un signal retentit dans sa tête. Le costume détonnait : il était d'origine étrangère, manifestement acheté dans une boutique bas de gamme, il ressemblait à ceux qu'il voyait tous les jours, dans une autre vie. Quant à la chemise blanche à col boutonné, il y en avait tant, à Washington, qu'il avait envisagé un jour d'en interdire le port dans ses bureaux. Carl Pratt l'en avait dissuadé.

Ce n'était pas une tenue pour les arcades de la Via Fondazza, ni à l'aube ni à tout autre moment de la journée. Marco fit encore quelques pas et jeta un coup d'œil par-dessus son épaule ; l'homme au complet noir le suivait, à présent. Blanc, la trentaine, athlétique, un peu enrobé. Marco n'avait aucune chance de le semer à la course ni de le terrasser à mains nues ; il décida de changer de stratégie. Il s'immobilisa, pivota sur lui-même et s'adressa directement à l'homme qui le filait.

— Vous voulez quelque chose ?

— Par ici, Backman, lança une autre voix.

À ces mots, il resta pétrifié, les jambes en coton, la tête dans les épaules. Ce n'était pas un rêve. Il revit en un éclair toutes les horreurs liées au nom de Backman. Quelle tristesse d'être terrifié par son propre nom !

Ils étaient deux, un sur chaque trottoir. Celui qu'il n'avait pas encore vu traversa la rue. Le complet était du même genre mais la chemise avait une touche d'originalité : il n'y avait pas de boutons sur le col. Il était plus âgé, plus petit et bien plus maigre.

— Que voulez-vous ? demanda Marco.

Ils avançaient lentement la main vers leur poche de veston.

— Nous travaillons pour le FBI, répondit le plus grand avec un accent qui devait être du Middle West.

— Je n'en doute pas, fit Marco.

Comme le voulait le rituel, ils présentèrent leur insigne. Dans l'ombre des arcades, Marco ne voyait rien, malgré la lumière diffuse qui filtrait au-dessus de la porte d'un appartement.

— Je n'arrive pas à lire, déclara Marco.

— Allons faire un tour, dit le maigre.

Il devait être de Boston, d'après son accent irlandais marqué.

— Vous êtes perdus? lança Marco.

Il n'avait pas l'intention de bouger et, de plus, ses pieds pesaient une tonne.

— Nous savons exactement où nous sommes.

— J'en doute... Vous avez un mandat?

— Nous n'en avons pas besoin.

Le gros commit l'erreur de prendre le coude de Marco, comme pour l'entraîner dans la direction où ils voulaient qu'il aille.

— Ne me touchez pas! s'écria Marco en s'écartant d'un bond. Vous vous égarez! Vous ne pouvez pas m'arrêter ici... Vous pouvez parler, c'est tout.

— Bien, fit le maigre, nous allons parler.

— Je n'ai rien à vous dire.

— Il y a un bar ouvert, à cent mètres.

— Bonne idée, allez boire un café. Prenez aussi une brioche. Mais fichez-moi la paix.

Les deux agents se regardèrent, puis lancèrent un coup d'œil circulaire; ils ne savaient pas très bien quoi faire.

Marco n'avait pas bougé d'un centimètre; moins parce qu'il se sentait en sécurité que parce qu'il imaginait une voiture noire garée plus loin, au carrefour.

Il se demanda ce que faisait Luigi, s'il était derrière tout cela.

On l'avait retrouvé, démasqué, appelé par son vrai nom en pleine rue. Il allait falloir lui faire quitter Bologne, lui trouver une autre planque.

Le maigre décida de prendre la conversation en main.

— Nous pouvons parler ici. Il y a des tas de gens aux États-Unis qui aimeraient s'entretenir avec vous.

— Peut-être est-ce pour cette raison que je suis ici.

— Nous enquêtons sur la grâce présidentielle que vous avez achetée.

— Eh bien, vous perdez votre temps et vous gaspillez l'argent du contribuable, ce qui n'étonnera personne.

— Nous avons des questions à poser sur la transaction.

— Vos investigations sont parfaitement stupides, lâcha Marco avec mépris.

Pour la première fois depuis ses années de détention, il avait le sentiment d'être redevenu l'Intermédiaire, l'homme qu'il était quand il admonestait un fonctionnaire hautain ou un crétin de parlementaire.

— Le FBI fait venir à grands frais à Bologne deux guignols comme vous pour me coincer sur un trottoir et me poser des questions auxquelles il faudrait être fou pour répondre. Vous êtes deux abrutis. Rentrez donc à Washington et dites à votre patron qu'il est un abruti lui aussi. Pendant que vous y serez, dites-lui encore qu'il perd son temps s'il s'imagine que j'ai acheté ma grâce.

— Donc, vous niez...

— Je ne nie rien et je ne reconnais rien. Je dis que vous présentez l'image du FBI dans ce qu'il a de plus ringard. Vous êtes mal barrés.

Sur le sol américain, ils l'auraient un peu giflé, un peu bousculé, un peu insulté aussi. Mais, à l'étranger, ils ne savaient pas jusqu'où ils pouvaient aller. Leur mission consistait à le retrouver, à s'assurer qu'il vivait bien à l'adresse donnée par la CIA. Puis à lui faire peur en posant quelques questions à propos de transferts électroniques et de comptes offshore.

Tout avait été soigneusement préparé ; ils avaient répété soigneusement ce qu'ils lui demanderaient. Mais, sous les arcades de la Via Fondazza, leur plan tombait à l'eau.

— Nous ne quitterons pas Bologne avant d'avoir eu cette discussion, reprit le plus jeune.

— Quelle chance pour vous ! Vous allez passer de longues vacances dans cette belle ville.

— Nous avons des ordres, monsieur Backman.

— Moi aussi.

— Juste quelques questions, s'il vous plaît, implora le maigre.

— Adressez-vous à mon avocat, lança Marco en repartant vers son appartement.

— Qui est votre avocat?

— Carl Pratt.

Ils n'avaient pas bougé, ils ne le suivaient pas. Marco pressa le pas et traversa la rue. En passant devant l'appartement, il tourna la tête sans ralentir. S'ils avaient eu l'intention de le suivre, ils avaient attendu trop longtemps. Quand il s'engouffra dans la Via del Piombo, il sut qu'il leur avait échappé. Il connaissait par cœur ces rues, ces ruelles, les portes obscures de ces échoppes qui n'ouvriraient pas avant encore trois heures.

Ils l'avaient surpris Via Fondazza parce qu'on leur avait communiqué son adresse.

À la lisière sud-ouest de la ville historique, près du Porto San Stefano, Marco prit un bus et, après une demi-heure de trajet, descendit à la gare. Il sauta dans un autre bus pour revenir dans la vieille ville. Les transports en commun commençaient à se remplir de travailleurs matinaux. Un troisième bus le conduisit à la Porta Saragozza, d'où il attaqua l'ascension jusqu'au sanctuaire de San Luca. À la quatre centième arche, il s'arrêta pour reprendre son souffle et se retourna. Personne derrière lui, comme il s'y attendait.

Il ralentit l'allure. Moins d'une heure plus tard, il était au sommet... Il fit le tour du sanctuaire, suivit le chemin empierré où Francesca était tombée, et prit place sur le banc où elle avait attendu; de cet endroit, la vue sur Bologne était magnifique. Il avait trop chaud; il enleva sa parka. La lumière était belle, l'air pur et vif. Marco resta un long moment sur le banc à regarder la ville s'animer.

Il se délectait de ce moment de solitude, du sentiment de sécurité qu'elle lui apportait. Pourquoi ne viendrait-il pas tous les matins contempler Bologne sans rien faire d'autre que réfléchir, ou lire un journal? Peut-être téléphoner à un ami et bavarder un peu...?

Encore aurait-il fallu qu'il ait des amis.

Ce rêve ne se réaliserait jamais.

Il appela Ermanno sur le portable de Luigi pour annuler la leçon du matin. Il téléphona ensuite à Luigi et expliqua qu'il n'avait pas envie de faire de l'italien.

— Il y a un problème ?

— Non. J'ai besoin de me changer les idées, c'est tout.

— Je comprends, Marco, mais nous payons Ermanno pour vos leçons particulières. Il faut y aller tous les jours.

— N'insistez pas, Luigi. Pas de leçon aujourd'hui.

— Je n'aime pas ça.

— Tant pis. Vous n'avez qu'à me renvoyer.

— Vous êtes perturbé ?

— Non, Luigi, je me sens bien. La journée est magnifique, le printemps arrive, je vais faire une longue marche.

— Où allez-vous ?

— Je n'ai pas besoin de compagnie, Luigi.

— Nous déjeunons ensemble ?

Marco ressentit des tiraillements d'estomac. Un déjeuner avec Luigi était toujours un moment de plaisir et ne lui coûtait rien.

— D'accord.

— Je vous rappelle pour vous dire où.

— Ciao, Luigi.

Ils se retrouvèrent à 12 h 30 au Caffè Atene, un petit resto dans une ruelle de la vieille ville, auquel on accédait en descendant quelques marches. Leur plateau au-dessus de la tête, les serveurs zigzaguaient entre les tables serrées les unes contre les autres dans la salle minuscule et enfumée. Pour couvrir les cris venus des cuisines, les clients devaient parler à tue-tête. Luigi expliqua que l'établissement existait depuis des siècles, qu'il était presque impossible d'y avoir une table, que la cuisine y était succulente. Et proposa à Marco de partager une assiette de calamars pour commencer le repas.

Après avoir passé à San Luca de longues heures à peser le pour et le contre, Marco avait décidé de ne rien dire à Luigi de sa rencontre avec les agents du FBI. Du moins pas tout de suite. Peut-être lui en parlerait-il le lendemain ou le surlendemain ;

dans l'immédiat, il continuait à réfléchir. La principale raison de son silence était qu'il ne voulait pas fuir aux conditions fixées par Luigi.

Quand il s'enfuirait, il serait seul.

Il ne comprenait pas comment des agents du FBI pouvaient être à Bologne à l'insu de Luigi et de ses employeurs. En le regardant détailler le menu et la carte des vins, Marco se dit qu'il n'était pas au courant de leur présence. La vie était belle ; elle suivait son cours normal.

Brusquement, les lumières s'éteignirent : le Caffè Atene fut plongé dans le noir. Un serveur heurta violemment leur table. Il se mit à jurer en s'écroulant sur les deux hommes. Le bord de la table s'enfonça dans les cuisses de Marco tandis qu'il recevait un coup dans les jambes et un autre sur l'épaule gauche. Tout le monde hurlait. Du verre se brisait. On se bousculait. Quelqu'un dans la cuisine cria : « Au feu ! »

Ce fut un sauve-qui-peut général. Marco fut le dernier à sortir pour avoir passé un temps fou à chercher sa sacoche Silvio. Il avait, comme d'habitude, glissé la courroie sur le dossier de sa chaise de façon à sentir l'objet précieux contre ses côtes. La sacoche avait disparu.

Une fois dans la rue, les clients s'attroupèrent devant la porte par où sortaient quelques volutes de fumée vite dispersées dans le ciel. Un serveur armé d'un extincteur courait entre les tables. Il y eut encore un peu de fumée, pas beaucoup.

— J'ai perdu ma sacoche, annonça Marco en se tournant vers Luigi.

— La bleue ?

Comme s'il transportait plusieurs sacoches !

— Oui, Luigi, la bleue.

Marco eut une intime conviction : on la lui avait volée, sans aucun doute.

Une voiture de pompiers s'arrêta dans un bruit d'avertisseur assourdissant. Plusieurs hommes s'élancèrent à l'intérieur de l'établissement ; la sirène continuait de hurler. Au bout de quelques minutes, la foule commença à se disperser.

Quelqu'un finit par couper l'avertisseur. À l'évidence, le début d'incendie avait été maîtrisé sans qu'il soit besoin de sortir les lances. Après une heure de palabres, les pompiers déclarèrent avoir la situation en main. Les lumières étaient revenues dans la salle. « Quelque chose a pris feu dans les toilettes ! » cria un serveur à un de ses amis qui attendait dans la rue.

On les laissa entrer pour récupérer leurs vêtements. Luigi se montra très empressé à rechercher la sacoche de Marco. Il expliqua la situation au maître d'hôtel qui mit à sa disposition la moitié du personnel. Deux serveurs discutaient avec animation près de Marco, qui saisit au vol des mots qui semblaient faire allusion à quelque chose comme une bombe fumigène... Il comprit qu'il ne retrouverait pas sa sacoche.

Ils prirent un panini et une bière à la terrasse d'un café, au soleil, en regardant passer les filles. Marco était très préoccupé mais s'efforçait de n'en rien montrer.

— Je suis désolé pour votre sacoche, fit Luigi en terminant sa bière.

— Ce n'est pas grave.

— Je vous donnerai un autre portable.

— Merci.

— Qu'avez-vous perdu d'autre ?

— Rien. Un ou deux plans de la ville, un tube d'aspirine, quelques euros.

À trois cents mètres de là, dans une chambre d'hôtel, Zellman et Krater avaient disposé sur le lit le contenu de la sacoche. Le smartphone et le manuel de l'utilisateur, deux plans de Bologne, déjà bien écornés mais qui n'apprenaient rien, quatre billets de cent dollars, le téléphone portable de Luigi et un tube d'aspirine.

Zellman, le plus calé des deux en informatique, raccorda le smartphone à Internet et commença bientôt à jouer avec le menu.

— C'est du bon matos, déclara-t-il, impressionné par le gadget. Un truc dernier cri.

Comme il l'avait supposé, il buta sur le mot de passe ; il faudrait le décrypter à Langley. Depuis son ordinateur portable, il envoya un e-mail à Julia Javier pour lui donner le numéro de série de l'appareil et d'autres renseignements.

Deux heures après le vol de la sacoche, dans les faubourgs d'Alexandria, un agent de la CIA attendait sur le parking l'ouverture du magasin Chatter.

26

Il l'observa de loin tandis qu'elle marchait en s'aidant de sa canne sur le trottoir de la Via Minzoni. Il la suivit, restant une quinzaine de mètres en arrière. Elle était chaussée ce jour-là de bottes en daim à talons. Elle aurait certainement été plus à l'aise avec des chaussures plates mais la mode, en Italie, avait toujours le dernier mot. Elle portait un pull moulant rouge vif au-dessus d'une jupe brun clair qui s'arrêtait aux genoux. C'était la première fois qu'il voyait sa jolie silhouette dégagée des manteaux d'hiver.

Elle marchait en clopinant mais avec une détermination qui fit chaud au cœur à Marco. Ce n'était que pour une ou deux heures d'italien chez Nino, mais c'était pour lui !

Pour lui et pour l'argent des leçons.

L'argent... Giovanni ne travaillait plus et l'activité de guide de Francesca était intermittente, mais elle était toujours vêtue avec élégance et vivait dans un appartement joliment décoré. Les revenus de professeur de Giovanni l'avaient certainement protégée.

Après tout, Marco avait ses propres problèmes. Il venait de perdre quatre cents dollars et son unique lien avec le monde extérieur. Des gens qui n'étaient pas censés savoir dans quel pays il vivait connaissaient son adresse. Quelques heures auparavant, on l'avait appelé par son vrai nom, devant chez lui.

Il s'arrêta quand il la vit entrer dans le restaurant, où, cette fois encore, elle fut accueillie chaleureusement par les deux fils du patron. Il fit le tour du pâté de maisons pour leur donner le temps de l'installer à sa table, de s'empresser autour d'elle, de bavarder un moment en lui apportant un café. Dix minutes plus tard, il franchit à son tour la porte du restaurant. Le plus jeune des deux frères l'étreignit contre sa poitrine : les amis de Francesca étaient ses amis, et pour la vie.

Marco ne savait jamais dans quelle humeur il la trouverait. La chaleur touchante de la veille pouvait s'être muée, ce jour-là, en indifférence. Quand elle sourit en le voyant arriver, quand elle lui prit la main pour l'attirer de façon à lui embrasser la joue, il comprit que la leçon d'italien serait le meilleur moment d'une journée bien mal commencée.

Dès qu'ils furent seuls, Marco demanda des nouvelles de Giovanni.

— C'est une question de jours, déclara Francesca sans trahir aucune émotion, comme si elle avait déjà accepté sa mort et se préparait pour le deuil.

Elle fut plus loquace sur sa mère. La signora Altonelli faisait cuire une tarte aux poires, la pâtisserie préférée de Giovanni, dans l'espoir qu'il en percevrait l'odeur.

— Et vous ? s'enquit Francesca. Qu'avez-vous fait ?

Impossible d'inventer un début de journée plus catastrophique, depuis la surprise de s'entendre appeler par son nom au petit matin jusqu'au vol soigneusement mis en scène.

— Le déjeuner a été assez animé.

— Racontez-moi.

Il décrivit son ascension jusqu'au sanctuaire, sa contemplation de la ville sur le banc où elle aimait s'asseoir, l'annulation de la leçon avec Ermanno, le déjeuner avec Luigi, la fausse alerte à l'incendie, le vol de la sacoche... dont elle n'avait pas remarqué l'absence, jusque-là.

— Il y a si peu de criminalité à Bologne, fit-elle comme pour s'excuser. Je connais le Caffè Atene. Ce n'est pas un repaire de voleurs.

Marco eut envie de préciser que ses voleurs n'étaient probablement pas italiens. Il se contenta de hocher la tête avec gravité.

Les banalités terminées, Francesca redevint le professeur. Elle attaqua quelques verbes, sans égard pour les protestations de Marco. Le futur d'*abitare* et de *vedere* – vivre et voir –, puis les autres temps, semés dans des phrases improvisées. Aucune erreur d'accentuation ne trouvait grâce à ses yeux ; toute faute grammaticale valait à Marco une réprimande immédiate, comme s'il avait proféré une insulte.

Elle avait passé la journée cloîtrée dans son appartement, entre un mari mourant et une mère affairée. La leçon particulière était pour elle la seule occasion de libérer un peu de son énergie. Marco, lui, était épuisé par les événements de la journée mais la rigueur de Francesca lui permettait d'oublier la fatigue et les interrogations qui le taraudaient. La première heure s'écoula rapidement. Après un deuxième café, Francesca aborda les rivages troubles et inhospitaliers du subjonctif – le présent mais aussi l'imparfait et le plus-que-parfait du subjonctif. Il commença à lâcher prise. Elle essaya de le rassurer, en vain. Il se sentait prêt à céder au découragement.

Au bout de la deuxième heure, il jeta l'éponge ; il avait besoin d'une longue marche. Il fallut un quart d'heure pour prendre congé des fils de Nino, après quoi Marco raccompagna Francesca jusqu'à sa porte. En se séparant, ils se promirent de se retrouver le lendemain pour une autre leçon.

Par l'itinéraire le plus direct, l'appartement de la Via Fondazza était à vingt-cinq minutes à pied, mais, depuis plus d'un mois, Marco ne suivait jamais une route directe pour se rendre d'un point à un autre.

Il décida de flâner.

À 16 heures, six membres du kidon avaient pris position Via Fondazza. L'un d'eux prenait un café à une terrasse, trois autres flânaient séparément dans la rue, le cinquième faisait des allers et retours en scooter, le dernier regardait par la fenêtre d'un appartement voisin.

À huit cents mètres de là, à la limite du quartier historique, au-dessus de la boutique d'un fleuriste, les quatre autres membres du kidon jouaient aux cartes pour tuer le temps. L'un d'eux, Ari, était un des meilleurs spécialistes du Mossad en matière d'interrogatoires musclés.

Ils parlaient peu. La nuit s'annonçait longue et désagréable.

Toute la journée, Marco s'était posé la question de savoir s'il devait ou non retourner Via Fondazza. Les agents du FBI pouvaient être encore là, prêts pour un nouveau face-à-face. Cette fois, Marco ne se débarrasserait pas d'eux aussi facilement. Ils ne s'en iraient pas la queue basse ; leurs supérieurs exigeaient des résultats.

Sans en avoir la certitude, il soupçonnait fortement Luigi d'être à l'origine du vol de sa sacoche. Le feu qui avait pris dans les toilettes était une diversion, la coupure d'électricité avait été mise à profit par celui qui s'était emparé de la sacoche.

Il ne faisait confiance à personne, pas même à Luigi.

Ils étaient maintenant en possession de son beau petit smartphone. Les codes de Neal se trouvaient quelque part à l'intérieur de l'appareil. Pourraient-ils les décrypter ? Pourraient-ils remonter jusqu'à son fils ? Marco n'avait pas la plus petite idée de la manière dont ils pouvaient procéder, de ce qui était possible ou impossible.

Il ressentait au plus profond de lui le besoin de quitter Bologne. Où aller et comment s'y rendre étaient des questions qui demeuraient sans réponse. Il errait dans la ville et se sentait vulnérable, désarmé. Chaque visage qui se tournait vers lui était celui de quelqu'un qui connaissait sa véritable identité. À un arrêt de bus, avec une longue file d'attente, il monta dans un véhicule sans faire la queue, sans savoir où il allait. Le bus était bondé de banlieusards au regard las, qui tressautaient épaule contre épaule. Par les vitres, il voyait les piétons qui se pressaient sous les arcades de la ville historique.

Il descendit au premier arrêt, fit deux ou trois cents mètres dans la Via San Vitale et monta dans un autre bus. Il décrivit des cercles pendant près d'une heure avant de descendre à la gare de chemin de fer. Il se mêla à la foule, traversa au pas de course la Via dell' Indipendenza pour gagner la gare routière. Il vit qu'il y avait un départ dix minutes plus tard, à destination de Piacenza, un trajet d'une heure et demie, avec cinq arrêts. Il acheta un billet – trente euros – et resta caché dans les toilettes jusqu'à la dernière minute. L'autocar, presque plein, avançait tout doucement. Le siège était large, avec de hauts appuie-tête. Marco faillit s'assoupir mais il se ressaisit : il n'avait pas le droit de dormir.

Le temps de fuir était venu. Il avait toujours su, depuis son arrivée à Bologne, que ce moment arriverait. Au fil des jours, il avait acquis la certitude qu'il serait obligé de disparaître, de quitter Luigi et de partir seul. Il s'était souvent demandé quelle forme prendrait cette fuite et ce qui la déclencherait. Un visage? Une menace? Sauterait-il dans un bus, un taxi, un train ou un avion? Pour aller où? Où se cacherait-il? Son italien rudimentaire lui permettrait-il de s'en sortir? Combien d'argent aurait-il à sa disposition?

Voilà, c'était fait. Plus question de revenir en arrière.

Le premier arrêt était Bazzano, un village à quinze kilomètres à l'ouest de Bologne. Marco descendit. Il attendit que l'autocar soit reparti pour traverser la rue. Il entra dans un café, commanda une bière et demanda au barman où il pouvait trouver un hôtel.

En attaquant sa deuxième bière, il se renseigna sur la gare. Le barman répondit qu'il n'y en avait pas, que le village n'était desservi que par des autocars.

L'Albergo Cantino se trouvait sur la place du village, pas très loin de l'arrêt du car. Il faisait nuit quand il entra dans l'établissement, sans bagages, ce qui attira l'attention de la dame qui se tenait à la réception.

— Je voudrais une chambre, dit-il en italien.

— Combien de nuits?

— Une seule.

— Le prix est de cinquante-cinq euros.

— Très bien.

— Pourrais-je voir votre passeport, s'il vous plaît?

— Désolé. Je l'ai perdu.

Les sourcils épilés et peints se courbèrent en un arc soupçonneux.

— Je regrette, fit-elle en secouant la tête.

Marco posa deux billets de cent euros devant elle. L'intention était évidente : pas de fiche à remplir, prenez l'argent et donnez-moi une clé.

Elle continua de secouer la tête, l'air de plus en plus méfiant.

— J'ai besoin d'un passeport.

Elle croisa les bras sur sa poitrine, releva le menton, prête à l'affrontement. Jamais elle ne céderait.

Marco sortit et trouva un bar près de l'hôtel. Il commanda un espresso. Plus d'alcool ; il lui fallait garder toute sa présence d'esprit.

— Où puis-je trouver un taxi ? demanda-t-il au barman.

— À l'arrêt du car.

Luigi arpentait nerveusement son appartement en attendant le retour de Marco. À 21 heures, il appela Francesca, qui lui confirma que Marco avait pris sa leçon d'italien, précisant qu'ils avaient passé un moment fort agréable. Tant mieux pour vous, se dit Luigi.

La disparition de Marco faisait partie du plan, mais Whitaker et Langley ne l'attendaient pas avant quelques jours. L'avaient-ils déjà perdu ? Si vite ? Il y avait maintenant cinq agents sur le terrain Luigi, Zellman, Krater et deux nouveaux, expédiés de Milan.

Luigi avait toujours eu des doutes sur l'efficacité du plan. Dans une ville de la taille de Bologne, il était impossible de garder quelqu'un jour et nuit sous sa surveillance. Il avait affirmé avec véhémence que le seul moyen de réussir était de planquer Backman dans une bourgade où ses mouvements seraient limités, ses choix réduits et les visiteurs faciles à repérer. Tel était le plan d'origine, mais Washington l'avait modifié du jour au lendemain.

À 21 h 12, un signal se déclencha dans la cuisine. Luigi se précipita vers les moniteurs. Il vit la porte de l'appartement s'ouvrir ; Marco rentrait. Luigi scruta l'image numérique transmise par la caméra cachée dans le plafond de l'appartement contigu.

Deux inconnus – pas Marco. Deux hommes d'une trentaine d'années en tenue de ville. Ils refermèrent la porte rapidement, silencieusement, comme des professionnels, et commencèrent à fureter partout. L'un d'eux portait un petit sac noir.

Ils étaient bons, très bons. Il fallait qu'ils soient bons pour avoir crocheté la serrure de l'appartement.

Luigi ne put retenir un sourire de plaisir. Avec un peu de chance, ses caméras allaient enregistrer le moment où Marco se ferait surprendre. Peut-être le tueraient-ils dans le séjour, devant la caméra. Peut-être le plan allait-il fonctionner, malgré tout.

Il appuya sur les touches audio pour augmenter le volume du son. Il était de la plus haute importance d'entendre parler les deux hommes. De quel pays venaient-ils ? Dans quelle langue s'exprimaient-ils ? Ils ne faisaient aucun bruit en explorant l'appartement. Ils échangèrent une ou deux fois quelques paroles à voix basse mais Luigi ne put distinguer aucun mot.

27

Le taxi freina brusquement et s'immobilisa Via Gramsci, près de la gare routière et de la gare de chemin de fer. Marco tendit au chauffeur le prix de la course. Il descendit, se glissa entre deux voitures en stationnement et disparut. La première fuite avait été de courte durée ; ce n'était que partie remise. Il décrivit quelques zigzags, par habitude, revint sur ses pas en s'assurant qu'il n'était pas suivi.

Arrivé Via Minzoni, il pressa le pas sous les arcades et s'arrêta à la porte de l'immeuble de Francesca. Il ne pouvait s'offrir le luxe d'hésiter, encore moins de changer d'avis. Il appuya deux fois sur l'interphone en espérant de tout son cœur que ce ne serait pas la signora Altonelli qui répondrait.

— Qui est-ce ? demanda la voix douce de Francesca.

— C'est moi, Marco. J'ai besoin d'aide.

Un tout petit silence, puis :

— Oui, bien sûr.

Elle l'attendait sur le palier ; elle l'invita à entrer. À sa grande consternation, Marco vit que la mère était encore là. Sur le seuil de la cuisine, un torchon de vaisselle à la main, elle l'observait avec attention.

— Tout va bien ? s'inquiéta Francesca.

— En anglais, s'il vous plaît, fit Marco en adressant un grand sourire à la mère.

— Bien sûr.

— Il faut que je trouve un endroit où passer la nuit. Comme je n'ai pas de passeport, je ne peux pas aller à l'hôtel. J'ai proposé un gros billet, cela n'a pas marché.

— C'est comme ça, en Europe, vous savez.

— On en apprend tous les jours.

Francesca l'invita à prendre place sur le canapé et pria sa mère de faire un café. Marco remarqua qu'elle était pieds nus et qu'elle se déplaçait sans canne. Avec son jean moulant et son gros pull, elle était jolie comme un cœur.

— Pourquoi ne voulez-vous pas me dire ce qui se passe?

— C'est compliqué et je ne pourrais en raconter qu'une petite partie. Disons simplement que je ne me sens plus en sécurité ici, qu'il faut que je quitte Bologne au plus vite.

— Où irez-vous?

— Je n'en sais rien. Je ne peux pas rester en Italie ni même en Europe. Il faut que je trouve une nouvelle cachette.

— Combien de temps resterez-vous caché?

— Longtemps. Je ne sais pas exactement.

Elle plongea un regard froid au fond des yeux de Marco. Il soutint son regard : même froids, ses yeux étaient trop beaux.

— Qui êtes-vous?

— Pas Marco Lazzeri, en tout cas.

— Que fuyez-vous?

— Mon passé, mais il est en train de me rattraper. Je ne suis pas un criminel, Francesca. J'étais avocat, j'ai eu des ennuis avec la justice. J'ai purgé ma peine en bénéficiant d'une grâce présidentielle. Je ne suis pas un type dangereux.

— Pourquoi vous traque-t-on?

— Une affaire qui remonte à six ans. Des gens très rancuniers n'ont pas été satisfaits de la conclusion de cette affaire. Ils m'en veulent encore et font tout pour me retrouver.

— Pour vous tuer?

— Oui, c'est ce qu'ils aimeraient faire. Me tuer.

— Voilà qui est vraiment troublant. Pourquoi êtes-vous venu à Bologne? Pourquoi Luigi vous aide-t-il? Pourquoi nous paie-t-il, Ermanno et moi, pour vous apprendre l'italien? Je ne comprends pas...

— Je n'ai pas de réponses à ces questions, Francesca. Il y a deux mois, j'étais en prison; j'aurais dû y rester quatorze ans de plus. Du jour au lendemain, j'ai recouvré la liberté. On m'a fait venir en Italie avec une nouvelle identité, d'abord à Trévise, puis à Bologne. Je pense que c'est ici qu'ils veulent me tuer.

— Quoi ? À Bologne ?

Marco hocha la tête en silence. La signora Altonelli venait d'apparaître à la porte de la cuisine avec le café et la tarte aux poires. Elle en coupa une part qu'elle servit sur une petite assiette pour Marco. Il se rendit compte qu'il avait l'estomac dans les talons : il n'avait rien mangé depuis le déjeuner.

Le déjeuner avec Luigi... La fausse alerte à l'incendie, la disparition du smartphone. Il ne put s'empêcher de penser encore une fois à Neal et de s'inquiéter pour lui.

— Votre tarte est délicieuse, déclara-t-il en italien à la mère de Francesca.

Francesca, elle, ne mangeait pas. Elle suivait des yeux chaque geste de Marco, chaque bouchée, chaque gorgée de café.

— Pour qui travaille Luigi ? reprit-elle dès que sa mère les laissa seuls.

— Probablement la CIA mais je n'en suis pas sûr. Vous connaissez ?

— Oui. Il m'arrive de lire des romans d'espionnage. C'est la CIA qui vous a amené ici ?

— Je pense que la CIA m'a fait sortir de prison et quitter le territoire américain pour me faire venir jusqu'à Bologne. Ils m'ont trouvé une planque ici en attendant d'avoir décidé de ce qu'ils feront de moi.

— Ils vont vous tuer ?

— Peut-être.

— Luigi ?

— C'est possible.

Francesca reposa sa tasse et passa la main dans ses cheveux.

— Voulez-vous un verre d'eau ? proposa-t-elle en se levant.

— Merci.

— Il faut que je marche un peu, expliqua-t-elle en prenant délicatement appui sur son pied gauche.

Elle se dirigea lentement vers la cuisine, d'où parvinrent bientôt à Marco des éclats de voix étouffés. Francesca et sa mère avaient une discussion orageuse mais elles s'efforçaient de ne pas hausser le ton.

La discussion se poursuivit quelques minutes, se calma et recommença de plus belle. Aucune des deux femmes ne voulait céder, semblait-il. Francesca revint en clopinant, une bouteille de San Pellegrino à la main, et reprit sa place.

— Que s'est-il passé ? demanda Marco.

— Je lui ai dit que vous vouliez dormir ici, ce soir. Elle a compris de travers.

— Je veux bien dormir dans un placard. Cela ne me dérange pas.

— Ma mère est très vieux jeu.

— Elle reste dormir ici ?

— Maintenant, oui.

— Un oreiller me suffira : je dormirai sur la table de la cuisine.

Quand elle revint pour débarrasser, la signora Altonelli n'était plus la même femme. Au regard qu'elle lança à Marco, on aurait pu croire qu'il avait déjà séduit sa fille. À celui qu'elle lança à Francesca, on ne doutait pas qu'elle était prête à gifler la pécheresse. Elle ronchonna encore quelques minutes dans la cuisine avant de se retirer au fond de l'appartement.

— Vous voulez dormir ? demanda Francesca.

— Non. Et vous ?

— Non. Parlons un peu.

— D'accord.

— Racontez-moi tout.

Après quelques heures de sommeil passées sur le canapé, il fut réveillé par Francesca qui lui secouait doucement l'épaule.

— J'ai une idée, souffla-t-elle. Venez avec moi.

Il la suivit dans la cuisine, où une pendule murale indiquait : 4 h 15. Il vit sur le plan de travail, près de l'évier, un rasoir jetable, une bombe de mousse à raser, une paire de lunettes et un flacon apparemment rempli d'un produit pour les cheveux, dont il ne savait pas traduire l'étiquette.

— Voici un passeport, fit Francesca en lui tendant un porte-carte en cuir bordeaux. Celui de Giovanni.

Surpris, Marco faillit le lâcher.

— Non, je ne peux pas...

— Mais, si. Il n'en aura plus besoin... J'insiste.

Marco ouvrit lentement le passeport et considéra le visage distingué d'un homme qu'il n'avait jamais vu. Le document expirait sept mois plus tard ; la photographie avait donc près de cinq ans. La date de naissance de Giovanni indiquait qu'il avait soixante-huit ans, largement vingt de plus que sa femme.

Pendant tout le trajet en taxi de Bazzano à la gare de Bologne, Marco n'avait pensé qu'à cela : se procurer un passeport. Il avait envisagé de voler celui d'un innocent touriste ou d'en acheter un au marché noir mais il ne savait pas à qui s'adresser. Et il avait pensé au passeport de Giovanni, qui ne servirait plus à personne.

Il avait écarté cette idée, de crainte de mettre Francesca en danger. Qu'arriverait-il s'il se faisait prendre ? Si un fonctionnaire de la police de l'air et des frontières avait des doutes, dans un aéroport ? Mais il redoutait plus encore de tomber entre les mains de ses poursuivants. Le passeport de Giovanni risquait de compromettre Francesca ; il ne devait pas accepter....

— Vous êtes sûre ?

Mais, à présent que le passeport était dans sa main, Marco avait une terrible envie de le garder.

— Je vous en prie, Marco, acceptez. Je veux vous aider. Giovanni serait d'accord.

— Je ne sais que dire, Francesca...

— Nous avons beaucoup à faire. Il y a un autocar pour Parme, qui part dans deux heures. Ce serait un moyen de quitter la ville sans vous faire repérer.

— Je veux aller à Milan.

— Bonne idée.

Francesca prit le passeport et l'ouvrit. Ils étudièrent tous deux la photo de Giovanni.

— Commençons par ce que vous faites pousser autour de votre bouche.

Dix minutes plus tard, la moustache et la barbiche avaient disparu. Elle lui tendit un miroir au-dessus de l'évier pour qu'il voie son visage rasé de près. À soixante-trois ans, Giovanni avait moins de cheveux gris que Marco à cinquante-deux. Il est vrai qu'il n'avait pas connu la prison.

Marco supposa que la teinture capillaire était la sienne ; il ne poserait pas la question.

Le produit agissait en une heure. Marco s'installa dans un fauteuil, une serviette autour des épaules, tandis qu'elle massait son cuir chevelu en y appliquant la crème. Ils ne parlaient guère. La mère de Francesca dormait, son mari aussi, sous médicaments.

Giovanni portait des lunettes à monture d'écaille d'un ton clair, comme il sied à un professeur d'université. Marco les essaya, se regarda dans le miroir : il se reconnut à peine, avec ses cheveux foncés et son menton glabre.

— Pas mal. Cela ira pour un début.

Telle fut l'appréciation de Francesca sur son œuvre.

Elle alla chercher une veste en velours bleu marine, avec des protège-coudes usagés.

— Il mesure cinq centimètres de moins que vous, expliqua-t-elle.

Les manches étaient un peu courtes et la veste aurait dû le serrer à la poitrine mais Marco était devenu si maigre qu'il aurait flotté dans n'importe quel vêtement.

— Quel est votre vrai nom ? demanda Francesca en tirant sur les manches et en arrangeant le col.

— Joel.

— Je crois qu'il serait préférable de porter quelque chose. Cela fera plus naturel.

Marco ne pouvait qu'accepter, ému par tant de générosité.

Francesca s'absenta une ou deux minutes et revint avec une magnifique serviette en cuir clair fermée par une boucle en argent.

— Je ne sais vraiment pas quoi dire, bredouilla Marco.

— La préférée de Giovanni, expliqua Francesca. Je la lui ai offerte il y a vingt ans. En cuir italien.

— Naturellement.

— S'il y a des problèmes avec le passeport, poursuivit Francesca, que direz-vous à la police ?

— Que je l'ai volé. Vous me donnez des leçons particulières. Un jour où vous m'aviez invité chez vous, j'ai fouillé dans les tiroirs et j'ai volé le passeport de votre mari.

— Vous mentez bien.

— Autrefois, j'étais un spécialiste... Si je me fais prendre, Francesca, je vous protégerai. Vous avez ma parole. Mes mensonges seront si crédibles qu'ils tromperont tout le monde.

— Vous ne vous ferez pas prendre, mais évitez de vous servir du passeport.

— Ne vous inquiétez pas. Je le détruirai dès que possible.

— Avez-vous besoin d'argent?

— Non.

— Vous en êtes sûr? J'ai mille euros ici.

— Merci, Francesca.

— Il faut vous dépêcher maintenant.

Devant la porte, ils s'arrêtèrent et se regardèrent dans les yeux.

— Vous passez beaucoup de temps sur Internet? demanda Marco.

— Quelques minutes, le matin.

— Cherchez Joel Backman, commencez par *The Washington Post*. Ne croyez pas tout ce que vous lirez : je ne suis pas le monstre que l'on a fabriqué.

— Vous êtes tout sauf un monstre, Joel.

— Je ne sais comment vous remercier, Francesca.

Elle prit la main droite de Marco et la serra entre les deux siennes.

— Reviendrez-vous un jour à Bologne?

C'était plus une invitation qu'une question.

— Je ne sais pas. Je n'ai pas la plus petite idée de ce qui va m'arriver. Si je reviens, pourrai-je frapper à votre porte?

— Avec plaisir. Soyez prudent.

Il resta quelques minutes dans l'ombre, sur le trottoir de la Via Minzoni. Il n'avait pas envie de la quitter, il n'était pas encore prêt à entreprendre le long voyage.

Une toux discrète se fit entendre de l'autre côté de la rue, sous les arcades. La cavale de Giovanni Ferro commençait.

28

Au fil des heures qui s'étiraient interminablement, Luigi passa de l'inquiétude à l'affolement. De deux choses l'une : soit Marco avait déjà été liquidé, soit il avait eu un soupçon et il était en fuite. Luigi se demanda si le vol de la sacoche n'avait pas été une erreur : peut-être Marco avait-il pris peur au point de disparaître.

La découverte du smartphone les avait laissés pantois. Leur protégé ne se contentait pas d'apprendre l'italien et de flâner dans les rues en essayant tous les bars de la ville. Il communiquait, il élaborait des plans.

Le smartphone avait été envoyé au labo de l'ambassade des États-Unis, à Milan. D'après les dernières nouvelles reçues de Whitaker – ils se parlaient toutes les quinze minutes –, les techniciens n'avaient pas réussi à déchiffrer le code.

Un peu après minuit, les deux visiteurs inconnus en avaient eu assez d'attendre. En sortant de l'appartement de Marco, ils avaient échangé quelques mots d'une voix assez forte pour être captée par les micros. De l'anglais, parlé avec un accent léger. Luigi avait aussitôt appelé Whitaker pour lui faire part de sa déduction : des Israéliens, sans doute.

Il avait vu juste. Les deux agents avaient reçu d'Efraim l'ordre de quitter l'appartement pour prendre une autre position.

Après leur départ, Luigi décida d'envoyer Krater à la gare routière et Zellman à la gare de chemin de fer. Sans passeport, il était impossible à Marco d'acheter un billet d'avion. Luigi avait donc fait l'impasse non sans faire remarquer à Whitaker que, si Marco avait été capable de se procurer une merveille technologique de mille dollars, peut-être avait-il pu se procurer un passeport.

À 3 heures du matin, Whitaker hurlait au téléphone depuis Milan. Luigi, qui ne pouvait hurler pour des raisons de sécurité, se contentait de jurer, ce qu'il faisait aussi bien en anglais qu'en italien.

— Vous l'avez perdu, nom de dieu ! glapissait Whitaker.

— Pas encore.

— Mais si ! Il doit être mort, à l'heure qu'il est !

Luigi raccrocha sans répondre, pour la troisième fois de la nuit.

Vers 3 h 30, l'ensemble du kidon se retira dans les deux planques. Après quelques heures de repos, ils organiseraient la journée du lendemain.

Il partageait un banc avec un clodo, dans un jardin public, tout près de la gare routière. Le type, une bouteille de rosé serrée contre lui, soulevait la tête toutes les cinq minutes pour marmonner une phrase incompréhensible à l'adresse de Marco. De l'autre bout du banc, celui-ci grognait une réponse inarticulée qui semblait satisfaire son voisin. Deux de ses collègues, proches du coma, étaient roulés en boule non loin de là comme des soldats dans une tranchée. Marco ne se sentait pas vraiment en sécurité mais, au fond de lui, il savait que le vrai danger viendrait d'ailleurs.

Seules quelques rares silhouettes traînaient aux abords de la gare routière. Puis, à 5 h 30, il y eut un moment d'animation quand un autocar déchargea un groupe de voyageurs, peut-être des gitans, qui parlaient fort et tous en même temps, visiblement ravis de voir se terminer leur long trajet nocturne. D'autres arrivées se succédèrent ; Marco décida qu'il était temps d'abandonner les clodos à leur sort. Il entra dans la gare derrière un jeune couple accompagné d'un enfant. Il les suivit jusqu'au guichet où ils achetèrent des billets pour Parme. Il répéta ce qu'il les avait entendus dire, paya son billet et fila se cacher aux toilettes.

Assis à une table du buffet de la gare devant une tasse de café imbuvable, Krater observait les allées et venues par-dessus son journal. Quand Marco passa près de lui, il prit note de sa taille, de sa carrure, de son âge. La démarche lui était familière, mais le pas trop lent. Le Marco Lazzeri qu'il avait pris en filature depuis son arrivée à Bologne était capable de marcher à une allure telle qu'il fallait quasiment courir pour le suivre. L'homme qui passait devant lui ne se pressait pas. Mais où serait-il allé, pourquoi se serait-il dépêché ? Dans les rues de la vieille ville, Lazzeri se fixait pour but de le semer et il y parvenait trop souvent au goût de Krater.

Le visage était très différent, les cheveux plus bruns. La casquette en velours côtelé avait disparu ; ce n'était qu'un accessoire, bien sûr. Les lunettes à monture d'écaille attirèrent le regard de Krater. Les lunettes constituaient un excellent déguisement, mais il ne fallait pas en faire trop. Les montures Armani de Marco, fines, élégantes, lui allaient parfaitement : elles modifiaient légèrement son apparence sans attirer l'attention, contrairement aux lunettes rondes de ce voyageur.

L'homme avait le visage glabre, mais se raser était l'affaire de cinq minutes. Krater n'avait jamais vu cette chemise sur Marco ; il avait pourtant accompagné plusieurs fois Luigi quand il fouillait la planque. Le jean délavé était passe-partout : Marco en avait acheté un du même genre. La veste en velours bleu, avec ses protège-coudes et l'élégante serviette en cuir laissaient Krater perplexe. Marco n'avait certainement pas fait l'acquisition d'une veste usagée aux manches un peu trop courtes. La serviette était de belle qualité. Certes, Marco avait réussi à se procurer de quoi acquérir un smartphone, mais pourquoi gaspiller son argent dans un article de maroquinerie si coûteux ? La sacoche Silvio bleu marine, celle que Krater avait subtilisée dans le restaurant, ne coûtait que soixante euros.

Krater suivit l'homme des yeux jusqu'à ce qu'il tourne dans un couloir. Une possibilité, sans plus. Krater prit une gorgée de café tiède et fit la grimace.

Debout dans une cabine des toilettes, Marco avait baissé son jean jusqu'aux chevilles – tant pis pour son sens du ridicule, il importait avant tout de ne pas se faire repérer. Il entendit la porte commune s'ouvrir. Dans les lieux, avait-il repéré, il y avait quatre urinoirs alignés sur la gauche de l'entrée, six lavabos en face et les quatre cabines sur la droite. Marco savait que les trois autres étaient vides. Il tendit l'oreille, à l'affût de bruits caractéristiques – le zip d'une fermeture Éclair, le cliquetis d'une boucle de ceinture, le soupir de satisfaction, le jet d'urine sur la faïence.

Rien. Aucun bruit ne provenait des lavabos ; personne ne se lavait les mains. On n'essaya pas non plus d'ouvrir la porte d'une cabine. Peut-être était-ce le gardien qui faisait une ronde discrète ?

Plié en deux devant la rangée de lavabos, Krater distingua dans la dernière cabine le jean baissé jusqu'aux chevilles, à côté de la belle serviette en cuir. L'homme prenait tout son temps.

À 6 heures, un autocar partait pour Parme. Le suivant, pour Florence, était à 6 h 20. Krater courut jusqu'au guichet et acheta un billet pour chaque trajet. L'employé le regarda d'un drôle d'air. Krater ne se rendit compte de rien : il était déjà reparti vers les toilettes. La dernière cabine était encore occupée.

Krater ressortit pour appeler Luigi. Après avoir donné le signalement du suspect, il expliqua que l'homme ne semblait pas pressé de sortir des toilettes.

— Il n'y a pas de meilleure cachette, rappela Luigi.

— Je l'ai souvent utilisée.

— Croyez-vous que ce soit Marco ?

— Je ne sais pas. Si c'est lui, la transformation est étonnante.

Encore secoué par la découverte du smartphone et des quatre cents dollars en espèces, mais aussi par la disparition pure et simple de son protégé, Luigi n'était pas prêt à prendre un risque.

— Suivez-le, ordonna-t-il.

Cinq minutes avant l'heure du départ, Marco remonta son pantalon, tira la chasse d'eau, saisit sa serviette et sortit des toilettes. Son journal ouvert dans une main, Krater attendait en grignotant une pomme. Quand il vit Marco se diriger vers l'autocar de Parme, il lui emboîta le pas.

Un siège sur trois était inoccupé. Marco en choisit un vers le milieu, du côté gauche, près d'une vitre. Krater tourna la tête au passage de Marco, puis il s'installa quatre rangs derrière lui.

Modène était le premier arrêt. Quand le car entra dans les faubourgs, Marco décida de faire l'inventaire des voyageurs assis derrière lui. Il se leva et remonta l'allée centrale vers l'arrière, où se trouvaient les toilettes, en jetant au passage un coup d'œil désinvolte sur les hommes présents.

Une fois dans la petite cabine, Marco ferma les yeux. J'ai déjà vu ce visage, se dit-il.

C'était la veille, à l'heure du déjeuner, au Caffè Atene, quelques minutes avant que les lumières s'éteignent. Il avait vu le même visage dans un long miroir, près d'un portemanteau, au-dessus des tables. Il était derrière lui, tout près, à une table qu'il partageait avec un autre homme.

Décidément, ce visage ne lui était pas inconnu. À présent, il avait l'impression de l'avoir déjà vu plusieurs fois à Bologne.

Quand Marco regagna son siège, le car arrivait à la gare routière. Réfléchis vite, se dit-il, mais garde ton calme. Pas d'affolement. Ils t'ont suivi jusqu'ici mais ils ne doivent pas te suivre jusqu'au bout du voyage.

L'autocar s'immobilisa ; le chauffeur annonça un arrêt de quinze minutes. Quatre passagers seulement descendirent. Les autres restèrent assis ; ils sommeillaient, pour la plupart. Marco ferma les yeux, commença à dodeliner de la tête et s'appuya contre la vitre. Une minute s'écoula. Deux campagnards montèrent, l'air égaré, chargés de gros sacs de toile.

Au moment où le chauffeur reprenait sa place au volant, Marco se leva, fit rapidement quelques mètres dans l'allée et sauta du car juste avant que la porte se ferme. Il entra dans la gare routière avant de se retourner. Son poursuivant se trouvait toujours à bord de l'autocar, qui faisait marche arrière.

La première réaction de Krater avait été de descendre à son tour au risque d'une altercation avec le chauffeur, mais il s'était retenu. Le suspect savait à l'évidence qu'il était suivi et sa sortie inopinée ne faisait que confirmer ce que Krater avait soupçonné : c'était bien Marco et il était aux abois.

Mais il se trouvait maintenant libre de ses mouvements alors que Krater restait coincé dans le car. Au premier feu rouge, celui-ci s'élança vers l'avant du véhicule en se tenant le ventre à deux mains et implora le chauffeur de le laisser descendre avant qu'il vomisse partout. La portière s'ouvrit aussitôt. Krater sauta sur le trottoir et s'élança au pas de course vers la gare routière.

Marco n'avait pas perdu de temps. Une fois le car disparu au bout de la rue, il s'était dirigé vers la station de taxis. Trois voitures attendaient ; il monta dans la première.

— Pouvez-vous me conduire à Milan ? demanda-t-il au chauffeur dans un excellent italien.

— *Milano ?*

— *Si, Milano.*

— *E molto caro !* C'est très cher.

— *Quanto ?*

— *Duecento euro.*

— *Andiamo.*

Après avoir fouillé pendant une heure la gare routière et les rues adjacentes, Krater appela Luigi pour annoncer la nouvelle, à la fois mauvaise et bonne. L'homme lui avait filé entre les doigts mais sa fuite confirmait qu'il s'agissait de Marco.

Luigi fut d'abord agacé par Krater, qui s'était fait avoir par un amateur, puis impressionné par Marco, qui avait su transformer son apparence et échapper aux tueurs auxquels on l'avait jeté en pâture. En même temps, il était aussi furieux contre Whitaker et les abrutis de Washington qui ne cessaient de changer de plan. La situation désastreuse qu'ils avaient créée, il en serait certainement tenu pour responsable.

Il appela Whitaker, hurla au téléphone, étouffa quelques jurons et embarqua Zellman et les deux autres à la gare. Ils rejoindraient Krater à Milan, où Whitaker promettait de mettre le paquet pour retrouver le fugitif.

Dans le train qui le conduisait de Bologne à Milan, il vint à Luigi une idée merveilleuse mais dont il ne pouvait s'ouvrir à personne. Pourquoi – tout simplement – ne pas faire savoir aux Israéliens et aux Chinois que la trace de Backman avait été perdue à Modène, sur la route de Parme et de Milan ? Ils voulaient sa peau plus qu'on ne la voulait à Langley ; ils seraient donc plus efficaces pour le retrouver.

Même s'ils changeaient trop souvent au goût de Luigi, les ordres étaient les ordres.

Tous les chemins menaient à Milan.

29

Le taxi déposa Marco à une cinquantaine de mètres de l'entrée de la gare de Milano Centrale. Il paya la course, remercia le chauffeur d'avoir accepté de faire le trajet depuis Modène et lui souhaita bonne route. Il longea la file des taxis et pénétra sous le dôme gigantesque de la gare. Il suivit la foule, prit deux escaliers roulants et déboucha dans le hall de départ auquel aboutissaient une douzaine de quais. Il consulta le tableau des départs, étudia différentes possibilités. Le train qui reliait quatre fois par jour Milan à Stuttgart faisait un arrêt à Zurich. Marco trouva la fiche des horaires, acheta un plan de la ville et alla s'installer à la table d'un café, au milieu d'une rangée de boutiques. Il ne pouvait guère se permettre de perdre son temps mais, d'un autre côté, il fallait qu'il sache où il était. Il but deux espressos et mangea une pâtisserie en suivant du regard les allées et venues des voyageurs pressés. Il aimait la foule ; elle lui donnait un sentiment de sécurité.

Sa première idée avait été de marcher une demi-heure en direction du centre de Milan. Il trouverait sur la route un magasin de vêtements où s'acheter de quoi se changer – veste, chemise, pantalon et chaussures ; il s'était fait repérer à Bologne ; cela ne devait pas se reproduire. Il y aurait certainement, du côté de la Piazza del Duomo, un cybercafé où il pourrait louer un ordinateur pour un quart d'heure, même s'il était sceptique sur sa capacité de faire marcher ces machines suffisamment bien pour transmettre un message électronique à Neal. Il était 10 h 15 à Milan, 4 h 15 en Virginie. Neal prendrait connaissance de ses messages à 7 h 50. Il devait absolument réussir à envoyer un e-mail. Il n'avait pas le choix.

Sa deuxième idée, inspirée par le spectacle de ces milliers de voyageurs prêts à s'éparpiller aux quatre coins de l'Europe, avait été de fuir. Acheter un billet, quitter Milan et l'Italie aussi vite que possible. Sa nouvelle couleur de cheveux, les lunettes de Giovanni et sa vieille veste n'avaient pas suffi à tromper ses poursuivants à Bologne : ils le retrouveraient certainement partout.

Perplexe, il décida d'aller se promener autour de la gare. Prendre l'air lui faisait toujours du bien. Au bout de cinq minutes, il se sentait déjà mieux. Comme celles de Bologne, les rues de Milan rayonnaient pour former une sorte de toile d'araignée. Les voitures avançaient à touche-touche ; parfois, l'encombrement était tel que la circulation était bloquée. Marco aimait cela et il aimait encore plus les trottoirs pleins de monde, son meilleur rempart contre le danger.

La boutique de prêt-à-porter, à l'enseigne de *Roberto*, était coincée entre une bijouterie et une boulangerie. Les deux vitrines étaient bourrées de vêtements prévus pour durer une semaine, ce qui convenait parfaitement à Marco. L'italien du vendeur – un Oriental – était pire que celui de Marco, mais l'homme excellait à approuver d'un grognement le choix du client qu'il avait entrepris avec une satisfaction visible de transformer de la tête aux pieds. Une veste marron foncé remplaça celle de Giovanni, un pull à manches courtes la chemise et un pantalon d'un bleu presque noir, le jean. Un délai d'une semaine étant exigé pour les retouches, Marco demanda des ciseaux au vendeur. Coincé dans une cabine d'essayage qui sentait le moisi, il prit les mesures de son mieux et s'efforça d'ajuster son pantalon. Quand il sortit, le vendeur ouvrit des yeux horrifiés à la vue du tissu grossièrement effrangé.

Avec les chaussures que celui-ci lui proposa, il aurait eu les pieds couverts d'ampoules avant d'arriver à la gare ; il décida de garder les siennes. Il fit encore l'acquisition d'un chapeau de paille – il en avait vu un sur la tête d'un passant avant d'entrer dans la boutique. À ce point du voyage, l'élégance était le cadet de ses soucis.

Sa nouvelle tenue lui coûta près de trois cents euros, une dépense qu'il déplorait mais jugeait nécessaire. Il essaya en vain de la troquer contre la belle serviette de cuir de Giovanni. Celle-ci valait certainement plus cher que le tout réuni mais le vendeur avait été traumatisé par le massacre du pantalon. Quand Marco sortit de la boutique, il portait encore la serviette, plus une poche en plastique rouge contenant la veste bleue, la chemise et le jean.

Il entra un peu plus loin dans un magasin où il acheta des chaussures façon bowling, assurément l'article le plus laid de la vitrine. Elles étaient noires, avec des bandes bordeaux ; Marco espérait qu'elles étaient plus confortables qu'élégantes. Il déboursa encore cent cinquante euros et parcourut plus de cent mètres dans la rue avant de trouver le courage de baisser les yeux pour les regarder.

Luigi quitta Bologne avec un inconnu à ses basques. Le jeune homme chargé de faire des allers et retours en scooter Via Fondazza l'avait vu sortir de l'appartement voisin de celui de Backman. Son attention avait été attirée par le comportement de Luigi, qui courait ; personne ne courait sous les arcades de la Via Fondazza. Le scooter l'avait suivi de loin, jusqu'à ce qu'il s'arrête pour monter dans une Fiat rouge. La voiture avait parcouru quelques centaines de mètres, ralenti juste assez pour permettre à un autre homme de monter en marche et redémarré sur les chapeaux de roue. Le scooter n'avait eu aucune difficulté à suivre le véhicule dans les embarras de la circulation. Quand la Fiat s'était garée en stationnement interdit aux abords de la gare pour laisser descendre les deux individus, le jeune homme avait informé Efraim par radio.

Quinze minutes plus tard, deux agents du Mossad en tenue de policier forcèrent la porte de l'appartement de Luigi en déclenchant différentes alarmes, certaines silencieuses, d'autres à peine audibles. Tandis que trois de leurs collègues montaient la garde dans la rue, les deux hommes enfoncèrent la porte de la cuisine et découvrirent l'imposante installation du matériel de surveillance.

Quand Luigi, Zellman et un autre agent américain montèrent dans le rapide à destination de Milan, le jeune homme au scooter les imita, muni d'un billet en bonne et due forme. Prénommé Paul, âgé de vingt-six ans, il était à la fois le plus jeune membre du kidon et celui qui parlait le mieux italien. Ses traits juvéniles encadrés de cheveux mi-longs cachaient un tueur expérimenté dont le tableau de chasse comptait déjà une demi-douzaine de victimes. À peine eut-il informé son chef que le train venait de quitter la gare, que deux autres agents entraient chez Luigi pour donner un coup de main à leurs collègues. Une alarme résista à toutes leurs tentatives ; le signal sonore continuait de retentir à travers les murs du vieux bâtiment.

Par crainte que l'attention des voisins ne soit attirée, Efraim décida au bout de dix minutes de rappeler ses troupes. Les membres du kidon se dispersèrent, puis se regroupèrent dans une des deux planques. Ils n'avaient pas réussi à déterminer qui était Luigi ni pour qui il travaillait mais il était évident qu'il espionnait Backman vingt-quatre heures sur vingt-quatre.

Au fil des heures, comme Backman ne donnait pas signe de vie, ils s'autorisèrent à supposer qu'il s'était enfui. Luigi pouvait-il les mener à lui ?

En arrivant sur la Piazza del Duomo, Marco demeura pétrifié devant la gigantesque cathédrale gothique. Il se promena dans la Galleria Vittorio Emanuele, une magnifique galerie vitrée bordée de cafés et de librairies, un endroit très animé, lieu de rendez-vous apprécié. La température frôlant les 15 °C, il prit un sandwich et un Coca en plein air, au milieu d'un grouillement de pigeons prêts à se ruer sur la moindre miette. Il observa un moment les vieux Milanais flânant dans la galerie bras dessus, bras dessous, indifférents au temps qui passe.

Marco se demandait s'il valait mieux quitter la ville au plus vite ou s'y cacher un ou deux jours. Il devait trouver une réponse rapide.

Dans une métropole de quatre millions d'habitants, il était facile de disparaître aussi longtemps qu'il serait nécessaire. Muni d'un plan de la ville, Marco partagerait ses journées entre sa chambre d'hôtel et l'exploration des ruelles les moins fréquentées.

Mais cela laisserait à la meute de ses poursuivants le temps de s'organiser.

N'était-il pas préférable de partir tout de suite, pendant qu'ils le cherchaient partout en se posant des questions ?

Il décida que si : c'était ce qu'il avait de mieux à faire. Il appela le garçon, régla sa consommation et se leva avec un regard pour ses chaussures – confortables certes, mais promises sous peu à la poubelle. C'est alors qu'il vit sur un bus une publicité pour un cybercafé, Via Verri. Dix minutes plus tard, il était devant la vitrine. Un écriteau fixé au mur donnait les tarifs de location : dix euros de l'heure, minimum d'une demi-heure. Il commanda un jus de fruits et prit une location d'une demi-heure. L'employé indiqua de la tête une longue table sur laquelle était alignée une batterie d'ordinateurs. Trois postes étaient utilisés – par des clients manifestement sûrs de ce qu'ils faisaient. Marco, lui, était déjà perdu avant de commencer.

Mais il fit bonne contenance. Il s'installa sur une chaise, posa les mains sur le clavier, considéra le moniteur. Et s'appliqua à suivre de mémoire les instructions de Neal, comme s'il faisait cela depuis des années. Il trouva la chose étonnamment facile. En accédant au site KwyteMail, il tapa son nom d'utilisateur, « Grinch456 », puis le mot de passe *post hoc ergo propter hoc*. Il attendit dix secondes et le message de Neal s'afficha :

Marco : *Mikel Van Thiessen est toujours à la Rhineland Bank. À été promu vice-président du service clientèle. Autre chose ? Grinch.*

À 7 h 50 précises, heure de l'Est, Marco tapait sa réponse :

Grinch : *C'est Marco, en chair et en os. Et toi ?*

Il prit une gorgée de jus de fruits, le regard rivé sur l'écran. Faites que ça marche ! Une autre gorgée. De l'autre côté de la table, une femme parlait à son moniteur. Un message s'afficha.

Je suis là. Bien reçu. Que se passe-t-il ?

Marco : *On a volé mon Ankyo 850. Des méchants, sans doute, qui sont en train de le désosser. Peuvent-ils remonter jusqu'à toi ?*

Neal : *Seulement s'ils sont en possession du nom d'utilisateur et du mot de passe. C'est le cas ?*

Marco : *Non, je les ai détruits. Il n'est pas possible de retrouver un mot de passe ?*

Neal : *Pas avec KwyteMail. Impossible à déchiffrer. S'ils n'ont que le P.C., ils n'y arriveront pas.*

Marco : *Et maintenant, nous ne risquons rien ?*

Neal : *Rien du tout. Qu'utilises-tu comme matériel ?*

Marco : *Je suis dans un cybercafé. J'ai loué un ordinateur, comme un vrai pro.*

Neal : *Veux-tu un autre smartphone Ankyo ?*

Marco : *Pas maintenant. Plus tard, peut-être. Il faudrait que tu ailles voir Carl Pratt ; je sais que tu ne l'aimes pas mais j'ai besoin de lui. Pratt était très lié avec Ira Clayburn, l'ex-sénateur de Caroline du Nord. Clayburn a présidé pendant des années la commission sénatoriale du renseignement. J'ai besoin de Clayburn. Tu pourras le joindre par l'intermédiaire de Pratt.*

Neal : *Où vit Clayburn ?*

Marco : *Je n'en sais rien... J'espère qu'il est encore de ce monde. Il était originaire des Outer Banks, en Caroline du Nord, des îles sablonneuses qui bordent l'océan. Il a pris sa retraite un an après mon départ en prison. Pratt saura où le trouver.*

Neal : *D'accord. Je m'en occupe dès que j'ai un moment.*

Marco : *Sois prudent. Ne prends pas de risques.*

Neal : *Et toi, où en es-tu ?*

Marco : *En cavale. J'ai quitté Bologne très tôt ce matin. J'essaierai de te contacter demain, à la même heure. D'accord ?*

Neal : *Ne te fais pas remarquer. Je serai là demain.*

Marco arbora un sourire satisfait. Mission accomplie. Cyber-monde, me voici – pas la mer à boire, tout compte fait. Il se concentra sur la sortie de KwyteMail, pour être certain de ne pas laisser de traces, puis il termina son jus de fruits et se leva. Sur la route de la gare, il s'arrêta d'abord dans une maroquinerie où il réussit à échanger la belle serviette de Giovanni contre une autre, noire, de qualité visiblement inférieure, puis, dans une petite bijouterie, où il fit l'acquisition pour dix-huit euros d'une grosse montre au bracelet en plastique rouge vif. Un élément de plus pour détourner l'attention de ceux qui traquaient Marco Lazzeri. Il acheta ensuite chez un marchand de livres d'occasion les poèmes de Czeslaw Milosz, en polonais bien entendu, pour la modique somme de deux euros, et enfin, dans un magasin d'accessoires, des lunettes de soleil et une canne.

La canne lui rappelait Francesca. Et modifiait sa démarche, la ralentissait. Il entra sans se presser dans la gare de Milano Centrale et acheta un billet pour Stuttgart.

Par un message envoyé en urgence depuis Langley, Whitaker apprit qu'on était entré par effraction dans l'appartement de Luigi. Il ne pouvait rien y faire : tous les agents envoyés à Bologne étaient à Milan. Il y en avait deux à la gare de chemin de fer, qui cherchaient une aiguille dans une botte de foin, deux à l'aéroport Malpensa, à plus de quarante kilomètres du centre-ville et deux à l'aéroport Linate, moins éloigné, d'où partaient la plupart des vols pour l'Europe. Posté à la gare routière, Luigi expliquait depuis son portable que Marco n'était peut-être même pas à Milan. Avoir pris un car de Bologne à Modène ne signifiait pas nécessairement que Milan était sa destination d'origine. Mais la crédibilité de Luigi était au plus bas, du moins auprès de Whitaker. Aussi, exilé à la gare routière, regardait-il passer les voyageurs par milliers...

Krater, lui, faillit décrocher le gros lot.

Marco avait acheté – soixante euros – un billet de première classe dans l'espoir d'avoir un compartiment. Sa voiture était en queue du convoi. Marco monta à bord du train à 17 h 30, quarante-cinq minutes avant le départ. Il trouva son siège, dissimula autant que possible son visage sous les lunettes de soleil et le chapeau de paille, ouvrit le recueil de poèmes et observa du coin de l'œil les voyageurs qui marchaient sur le quai, dont certains à moins d'un mètre de lui, de l'autre côté de la vitre. Tous étaient pressés.

Tous sauf un. L'homme du car était là, le visage du Caffè Atene, l'auteur probable du vol de sa sacoche Silvio, le passager qui n'était pas descendu du car à temps, à Modène. Il marchait sur le quai mais il n'allait nulle part. Il avait les yeux plissés, le front creusé de rides profondes. Pas très discret pour un professionnel, estima Marco qui, à son corps défendant, en savait à présent plus qu'il ne le souhaitait sur l'art de se cacher, de passer inaperçu et d'effacer ses traces.

On avait indiqué à Krater que Marco prendrait soit la direction du sud, vers Rome, autre grand carrefour, soit celle du nord, à destination de la Suisse, de l'Allemagne, de la France, ou tout autre pays d'Europe. Depuis cinq heures, Krater arpentait les douze quais de la gare, regardait les trains arriver et partir, se mêlait aux voyageurs. Indifférent à ceux qui descendaient, il concentrait son attention sur ceux qui montaient. Aucune veste bleue n'échappait à sa vigilance, toute nuance et toute coupe confondues, mais il n'avait pas encore aperçu les fameux protège-coudes.

Ceux-ci se trouvaient, et la veste avec, dans la serviette de cuir noir coincée entre les pieds de Marco, sous le siège numéro soixante-dix du wagon de première classe du rapide Milan-Stuttgart. Marco vit Krater longer lentement le quai ; il s'intéressait de près à ce convoi à destination de l'Allemagne. Il tenait à la main ce qui ressemblait à un billet. Marco crut le voir monter dans le train puis le perdit de vue.

Il faillit prendre ses bagages pour descendre, mais réussit à se contenir. Juste à ce moment, la porte du compartiment s'ouvrit.

30

Quand il fut établi que Backman était non pas liquidé mais bel et bien en fuite, il fallut cinq heures d'une activité frénétique pour que Julia Javier obtienne des renseignements censés être à portée de main. Des renseignements que l'on finit par dénicher dans un dossier mis sous clé dans le bureau du directeur, à la disposition de Teddy Maynard. Peut-être Julia avait-elle eu connaissance de ces renseignements, mais il était évident qu'ils lui étaient sortis de l'esprit.

Le FBI les avait fournis six ans auparavant, non sans réticence, au cours de l'enquête sur Backman. Les opérations financières de l'Intermédiaire étaient alors examinées de très près, à cause de rumeurs insistantes selon lesquelles il aurait filouté un client et planqué un magot. Si tel était le cas, où était l'argent ? Le FBI s'appliquait à reconstituer ses déplacements quand Backman avait brusquement décidé de plaider coupable ; l'enquête ne s'était pas arrêtée pour autant, et les résultats avaient été transmis à Langley.

Dans le mois précédant sa mise en examen, son arrestation et sa mise en liberté sous caution, Backman avait fait deux allers et retours en Europe. Le premier, en classe affaires, sur un vol Air France, l'avait conduit à Paris avec sa secrétaire préférée du moment pour quelques jours de tourisme et détente. La jeune femme avait appris aux enquêteurs que son patron s'était absenté une journée – un saut à Berlin pour ses affaires – mais qu'il était revenu à temps pour dîner chez Alain Ducasse. Elle ne l'avait pas accompagné.

Aucune trace de la présence de Backman sur un vol commercial à destination de Berlin ou d'une autre ville européenne, cette semaine-là. Il n'aurait pu prendre l'avion sans son passeport, et le FBI avait la certitude qu'il ne l'avait pas utilisé. Mais pour voyager en train, le passeport était inutile. Genève, Berne, Lausanne et Zurich se trouvaient à moins de quatre heures de Paris par le chemin de fer.

Le deuxième déplacement était un aller et retour précipité entre Washington et Francfort – vol Lufthansa, première classe –, pour affaires, avait-il dit. Il était resté deux nuits dans un hôtel de luxe, à Francfort ; rien n'indiquait qu'il avait dormi ailleurs. Francfort, tout comme Paris, se trouvait à quelques heures de train des principales places financières suisses.

Dès que Julia Javier eut pris connaissance du rapport du FBI, elle téléphona à Whitaker.

— Il est en route pour la Suisse, annonça-t-elle.

La dame avait largement assez de bagages pour cinq personnes. Un porteur fébrile transporta les pesantes valises dans le compartiment qu'elle emplit de sa volumineuse personne, de ses affaires et de son parfum. Sur les six sièges du compartiment, elle s'en appropria quatre. Elle s'installa en face de Marco en tortillant un peu du postérieur comme pour occuper encore plus de place. Elle s'appuya contre la vitre, et tourna la tête vers le voyageur.

— Bonsoir, articula-t-elle d'une voix qui se voulait sensuelle.

Française, se dit Marco.

— Hello, répondit-il, ne voulant pas se faire passer pour un Italien.

— Ah ! Américain !

— Non, canadien, rectifia-t-il sans aucune conviction, complètement perdu entre ses différentes identités, les cultures, les langues et les mensonges qui enrobaient le tout.

— Ah bon ! fit-elle en déplaçant quelques sacs.

À l'évidence, la dame aurait préféré qu'il soit américain. La soixantaine, solidement charpentée, boudinée dans une robe rouge, elle avait des mollets énormes et de grosses chaussures noires qui n'en étaient pas à leur premier voyage. Sous le maquillage trop lourd, les yeux étaient bouffis. La raison en fut rapidement évidente. Bien avant que le train démarre, elle prit dans un sac un grand flacon, dévissa le bouchon qui se transformait en tasse et descendit d'un coup ce qui ressemblait à un alcool fort. Elle déglutit, sourit à Marco.

— Vous en voulez?

— Non, merci.

— C'est un bon cognac.

— Sans façon.

— Tant pis.

La grosse dame se versa une autre dose d'alcool qu'elle sécha d'un trait avant de reboucher le flacon.

Marco se dit que le voyage allait être long.

— Où allez-vous? reprit la dame en excellent anglais.

— À Stuttgart. Et vous?

— Stuttgart d'abord, Strasbourg ensuite. Je ne peux pas rester longtemps à Stuttgart, vous comprenez.

Le nez de la grosse dame se fronça comme si la ville s'élevait sur un cloaque.

— J'adore Stuttgart, reprit Marco, juste pour la voir défroncer le nez.

— Vraiment?

Elle baissa les yeux vers ses chaussures et s'en débarrassa sans se préoccuper de l'endroit où elles atterrissaient. Marco se prépara à être assailli par de mauvaises odeurs mais le parfum bon marché dont elle s'était inondée rendait toute concurrence impossible.

Pour se protéger, il ferma les yeux et fit mine de s'assoupir. Elle garda le silence pendant quelques minutes, puis d'une voix forte :

— Vous parlez polonais?

Marco se redressa comme si elle l'avait réveillé en sursaut; elle regardait le recueil de poésie.

— Non, on ne peut pas dire ça. J'aimerais beaucoup apprendre : ma famille est d'origine polonaise.

Sa phrase à peine terminée, il retint son souffle. Il redoutait qu'elle ne déverse sur lui un torrent de polonais.

— Je vois, dit-elle seulement, sans chaleur.

Un coup de sifflet retentit et le train se mit en mouvement. Il n'y avait personne d'autre dans leur compartiment. Il était 18 h 15 précises. Quelques voyageurs étaient passés dans le couloir ; constatant l'encombrement, ils avaient poursuivi leur route.

Quand le train démarra, Marco garda les yeux rivés sur le quai sans voir l'homme de l'autocar.

Après une nouvelle lampée de cognac, la grosse dame avait fini par s'endormir en ronflant. Elle fut réveillée par le contrôleur. Un employé du bar passa avec un chariot contenant des boissons. Marco demanda une bière et en proposa une à sa voisine : elle répondit par un nouveau froncement de nez.

Premier arrêt : Côme/San Giovanni. Personne ne monta. Quelques minutes plus tard, arrêt à Chiasso. Il faisait presque nuit ; Marco se demandait s'il n'allait pas descendre en route. Il restait quatre arrêts avant Zurich, un en Italie, trois en Suisse. Lequel des deux pays était préférable ?

Il ne pouvait plus se permettre d'être suivi. Si ce type était dans le train, c'est qu'il n'avait pas réussi à les semer depuis Bologne en passant par Modène et Milan, alors qu'il ne cessait de changer d'apparence. Il avait affaire à des professionnels ; il n'était pas de taille. Je ne suis qu'un misérable amateur, se dit Marco en prenant une gorgée de bière.

Il surprit le regard de la grosse dame fixé sur les jambes effrangées de son pantalon, puis il le vit glisser vers les chaussures de bowling et remonter. Quand il arriva à la montre au bracelet rouge vif, elle ne put masquer sa réprobation. Quelle vulgarité. Décidément, ces Américains... ou Canadiens, peu importe.

En regardant par la vitre, Marco vit des lumières scintiller sur les eaux du lac de Lugano. Le train continuait de prendre de l'altitude ; ils étaient aux portes de la Suisse.

De loin en loin, quelqu'un passait dans le couloir mal éclairé, jetait un coup d'œil dans leur compartiment et continuait jusqu'aux toilettes, au bout du wagon. La grosse dame s'étalait sans gêne ; elle avait posé les pieds sur le siège qui lui faisait face, pas très loin de la cuisse de Marco. En peu de temps, ses sacs, ses vêtements, ses magazines avaient envahi l'espace au point que Marco avait peur de ne plus retrouver sa place s'il la quittait.

Il finit par céder à la fatigue et s'assoupit. Quand il rouvrit les yeux, le train était en gare de Bellinzona, le premier arrêt en Suisse. Un passager faisait du tapage dans le couloir. Il se plaignait au contrôleur que, bien qu'ayant réservé dans ce compartiment, il lui était impossible de s'y s'asseoir. La grosse dame leva à peine les yeux du magazine de mode qu'elle lisait. Le contrôleur entraîna le fâcheux vers une autre voiture.

Il restait une heure et demie de trajet avant l'arrêt suivant.

— Je veux bien goûter, fit Marco en voyant sa voisine déboucher son flacon d'alcool.

Elle lui sourit, pour la première fois depuis le départ de Milan. Boire seule ne la dérangeait pas mais il était toujours plus agréable de le faire en bonne compagnie. Après deux petits coups de cognac, Marco s'assoupit de nouveau.

Le train freina brusquement en gare d'Arth-Goldau. La tête de Marco tapa contre la vitre et son chapeau tomba. Quand il ouvrit les yeux, il vit la grosse dame qui l'observait.

— Il y a un homme qui vous regarde bizarrement, déclarat-elle.

— Où?

— Où? Mais ici, dans le train. Il est venu au moins trois fois. Il s'arrête à la porte, il vous regarde d'un drôle d'air et il repart.

Peut-être mes chaussures, se dit Marco. Ou mon pantalon. Il se frotta les yeux en simulant l'indifférence, comme si cela lui arrivait tout le temps.

— À quoi ressemble-t-il?

— Blond, dans les trente-cinq ans, beau garçon. Porte une veste marron. Vous le connaissez?

— Non, je ne vois pas qui c'est.

L'homme du car, à Modène, n'avait ni les cheveux blonds ni une veste marron mais ces détails n'avaient déjà plus d'importance. Marco avait peur, suffisamment pour changer ses plans.

Il restait vingt-cinq minutes jusqu'à Zoug, le dernier arrêt avant Zurich. Il ne pouvait courir le risque de les traîner derrière lui jusqu'à Zurich. Dix minutes avant l'arrêt, il se leva pour aller aux toilettes en laissant sur son siège sa serviette et sa canne.

Une fois franchis les obstacles qui le séparaient de la porte, il sortit et longea quatre compartiments occupés chacun par trois passagers au moins. Aucun d'eux ne lui parut suspect. Alors qu'il s'enfermait dans les toilettes, il sentit que le train commençait à ralentir. Il y avait deux minutes d'arrêt à Zoug ; depuis le départ de Milan, l'horaire avait été rigoureusement respecté. Quand le train s'immobilisa, Marco attendit une minute, puis fila vers son compartiment, ouvrit la porte, saisit sa serviette et sa canne – prêt à s'en faire une arme si besoin était –, ressortit sans un mot à la grosse dame, courut jusqu'à l'extrémité de la voiture et sauta sur le quai.

C'était une petite gare bâtie en hauteur. Marco dévala quatre à quatre la volée de marches qui la séparait de la rue en contrebas. Un taxi était à l'arrêt, le chauffeur écroulé sur son volant. Quand Marco ouvrit la portière, l'homme se réveilla en sursaut et mit machinalement le contact.

— Un hôtel, s'il vous plaît, fit Marco.

Le taxi posa une question en allemand. Marco essaya l'italien.

— Je cherche un petit hôtel. Je n'ai pas de réservation.

— Pas de problème.

Le taxi et le train démarrèrent en même temps. Marco se retourna : personne.

Au terme d'une course d'au moins trois cents mètres, le taxi s'arrêta devant une construction à charpente de bois, dans une petite rue tranquille.

— Cet hôtel est très bien, déclara le chauffeur.

— Je vous remercie. Combien de temps faut-il pour aller à Zurich en voiture ?

— À peu près deux heures. Cela dépend de la circulation.

— Il faut que je sois à Zurich demain matin, à 9 heures. Pourriez-vous m'y conduire ?

Le taxi eut un moment d'hésitation ; il devait calculer son bénéfice.

— Peut-être.

— Combien prendriez-vous ?

L'homme se frotta le menton.

— Deux cents euros, lâcha-t-il avec un petit haussement d'épaules.

— D'accord. Départ à 6 heures.

— Bon. Je serai là à 6 heures.

Marco le remercia et regarda la voiture s'éloigner. Une sonnette tinta quand il poussa la porte de l'hôtel. Personne à la réception. Le son d'un téléviseur se faisait entendre dans une pièce contiguë ; un adolescent à l'air somnolent passa la tête dans l'embrasure de la porte.

— *Guten Abend,* fit-il en souriant.

— *Parla inglese ?* demanda Marco.

Le jeune homme secoua la tête.

— *Italiano ?*

— Un peu.

— Moi aussi, fit Marco en italien. Je voudrais une chambre pour la nuit.

Le jeune homme poussa une fiche vers lui. Marco la remplit au nom de Giovanni Ferro. Il donna le numéro du passeport qu'il avait appris par cœur, une adresse fictive à Bologne et un numéro de téléphone bidon. Le passeport se trouvait dans la poche de sa veste, sur son cœur ; il était résigné à le montrer si nécessaire.

Mais le jeune homme était en train de rater un épisode de sa série favorite, à la télévision.

— Quarante-deux euros, annonça-t-il en italien, sans évoquer le passeport.

Marco posa l'argent sur le comptoir et le jeune homme lui tendit la clé de la chambre 26. Toujours en italien, avec une efficacité qui le surprit, Marco demanda qu'on le réveille à 5 heures du matin.

— J'ai perdu ma brosse à dents, ajouta-t-il, comme si cela lui revenait à l'esprit. En auriez-vous une à vendre ?

Le jeune homme prit dans un tiroir une boîte remplie d'objets de première nécessité : brosses à dents, dentifrices, rasoirs jetables, crème à raser, tubes d'aspirine, tampons, crème pour les mains, peignes, préservatifs. Marco en choisit deux ou trois et tendit un billet de dix euros.

Une suite au Ritz ne lui aurait pas fait plus plaisir que la chambre 26 de ce petit hôtel. Elle était propre et chaude, avec un matelas ferme et une porte munie d'un double verrou, pour tenir à l'écart les visages qui le hantaient depuis le début de cette journée. Marco prit une douche très chaude, se rasa et se brossa longuement les dents.

À son grand soulagement, il trouva un minibar dans un meuble, sous la télévision. Il dévora un paquet de cookies qu'il fit descendre avec deux mignonnettes de whisky. Quand il se glissa entre les draps, il se sentait vidé mentalement et physiquement. La canne était sur le lit, à portée de main. Ridicule. Mais c'était plus fort que lui.

31

Dans la solitude de sa cellule, il avait souvent rêvé de Zurich. Zurich... ses rivières, ses rues propres et ombragées, ses boutiques modernes, ses citoyens aussi beaux que fiers d'être suisses, ses travailleurs ostensiblement sérieux. Il se souvenait d'avoir pris le tramway, silencieuse machine, pour se rendre dans le quartier des banques. À l'époque, il était trop occupé pour voyager beaucoup, trop important pour abandonner longtemps Washington, mais il était allé à Zurich. Une ville alors selon son cœur, que n'encombraient ni les touristes ni les voitures, une ville qui ne perdait pas son temps à idolâtrer cathédrales et musées. À Zurich, l'idole, c'était l'argent.

Il était dans un tramway qu'il avait pris à la gare, et suivait à présent la Bahnhofstrasse, la principale artère de la ville. Il était presque 9 heures, l'heure où déferlait la dernière vague de jeunes cadres financiers en route vers l'Union de banques suisses, le Crédit suisse ou d'autres établissements moins connus mais tout aussi florissants. Complets sombres, chemises diverses – rarement blanches –, cravates à gros nœud plutôt de ton uni, chaussures à lacets marron foncé. La mode avait légèrement changé, en sept ans. On notait une pointe de fantaisie sous le style conservateur. De l'élégance mais sans la classe des Bolonais.

Les passagers étaient tous plongés dans la lecture d'un journal, quotidien ou hebdomadaire. Marco feignait de lire *Newsweek*; en réalité, il était aux aguets.

Personne ne lui prêtait la moindre attention. Personne ne semblait choqué par ses chaussures de bowling – il avait vu les mêmes aux pieds d'un jeune homme, près de la gare. Personne non plus ne regardait son chapeau de paille. Pour les jambes du pantalon, le petit nécessaire de couture qu'il avait acheté la veille au soir à la réception de l'hôtel lui avait servi à réparer plus ou moins les dégâts. À côté des complets qui l'entouraient, ses vêtements étaient minables mais il s'en contrefichait. Il était à Zurich et il avait réussi à semer Luigi et les autres. Si la chance restait de son côté, il irait beaucoup plus loin.

La Paradeplatz était le terminus pour les tramways venus de l'est et de l'ouest. Les voitures se vidaient rapidement ; les jeunes gens en complet sombre s'éloignaient vers les immeubles alentour. Marco suivit le mouvement – sans son chapeau, qu'il avait glissé sous le siège du tramway.

Rien n'avait changé en sept ans. Les mêmes cafés, les mêmes boutiques. Les mêmes enseignes au néon pour indiquer les banques – des établissements séculaires. D'autres banques, plus discrètes, restaient invisibles. Derrière ses lunettes de soleil, Marco regardait autour de lui tout en suivant de près trois jeunes gens qui, un sac de sport en bandoulière, semblaient se diriger vers la Rhineland Bank, du côté est de la place. Marco entra dans le hall derrière eux. Les choses sérieuses commençaient.

L'accueil n'avait pas changé de place depuis la dernière fois. Marco crut même reconnaître l'hôtesse, une femme très soignée de sa personne.

— J'aimerais voir M. Mikel Van Thiessen, fit Marco en se penchant vers elle.

— De la part de...

— Marco Lazzeri.

Il préférait ne pas utiliser son vrai nom dans le hall ; il le gardait pour l'intimité des bureaux. Il espérait que Neal, dans les e-mails envoyés à Van Thiessen, avait informé le banquier de son nom d'emprunt et de la date probable de sa visite.

— J'en ai pour une minute, monsieur Lazzeri, fit l'hôtesse en tapotant sur un clavier, un téléphone collé à l'oreille. Vous voulez bien attendre ?

— Bien sûr.

Attendre dans le hall de cette banque ? Il en rêvait depuis des années.

Il s'assit, croisa les jambes. Une de ses chaussures passa dans son champ de vision ; il fit aussitôt disparaître ses pieds sous la chaise. Une dizaine de caméras au moins devaient être braquées sur lui, grâce auxquelles on l'examinait sous tous les angles possibles. Peut-être allaient-ils reconnaître Joel Backman, peut-être pas. Il se les représentait, devant les moniteurs, flottant dans l'indécision.

— Je ne sais pas... Il est beaucoup plus mince, presque maigre.

— Et ses cheveux ! Une mauvaise teinture...

Pour les aider, Joel enleva les lunettes à monture d'écaille de Giovanni.

Cinq minutes plus tard, visage fermé et costume mal coupé, un agent de sécurité s'approcha de lui.

— Si vous voulez bien me suivre, monsieur Lazzeri.

Ils prirent un ascenseur jusqu'au deuxième étage pour entrer dans une petite pièce aux murs épais. Tous les murs de la Rhineland Bank étaient épais, semblait-il. Deux autres agents de sécurité attendaient. L'un d'eux sourit à Marco, l'autre pas. On le pria de placer les deux mains sur un scanner biométrique. L'appareil comparerait ses empreintes digitales à celles qu'il avait laissées sept ans plus tôt, au même endroit. Quand on constaterait qu'elles étaient identiques, on lui ferait de vrais sourires, on lui proposerait un endroit plus agréable, on lui offrirait un café ou un jus de fruits. Tout ce que M. Backman pouvait désirer.

Comme il n'avait pas pris de petit déjeuner, il demanda un jus d'orange. Les agents de sécurité s'étaient retirés dans leur caverne. Elke, une assistante de Van Thiessen à la plastique irréprochable, était chargée de répondre aux menus besoins de M. Backman.

— Il arrive dans une minute, expliqua-t-elle. Il ne vous attendait pas ce matin.

Difficile de prendre un rendez-vous quand on passe ses journées à se cacher dans les toilettes. Joel sourit à la jeune femme. Il était temps de laisser tomber Marco. Le personnage avait bien servi pendant ces deux mois ; il lui avait permis de rester en vie, d'acquérir les bases de la langue italienne, de découvrir Trévise et Bologne, et de faire la connaissance de Francesca, une femme qu'il n'était pas près d'oublier.

Mais Marco aurait fini par être cause de sa mort. Il décida de l'abandonner là, au deuxième étage de la Rhineland Bank, dans une antichambre, le regard fixé sur les talons aiguilles noirs d'Elke. C'était un adieu définitif.

Le bureau de Mikel Van Thiessen était fait pour signifier au visiteur qu'il avait pénétré dans un sanctuaire du pouvoir. Le pouvoir, certes, suintait de partout, de la laine du tapis persan, du cuir des fauteuils, de l'acajou du bureau ancien plus vaste qu'une cellule de Rudley tout entière, des innombrables gadgets électroniques qui en hérissaient la surface. Van Thiessen accueillit Joel devant la porte de chêne massif. Les deux hommes échangèrent une poignée de main franche mais sans chaleur. Ils ne s'étaient rencontrés qu'une seule fois.

Si Joel avait perdu vingt-cinq kilos depuis sa dernière visite, Van Thiessen en avait pris presque autant, et ses cheveux avaient blanchi. Le banquier n'avait plus la vivacité des jeunes gens avec qui Joel avait partagé son tramway. Il invita son client à prendre place dans un des fauteuils tandis qu'Elke et une deuxième assistante s'en allaient chercher café et viennoiseries.

— J'ai lu des choses sur vous, déclara Van Thiessen, dès qu'ils furent seuls.

— Vraiment? Qu'avez-vous donc lu?

— Acheter une grâce présidentielle, monsieur Backman... Est-ce vraiment si facile, dans votre pays?

Blaguait-il? Joel n'aurait su le dire. Si optimiste fût-il, il ne se sentait pas d'humeur à échanger des bons mots.

— Je n'ai acheté personne, si c'est ce que vous insinuez.

— Vous savez comment sont les journaux. On y trouve beaucoup de suppositions.

Le banquier était plus accusateur que jovial. Joel décida de le prendre de front.

— Croyez-vous tout ce que vous lisez dans les journaux?

— Bien sûr que non, monsieur Backman.

— Je suis ici pour trois raisons. Je veux avoir accès à mon coffre. Je veux un relevé de mon compte. Je veux effectuer un retrait de dix mille dollars en espèces. Après quoi, j'aurai peut-être un ou deux services à vous demander.

Van Thiessen fourra un biscuit dans sa bouche et l'avala rapidement.

— Bien sûr. Je ne pense pas qu'il y ait de problème.

— Pourquoi y aurait-il un problème ?

— Aucun problème, monsieur Backman. Accordez-moi juste quelques minutes.

— Pour quoi faire ?

— Il faut que je consulte un collègue.

— Pouvez-vous faire vite, je vous prie ?

Van Thiessen bondit de son fauteuil et sortit en claquant la porte. La douleur que Joel ressentait dans l'estomac n'était pas due à la faim. Si ce plan capotait, il n'en avait pas de rechange. Il quitterait la banque les mains vides et réussirait, dans le meilleur des cas, à traverser la Paradeplatz pour monter dans un tramway. Mais il n'aurait nulle part où aller. Ce serait la fin de sa cavale. Il serait obligé de redevenir Marco, ce qui signerait son arrêt de mort.

Pendant cette attente qui n'en finissait pas, l'esprit de Joel revint à la grâce présidentielle. La mesure de clémence le rétablissait dans tous ses droits. Les autorités américaines n'étaient pas en position de faire pression sur les Suisses pour bloquer son compte. Les Suisses ne bloquaient pas les comptes de leurs clients ! Les Suisses ne cédaient jamais aux pressions ! C'est pour cette raison que des fortunes venues du monde entier se retrouvaient sur le chemin de leurs banques.

Elke arriva à la rescousse. Elle l'invita à le suivre « au sous-sol ». À une autre époque, il aurait suivi Elke au bout du monde ; ce jour-là, il n'irait pas plus loin que le sous-sol.

Joel était allé dans la salle des coffres à l'occasion de sa précédente visite. Elle se trouvait sous terre, en effet, mais les clients ne savaient pas exactement à quelle profondeur ils descendaient. Toutes les portes faisaient trente centimètres d'épaisseur, tous les murs semblaient blindés, tous les plafonds étaient équipés de caméras de surveillance. Elke le conduisit jusqu'à Van Thiessen.

Joel présenta ses deux pouces pour une vérification des empreintes. Un scanner optique prit sa photo.

— Numéro sept, annonça Van Thiessen en montrant la direction. Je vous y retrouve, ajouta-t-il avant de disparaître par une porte.

Joel prit un petit couloir, passa devant six portes blindées sans ouverture, s'arrêta devant la septième. Il appuya sur un bouton ; une suite de bruits métalliques se firent entendre à l'intérieur de la porte, qui finit par s'ouvrir. Joel entra ; Van Thiessen l'attendait.

La chambre forte était une pièce de douze mètres carrés. Sur trois murs étaient alignés des coffres individuels, pour la plupart de la taille d'une grande boîte à chaussures.

— Numéro de votre coffre ?

— L2270.

— Correct.

Van Thiessen vint se placer sur la droite de Joel, devant le L2270. Il se pencha légèrement pour enfoncer quelques touches sur le petit clavier et se redressa.

— Je vous en prie.

Sous le regard attentif de Van Thiessen, Joel composa le code secret de son coffre. Un par un, il répéta à voix basse les nombres gravés à jamais dans sa mémoire : « Quatre-vingt-un, cinquante-cinq, quatre-vingt-quatorze, quatre-vingt-treize, vingt-trois. »

Une petite lumière verte se mit à clignoter sur le clavier.

— Je vous attends dehors, fit Van Thiessen en souriant. Sonnez quand vous aurez terminé.

Dès qu'il fut seul, Joel retira la boîte métallique du coffre et souleva le couvercle. Il ouvrit l'enveloppe matelassée qui s'y trouvait. Elle contenait quatre disques Jaz de deux gigaoctets, qui, six ans auparavant, valaient un milliard de dollars.

Joel s'accorda une minute – pas plus – de réflexion. Après tout, il était en sécurité dans cette chambre forte, il pouvait prendre le temps de réfléchir.

Ses pensées allèrent à Safi Mirza, à Fazal Sharif et à Farouk Khan, les trois petits génies qui avaient découvert Neptune, puis écrit un logiciel destiné à contrôler le système. Ils étaient tous morts, victimes de s'être montrés à la fois cupides et naïfs, et d'avoir choisi le mauvais intermédiaire. Elles allèrent ensuite à Jacy Hubbard, cet escroc charismatique, fonceur et charmeur, qui avait bluffé les électeurs pendant des décennies avant de se révéler trop gourmand. À Carl Pratt, à Kim Bolling, aux dizaines d'associés que comptait leur cabinet au temps de sa prospérité, à toutes ces vies brisées par les morceaux de plastique qu'il tenait à la main. Ses pensées allèrent enfin à son fils, à l'humiliation qu'il avait subie quand le scandale avait éclaté, quand son père était parti se cacher en prison. Il pensa aussi à lui, non pour s'apitoyer sur son sort ni pour esquiver les responsabilités. Mais pour examiner le gâchis lamentable qu'avait été sa vie. Il aurait voulu tout reprendre au début et tout changer. Mais à quoi bon perdre son temps en regrets stériles ? Il ne reste que quelques années devant toi, Joel... ou Marco ou bien Giovanni. Tâche, pour la première fois, de faire ce qui est bien plutôt que ce qui est lucratif.

Il glissa les disquettes dans l'enveloppe, mit l'enveloppe dans sa serviette et replaça la boîte métallique dans le coffre. Puis il sonna pour appeler Van Thiessen.

De retour dans son bureau, Van Thiessen remit à son client une chemise dans laquelle était glissée une unique feuille de papier.

— Voici votre relevé de compte. Tout ce qu'il y a de plus simple. Comme vous le savez, il n'y a pas eu d'opérations.

— Je vois que vous versez un pour cent d'intérêt, observa Joel.

— Vous avez pris connaissance de nos conditions en ouvrant votre compte, monsieur Backman.

— C'est vrai.

— Nous protégeons votre argent d'une autre manière.

— Naturellement.

Joel referma la chemise et la tendit au banquier.

— Je ne veux pas garder cela. Avez-vous l'argent que j'ai demandé ?

— Oui. Il arrive.

— Très bien. J'ai besoin de deux ou trois choses.

Van Thiessen prit un bloc de bureau et ôta le capuchon de son stylo à plume.

— J'écoute.

— Je veux effectuer un virement de cent mille dollars dans une banque de Washington. En avez-vous une à me recommander ?

— Certainement. Nous travaillons beaucoup avec Maryland Trust.

— Bien. Faites le virement dans cet établissement et ouvrez un compte de dépôt. Je ne ferai pas de chèques, juste des retraits.

— À quel nom?

— Joel Backman et Neal Backman.

Il se faisait à ce nom qui était le sien. Il n'avait pas honte en le prononçant, il ne tremblait pas de peur en l'entendant. Il l'aimait bien.

— C'est possible, fit Van Thiessen.

Apparemment, tout était possible.

— Je vais avoir besoin d'aide pour retourner aux États-Unis. Pourriez-vous demander à votre assistante de se renseigner sur les vols Lufthansa à destination de Philadelphie et de New York?

— Bien entendu. Quand et à partir de quel aéroport?

— Aujourd'hui, le plus tôt possible. J'aimerais éviter de partir de Zurich. Combien de temps faut-il pour aller à Munich, en voiture?

— En voiture, trois ou quatre heures.

— Pourriez-vous me fournir une voiture?

— Nous pouvons arranger cela.

— Je préférerais partir du garage de votre banque, dans une voiture qui n'attire pas l'attention, conduite par quelqu'un qui ne porte pas un uniforme de chauffeur.

Le stylo de Van Thiessen s'immobilisa au-dessus de la feuille.

— Êtes-vous en danger, monsieur Backman? demanda-t-il, perplexe.

— Peut-être. Je n'en suis pas sûr mais je ne veux prendre aucun risque.

Van Thiessen réfléchit quelques secondes.

— Souhaitez-vous que nous nous chargions de la réservation auprès de la compagnie aérienne?

— Volontiers.

— Il faut que je voie votre passeport.

Joel lui tendit le passeport de Giovanni. Le banquier l'étudia longuement, incapable de garder son impassibilité. Il était visiblement décontenancé et inquiet.

— Vous allez voyager avec un passeport qui n'est pas le vôtre, monsieur Backman, fit-il d'une voix hésitante.

— Exact.

— Cette pièce est valide ?

— Absolument.

— J'imagine que vous n'en avez pas à votre nom.

— On me l'a pris il y a bien longtemps.

— Notre établissement ne peut en aucun cas se rendre complice d'un délit. S'il s'agit d'un document volé...

— Je vous assure qu'il n'est pas volé.

— Comment êtes-vous entré en possession...

— Disons, si vous voulez, qu'il s'agit d'un emprunt.

— L'utilisation frauduleuse d'un passeport...

— La politique d'immigration des États-Unis n'est pas notre sujet de conversation, monsieur Van Thiessen. Trouvez les horaires, je choisirai mon vol. Payez la réservation sur mon compte en banque. Trouvez-moi une voiture et un chauffeur que vous paierez également sur mon compte, si vous le désirez. Tout cela est très simple.

Il n'allait pas faire tout un plat de ce passeport. Certains de ses clients en avaient trois ou quatre.

— Très bien, fit Van Thiessen en lui rendant le document. Autre chose, monsieur Backman ?

— Il faut que j'envoie un e-mail. Je suis sûr que vos ordinateurs sont protégés ?

— Absolument.

Le message adressé à Neal disait :

Grinch, Avec un peu de chance, je devrais être sur le sol américain dans la nuit. Achète un nouveau téléphone cellulaire. Appelle demain matin le Hilton, le Marriott et le Sheraton de Washington. Demande Giovanni Ferro : c'est moi. Appelle Carl Pratt dès que possible, sur ton nouveau portable. Insiste pour faire venir le sénateur Clayburn à Washington. Il sera largement défrayé. Dis-lui que c'est urgent. Un service à rendre à un vieil ami ; pas question qu'il refuse. Plus d'e-mail avant mon arrivée. Marco

Après avoir mangé un sandwich accompagné d'un Coca dans le bureau de Van Thiessen, Joel Backman quitta la banque à l'arrière d'une berline BMW verte. Pour ne prendre aucun risque, il garda un journal suisse devant son visage jusqu'à ce que la voiture atteigne l'autoroute. Le chauffeur s'appelait Franz ; il rêvait de faire carrière dans la Formule 1. Quand Joel lui fit comprendre qu'il était un peu pressé, Franz déboîta pour prendre la file de gauche et l'aiguille du compteur bondit jusqu'à cent cinquante.

32

À 13 h 55, Joel Backman était confortablement assis dans un siège de première classe, à bord d'un 747 de la Lufthansa prêt à décoller de l'aéroport de Munich. Il attendit que l'appareil s'ébranle pour porter à ses lèvres le verre de champagne sur lequel il gardait les yeux fixés depuis dix minutes. Quand l'avion s'immobilisa en bout de piste, le verre était vide. Quand les roues quittèrent le sol, Joel ferma les yeux.

À la même heure – 7 h 55, heure de la côte Est –, de l'autre côté de l'Atlantique, son fils se débattait dans les affres du stress. Comment acheter un nouveau portable avant l'ouverture des boutiques? Comment appeler Carl Pratt au nom d'une amitié qui n'était plus? Comment convaincre un sénateur sénile et irascible de quitter séance tenante son fief d'Ocracoke, Caroline du Nord, pour revenir dans une ville qu'il exécrait? Sans parler de sa journée de travail habituelle. Rien d'aussi urgent, certes, que de voler à la rescousse d'un père imprévisible, mais il avait des rendez-vous, des clients importants, du boulot, quoi!
En sortant du parking de Jerry's Java, il ne prit pas la direction du cabinet mais celle de son domicile. Lisa donnait son bain à la petite; elle fut surprise de le voir revenir.
— Que se passe-t-il?
— Il faut que je te parle, Lisa. Tout de suite.
Neal commença par la mystérieuse lettre postée à York, Pennsylvanie. Il enchaîna sur l'emprunt de quatre mille dollars,

l'achat du smartphone, l'échange d'e-mails cryptés, à peu près tout. À son grand soulagement, Lisa prit les choses avec calme.

— Tu aurais dû m'en parler plus tôt, fit-elle.

— Oui. Pardonne-moi.

Pas de reproches, pas de scène. Lisa avait le sens de la famille.

— Il faut l'aider, Neal.

— Ne t'inquiète pas, fit-il en la prenant dans ses bras. Il nous remboursera.

— Pour l'argent, nous verrons plus tard. Crois-tu qu'il soit en danger?

— Je crois.

— Bon. Quelle est la première étape?

— Appelle le cabinet pour dire que je suis au lit, que j'ai la grippe.

La conversation était enregistrée dans tous ses détails par un micro du Mossad caché dans l'applique, juste au-dessus du canapé où ils étaient assis, et transmise à un émetteur placé dans le grenier, puis à un récepteur à haute fréquence installé à quatre cents mètres de la maison, dans un bureau loué pour six mois par un inconnu qui n'y venait guère. Après avoir écouté deux fois l'enregistrement, un technicien avertit par e-mail son traitant, à l'ambassade d'Israël, à Washington.

Depuis la disparition de Backman à Bologne, qui remontait à plus de vingt-quatre heures, la surveillance s'était encore resserrée autour de son fils.

L'e-mail envoyé à l'ambassade se terminait par : « J.B. est de retour. »

Par chance, Neal n'avait pas mentionné le nom de Giovanni Ferro dans sa conversation avec Lisa. Par malheur, il avait donné celui de deux hôtels : le Marriott et le Sheraton.

L'accueil de Backman à Washington devint la priorité absolue. Onze agents du Mossad étaient en poste sur la côte Est; tous reçurent l'ordre de gagner Washington sans délai.

Après avoir déposé la petite chez sa mère, Lisa prit avec Neal la route de Charlottesville, un trajet d'une demi-heure.

Dans un centre commercial des faubourgs ils trouvèrent la boutique U.S. Cellular. Ils ouvrirent un compte, achetèrent un appareil et rentrèrent à Culpeper. Lisa conduisait pendant que Neal essayait de joindre Carl Pratt.

Grâce à l'alcool qu'il avait consommé sans modération, Joel réussit à dormir plusieurs heures durant la traversée de l'Atlantique. Mais, quand le 747 se posa à l'aéroport JFK, à 16 h 30, le soulagement fit place au doute, à l'inquiétude. L'envie irrépressible de se retourner le reprit.

Au contrôle de l'immigration, il se plaça instinctivement dans la file des citoyens américains, bien plus courte que celle des non-Américains. Puis il comprit son erreur, jura entre ses dents et changea de file. Quel imbécile !

Un jeune homme en uniforme – accent du Bronx et cou de taureau – hurlait aux passagers de se mettre dans telle file, pas dans l'autre, et plus vite que ça ! Bienvenue aux États-Unis !

Au contrôle, le fonctionnaire considéra d'un air soupçonneux le passeport de Giovanni. Ce qu'il faisait pour chaque passager ; Joel l'avait observé attentivement derrière ses lunettes de soleil.

— Pouvez-vous enlever vos lunettes, je vous prie ?

— *Certamente*, répondit Joel avec assurance.

Il enleva les lunettes, battit des paupières comme si la lumière l'aveuglait et se frotta les yeux pendant que le policier essayait d'étudier le visage. Après une hésitation, il tamponna le document et le rendit sans un mot à Joel. Comme il n'avait rien à déclarer, les agents des douanes ne lui jetèrent pas un regard. Il traversa le terminal et gagna la station de taxis.

— Penn Station, dit-il en montant dans une voiture, quand son tour fut venu.

Le chauffeur ressemblait à Farouk Khan, le plus jeune des trois Pakistanais. Joel ne put s'empêcher de serrer sa serviette contre lui, le regard fixé sur sa nuque.

La circulation était fluide dans ce sens-là ; Joel arriva à la gare interurbaine trois quarts d'heure plus tard. Il acheta un billet Amtrack. À 19 heures, il quittait New York pour Washington.

Quand le taxi s'arrêta dans Brandywine Street, dans la banlieue nord-ouest de Washington, il était près de 23 heures et la plupart des belles demeures du quartier étaient plongées dans l'obscurité. Joel dit quelques mots au chauffeur qui régla son siège en position inclinée.

Déjà couchée, Donna Pratt cherchait le sommeil quand elle entendit sonner à la porte. Elle saisit son peignoir, descendit précipitamment l'escalier. Son mari dormait le plus souvent au sous-sol, parce qu'il ronflait mais aussi parce que l'alcool lui donnait des insomnies. Elle supposa qu'il y était.

— Qui est là ? demanda-t-elle par l'interphone.

Quand elle entendit « Joel Backman », elle crut à une blague de mauvais goût.

— Qui ?

— Donna, c'est moi, Joel... Je jure que c'est vrai. Ouvre la porte.

Elle regarda à travers le judas mais ne le reconnut pas.

— Un instant, fit-elle en filant vers le sous-sol, où elle trouva Carl en survêtement de Duke University, installé devant les infos.

Une minute plus tard, il était à la porte, un pistolet à la main.

— Qui est là ? demanda-t-il à son tour.

— C'est moi, Carl. C'est Joel. Pose ton arme et ouvre la porte.

Cette voix... Il n'y avait pas à se tromper. Pratt ouvrit la porte et Joel Backman rentra dans sa vie comme un vieux cauchemar récurrent. Il n'y eut ni étreinte ni poignée de main, à peine un sourire. Les Pratt prirent le temps de l'examiner. Il avait tellement changé : si mince, les cheveux plus courts et plus bruns, des vêtements qui ne lui ressemblaient pas.

— Qu'est-ce que tu viens faire ici ? lança Donna.

— Bonne question, répondit-il tranquillement.

Il avait l'avantage de la surprise ; ils étaient totalement pris au dépourvu.

— Veux-tu poser ce pistolet ?

Pratt posa l'arme sur une table basse.

— As-tu parlé à Neal ? poursuivit Joel.

— Toute la journée.

— Que se passe-t-il, Carl ? s'inquiéta Donna.

— Je ne sais pas exactement.

— Pouvons-nous parler ? C'est pour cela que je suis venu chez toi. Je ne veux plus rien dire au téléphone.

— Parler de quoi ? lança Donna.

— Peux-tu aller nous faire un café, Donna ? demanda Joel avec amabilité.

— Certainement pas !

— Tant pis pour le café.

Carl se frottait le menton en réfléchissant.

— Nous avons besoin de parler seul à seul, Donna. De parler boutique. Je te raconterai plus tard.

Elle leur jeta à tous deux un regard noir dont le sens ne faisait aucun doute. Tandis qu'elle montait les marches de manière à montrer clairement ses sentiments, Carl entraîna Joel dans le salon.

— Tu veux boire quelque chose ?

— Quelque chose de fort.

Carl se dirigea vers un petit bar, dans un angle de la pièce, et servit deux whiskies pur malt – deux doubles. Il tendit un verre à Joel et leva le sien pour trinquer, sans même ébaucher un sourire.

— Santé.

— Santé, fit Joel. Ça fait plaisir de te revoir.

— Je n'en doute pas. Tu ne devais revoir personne avant encore quatorze ans.

— Tu comptais les jours ?

— Nous n'avons pas encore fini de remettre nos affaires en ordre, Joel. Des gens bien ont souffert. Je suis au regret de te dire que pas plus Donna que moi ne sommes ravis de te revoir. Il n'y a pas grand monde, à ma connaissance, qui souhaite te serrer sur son cœur.

— Ils préféreraient m'abattre comme un chien.

Carl gardait l'œil sur le pistolet.

— Je ne peux pas m'en soucier pour le moment, poursuivit Backman. J'aimerais bien revenir en arrière mais c'est un luxe que je ne peux m'offrir. Je suis un homme traqué, Carl, et j'ai besoin d'un coup de main.

— Et si je préfère ne pas m'en mêler ?

— Je ne t'en voudrai pas. J'ai besoin d'un service, d'un grand service. Si tu m'aides aujourd'hui, je te promets de ne plus jamais frapper à ta porte.

— La prochaine fois, je tirerai.

— Où est le sénateur Clayburn ? Dis-moi qu'il n'est pas mort.

— Non seulement il est bien vivant mais la chance est avec toi.

— Pourquoi ?

— Il est ici, à Washington.

— Pour quoi faire ?

— Hollis Maples prend sa retraite après cent ans de bons et loyaux services au Sénat. Ils ont fait la fête, ce soir ; tous les vieux de la vieille sont là.

— Maples ? Il bavait dans sa soupe, il y a dix ans.

— Aujourd'hui, il ne voit même plus sa soupe. Clayburn et lui étaient comme cul et chemise.

— Tu as parlé à Clayburn ?

— Oui.

— Et alors ?

— Ce n'est pas gagné, Joel. Ton nom lui donne des boutons. D'après lui, on devrait te fusiller pour trahison.

— Peu importe. Dis-lui qu'il peut négocier aujourd'hui un accord qui fera de lui un vrai patriote.

— De quoi s'agit-il ?

— Je suis en possession du logiciel, Carl. La totalité. Je suis allé le retirer ce matin du coffre d'une banque à Zurich, où il dormait depuis six ans. Viens demain matin dans ma chambre d'hôtel avec Clayburn ; je vous le montrerai.

— Je n'ai pas vraiment envie de le voir.

— Si, Carl.

Pratt vida d'un trait son verre de malt. Il repartit vers le bar pour s'en resservir une dose massive.

— Quand et où ? demanda-t-il en revenant vers Joel.

— Hôtel Marriott, 22e Rue. Chambre 520. 9 heures.

— Pourquoi, Joel ? Pourquoi faut-il que je me mêle de ça ?

— Un service à un vieil ami.

— Je ne te dois rien. Le vieil ami s'est évanoui il y a longtemps.

— Je t'en prie, Carl. Amène Clayburn et tout sera terminé
demain midi. Je te promets que tu ne me reverras plus.

— Voilà qui est tentant, je l'avoue.

Il dit au chauffeur de taxi de prendre son temps. Ils traversèrent tranquillement Georgetown en suivant K Street. Dans les
restaurants, les bars, les bistros d'étudiants, la vie nocturne battait son plein ; on était le 22 mars, le début du printemps, il faisait 18 °C : les étudiants n'avaient pas envie de rentrer chez eux,
malgré l'heure tardive.

Quand le taxi ralentit à l'intersection de I Street et de la
14e Rue, Joel eut le temps d'apercevoir l'immeuble qui abritait
autrefois ses bureaux, sur New York Avenue. C'était de là-haut,
au dernier étage, qu'il régnait sur son royaume. Pas de nostal-
gie, dans cette évocation. Seulement le regret d'une vie sans
valeur, passée à courir après l'argent, à acheter des amis, des
femmes et tous les jouets coûteux qu'un homme de sa stature se
devait de posséder. Le taxi poursuivit sa route entre les
immeubles de bureaux, administrations d'un côté, lobbyistes de
l'autre.

Joel demanda au chauffeur de changer de rue, de passer à
des perspectives plus agréables. Ils tournèrent dans Constitution
Avenue pour suivre le Mall, laissant sur leur droite le monument
à Washington. Sa fille Anna Lee, la benjamine, l'avait supplié
pendant des années de l'emmener, un jour de printemps, faire
une longue marche sur le Mall, comme les autres enfants de sa
classe. Elle voulait voir le monument à Lincoln et visiter la
Smithsonian Institution. Il avait repoussé et repoussé la sortie
jusqu'à ce qu'Anna Lee soit assez grande pour quitter la ville.
Elle vivait maintenant à Denver, avec un enfant qu'il n'avait
jamais vu.

Le dôme du Capitole se rapprochait. Joel en eut brusquement assez. Cette petite balade dans ses souvenirs avait quelque
chose de déprimant. Les images qu'il conservait de sa vie passée
étaient par trop déplaisantes.

— Conduisez-moi à l'hôtel, lança-t-il au chauffeur.

33

Son bol de café à la main, Neal sortit dans le patio aux briques encore froides pour s'imprégner de la beauté de l'aube.

Il était 6 h 30. Si son père était vraiment arrivé la veille au soir, il était certainement sur pied. La veille au soir, Neal avait entré dans son nouveau portable les numéros des trois hôtels, à Washington. À la première lueur du soleil, il commença par le Sheraton. Pas de Giovanni Ferro. Il passa au Marriott.

— Un instant, je vous prie, fit la standardiste.

Neal entendit la sonnerie du téléphone de la chambre.

— Allô ! lança une voix familière.

— Je voudrais parler à Marco.

— Marco à l'appareil. C'est Grinch ?

— Oui.

— Où es-tu ?

— Dans le patio de ma maison. J'attends que le soleil se lève.

— Sur quel appareil appelles-tu ?

— Un Motorola acheté hier et qui n'est pas sorti de ma poche.

— Tu es sûr qu'il est bien protégé ?

— Oui.

Un silence. Un long soupir.

— Cela fait du bien d'entendre ta voix, tu sais.

— La tienne aussi. Tu as fait bon voyage ?

— Assez mouvementé. Peux-tu venir à Washington ?

— Quand ?

— Tout à l'heure. Dans la matinée.

— Cela devrait être possible : tout le monde croit que j'ai la grippe. Où et à quelle heure?

— Hôtel Marriott, 22ᵉ Rue. Tu entres dans le hall à 8 h 45, tu prends l'ascenseur jusqu'au sixième étage, puis l'escalier pour redescendre au cinquième. Chambre 520.

— C'est indispensable?

— Fais-moi confiance. Peux-tu emprunter une voiture?

— Je ne sais pas. Je ne vois pas qui...

— La mère de Lisa? Emprunte sa voiture et assure-toi que personne ne te suit. En arrivant, laisse la voiture au garage de la 16ᵉ Rue et va jusqu'au Marriott à pied. Reste sur tes gardes. Si quelque chose te paraît suspect, appelle-moi. Nous annulerons le rendez-vous.

Neal fit du regard le tour du patio, comme s'il s'attendait à voir des hommes en noir escalader les murs. Où son père avait-il pêché tous ces trucs d'espionnage? Pendant ses six années d'isolement cellulaire, peut-être? Combien de romans policiers avait-il lus?

— Tu es toujours là? lança sèchement Joel.

— Oui, oui. Je m'apprête à partir.

Ira Clayburn ressemblait plus à un vieux pêcheur qu'à un sénateur riche d'une expérience politique de trente-quatre années. Rien d'étonnant : ses ancêtres avaient écumé les eaux de Caroline du Nord, autour d'Ocracoke, pendant plus d'un siècle. Ira serait resté dans leur sillage si, à l'entrée en sixième, un professeur de mathématiques n'avait découvert son QI exceptionnel. Une bourse à Chapel Hill l'avait éloigné de chez lui. Une autre lui avait permis d'obtenir une maîtrise. Une troisième, à Stanford, lui avait valu un doctorat. Il enseignait l'économie à l'université Davidson et s'en trouvait fort bien quand on lui avait proposé une place de suppléant au Sénat. Au terme du mandat, il s'était représenté sans conviction, puis, pendant les trois décennies suivantes, avait tout essayé pour quitter Washington. À soixante et onze ans, il avait enfin pris sa retraite. À cette date, il était devenu le plus fin connaisseur des services de renseignement américains de toute la classe politique.

Clayburn avait accepté d'accompagner Carl Pratt au Marriott par simple curiosité. À sa connaissance, le mystère Neptune n'avait jamais été résolu – mais il avait conscience de n'être plus dans le coup depuis cinq ans. Cinq ans pendant lesquels il était sorti en mer tous les jours ou presque pour caboter entre les caps Hatteras et Lookout.

Il était à la fin de son ultime mandat quand il avait vu Joel Backman devenir la dernière vedette en date d'une longue lignée de lobbyistes qui poussaient à la perfection l'art d'exercer des pressions honteuses moyennant des honoraires colossaux. Il était sur le point de quitter Washington quand Jacy Hubbard, un autre requin, avait connu le sort qu'à ses yeux il méritait, la mort.

Clayburn n'avait que faire de ces gens-là.

La porte de la chambre 520 s'ouvrit, il entra derrière Carl Pratt et se trouva face au Démon en personne.

Un Démon à présent fort aimable, d'une extrême courtoisie, un autre homme. Les bienfaits de la prison.

Joel présenta son fils au sénateur. Poignées de main et remerciements de rigueur. Du café, des jus de fruits et des viennoiseries étaient servis sur la table autour de laquelle étaient disposées quatre chaises. On s'installa.

— Cela ne devrait pas être très long, commença Joel. Monsieur le sénateur, j'ai besoin de votre aide. J'ignore ce que vous savez exactement sur la lamentable affaire qui m'a envoyé six ans derrière les barreaux...

— J'en connais les grandes lignes mais certaines questions sont restées sans réponse.

— Je crois être en mesure de les apporter.

— À qui appartient ce système de satellites?

Incapable de rester assis, Joel se leva et marcha vers la fenêtre. Il prit une longue inspiration avant de se retourner.

— Il a été construit par les Chinois pour un coût astronomique. Les Chinois, vous le savez, ont beaucoup de retard dans le domaine des armes conventionnelles; ils investissent donc énormément dans la haute technologie. L'espionnage industriel leur a permis de mettre au point ce système baptisé Neptune et d'en réussir le lancement à l'insu de la CIA.

— Comment s'y sont-ils pris?

— Pas besoin de technologie sophistiquée. Un incendie de forêt a fait l'affaire. Ils ont mis le feu à huit mille hectares de forêt dans une province du Nord. À la faveur de la nuit et d'un énorme nuage de fumée, ils ont lancé trois fusées transportant chacune trois satellites.

— Les Russes ont déjà procédé ainsi, une fois, glissa Clayburn.

— Pourtant, ils se sont fait avoir, eux aussi. Tout le monde n'y a vu que du feu, littéralement. Personne ne soupçonnait l'existence de Neptune avant que mes clients tombent dessus par hasard.

— Les jeunes Pakistanais?

— Oui. Morts tous les trois.

— Qui les a assassinés?

— Des agents chinois, j'imagine.

— Et Jacy Hubbard?

— Même chose.

— Et vous pensez qu'ils sont sur votre piste?

— Et même très près, beaucoup trop près, à mon goût.

Clayburn prit un beignet; Carl Pratt vida un verre de jus d'orange.

— Je suis en possession du logiciel, poursuivit Joel. Celui qu'ils ont baptisé JAM. Il n'y a qu'une seule copie.

— Celle que vous avez essayé de vendre? fit Clayburn.

— Oui. Je tiens absolument à m'en débarrasser. Ce truc a fait trop de victimes. Mais je ne sais pas à qui le remettre.

— Pourquoi pas à la CIA? suggéra Pratt qui n'avait pas encore ouvert la bouche.

Clayburn secoua la tête en silence.

— Je ne peux pas avoir confiance, reprit Joel. Teddy Maynard a obtenu ma grâce dans le seul but de savoir qui allait me tuer. De plus, aujourd'hui, les affaires sont suivies par une directrice par intérim.

— Et un président nouvellement élu, compléta Clayburn. C'est le bazar, à la CIA. À votre place, j'irais voir ailleurs.

Le sénateur Clayburn venait de passer du rôle de simple curieux à celui de conseiller.

— À qui dois-je m'adresser ? insista Joel. À qui puis-je faire confiance ?

— À la DIA, répondit Clayburn sans hésiter. Le service de renseignement du ministère de la Défense. Il est dirigé par le commandant Wes Roland, un ami de longue date.

— Depuis combien de temps est-il à la tête de ce service ?

— Dix ou douze ans, dit le sénateur après un rapide calcul. Un officier expérimenté, d'une grande intelligence. Et un homme d'honneur.

— Vous savez comment le joindre ?

— Oui, nous sommes restés en relation.

— N'est-il pas obligé de rendre compte au directeur de la CIA ? s'inquiéta Pratt.

— Si, comme les autres. Il y a aujourd'hui une bonne quinzaine de services de renseignement – je me suis battu contre cela pendant vingt ans – qui dépendent tous de la CIA.

— Le commandant Roland prendra ce que je lui donnerai et en informera la CIA ? insista Joel.

— Il n'a pas le choix. Mais on peut procéder de plusieurs manières. Roland est un homme raisonnable et il a le sens de la politique. Voilà pourquoi il a fait une si longue carrière.

— Pouvez-vous arranger une rencontre ?

— Oui, mais que s'y passera-t-il ?

— Je lui lancerai les disquettes et je partirai en courant.

— En échange ?

— Je ne suis pas gourmand. Je ne demande pas d'argent, juste un peu d'aide.

— De quel genre ?

— Je préfère en parler directement avec le commandant Roland. En votre présence, bien entendu.

Il y eut un silence pendant que Clayburn examinait la situation sous tous les angles. Neal se pencha pour prendre un croissant. Joel se resservit un café. Pratt devait avoir la gueule de bois ; il vida un deuxième verre de jus d'orange.

— J'imagine, reprit le sénateur, que c'est urgent.

— Plus qu'urgent. Si le commandant Roland est libre, je veux bien le rencontrer tout de suite. N'importe où.

— Il acceptera certainement.

— Le téléphone est là-bas.

Clayburn se leva et se dirigea vers le bureau. Pratt s'éclaircit la voix.

— Je pense, messieurs, que le moment est venu pour moi de me retirer. Je ne veux pas en entendre plus. Je ne veux être ni un témoin, ni un accusé, ni une nouvelle victime. Ne m'en veuillez pas, je pars travailler.

Il n'attendit pas de voir leur réaction. Il quitta aussitôt la chambre en claquant la porte. Les autres gardèrent le silence, décontenancés par cette brusque sortie.

— Pauvre Carl, soupira Clayburn. Il a toujours peur de son ombre.

Il décrocha, composa un premier numéro.

Dans le courant du quatrième appel, le deuxième à destination du Pentagone, Clayburn se tourna vers Joel en plaçant la main sur le récepteur.

— Ils préfèrent vous rencontrer au Pentagone.

— Je ne vais pas là-bas avec le logiciel, fit Joel en secouant vigoureusement la tête. Nous devrons d'abord conclure un accord. Je le leur remettrai plus tard mais je ne veux pas l'emporter là-bas.

Clayburn répéta ce que Joel venait de dire, puis il écouta un long moment en silence.

— Le logiciel? demanda-t-il en couvrant de nouveau le récepteur. Sur quel support est-il?

— Quatre disquettes, répondit Joel.

— Il leur faudra vérifier, vous comprenez.

— Très bien. J'apporterai deux disquettes au Pentagone. Cela leur permettra de se faire une idée.

Clayburn se pencha sur l'appareil pour faire part à son interlocuteur des conditions de Joel. Il écouta encore un long moment avant de poser une question.

— Acceptez-vous de me montrer les disquettes?

— Oui.

Clayburn mit l'appel en attente pendant que Joel ouvrait sa serviette. Il prit l'enveloppe contenant les quatre disquettes qu'il disposa sur le lit. Neal et Clayburn en restèrent bouche bée.

— J'ai sous les yeux quatre disquettes, reprit le sénateur au téléphone. M. Backman m'assure qu'elles contiennent ce qui vous intéresse.

Il écouta un moment, mit son correspondant en attente.

— Ils nous attendent au Pentagone tout de suite, annonça le sénateur en raccrochant.

— En route.

— Les choses s'accélèrent, là-bas, reprit Clayburn. Ils ont l'air très excités. Êtes-vous prêt?

— Je vous retrouve dans le hall dans cinq minutes, fit Joel.

Dès que le sénateur fut sorti, il ramassa les disquettes et en glissa deux dans la poche de sa veste. Il remit les deux autres – numéros trois et quatre – dans la serviette qu'il tendit à Neal.

— Après notre départ, tu iras prendre une autre chambre à la réception. Insiste pour l'avoir tout de suite. Appelle la 520 et laisse-moi un message pour me dire où tu es. N'en sors pas avant d'avoir eu de mes nouvelles.

— D'accord. J'espère que tu sais ce que tu fais.

— Je passe un marché. Comme au bon vieux temps.

Le taxi les déposa sur le parking sud du Pentagone. Deux membres en uniforme de l'équipe du commandant Roland les attendaient avec des instructions. Une fois franchis les contrôles de sécurité, ils firent photographier les visiteurs et s'occupèrent d'établir une carte d'identité temporaire. Pendant tout ce temps, Clayburn ronchonnait en répétant que c'était beaucoup plus simple, avant.

En tout cas, débarrassé de son scepticisme, il prenait fait et cause pour Backman. Tandis qu'ils suivaient les larges couloirs du premier étage, le sénateur évoqua l'époque où le monde ne comptait que deux superpuissances – tout était tellement plus simple, dans ce domaine aussi : ils réussissaient toujours à démasquer les méchants, les Russes.

Ils prirent un escalier jusqu'au deuxième étage, aile C. Ils franchirent une suite de portes avant d'arriver dans une enfilade de bureaux où les attendait un comité d'accueil. Le commandant Roland en personne était là. La soixantaine, la taille bien sanglée dans son uniforme kaki, il fit les présentations et les invita à entrer dans la salle de réunion. À une extrémité de la longue et large table centrale, trois techniciens s'affairaient à s'assurer du bon fonctionnement d'un ordinateur visiblement installé depuis peu.

Le commandant Roland demanda à M. Backman l'autorisation de garder près de lui deux de ses assistants. Joel n'y voyait aucun inconvénient.

— Nous permettez-vous de faire un enregistrement vidéo de cette réunion ? demanda le commandant.

— Dans quel but ?

— Juste pour le cas où quelqu'un de haut placé désirerait en voir le déroulement.

— À qui pensez-vous ?

— Le président, peut-être.

Joel se tourna vers Clayburn, son seul allié dans la salle.

— Ou bien la CIA ? s'enquit Joel.

— C'est possible.

— Oublions la vidéo, au moins pour commencer. Dans le courant de la réunion, peut-être, évoquerons-nous la mise en route de la caméra.

— D'accord. Café, jus de fruits ?

Personne n'avait soif. Le commandant Roland demanda aux techniciens si le matériel était prêt. Ils répondirent par l'affirmative ; il les pria d'attendre dans le couloir.

Joel et Clayburn étaient assis d'un côté de la table. Le commandant Roland, flanqué de ses deux assistants, se trouvait de l'autre côté. Contrairement aux trois officiers, armés d'un stylo et d'un carnet, Joel et le sénateur avaient les mains vides.

— J'aimerais d'abord régler la question de la CIA, commença Joel Backman, déterminé à prendre les choses en main. Si j'ai bien compris, le directeur de la CIA a la haute main sur toutes les activités du renseignement.

— Exact, fit Roland.

— Que ferez-vous des renseignements que je vais vous communiquer ?

Le commandant se tourna vers sa droite. Le regard qu'il échangea avec son adjoint traduisait une profonde incertitude.

— Comme vous venez de le dire, le directeur de la CIA est en droit de tout savoir.

— Au cas où cela vous aurait échappé, commandant, reprit Backman en souriant, la CIA a essayé de me faire tuer. Autant que je sache, elle essaie encore. Je n'ai pas envie de faire grand-chose pour eux.

— M. Maynard n'est plus aux commandes.

— Quelqu'un l'a remplacé. Je ne demande pas d'argent, commandant. Je demande une protection. Je veux que les services secrets de mon propre pays cessent de me traquer.

— Nous pouvons arranger cela, déclara Roland avec autorité.

— Pour ce qui est des services secrets de quelques autres pays, j'aurai besoin d'un coup de main.

— Et si vous nous racontiez toute l'histoire, monsieur Backman ? Plus nous en saurons, plus il sera facile de vous aider.

À l'exception de Neal, Joel ne faisait confiance à personne, mais le moment était venu de vider son sac en croisant les doigts. La traque devait s'arrêter : il n'avait nulle part où aller.

Il commença par Neptune, expliqua comment le système avait été construit par la Chine grâce à des secrets technologiques volés à deux gros fournisseurs de l'armée américaine et revint sur le lancement, qui avait échappé aussi bien aux Américains qu'aux Anglais, qu'aux Russes et aux Israéliens. Il narra l'histoire des trois jeunes Pakistanais – leur fatale découverte, leurs craintes, puis leur curiosité et, enfin, le coup de génie qui les avait conduits à concevoir et réussir un logiciel capable de contrôler le réseau de satellites. Il évoqua sa propre cupidité, ses tractations pour fourguer JAM à différents pays en échange d'une fortune. Il ne prit pas de gants pour rappeler l'imprudence de Jacy Hubbard et la stupidité de leur plan. Il reconnut ses erreurs et endossa sans hésiter la responsabilité des dégâts qu'il avait causés. Puis il passa à la suite.

Les Russes n'avaient jamais été preneurs. Ils disposaient de leurs propres réseaux de satellites et n'avaient pas les moyens d'en acquérir de nouveaux.

Les Israéliens non plus n'avaient jamais été en position d'acheteurs. Ils avaient cependant suivi l'affaire d'assez près pour savoir qu'un accord avec les Saoudiens était imminent. Les Saoudiens voulaient acquérir JAM à n'importe quel prix ; ils avaient bien quelques satellites, mais rien qui puisse être comparé à Neptune.

Rien ne pouvait se comparer à Neptune, pas même les satellites américains de la dernière génération.

Les Saoudiens avaient vu les quatre disquettes. Dans le cadre d'une expérience rigoureusement contrôlée, les jeunes Pakistanais avaient fait une démonstration de leur logiciel à deux agents de la police secrète saoudienne. Elle avait eu lieu dans un labo informatique, sur le campus de l'université du Maryland ; elle avait été éblouissante. Backman et Hubbard y avaient assisté.

Les Saoudiens avaient proposé cent millions de dollars pour JAM. Hubbard, qui s'imaginait proche d'eux, était l'homme clé des négociations. Une « avance sur transaction » d'un million de dollars avait été virée sur un compte, à Zurich. Backman et Hubbard avaient demandé un demi-milliard, histoire de faire monter les enchères.

Puis tout avait basculé. Le FBI avait lancé sa grande offensive – mandats de perquisition, investigations, inculpations – et les Saoudiens avaient pris peur. Hubbard s'était fait assassiner, Backman avait choisi la prison.

Joel acheva son récit de quarante-cinq minutes sans avoir été interrompu une seule fois. De l'autre côté de la table, les trois officiers avaient posé leur stylo ; ils se contentaient d'écouter.

— Je suis sûr que nous pourrons convaincre les Israéliens, déclara le commandant Roland. S'ils acquièrent la certitude que les Saoudiens ne mettront jamais la main sur JAM, ils dormiront plus tranquilles. Nous avons eu de fréquentes discussions avec eux ; JAM était un sujet sensible. Je suis sûr que nous réussirons à les apaiser.

— Et les Saoudiens ?

— Ils ont cherché à savoir ce qu'il en était, eux aussi, au plus haut niveau de l'État. Nous avons de nombreux intérêts communs. Je suis certain qu'ils verront les choses différemment s'ils savent que JAM est entre nos mains et dans aucune autre. Je connais bien les Saoudiens : je pense qu'ils passeront cela par pertes et profits. La question de l'avance d'un million de dollars demeure.

— De la roupie de sansonnet, pour eux. Ce n'est pas négociable.

— Très bien. Il ne reste plus que les Chinois.

— Qu'en pensez-vous ?

— À mon avis, commença Clayburn, qui n'avait encore rien dit, ils ne vous pardonneront jamais. Vos clients ont détourné un système de satellites extraordinairement coûteux et l'ont rendu inutilisable, du moins sans leur logiciel. Ils disposent de neuf des meilleurs satellites jamais construits au monde – et ils ne leur servent à rien. On peut comprendre qu'ils continuent à en vouloir à ceux qui sont à l'origine d'une telle situation. Nous avons malheureusement très peu de prise sur Pékin dans le domaine du renseignement, et d'autant moins quand il s'agit de questions sensibles.

— Je suis d'accord avec le sénateur, déclara le commandant Roland en hochant vigoureusement la tête. Nous pouvons faire savoir aux Chinois que le logiciel est en notre possession, mais ils n'oublieront jamais.

— Je comprends. J'essaie simplement de me protéger.

— Nous ferons tout ce qui est en notre pouvoir, mais ce ne sera peut-être pas grand-chose.

— Voici ce que je propose, messieurs, reprit Joel. Vous me donnez votre parole de me débarrasser de la CIA, d'agir sans délai pour apaiser les Israéliens et les Saoudiens, et de faire de votre mieux avec les Chinois. Vous me donnez deux passeports, un australien et un canadien. Dès qu'ils sont prêts – disons dans l'après-midi –, vous me les apportez et je vous remets les deux autres disquettes.

— Marché conclu, fit le commandant Roland. Mais d'abord, il nous faudra naturellement regarder ce logiciel.

Joel fouilla dans sa poche pour y prendre les deux premières disquettes. Roland fit revenir les techniciens et tout le monde se rassembla devant le moniteur.

Un agent du Mossad – nom de code Albert – crut voir Neal Backman entrer dans le hall de l'hôtel Marriott. Il avertit aussitôt son supérieur ; une demi-heure plus tard, deux autres agents arrivaient en renfort. Albert revit Neal Backman une heure plus tard : il sortait d'une cabine d'ascenseur avec une serviette qu'il n'avait pas à son arrivée à l'hôtel. Neal Backman se dirigea vers la réception pour remplir ce qui ressemblait à une fiche. Il prit son portefeuille et tendit une carte de crédit.

Il repartit vers l'ascenseur ; Albert ne fut pas assez rapide pour monter en même temps que lui.

Savoir que Joel Backman était descendu au Marriott de la 22ᵉ Rue était une information de la plus haute importance, mais particulièrement délicate à utiliser. L'élimination d'un citoyen américain sur le sol américain était une opération qui ne pouvait être décidée sans le feu vert du Premier ministre. La réalisation même en était on ne peut plus compliquée. L'hôtel avait six cents chambres, des centaines de clients, de visiteurs et d'employés. Cinq conventions s'y tenaient ce jour-là. Cela représentait des milliers de témoins potentiels.

Un plan commença pourtant à prendre forme.

34

Joel et Neal déjeunèrent avec le sénateur dans l'arrière-salle d'un traiteur vietnamien, près de Dupont Circle, un endroit où ils espéraient être à l'abri des lobbyistes et des vieux politiciens qui, en les voyant ensemble, auraient pu lancer une de ces rumeurs dont la capitale était si friande. Pendant une heure entière, devant un plat de nouilles trop épicées, ils écoutèrent avec fascination les histoires du vieux pêcheur d'Ocracoke. Le sénateur avait beau dire et redire que la politique ne lui manquait pas, ses souvenirs étaient remplis d'intrigues de couloir, d'anecdotes savoureuses et de beaux moments d'amitié.

En se levant, ce matin-là, Clayburn avait pensé qu'une balle dans la tête était une mort trop douce pour Joel Backman ; en prenant congé de lui sur le trottoir, il se surprenait à l'implorer de venir faire un tour sur son bateau et d'amener Neal avec lui. Joel n'avait pas pêché depuis son enfance. Il savait qu'il ne répondrait pas à l'invitation du sénateur mais, par gratitude, il promit d'essayer.

Jamais Joel n'avait été plus près de recevoir une balle dans la tête. Tandis qu'il descendait Connecticut Avenue en compagnie de son fils, le Mossad se tenait prêt à passer à l'action : un tireur d'élite était déjà en place à l'arrière d'une camionnette de location. Mais le feu vert de Tel Aviv se faisait attendre. Et le trottoir grouillait de monde.

Dans les pages jaunes de l'annuaire de sa chambre d'hôtel, Neal avait déniché l'adresse d'une boutique de vêtements pour hommes qui promettait des retouches en vingt-quatre heures. Il brûlait de se rendre utile ; son père avait absolument besoin de renouveler sa garde-robe. Joel s'offrit un costume trois pièces bleu marine, une chemise blanche, deux cravates, deux paires de chaussures noires habillées et quelques vêtements plus décontractés. Le total s'élevait à trois mille cent dollars ; il régla en espèces. Les chaussures de bowling échouèrent dans la poubelle.

À 16 heures précises, assis dans la cafétéria d'un Starbucks de Massachusetts Avenue, Neal composa sur son portable le numéro donné par le commandant Roland et tendit l'appareil à son père. Roland en personne répondit.

— Nous sommes en route.

— Chambre 520, fit Joel en lançant un regard circulaire. Combien êtes-vous ?

— Un bon petit groupe, répondit Roland.

— Peu importe, fit Joel. Vous laisserez tout le monde dans le hall.

— Très bien.

Joel et Neal se levèrent sans boire leur café et repartirent à pied jusqu'au Marriott, suivis de près par plusieurs agents armés du Mossad, qui attendaient toujours qu'à Tel Aviv on se décide.

Les Backman étaient dans la chambre depuis deux ou trois minutes quand on frappa à la porte.

Nerveux, Joel se tourna vers son fils. Neal avait l'air aussi anxieux que son père. Et voilà, se dit le clandestin, c'est peut-être la fin de l'odyssée. Elle a commencé à pied, dans les rues de Bologne. Puis un car pour Modène, un taxi jusqu'à Milan, quelques heures de marche, encore un taxi, le train à destination de Stuttgart, un arrêt improvisé à Zoug, le taxi vers Zurich, deux tramways, le bolide de Franz jusqu'à Munich et enfin le 747 de la Lufthansa qui l'avait déposé sur le sol américain. Oui, peut-être était-ce la fin du voyage.

— Qui est là ? demanda Joel en s'avançant vers la porte.

— Wes Roland.

Joel ne vit personne à travers le judas. Il respira un grand coup, ouvrit la porte. En veste de sport, chemise et cravate, l'officier était seul. Ou plutôt, il voulait donner l'impression d'être seul. En regardant au fond du couloir, Joel distingua une ou deux silhouettes furtives. Il fit entrer le commandant et lui présenta son fils.

— Voici les passeports, fit Roland en plongeant la main dans la poche de sa veste.

Ils étaient tous deux écornés. La couverture du premier était bleu foncé, avec le mot AUSTRALIE gravé en lettres dorées. Joel l'ouvrit et regarda tout de suite la photo. C'était celle qui avait été prise au Pentagone, à quelques détails près : les techniciens avaient éclairci les cheveux, enlevé les lunettes et supprimé quelques rides. L'image était bonne, le document au nom de Simon Wilson McAvoy.

— Pas mal, fit Joel.

Le second passeport – couverture bleu foncé et le mot CANADA inscrit en lettres dorées – était muni de la même photo mais portait le nom de Ian Rex Hatteboro. Joel approuva d'un signe de tête et tendit les deux documents à Neal.

— Il y a une enquête en cours sur l'éventuel achat d'une grâce présidentielle, glissa Roland. C'est un sujet que nous n'avons pas encore abordé.

— Vous savez aussi bien que moi, mon commandant, que je ne suis pas impliqué dans cette affaire. J'aimerais que la CIA réussisse à convaincre le FBI que je n'ai rien à me reprocher. Rien ne me laissait supposer que j'allais bénéficier de cette mesure.

— Vous serez peut-être appelé à témoigner devant un grand jury.

— Très bien. J'irai de mon plein gré. Ce ne sera pas long.

Le commandant Roland parut satisfait : il avait transmis son message.

— Et maintenant, reprit-il, voyons ce logiciel.

— Il n'est pas là, déclara Joel en prenant un ton inutilement théâtral.

Il fit signe à Neal qui sortit aussitôt tandis que le front de Roland se couvrait de rides.

— Il en a pour une minute, reprit Joel.

— Il y a un problème ?

— Pas du tout. Ce que vous attendez se trouve dans une autre chambre, c'est tout. Ne m'en veuillez pas. Je me comporte comme un clandestin depuis un bon moment.

— Ce n'est pas une mauvaise chose, pour un homme dans votre situation.

— Disons que c'est devenu une seconde nature.

— Nos techniciens sont encore en train d'étudier les deux premières disquettes. Un travail impressionnant.

— Mes clients étaient des jeunes gens brillants. Et des types bien, au fond. Mais aveuglés par la cupidité. Ils n'ont pas été les seuls.

On frappa à la porte ; c'était Neal. Il tendit l'enveloppe à Joel, qui en sortit les deux disquettes et les remit à Roland.

— Merci, fit le commandant. Il vous a fallu des tripes.

— Certains ont plus de tripes que de cervelle, j'imagine.

Fin de l'entretien ; ils n'avaient plus rien à se dire. Roland se dirigea vers la porte, posa la main sur le bouton et se retourna.

— Pour votre information, fit-il d'un ton grave, la CIA a la quasi-certitude que Sammy Tin est arrivé cet après-midi, à New York. En provenance de Milan.

— Je suppose que je dois vous dire merci.

Quand le commandant fut sorti avec l'enveloppe, Joel s'étendit sur le lit et ferma les yeux. Neal alla chercher deux bières dans le minibar et se laissa tomber dans un fauteuil. Il entama sa canette et laissa s'écouler quelques minutes avant de se tourner vers son père.

— Papa, fit-il, qui est Sammy Tin ?

— Tu n'as pas besoin de le savoir.

— Si. Je veux tout savoir et tu vas tout me raconter.

À 18 heures, la voiture de la mère de Lisa s'arrêta devant un salon de coiffure de Wisconsin Avenue. Joel en descendit. Il dit au revoir à son fils et le remercia pour tout. Neal démarra sèchement, impatient de rentrer chez lui.

Il avait pris rendez-vous par téléphone, quelques heures plus tôt, en promettant à l'hôtesse cinq cents dollars en espèces. Une femme bien en chair prénommée Maureen attendait, pas trop contente de faire des heures supplémentaires mais impatiente de voir à quoi ressemblait un homme capable de donner autant d'argent pour une simple couleur.

Joel paya, la remercia d'être restée pour lui et prit place devant un miroir.

— Voulez-vous un shampooing? demanda Maureen.

— Non, je n'ai pas beaucoup de temps.

— Qui a fait cela? poursuivit Maureen en passant la main dans ses cheveux.

— Une dame, en Italie.

— De quelle couleur avez-vous envie?

— Un gris clair.

— Naturel?

— Non, plus que naturel. Presque blanc.

Maureen se tourna avec un roulement d'yeux vers sa collègue qui s'apprêtait à partir, puis elle se mit au travail.

— Travaillez-vous demain? s'enquit Joel au bout de quelques minutes.

— Non, c'est mon jour de congé. Pourquoi?

— Il faudrait que je repasse vers midi pour me faire faire une autre couleur. J'aurai envie de quelque chose de plus foncé demain, quelque chose qui cache le gris que vous êtes en train de me faire.

Les mains de Maureen s'immobilisèrent.

— Qu'est-ce qui vous prend?

— Si vous êtes là demain à midi, je vous donnerai mille dollars en espèces.

— Avec plaisir. Et après-demain?

— Ce sera tout. Je veux juste que le gris disparaisse plus ou moins.

Dan Sandberg traînait à son bureau quand on lui passa un appel, en fin d'après-midi. L'homme au bout du fil disait s'appeler Joel Backman et souhaitait lui parler.

— Le *vrai* Joel Backman? demanda Sandberg en rapprochant de lui son ordinateur portable.

— Je n'en connais pas de faux.

— Ravi de vous entendre. La dernière fois que je vous ai vu, c'était au tribunal, quand vous avez plaidé coupable pour des tas de choses peu reluisantes.

— Qui ont été effacées par une grâce présidentielle.

— Je croyais qu'on vous avait planqué à l'autre bout du monde.

— Disons que je me suis lassé de l'Europe. J'ai eu le mal du pays. Je suis de retour et je reprends mes activités.

— Quel genre d'activités?

— Ma spécialité, bien sûr. C'est de cela dont je voulais vous entretenir.

— J'en serais ravi mais il faudra que je vous pose quelques questions sur la grâce présidentielle. Les rumeurs vont bon train, ici.

— Ce sera la première chose dont nous parlerons, monsieur Sandberg. Demain, 9 heures, cela vous convient?

— Avec grand plaisir. Où nous retrouvons-nous?

— J'aurai la suite présidentielle au Hay-Adams. Amenez un photographe, si vous voulez. L'Intermédiaire est de retour.

Sandberg raccrocha et appela aussitôt Rusty Lowell, sa meilleure source à la CIA. Rusty n'était pas là; comme d'habitude, personne ne savait où le joindre. Il essaya quelqu'un d'autre à Langley, sans rien découvrir.

Whitaker voyageait en première sur le vol Alitalia qui reliait Milan à Washington. L'alcool étant gratuit et servi à volonté, il s'enivrait consciencieusement. Il ne s'était pas encore remis du coup de téléphone de Julia Javier. Elle avait commencé par lui demander avec affabilité s'ils avaient vu Marco, dernièrement.

— Non, madame, mais nous cherchons.

— Croyez-vous pouvoir le retrouver?

— Je suis sûr qu'il va revenir.

— La nouvelle directrice est inquiète, Whitaker. Elle veut savoir si vous pouvez mettre la main sur lui.

— Dites-lui que nous allons le trouver.

— Où cherchez-vous?

— Entre Milan et Zurich.

— Vous perdez votre temps, Whitaker. Marco est à Washington. Il était au Pentagone dans l'après-midi. Il vous a filé entre les doigts, Whitaker. Nous avons l'air malin.

— Quoi?

— Revenez, Whitaker. Je vous attends avec impatience.

Vingt-cinq rangs derrière lui, en classe éco, Luigi faisait du genou à une gamine de douze ans qui écoutait un rap aux paroles torrides. Il en était à son quatrième verre. L'alcool n'était pas gratuit mais il s'en fichait.

Il savait que Whitaker était en train de préparer un rapport dans lequel il rejetterait sur lui toute la responsabilité de leur échec. Pourquoi ne pas faire de même? se disait-il. Mais, dans l'immédiat, il n'avait envie que de boire. La semaine qu'il allait passer à Washington s'annonçait très déplaisante.

À 18 h 02, heure de l'Est, Tel Aviv donna l'ordre de mettre un terme à l'opération Backman. Abandonnez, laissez tomber, retirez-vous en bon ordre. Cette fois, il n'y aurait pas de cadavre.

Les agents du Mossad en furent soulagés. Ils étaient formés pour agir vite, discrètement, proprement, sans trace, sans témoin. Dans les ruelles de Bologne, c'était possible, mais dans les avenues encombrées de Washington, l'entreprise paraissait impossible.

Une heure plus tard, Joel régla sa chambre au Marriott et s'offrit une longue balade dans la fraîcheur du soir. Mais sans s'éloigner des artères fréquentées. Ce n'était pas Bologne. Une fois les banlieusards rentrés chez eux, leur journée de travail accomplie, la ville désertée devenait dangereuse.

Le réceptionniste de l'hôtel Hay-Adam aurait préféré une carte de crédit, pour la comptabilité. Il était rare qu'un client insiste pour payer en espèces; celui-ci ne voulait rien entendre. Une fois la réservation confirmée, il tendit la clé à M. Ferro avec un sourire contraint et lui souhaita la bienvenue dans l'établissement.

— Des bagages, monsieur?

— Pas de bagages.

Fin de la conversation.

M. Ferro se dirigea vers les ascenseurs avec sa petite serviette noire.

35

La suite présidentielle de l'hôtel Hay-Adams se trouvait au septième étage. Trois grandes fenêtres donnaient dans l'ordre sur H Street, Lafayette Square et la Maison-Blanche. Il y avait une chambre avec un grand lit, une salle de bains où abondaient le marbre et le laiton doré, un salon avec des meubles d'époque, un téléviseur légèrement démodé, des téléphones et un fax rarement utilisé. La suite coûtait trois mille dollars la nuit mais l'Intermédiaire n'avait que faire de détails de ce genre.

Quand Sandberg frappa, à 9 heures précises, il n'eut pas à attendre longtemps dans le couloir. La porte s'ouvrit aussitôt et il fut accueilli par un « Bonjour, Dan ! » lancé d'une voix joviale. Backman se jeta sur sa main droite et la secoua furieusement tout en l'entraînant dans son domaine.

— Content de vous voir ! Voulez-vous un café ?

— Volontiers. Noir.

Sandberg laissa tomber sa serviette sur un fauteuil et regarda Backman manier la cafetière en argent. Amaigri, les cheveux plus courts, presque blancs, le visage émacié. Il y avait une légère ressemblance avec le Backman qu'il avait vu au procès. Très légère.

— Mettez-vous à l'aise. J'ai commandé le petit déjeuner. Il devrait arriver d'une minute à l'autre.

Backman posa délicatement les deux tasses et les soucoupes sur la table basse, devant le canapé.

— Nous pouvons travailler ici. Comptez-vous utiliser un magnétophone ?

— Si vous n'y voyez pas d'inconvénients.

— Je préfère. Cela évite les malentendus.

Chacun se mit en place. Sandberg posa un petit magnétophone sur la table, puis il prit son carnet et son stylo. Backman était tout sourires dans son fauteuil, les jambes croisées, avec l'air de celui qui n'a pas peur des questions. Le regard de Sandberg se posa sur les chaussures dont la semelle était presque neuve. Pas une rayure, pas un grain de poussière sur le cuir noir. Fidèle à son image, l'avocat était tiré à quatre épingles : complet bleu marine, chemise blanche, boutons de manchettes en or, cravate rouge et or.

— Ma première question sera : où étiez-vous ?

— En Europe. Je me baladais, je visitais le vieux continent.

— Pendant deux mois ?

— Oui, c'est suffisant.

— Vous êtes resté longtemps au même endroit ?

— Pas vraiment. J'ai passé beaucoup de temps dans les trains. Une excellente manière de voyager ; on voit tellement plus de choses.

— Pourquoi êtes-vous revenu ?

— Je suis chez moi, ici. Où voulez-vous que j'aille ? Que voulez-vous que je fasse ? Se balader en Europe comme je l'ai fait, c'est très sympathique, mais ce n'est pas comme cela qu'on gagne sa vie. J'ai du travail.

— Quel genre ?

— Comme avant. Relations avec les administrations, Consultations.

— Vous voulez dire lobbying ?

— Mon cabinet aura un service qui se consacrera au lobbying, c'est vrai. Ce sera une activité importante mais pas la première.

— De quel cabinet parlez-vous ?

— Du nouveau.

— Aidez-moi un peu, monsieur Backman.

— Je crée un nouveau cabinet, le Groupe Backman, dont les bureaux seront ici, à New York et à San Francisco. Il y aura six associés au départ ; nous devrions arriver à une vingtaine dans un an.

— Qui sont-ils ?

— Je ne peux pas encore donner de noms. Nous réglons les derniers détails. Nous pensons inaugurer nos locaux le premier mai. Cela devrait faire du bruit.

— Je n'en doute pas. Ce ne sera pas un cabinet d'avocats ?

— Non. Nous pensons ajouter un service juridique un peu plus tard.

— Je croyais que vous aviez été radié quand...

— Oui, mais la grâce présidentielle me permet de me présenter de nouveau à l'examen du barreau. Si l'envie me prend de traîner des gens en justice, je potasserai les bouquins de droit et je me présenterai à l'examen. Ce n'est pas pour tout de suite ; j'ai trop à faire.

— Qu'avez-vous à faire ?

— Lancer cette boîte, réunir des fonds et, surtout, rencontrer des clients potentiels.

— Pouvez-vous me donner des noms ?

— Il est beaucoup trop tôt pour cela. Attendez quelques semaines et vous saurez à quoi vous en tenir.

Le téléphone sonna ; Backman considéra l'appareil avec méfiance.

— Excusez-moi, fit-il en se levant. Ce doit être l'appel que j'attendais – Backman, fit-il après avoir décroché. Salut, Bob. Oui, je serai à New York demain. Écoute, je te rappelle dans une heure, tu veux bien ? Je suis en rendez-vous.

Il raccrocha, revint vers son siège.

C'était Neal, qui avait téléphoné à 9 h 15, comme prévu, et rappellerait toutes les dix minutes pendant une heure.

— Excusez-moi.

— De rien, fit Sandberg. Revenons à la grâce dont vous avez bénéficié. Avez-vous lu les articles sur l'achat supposé de grâces présidentielles ?

— Si je les ai lus ? J'ai une équipe d'avocats sur le coup. J'ai déjà fait savoir que, si le FBI parvient à réunir un grand jury, je veux être le premier témoin. Je n'ai absolument rien à cacher. Donner à entendre que j'ai acheté ma grâce relève de la diffamation.

— Vous porteriez plainte ?

— Absolument. Mes avocats vont intenter un procès en diffamation au *New York Times* et à ce journaliste, Heath Frick. Ce ne sera pas joli-joli, et cela va leur coûter la peau des fesses.

— Vous voulez que je publie ça ? Vous en êtes sûr ?

— Et comment ! Pendant que nous y sommes, je vous félicite, vous et votre journal, pour la retenue dont vous avez fait preuve. C'est assez rare pour être signalé.

Le papier que Sandberg se promettait d'écrire était digne de la une du lendemain.

— Vous niez donc avoir acheté votre grâce, monsieur Backman ?

— Catégoriquement et avec la plus grande véhémence. Et je porterai plainte contre ceux qui prétendront le contraire.

— Alors, pourquoi avez-vous été gracié ?

Backman changea de position dans son fauteuil. Il s'apprêtait à se lancer dans une longue explication quand la sonnette de la porte se fit entendre.

— Ah ! le petit déjeuner ! s'écria-t-il en se levant d'un bond.

Il ouvrit la porte sur un homme en veste blanche qui poussait un chariot. On y voyait du caviar, des œufs brouillés aux truffes et une bouteille de champagne Krug dans un seau à glace. Backman signa la note pendant que le serveur ouvrait le champagne.

— Un ou deux verres ? s'enquit celui-ci.

— Champagne, Dan ?

Sandberg ne put s'empêcher de regarder sa montre. Il était peut-être un peu tôt pour commencer à boire... après tout, pourquoi pas ? Combien de fois aurait-il l'occasion de se trouver dans une suite présidentielle avec vue sur la Maison-Blanche, à déguster des bulles à trois cents dollars la bouteille.

— D'accord, mais juste une larme.

Le serveur remplit deux flûtes et reposa le champagne sur son lit de glace. Au moment où il sortait, le téléphone sonna de nouveau. Cette fois, c'était Randall, de Boston ; Backman lui demanda de rester près du téléphone en attendant qu'il rappelle. Il écrasa le combiné sur son support.

— Mangez un peu, Dan. J'ai commandé pour deux...

— Merci, j'ai mangé un bagel, fit le journaliste en prenant une gorgée de champagne.

Backman planta un toast dans le pot de caviar à cinq cents dollars pour le fourrer dans sa bouche comme un gamin trempe une chips de maïs dans du Ketchup. Il se mit à marcher de long en large, son verre à la main.

— Pour en revenir à ma grâce, j'ai demandé au président Morgan de rouvrir mon dossier. Je ne croyais pas que cela l'intéresserait, mais il est très astucieux.

— Arthur Morgan?

— Oui, Dan. En tant que président, on ne l'estime pas à sa juste valeur; il n'a pas mérité la déculottée qu'il a reçue. Quoi qu'il en soit, plus il étudiait mon dossier, plus il y croyait. Il ne se laissait pas impressionner par l'écran de fumée utilisé par l'administration et, en sa qualité d'ancien avocat de la défense, il avait conscience du pouvoir que détiennent les agents fédéraux quand ils veulent épingler un innocent.

— Vous dites que vous étiez innocent?

— Absolument. Je n'ai rien fait de mal.

— Mais vous avez plaidé coupable!

— Je n'avais pas le choix. Les charges qui pesaient sur Jacy Hubbard et sur moi-même étaient bidons. Nous ne nous sommes pas dégonflés : nous avons dit que nous attendions le procès, que nous nous en remettions au jury. Les gars du FBI ont eu si peur qu'ils ont fait ce qu'ils ont l'habitude de faire : ils s'en sont pris à notre famille, à nos amis. Ces imbéciles ont mis en examen mon fils, qui venait d'obtenir son diplôme et n'était au courant de rien. Pourquoi n'avez-vous pas fait un papier là-dessus?

— J'en ai fait un.

— Toujours est-il que j'étais obligé de plonger; j'y ai mis un point d'honneur. J'ai plaidé coupable pour que les charges retenues contre mon fils et mes associés soient abandonnées. C'était l'idée du président Morgan. Voilà pourquoi j'ai été gracié.

Un peu de caviar, accompagné d'une gorgée de champagne. Il continuait à aller et venir, à présent en bras de chemise. Il s'arrêta brusquement.

— Assez parlé du passé, Dan. Parlons de demain. Regardez la Maison-Blanche. Avez-vous déjà été invité à un dîner d'apparat ? Les hommes en habit, les femmes en robe du soir ?

— Non.

Joel restait devant la fenêtre, incapable de détacher les yeux de la Maison-Blanche.

— J'ai eu cette chance deux fois, reprit-il avec une pointe de tristesse. Je l'aurai encore. Donnez-moi deux ou trois ans et on viendra me remettre en main propre une invitation avec en-tête doré : « Le Président et la Première dame ont l'honneur de vous inviter... »

Il se retourna pour regarder Sandberg d'un air suffisant.

— C'est cela, le pouvoir, Dan. C'est ce qui me fait vivre.

Il y avait du bon mais ce n'était pas exactement ce que Sandberg cherchait.

— Qui a tué Jacy Hubbard ? lança-t-il à brûle-pourpoint pour ramener l'Intermédiaire sur terre.

Backman perdit de sa superbe ; il alla aussitôt se resservir de champagne.

— C'était un suicide, Dan, tout simplement. Jacy était humilié. Les gars du FBI l'avaient détruit ; il n'a pas pu le supporter.

— Vous êtes bien le seul à croire au suicide.

— Je suis aussi le seul à connaître la vérité. Vous pouvez l'écrire.

— Entendu.

— Parlons d'autre chose.

— À vrai dire, monsieur Backman, votre passé est infiniment plus intéressant que votre avenir. Une excellente source m'a confié que vous deviez votre grâce à la CIA, qui tenait à ce que vous soyez remis en liberté, et que Morgan avait cédé à l'insistance de Teddy Maynard. D'après ma source, la CIA vous a planqué quelque part pour observer qui vous éliminerait.

— Vous devriez changer de sources.

— Vous niez donc...

— Je suis là ! s'écria Backman en écartant les bras. Je suis vivant ! Si la CIA avait voulu ma mort, je serais mort. Trouvez une meilleure source. Et prenez donc des œufs brouillés : ils vont être froids.

— Merci.

Backman prit une grosse portion d'œufs brouillés sur une petite assiette et commença à manger en allant de fenêtre en fenêtre, sans que son regard s'éloigne jamais longtemps de la Maison-Blanche.

— C'est excellent, avec les truffes.

— Merci, je n'ai pas faim. Cela vous arrive souvent de prendre un petit déjeuner de ce genre?

— Pas assez souvent à mon goût.

— Connaissiez-vous Robert Critz?

— Bien sûr. Tout le monde connaissait Critz. Il était là depuis un bon bout de temps.

— Où étiez-vous quand il est mort?

— À San Francisco, chez un ami. Je l'ai vu aux infos, à la télé. Quel rapport avec moi?

— Simple curiosité.

— Cela veut dire que vous n'avez plus de questions?

Sandberg était en train de parcourir ses notes quand le téléphone sonna encore une fois. C'était Ollie; Backman le rappellerait pour le calmer.

— J'ai un photographe qui attend en bas, reprit Sandberg. Le rédacteur en chef aimerait avoir deux ou trois photos.

— D'accord.

Joel Backman remit sa veste et vérifia son nœud de cravate, sa coiffure et ses dents dans un miroir. Il prit encore un peu de caviar pendant que le photographe sortait son matériel et réglait l'éclairage.

La meilleure photo, de l'avis du photographe et de Sandberg, montrait Joel sur le canapé de cuir bordeaux, avec un portrait au mur, juste derrière lui. Il posa pour quelques autres clichés devant une fenêtre, avec l'espoir d'avoir la Maison-Blanche à l'arrière-plan.

Le téléphone n'arrêtait pas de sonner; Joel finit par ne plus décrocher. Neal était chargé de rappeler toutes les cinq minutes si un appel restait sans réponse, toutes les dix minutes si son père décrochait. Après vingt minutes de séance photo, ils devenaient fous.

L'Intermédiaire était un homme très demandé.

Le photographe rassembla ses affaires et laissa les deux hommes seuls dans la suite. Sandberg resta encore quelques minutes et s'apprêta à prendre congé.

— Écoutez, monsieur Backman, fit-il au moment de sortir, j'ai de quoi faire un bon papier, qui sera publié demain. Mais je veux que vous sachiez que je ne crois pas la moitié des salades que vous m'avez racontées.

— Quelle moitié?

— Vous étiez aussi coupable qu'on peut l'être; Hubbard aussi. Il ne s'est pas suicidé et vous vous êtes précipité en prison pour sauver votre peau. Maynard a obtenu votre grâce sans qu'Arthur Morgan sache pourquoi.

— Bien. Cette moitié n'est pas importante.

— Qu'est-ce qui l'est?

— L'Intermédiaire est de retour. Faites en sorte que cela paraisse à la une.

Maureen était de meilleure humeur. Aucun jour de congé ne lui avait jamais rapporté mille dollars. Elle conduisit M. Backman dans un salon privé, à l'arrière, loin des jacassements des clientes qui se faisaient coiffer dans la grande salle. Ils étudièrent ensemble un nuancier avant de choisir un coloris facile à entretenir. Maureen nourrissait le secret espoir de toucher ainsi mille dollars toutes les cinq semaines. Joel s'en balançait. Il savait qu'il ne la reverrait jamais.

Elle transforma le gris pâle en gris foncé et ajouta assez de brun pour rajeunir son visage de cinq ans. Il ne s'agissait pas de coquetterie. Joel ne cherchait pas à paraître jeune. Il voulait juste se cacher.

36

Lorsque ces visiteurs-là entrèrent dans la suite, Joel fondit en larmes. Neal, le fils qu'il connaissait si mal, et Lisa, la belle-fille qu'il ne connaissait pas du tout, lui présentaient Carrie, sa petite-fille de deux ans dont il avait tant rêvé. La petite pleura aussi, au début, puis se calma quand son grand-père la prit par la main pour lui montrer la Maison-Blanche. Il l'entraîna d'une fenêtre à l'autre, d'une pièce à l'autre en lui racontant des histoires comme s'il avait déjà eu l'occasion de s'occuper d'une dizaine de petits-enfants. Neal prit des photos, lui aussi, mais l'homme n'était pas le même. Il avait troqué son complet bleu marine contre un pantalon kaki et une chemise style bûcheron, la frime et l'arrogance contre la simplicité d'un grand-père fasciné par sa petite-fille.

Joel commanda des potages et des salades au service d'étage ; ils firent un déjeuner tranquille, en famille, le premier pour Joel depuis de longues, très longues années. Il mangea d'une seule main ; l'autre maintenait Carrie sur son genou.

Il mit au courant Neal et Lisa de l'article à paraître dans *The Washington Post* du lendemain et expliqua ses mobiles. Il était important pour lui d'être vu à Washington, d'attirer autant que possible l'attention. Cela lui permettait de gagner du temps, de semer la confusion dans l'esprit de ceux qui le traquaient encore. L'article allait faire du bruit, on en parlerait durant plusieurs jours, longtemps après son départ.

Lisa voulait absolument savoir s'il était en danger mais il ne pouvait répondre avec précision. Il allait disparaître quelque temps, se balader en restant sur ses gardes. Il avait beaucoup appris dans le courant des deux derniers mois.

— Je reviendrai dans un mois ou deux, promit-il. Et je passerai vous voir de temps en temps. J'espère que les choses finiront par se tasser.

— Où vas-tu, pour commencer ? demanda Neal.

— Je prends le train pour Philadelphie puis je trouverai un vol pour Oakland. Je veux aller voir ma mère. Ce serait bien de ta part de lui envoyer une petite carte. Je resterai un peu, puis je partirai en Europe.

— Avec quel passeport ?

— Aucun des deux que l'on m'a remis hier.

— Je ne comprends pas.

— Je n'ai aucunement l'intention de permettre à la CIA de surveiller mes déplacements. Je n'utiliserai ces passeports qu'en cas d'urgence.

— Alors, avec quoi voyageras-tu ?

— J'en ai un autre, qu'une amie m'a prêté.

Neal lui lança un regard soupçonneux, comme s'il donnait un sens particulier au mot « amie ». Lisa ne remarqua rien et la petite Carrie choisit ce moment pour mouiller sa couche. Joel la rendit prestement à sa mère.

Mettant à profit l'absence de Lisa qui changeait sa fille, Joel donna ses dernières instructions.

— Trois choses. D'abord, trouve une société de surveillance pour passer au peigne fin ta maison, ton bureau et tes voitures. Tu auras peut-être des surprises. Cela coûtera dans les dix mille dollars, mais c'est indispensable. Ensuite, j'aimerais que tu trouves une résidence médicalisée, pas très loin de chez toi. Ma mère, ta grand-mère, est exilée à Oakland, où personne ne prend soin d'elle. Il faudra compter trois à quatre mille dollars par mois.

— J'imagine que tu as de quoi payer.

— C'est le troisième point. Oui, j'ai de quoi payer. L'argent est sur un compte bancaire de Maryland Trust. Il est à nos deux noms. Retire vingt-cinq mille pour couvrir tes frais et garde le reste à portée de la main.

— Je n'ai pas besoin de tant.

— Eh bien, lâche-toi un peu ! Fais des folies ! Emmène la petite à Disney World !

— Comment allons-nous correspondre ?

— Par e-mail, pour le moment. Je retrouverai Grinch... Je suis devenu accro, tu sais ?

— Est-ce que ta vie est en danger ?

— Le pire est derrière moi.

Lisa revint avec Carrie, qui voulut remonter sur le genou de son grand-père. Joel la garda serrée contre lui.

Pendant que Lisa et Carrie attendaient dans la voiture, Neal accompagna son père à travers la gare d'Union Station. Le va-et-vient de la foule rendit Joel nerveux ; il aurait de la peine à se débarrasser des vieilles habitudes. Toutes ses possessions logeaient dans un petit sac.

Il acheta un billet pour Philadelphie et se dirigea lentement vers les quais.

— Je veux savoir où tu seras, fit Neal.

Joel s'arrêta et le regarda au fond des yeux.

— Je retourne à Bologne.

— Pour voir ton « amie » ?

— Oui.

— Une amie de cœur ?

— Oui.

— Je ne suis pas vraiment surpris.

— Je n'y peux rien, Neal. On a ses faiblesses.

— Elle est italienne ?

— Et comment ! Elle me plaît beaucoup.

— Elles t'ont toutes plu.

— Elle m'a sauvé la vie.

— Sait-elle que tu reviens ?

— Je crois.

— Sois prudent, papa, je t'en prie.

— Rendez-vous dans un mois.

Ils s'étreignirent et se séparèrent là, sur le quai.